KB089585

불멸의
대다라

# 불멸의 대다라

초판 1쇄 발행  2015년 1월 5일

**지은이**   임종욱
**발행자**   김흥국
**펴낸곳**   도서출판 l**문** (등록 제2013-000026호)

**주  소**   서울특별시 성북구 보문동7가 11번지 2층
**전  화**   929-0804(편집부), 922-2246(영업부)
**팩  스**   922-6990
**ISBN**    979-11-86167-11-3   03810
**정  가**   14,000원

이 도서의 국립중앙도서관 출판예정도서목록(CIP)은
서지정보유통지원시스템 홈페이지(http://seoji.nl.go.kr)와
국가자료공동목록시스템(http://www.nl.go.kr/kolisnet)에서
이용하실 수 있습니다. (CIP제어번호 : CIP2014036018)

# 불멸의 대다라

임종욱 장편소설

도서출판 | 문

이 소설을
합천군민과
옛 다라국 사람들에게
바칩니다.

# 차 례

**불멸의 의미를 역사소설로 재현해낸 수작** _ 김인배
**다시 만나게 된 지워진 역사의 현장!** _ 박성원

불멸의
대다라

# 불멸의 의미를 역사소설로 재현해낸 수작

김인배(소설가)

.

　작가 임종욱이 『남해는 잠들지 않는다』로 제3회 김만중문학상 대상을 수상한 지 2년 만에 새로운 역사소설 『불멸의 대다라』를 상재한다.

　역사 속에 묻혀버린 다라국은 가야계의 일국으로 그 정체가 불분명하였다. 한국 측 문헌에는 전혀 기록이 남아 있지 않고, 『일본서기』 속에 등장하는 전설의 여왕인 신공황후(神功皇后) 섭정 전기에 '백제-왜 연합군'에 의해 토멸된 '신라 10국' 중 하나로 그 이름이 언급돼 있을 뿐이었다.

　이 기사는 일본사학계로 하여금 '신공황후의 신라정벌'이라는 허구의 스토리를 만들어내는 빌미가 되었다. 여기서 '신라 10국'은 '가야 10국'으로 둔갑되고, 가야는 곧 『일본서기』 속의 임나이므로 이미 이 시기에 신공황후가 가야 제국을 정벌하여 소위 〈임나일본부〉를 설치하고 한반도 남부를 다스렸다고 주장해 왔다.

이런 터무니없는 역사왜곡을 뒷받침해 준 사건이 발생했으니, 그것이 바로 경남 합천의 옥전 고분군에서 발굴된 수장급 용봉환두대도(龍鳳環頭大刀)의 출현이었다. 이 발굴은 수수께끼에 묻혀 있던 다라국의 존재 여부와 그 정체에 대하여 새삼스레 학계의 논쟁으로까지 이어졌다. 그리하여 다라국은 한때 세간의 큰 관심이 집중되기도 했다.

작가 임종욱은 이번 소설에서 일본사학계가 주장하는 소위 〈임나일본부〉설의 허구성을 간파하고 실제 다라국의 정체에 대한 수수께끼를 풀기 위해 용봉환두대도를 실마리로 역사 탐사에 나서는 화자를 등장시킨다. 그리하여 이른바 〈신공기(神功記)〉 속의 백제-왜 연합군에 의해 토멸된 〈시라기(新羅) 10국〉을 일본의 규슈 지역에서 찾고 있다. 실제 그곳에서 작가 자신으로 보이는 화자는 한국의 다라 명칭과 동일한 다라산(多羅山)이며 다라 지명들(예컨대 多羅·多良·託羅·多良之峰·多羅岳 등)의 흔적을 생생하게 발견하고 있는 것이다.

일찍이 합천의 황강을 낀 다라 지역 사람들은 낙동강과 연결된 이 강줄기를 따라 왜국과도 교역하였다. 그들은 가야 제국의 제철기술을 지니고 왜에까지 진출하여 그곳 규슈 지방에 다라방(多羅坊)을 설치한 진취적인 국민이었다.

따라서 『불멸의 대다라』는 다라국의 번영과 멸망을 그린 소설이다. 진흥왕의 영토 확장 정책에 의해 소멸되기까지의 과정, 살아남은 난민들이 황강을 거쳐 낙동강을 따라 규슈 지역의 '다라방'으로 건너가 정착한 이후까지를 추적해 들어감으로써 실로 흥미진진한 사건들과 유려한 문장으로 인해 단숨에 읽힌다.

임종욱 소설들은 대개 추리 소설적 기법과 빠른 장면의 전환과 같은 일종의 영화적 수법을 활용하는 것이 하나의 공통된 특징이다. 의도적인 트릭의 사용, 수수께끼를 풀어나가는 숨겨진 단서들, 증폭되는 혼란 속에서 퍼즐조각을 하나씩 맞춰나가는 듯한 쾌감과 거듭되는 궁금증의 유발 등이 그러하다. 이번에 출간하는 『불멸의 대다라』는 물론 『남해는 잠들지 않는다』가 그렇고, 또 『소정묘파일』(2006년)의 스토리 전개와 『1780 열하』(2008년), 『이상은 왜』(2011년)와 같은 장편들이 모두 이것과 궤를 같이 한다.

특히 한문학 전공으로 박사학위 소지자인 임종욱은 군데군데 한문 구절의 인용뿐 아니라 그것을 활용한 수수께끼를 던지고, 또 이를 풀어나가는 기법을 즐겨 쓴다. 이는 한문에 능통한 그의 장기이자 역사소설에 잘 어울리는 문학적 장치이기도 하다.

문헌 기록마저 없어 까마득히 잊힌 다라국의 흥망사를 이만한 규모의 소설로 복원해낸다는 것은 결코 쉬운 일이 아니다. 그럼에도 불구하고 『불멸의 대다라』는 흥미진진할 뿐만 아니라 역사의 복원이란 의미와 함께 이야기를 엮어나간 작가의 풍부한 상상력이 돋보이는 작품이다. 일독을 권한다.

# 다시 만나게 된 지워진 역사의 현장!

박성원(소설가, 계명대학교 교수)

고백컨대, 이 책을 읽기 전까지 역사는 지난 것이라 생각했다. 현재와 미래에만 급급했고 조급했다. 그러나 생각이 바뀌었다. 역사는 지난 것이 아니라 다시 만나는 것이다. 조금만 읽자고 손에 쥐었다가 주인공이 후쿠오카에 도착하는 프롤로그부터 손을 뗄 수 없었다. 꼬박 밤을 새웠지만 시간은 앞으로 간 것이 아니라 1500년 전의 〈다라국〉에 있었다. 고증에 바탕둔 서사는 가상에 생명을 불어넣었다. 술진공과 겨레는 가상인물이 아니라 현재의 삶이었다.

당시 최첨단이었던 덩이쇠를 다루고 먼 이국까지 교류했던 아름다운 나라. 저명한 사학자 자크 르 고프는 역사의 가치를 이렇게 보았다. 장기지속의 구조로 다시 씌어져야 하고, 시간과 공간을 재구성해야 한다고. 그럴 때 존중과 가치가 생긴다는 것이다. 우리들은 잊고 지냈다. 잊고 지내면서 조급했고 급급했다. 이 책을 통해 비로소 과거가 왜 그렇게 중요한 것인지 알게 되었다. 역사는 지난 것이 아니라 다시 만나는 것이다. 그것이 가치 있는 삶이다.

# 대다라를 찾아서

나는 지금 기타큐슈(北九州) 사가 현 히젠가시마(肥前鹿島) 역 플랫폼에 앉아 있다. 다라초(太良町)로 가는 열차를 갈아타려고 기다리는 중이다. 8월 초의 극심한 무더위는 기세가 일본 쪽이 더 극렬했다. 가만히 앉아있는 데도 땀방울이 목덜미를 타고 흘러 등과 셔츠를 적셨다. 습기를 잔뜩 머금은 채 폭염에 휩싸인 일본의 여름은 상상했던 것보다 견디기 어려웠다.

어제 저녁 부산항에서 후쿠오카로 오는 여객선을 탈 때까지 한반도의 남부 지방은 한 달이 넘도록 비 한 방울 내리지 않았다. 하늘은 빗방울 대신 30도를 웃도는 뜨거운 열기만 듬뿍 뿌려주었다. 일본에서는 일사병으로 쓰러져 사망하는 사람까지 나왔다고 했다. 내심 끓는 물통 속이나 수증기 뿜는 찜통 속이나 뭐가 다르랴 가볍게 생각했었다. 그러나 밤을 새워 대한해협을 가른 배가 후쿠오카 하카다(博多) 항에 도착했을 때 폐 안으로 들어오는 공기의 열기는 농도가 사뭇 달랐다. 나는 왜 일본인들이 기를 쓰고 서늘한 대륙으로 진출하려고 혈안이 되었는지 금방 수긍할 수 있었다.

지금 시간은 11시가 조금 넘었다. 다라초로 가는 열차가 오는 시간은 12시 33분으로 안내판에 적혀 있다. 아직 한 시간 넘게 열차를 기다려야 할 판이었다. 낮 시간이라 그런지 역에는 인적조차 뜸했다. 짧은 일본어 실력에 말을 걸 처지도 못 됐지만, 그러고자 해도 우선 열기 때문에 입을 열기마저 벅찼다.

그늘진 플랫폼의 의자에 앉아 나는 가방에서 책을 꺼냈다. 나를 이곳까지 오게 만든 장본인이 이 책을 쓴 저자다. 『가야 제국의 미스터리』라는 다소 도발적인 제목으로 책을 낸 K선생을 만난 것은 경남 진주시에서 교수로 재직하고 있던 S형의 소개를 받아서였다. 세간에서 범보(凡甫)라는 아호로 불리는 K선생은 젊은 시절 유망한 신예 작가로 주목받던 분이었다. 그런데 무슨 귀신에 씌었는지 어느 순간 소설보다는 가야사 연구에 매료되고 말았다. 특히 가야 제국과 일본 열도 사이의 관계사 연구에 청춘을 다 보냈다.

그간 역사소설을 주로 써온 내게 K선생을 소개하면서 S형은 이렇게 말했다.

"역사의 이면을 파헤쳐보려는 네게 딱 어울리는 분인 기라."

생소한 이름인지라 다소 심드렁했지만 형의 성의를 무시

할 수 없어 진주에 온 김에 만났다. 그 즈음 나는 번잡하고 혐오감만 증폭시키던 서울 생활을 청산하고 시원한 바다가 보이는 남해에 내려와 지내고 있었다. 소설로 쓸 만한 소재가 없을까 머릿속을 뒤적이던 차에 K선생을 만나게 된 것이다.

기대 밖으로 K선생은 가야사 전반에 걸쳐 호한한 지식을 자랑했다. 연도와 지명은 물론 가야를 둘러싼 국제 정세에 이르기까지 화제가 닿지 않는 곳이 없었다. 그때까지 가야에 대해서는 『삼국유사』에 나오는 〈가락국기〉를 읽은 정도에 불과했던 나로서는 불가사의에 가까운 이야기들이었다. 이후 우리 셋은 진주시와 남해군 등지에서 틈날 때마다 만나 이야기꽃을 피웠다.

올봄에 우리 셋은 합천군 해인사를 찾았다. 쌍계사 벚꽃구경을 가려다 하도 길이 막혀 핸들을 돌려 달린 곳이 해인사였다. 대학원 때 애마였던 포니를 타고 전국을 일주하면서 몇 번 들른 곳이었지만 이틀을 묵으면서 합천군 일대를 두루 유람한 것은 그때가 처음이었다. 옥전고분군에서 발굴된 유물들을 전시하는 합천박물관도 찾았는데, 거기서 나는 다라국 이야기를 K선생에게서 처음 들었다. 그러니까 나와 다라국과의 만남은 얼마간의 우연들이 겹친 결과였던 셈이다.

"사람들은 가야하면 보통 6가야로 알고 있지만, 사실은 훨씬 많은 국가들이 경남 일대의 산과 들, 바닷가에 바둑알처럼 흩어져 있었던 기라."

수많은 토기들과 부장품들, 갑주와 무기류들이 천 년이

넘는 세월 동안 땅 아래서 잠들어 있다가 근래 빛을 보았다. 특히 화려한 금빛 채색이 남아 있는 환두대도(環頭大刀)는 내 시선을 끌기에 충분했다. 한 점 한 점의 유물 속에 서려 있는 사연들이 K선생의 입에서 흘러나오는데, 나는 마치 천축국에 처음 발을 들여놓은 혜초처럼 두 눈이 휘둥그레졌다. 가야는 관념 속의 나라가 아니라 눈부신 개성과 잠재력을 지닌 살아 있는 신세계였다.

K선생은 합천 땅에는 당시 다라국이라는 나라가 있었다고 알려주었다. 이 나라가 언제 개국되었고, 어떻게 멸망했는지 정확하게 알기는 어렵지만, 다라국은 지방의 소국가가 아니라 일본 열도 곳곳에 식민지를 개척했던 국제적인 지평을 가졌던 세력이었음을 강조했다. 나의 귀는 더욱 열렸다.

"자네 흥미가 있으면 이 다라국 얘기를 써서 세상 사람들에게 알려 주거라. 가야가 삼국의 틈바구니에서 구차하게 목숨이나 연명했던 나라가 아니라, 그들과 어깨를 나란히 했을 뿐만 아니라 오히려 더 넓은 세상을 꿈꾸었던 대제국이었던 걸 사람들은 너무 모른다 아이가."

나는 선생님께서 직접 쓰시면 되지 않느냐, 이제 갓 가야 이야기를 들은 햇병아리인 주제에 무슨 재주로 소설을 쓰겠냐면서 고사했다. 그러나 K선생의 생각은 달랐다.

"아이다. 가야 얘기는 아직 오염되지 않은 시각을 가진 사람이 써야 제 물건이 나오니라. 처음부터 다시 가야를 들여다봐라. 선입견이나 남의 말 따위는 신경 쓰지 말고, 네 눈으로 직접 보고, 그걸 바탕으로 가야 사람들의 삶과 생각들을 옮겨 보라모. 니라면 가능할 듯하다."

이렇게 해서 나는 K선생이 쓴 가야 관련 저서와 여러 지역 박물관에서 나온 도록, 화보, 연구서, 역사서들을 차근차근 훑어보게 되었다. 그리고 그 끝은 나를 다라국 사람들이 식민지를 건설했다는 이곳, 사가 현 다라초로 이끌었다. 합천군 일대와 옥전 지역, 그리고 합천을 지나 낙동강으로 흘러들어가는 황강, 대한해협을 넘어 아리아케 해(有明海) 서쪽 해안과 산악(산 이름도 다라산[多良岳]이었다.)에까지 이르는 그 드넓은 공간을 내 상상력이 춤추는 무대로 자리했다.

이런 상념을 떠올리면서 책을 읽고 있는데, 저편 지하도에서 웅성거리는 소리가 들렸다. 책장을 덮고 고개를 돌리니 일군의 학생들이 우르르 몰려오는 중이었다. 고등학생 쯤 되어 보이는, 교복을 입은 학생들이었다. 서너 명씩 떼를 지어 종알거리며 오는데, 무슨 말을 하는지는 알아듣기 어려웠다.

학생들은 내 앞을 지나 플랫폼 끝 쪽으로 걸어갔다. 한국이나 일본이나 저 또래의 아이들이라면 마냥 신나는 시절일 것이다. 나는 잠깐 미소를 짓고는 다시 책장을 펼쳤다.

그때 내 자리 옆으로 뭔가 묵직한 것이 툭 던져지는 소리가 들렸다. 나는 내 여행 가방이 쓰러졌나 싶어 눈길을 주었다. 여행 가방이 아니라 남학생의 책가방이었다. 머리를 꽤 길게 기른 학생은 머리를 금색으로 노랗게 염색을 하고 있었다. 눈초리가 올라간 눈매 역시 날카로웠다. 그러나 눈매 깊

은 곳에는 반항기보다는 피곤에 지친 기색이 더 많이 묻어나
왔다. 내가 올려다보자 학생도 지지 않고 나를 꼬나보았다.

눈싸움을 할 상황도 아니었고 그럴 이유도 없었다. 나는
그가 앉도록 자리를 조금 옆으로 물렸다. 학생은 털썩 주저
앉더니 얼굴을 하늘로 쳐들고 두 눈을 감았다. 이 동네 학교
일진쯤 되는 놈이려니 치부한 나는 책으로 시선을 옮겼다.

시간이 얼마나 지났을까? 어디선가 열차가 오는 소리가
들렸다. 시계를 보니 아직 내가 기다리는 열차가 올 시간은
아니었다. 그래도 불안해진 나는 저 차를 타야할지 잠시 고
민에 빠졌다. 타야 할 열차를 놓치면 또 많은 시간을 기다려
야 했고, 엉뚱한 열차를 탄다면 일은 더 복잡해질 터였다.

하는 수 없이 나는 옆에 앉아 두 눈을 감고 있는 학생을
곁눈질했다.

"저 열차가 다라초로 가는 열차입니까?"

나는 어법에도 맞지 않을 일본어로 떠듬떠듬 학생에게 물
었다. 내 말에 두 눈을 뜬 학생이 의구심에 찬 눈빛으로 나를
흘겨보았다. 열차는 플랫폼에 다다랐다. 그러나 학생은 여
전히 대꾸가 없었다. 한 손에 여행 가방을 든 나는 조바심이
일었다.

"아닌가요?"

그제야 학생은 다시 눈을 감으면서 대꾸했다.

"아닙니다. 좀 더 기다려야 합니다."

왠지 무시당한다는 기분도 들었고, 친절로 먹고 산다는

나라 일본의 수준이 이 정도인가 해서 불쾌하기도 했다. 어쨌거나 답변은 얻었으니 나는 여행 가방을 제자리에 내려놓았다.

제 열차가 올 시간도 얼추 다가왔다. 나는 사방을 두리번거리며 시간을 때울 궁리를 했다. 역 근처 도로를 지난 뒤편에 10층 정도는 될 호텔이 보였다. 오늘 다라초에 갔다가 일을 보고 숙박할 곳이 마땅찮으면 저 호텔에 묵어야 하나, 그런 생각이 들었다.

일정이 어떻게 될지 몰라 나는 아예 호텔 예약을 않고 부산에서 배를 탔다. 나가사키에 사는 일본인 교수가 안내해주겠다는 문자를 보내놓고 이후 답장조차 없어 결국 무턱대고 출발한 여행길이었다. 러브호텔이 천지인 일본에서 설마 한데서 잠을 자랴 싶었다.

그때 누군가 등 뒤에서 말을 걸었다. 그런데 그 말이 놀랍게도 한국말이었다.

"아저씨, 한국에서 왔습니까?"

어눌한 억양이긴 했지만, 이 외진 구석에서 한국 사람을 만날 줄은 몰랐다. 반가움과 놀라움이 뒤섞인 채 나는 고개를 돌렸다. 내게 말을 건 사람은 세상이 온통 성가시다는 표정을 지었던 그 학생이었다.

"아! 그래요."

학생의 얼굴에는 호기심도 무관심도 아닌, 그 반반이 섞인 듯한 기색이 묻어 있었다. 이 학생이 어떻게 한국말을 하는 것일까? 제일교폰가? 학교에서 제2외국어로 한국어를 배우나? 짧은 시간에 별 생각이 다 들었다.

"무슨 일로 이 시골까지 온 겁니까? 다라초는 후쿠오카도 아니고 나가사키도 아닌데? 온천이라면 좀 있지만 신통치는 않은데요?"

외모에 어울리게 그의 말투는 도전적이었다. 생면부지의 이 역까지 오게 된 정황을 학생에게 꼬치꼬치 설명할 시간도 없었고, 일본어 능력도 되지 않았다. 나는 간단명료하게 답변했다.

"관광하러 왔습니다."

그러자 학생은 별 사람 다 보겠다는 뜨악한 표정을 지으며 고개를 젖히더니 두 눈을 감아버렸다. 나 역시 그를 외면했다.

잠시 후 열차의 기적 소리가 들렸다. 학생이 벌떡 일어나더니 재활용봉투처럼 버려둔 제 가방을 집어 들었다.

"이 차 타면 됩니다."

열차는 후쿠오카에서 탄 그것과는 판이하게 달랐다. 우리나라의 지하철 차량처럼 긴 의자가 차창 쪽에 붙어 있고, 군데군데 독립된 좌석도 갖춰져 있었다. 열차 안은 예의 학생들이 대부분이라 꽤 시끌벅적했다. 승복을 입은 노인네 한 분이 아이들을 불쾌한 눈빛으로 쳐다봤지만, 곧 들고 있는 잡지로 눈길을 거두었다.

열차는 역마다 멈추었다. 나는 역 안내판을 연신 주시했다. 지도상으로는 몇 정거장 되지 않아 자칫 한눈을 팔다가는 놓칠 수도 있었다. 열차의 오른편은 농지와 산악이었고, 왼편은 주로 해안이었다. 멀리 높은 산이 눈에 들어오기에 다라산이 저것인가 하며 한참을 살폈다. 그때 누군가 내 어깨를 툭 쳤다.

"다 왔습니다."

그 학생이었다. 본인도 내릴 심산인지 가방이 어깨에 걸려 있었다.

"아, 고마워요."

서너 명의 학생들이 허둥대며 따라 내렸다. 짐이 많은 나는 그들의 꽁무니를 쫓아야 했다.

개찰구로 나가니 그 불량학생이 역무원과 얼굴을 마주보며 얘기를 나누고 있었다. 학생은 나를 보더니 손짓을 하며 뭐라고 중얼거렸다. 역무원이 나를 쳐다보았다.

학생은 나를 기다리지도 않고 나가버렸고, 대신 역무원이 웃으며 나를 맞았다. 오십대 중반쯤 되어 보였는데, 제모를 쓴 아래로 삐져나온 귀밑털이 희끗희끗했다.

"어서 오십시오. 한국서 오셨다고요?"

그도 한국말을 쓰는 바람에 나는 적잖이 당황했다. 이상한 이질감이 스멀거렸다.

"예."

"어서 오십시오. 여기는 초행인가요?"

"그렇습니다."

"무슨 일로 오셨습니까? 여긴 가볼 만한 곳도 없는데

……"

얄궂은 기시감이 밀려왔다. 학생과 똑같은 질문이 반복되고 있었다. 나는 관광 겸 이 일대를 둘러보고자 왔다고 대꾸하고, 이곳에 호텔이 있는지 물어보았다.

"이곳엔 없고 저 아래 해변을 따라가면 전통 여관이 몇 군데 있습니다."

"그곳으로 가는 버스가 있습니까?"

역무원이 난색을 지었다.

"있긴 하지만 타기는 어려울 겁니다. 게다가 여관까지 가지도 않지요. 택시를 이용하는 게 편합니다."

일본의 택시 요금은 우리나라와 비교할 수 없을 정도로 비싸다. 한국만 생각하고 덜컥 탔다가는 낭패를 보기 십상이다. 그렇다고 언제 올지도 모르는 버스를 무작정 기다릴 수도 없었다.

"혹시 이 짐을 잠시 맡겨둘 만한 곳이 있을까요?"

역이니 보관 캡슐이 있지 않을까 싶어 물었다. 우리말이 통하는 사람을 만나니 확실히 편하긴 했다.

"없습니다만, 무엇 때문에?"

"짐을 맡겨두고 다라 마을 일대를 살펴보려고 그럽니다."

역무원은 잠시 생각하더니 고개를 끄덕였다.

"괜찮으시다면 여기 맡겨 두십시오. 해 지기 전까지 돌아오시면 돌려드리지요."

역시나 반가운 제안이었다. 값나가는 물건도 없으니 역에 맡겨두는 것도 나쁘지 않았다. 그래서 나는 짐을 역에 둔 채 다라초라는 마을을 난생처음으로 거닐게 되었다.

지도를 보니 다라초는 큰 삼각형 모양을 한 마을이었다. 한 면은 바다와 맞닿았고 두 면은 산악이 둘러싸고 있는데, 대략 한 변의 길이가 12킬로미터 정도였다.

그리 넓지 않은 역 주변 마을에는 '다라초역사민속자료관'과 '야외음악당', 이곳에서 태어난 의사로 활동한 여성을 기념해 지은 '대교(大橋)기념도서관', 우리나라의 면사무소에 해당할 만한 역장(役場) 등이 몰려 있었다. 민속자료관에서 혹시 그 옛날 다라국에 대한 일말의 흔적이라도 찾아볼 수 있지 않을까 기대했는데, 어떤 언급도 발견할 수 없었다. 큰 기대를 걸진 않았지만 조금은 허탈했다.

이제 특별히 가야 할 곳도 없었다. 다라산에 올라 그곳 지형을 살펴보고 산골짜기를 따라 내려오면서 내륙 지역을 답사하는 게 가장 큰 과제였다. 그 일은 내일 아침에 하기로 계획을 세워둔 터였다.

나는 다라초 마을 이곳저곳을 걸으면서 구경 아닌 구경을 했다. 엄청난 더위는 변함이 없어 짐이 없는데도 나는 땀을 한 바가지 이상 흘렸다. 길을 걷는 사람이 거의 보이지 않았다. 대개 경차를 이용해 볼일을 보는 듯했다. 이따금 하교 중인 학생들이나 자전거를 타고 지나가는 아이들이 나를 보더니 인사를 했다. 나를 보는 얼굴에 "저 사람 누구야?" 하는 의구심이 한 무더기씩 걸려 있었다.

나는 자판기에서 생수를 뽑아 벤치에 앉아 갈증을 달랬다. 휴지로 얼굴과 목덜미로 흐르는 땀을 닦는데, 휴지는 금방 축축하게 젖어 늘어졌다. 정말 에어컨이 그리웠다.

땀이 식자 다시 일어나 소학교와 중학교를 지나 주택가 쪽으로 걸음을 옮겼다. 해변에 있는 야구장에 이를 즈음 나는 파김치가 되었다.

야구장은 조명등 시설까지 갖추어져 있었다. 이 좁아터진 시골에도 이런 경기장이 있다니, 과연 야구의 나라다웠다. 야구장 앞은 공터였는데, 어디로 가는지 알 수 없는 공용버스 한 대가 정차해 있었다. 혹시 여관이 있는 방향으로 가는지 물어볼까 하다가 그만두었다. 버스 뒤쪽으로 묘원(墓園)이 보였기 때문이었다.

무덤은 한 지역의 역사를 함축하고 있는 곳이다. 무덤에서 비석에 적힌 이름들을 읽으면 왠지 누가 옛날에 이곳에 살았는지 알게 되는 기분이 든다. 또 비석의 상태를 보면 얼마나 오래 전부터 사람이 살았는지 짐작할 수도 있다.

오래된 묘지는 철거가 되었는지 비석들만 한 귀퉁이에 쌓여 있었다. 새로 만든 묘비들은 규모도 큰 데다 글자에 금칠을 해서 저녁 햇빛을 받아 번쩍거렸다.

저녁 해 그림자가 길게 늘어졌다. 역무원의 근무 시간이 끝날 때가 얼추 된 듯 싶었다. 나는 역으로 발걸음을 재촉했다. 역무원은 아직 근무 중이었다.

"괜찮으시다면 저의 집에서 묵으시지요?"

역무원이 이렇게 제안했을 때는 적이 놀랐다. 택시를 탈수 있는 곳을 물으니 되돌아온 대답이었다. 과잉 친절이었고, 잠자리도 편할 것 같지 않았다. 숙박료나 택시비는 절약되겠지만 어색하게 보내는 하룻밤의 대가는 마음의 짐이 될 듯했다. 그러면서도 우리말을 잘 구사하는 이 역무원을 통해 내가 궁금해 하던 옛 이야기를 들을 수 있을 것도 같았다. 과연 다라초 주민 가운데 한 사람이라도 옛 가야 제국의 나라 다라국을 기억하는 사람이 있을까? 한국어에 능숙한 이 남자의 정체도 딴은 궁금했다.

몇 번의 사양 끝에 결국 나는 역무원의 집으로 갔다. 알고 보니 그는 이 역의 역장이었다.

"직원이라야 저하고 둘 뿐입니다만 그래도 역장이지요."

그는 사람 좋은 웃음을 지으면서 유쾌하게 말했다. 명함을 주는데, 이름이 망해웅일(望海雄一)이었다. 노조우미 오이치로 읽는다고 했다. '바다를 바라본다?' 일본 성으로서는 꽤 특이하게 들렸다

역 앞 주차장에 노조우미 씨의 자가용이 있었다. 차가 현대자동차에서 나온 것이라 나는 또 놀랐다.

철길을 따라 난 길을 달리다 건널목을 건너 언덕을 5분 정도 오르니 그의 집이 나왔다. 목재로 지은 아담한 2층 건물이었다. 미닫이문을 드르륵 열고 들어가면서 그가 집안을 향해 소리쳤다.

"나 왔다!"

거실 쪽에서 누가 얼굴을 내미는데, 금빛으로 염색한 머리가 그가 누군지 더 설명할 필요를 없게 만들었다.

"제 자식 놈입니다. 다케오(武雄)라 부릅니다. 낮에는 분명 실례가 많았겠지요. 고등학교나 다니면서도 아직 철이 없군요."

노조우미 씨가 사과 비슷한 말로 내 놀라움을 무마했다. 녀석은 나를 보더니 건성으로 꾸벅 인사를 하고는 2층 계단을 밟아 사라졌다.

노조우미 씨는 나를 거실에 앉히고는 부엌으로 갔다. 에어컨이 여봐란듯이 돌아가고 있어 거실은 열기의 낌새도 느낄 수 없었다. 얼음을 넣은 주스를 내오면서 노조우미 씨가 머리를 쓸어 올렸다. 이제 보니 그의 머리는 반백에 가까웠다. 주름살도 많아 꽤 늙어보였다.

"2층에 손님방이 하나 있습니다. 다케오는 신경 쓰지 마십시오. 제 방에 들어가면 아침까지 코빼기도 비치지 않으니까요. 바로 옆이 욕실이라 불편하지는 않을 겁니다."

노조우미 씨가 다시 일어나 부엌으로 가더니 이번에는 캔맥주와 간단한 안주를 차려 내왔다.

"아내는 다케오를 낳고 얼마 뒤에 죽었습니다. 어미 없이 키운 자식이라 그런지 버릇이 없습니다."

내 궁금증을 눈치 챘는지 노조우미 씨가 변명처럼 자신의 처지를 설명했다.

나는 고개를 끄덕이면서 캔 맥주를 따 목을 축였다.

"한국말이 능숙하시군요."

맥주를 컵에 따른 노조우미 씨가 컵을 놓으면서 대답했다.

"선대가 한국에 살던 분이셨지요. 유언으로 제 나라 말은 잊지 말라고 하셔서 지금도 집에서는 한국말을 씁니다. 삐딱한 저 놈도 서툴긴 해도 곧잘 하니 다행이지요. 아무래도 손자 놈까지 가면 끝날 것 같긴 하지만 말입니다."

그렇게 말하는 노조우미 씨의 표정에는 어둠이 내려앉았다. 꼭 해가 져서만은 아닌 듯했다.

일제시대 때 징용을 왔거나 사정이 있어 일본에 정착한 사람의 후예인 모양이었다. 공무원 신분이니 귀화야 했겠지만, 모국어를 이 정도나 구사한다니 대단해 보였다. 그제야 나는 그의 능란한 한국어를 수긍할 수 있었다.

잠시의 침묵을 깨고 노조우미 씨가 선웃음을 띠며 물었다.

"그래 볼 일은 다 보셨습니까? 마을이라야 콧구멍 만해 볼 것도 없지요?"

"예. 오늘은요. 내일은 바닷가 쪽하고 다라산을 올라가 보려고 합니다."

노조우미 씨가 빙그레 웃었다.

"흥미롭군요. 전 여기서 태어나 자라 젊을 때 잠시 빼고는 다라초를 떠난 적이 없었습니다. 그 사이에 이곳을 찾은 한국 사람은 선생님이 아마 유일할 겁니다. 아니 한 20년 전쯤에 한국의 신문사 기자들하고 작가라는 분이 온 적이 있다고 들었습니다만, 그때 저는 만나지 못했었죠."

그가 말하는 작가란 바로 K선생을 두고 한 말일 것이다. K선생은 가야와 왜 사이의 교류사 연구를 위해 이 지역을 다녀간 적이 있다고 내게 말했었다. 자동차를 몰면서 텐트에서 숙식을 해결한 강행군이었다며 K선생은 그때를 회상했었다. 묘한 인연이었다.

"제가 여기 온 동기도 바로 20년 전 그 분의 소개가 있어서였습니다. 꼭 가보라고 해서 이렇게 왔지요."

노조우미 씨의 눈초리가 치켜 올라갔다.

"그런가요? 이곳 경치가 그리 절경은 아닙니다만 해산물, 특히 게는 제법 유명하지요. 오늘은 경황이 없어 대접할 수 없는 게 유감이군요."

노조우미 씨가 부엌을 바라보며 입맛을 다셨다.

"별 말씀을요. 그분이나 저나 게가 아니라 다라국을 찾아 여기 온 걸요."

부엌을 향했던 노조우미 씨의 시선이 못이라도 박힌 듯 그대로 꼼짝하지 않았다. 땅벌에 쏘여 자지러지기 직전의 사람처럼 그의 얼굴이 굳어졌다.

"지금 다라국이라 했습니까?"

이번에는 내 얼굴이 굳어졌다. 이 사람은 다라국을 아는 듯했다.

"예. 1500년 전 가야 제국의 일원이었다가 멸망한 나라죠. 대한민국 경상남도 합천군에 있었습니다."

"어허!"

감탄인지 탄식인지 알 수 없는 외침이 노조우미 씨의 입에서 터져 나왔다.

"그럼 20년 전에 다녀간 그분도 다라국 때문에 오셨던 겁니까?"

"예. 그분은 이곳이 다라국의 식민지였을 것으로 추정하고 있습니다."

노조우미 씨의 얼굴에 가벼운 경련이 스쳐지나갔다. 뭔가에 깊이 감동한 사람만이 지어낼 수 있는 표정이었다.

"놀라운 일입니다. 기다리고 기다리던 염원이 이제야 빛을 보는군요."

노조우미 씨는 뜻 모를 말을 지껄이면서 내 손을 덥석 잡았다.

"20년 전에 그분을 만났더라면 더 좋았을 텐데. 그래도 제가 비번이 아닐 때 선생님을 만난 것도 하늘이 도운 겁니다."

나는 더욱 영문을 알 수 없게 되었다. 도대체 이 사람은 무슨 사연을 가슴에 담고 살았기에 이렇게 흥분하는 것일까?

"선생님은 다라국에 대해 잘 알고 계시는가 보군요?"

"알다 뿐입니까! 제가 바로 그 다라국의 후예입니다. 1500년 전 다라국이 망했을 때 배를 타고 바다를 건너 이곳으로 왔던 선대 분들의 몇 남지 않은 직계인 걸요. 한국에서는 다라국을 다 잊고 있는 줄 알았지요."

노조우미 씨의 눈에서 굵은 눈물방울이 맺혀 떨어졌다. 사연도 잘 모르면서 나도 가슴이 뭉클해졌다.

"그렇지 않습니다. 얼마 전에 다라국의 고분들이 발굴되어 유물을 전시하는 박물관도 생겼고, 연구도 한창 진행되고 있는 걸요. 이 지역과 다라국을 연결시킨 사람은 제가 아는 그분밖에는 없지만 말입니다."

나는 여행 가방에서 K선생이 쓴 책들을 보여주었다. 아울러 합천박물관에 갔을 때 얻은 박물관 도록도 함께 꺼냈다. 노조우미 씨는 그 책들을 보면서 연신 고개를 주억거렸다.

"그랬군요. 워낙 시골이라 전혀 소식을 접하지 못했습니다. 제 불찰입니다. 하지만 이제야 저도 선대 분들께 면목이 서게 되었습니다. 잠시 저를 따라와 주시겠습니까?"

노조우미 씨는 내 손목을 잡더니 서둘러 자리에서 일어났다. 부엌 쪽으로 난 작은 문을 나가자 뒷마당이었다. 날은 어둑해져 사방은 희미하게만 보였다. 노조우미 씨가 기둥에 붙은 스위치를 올리니 마당에 환한 빛이 내리쬐었다. 마당 한편에 있는 작은 사당 한 채가 눈에 들어왔다.

노조우미 씨는 신발도 신지 않고 허겁지겁 사당으로 달려갔다. 사당 앞에서 무릎을 꿇은 노조우미 씨가 흐느끼며 뇌까렸다.

"조상님이시여. 기뻐하시옵소서. 드디어 우리 대다라의 역사에 어둠이 걷히고 광명이 드는 날이 왔습니다. 지하에서의 그 길고긴 기다림이 이제야 결실을 맺게 되었습니다. 조상님이시여. 기뻐하시옵소서."

그렇게 노조우미 씨는 한참 동안 무릎을 꿇고 머리를 조아린 채 움직이지 않았다.

나는 그 신파조의 넋두리에 조금 어이가 없었지만, 뭔가 알 수 없는 엄숙한 분위기 때문에 꼼짝도 할 수 없었다. 2층에서 창문 열리는 소리가 들렸다. 돌아보니 다케오란 학생이 아버지의 흐느끼는 소리를 무연한 표정으로 내려다보고 있었다. 나와 눈이 마주치자 그는 곧 방안으로 사라졌고, 창문은 닫혔다. 방안의 불빛마저 지워졌다.

흥분이 가라앉았는지 노조우미 씨가 천천히 마당에서 일어났다. 뺨에 어린 눈물을 지우면서 그가 겸연쩍은 표정을 지었다.

"제가 흉한 꼴을 보였나 봅니다. 오십 평생 이렇게 기쁜 날은 처음이라. 실례를 용서하십시오."

"아닙니다. 저 역시 깊은 감동을 받았습니다."

얼떨결에 나는 그렇게 대답했다.

거실로 돌아온 노조우미 씨는 나를 잠시 기다리게 하더니 침실로 들어갔다. 다라국의 존재를 아는 사람을 만난 일이 저렇게 걷잡을 수 없는 격정을 불러일으킬 일인지 나로서는 선뜻 이해가 되지 않았다. 그러나 1500년 전에 가뭇없이 사라진 다라국의 실체뿐만 아니라 그들의 후손이라 말하는 사람을 만난 감동이라면 나도 주체하기 어려웠다. 당장 전화를 해서 K선생에게 이 소식을 알리고 싶었다. 어쩌면 가야의 역사, 다라국의 역사가 다시 쓰여야 할 중대한 일인지도 몰랐다.

흥분을 누르고자 맥주를 한 모금 마시는데, 노조우미 씨가 푸른 비단보에 싸인 궤를 들고 나왔다. 그는 정중히 거실 탁자에 그것을 놓았다. 푸른 비단보 위에는 옥빛 실과 붉은 실로 매화나무가 정교하게 수 놓여 있었다.

두 손을 모으고 합장을 끝낸 노조우미 씨가 비단보를 끌렀다. 동백나무에 자개를 박은 직사각형 모양의 목궤였다. 뚜껑을 들어 올리자 안에는 오래 묵은 한적(漢籍)이 소중하게 보관되어 있었다. 깔끔하게 제본된 표지에는 '다라사적요(多羅史摘要)'라는 글이 전서체로 적혀 있었다.

"책이 너무 오래되어 제본은 선대께서 다시 하셨습니다. 하지만 안에 들어 있는 서물(書物)은 1500년 동안 고이 보전되어 오던 것이지요."

표지를 펼치자 아주 낡은 종이로 묶인 문서들이 가지런히 포개져 있었다. 첫 장에는 빛바랜 먹 글씨로 '다라춘추(多羅春秋)'라는 묵서(墨書)가 눈에 띄었다. 노조우미 씨는 하얀 장갑을 끼더니 한 장 한 장 조심스럽게 넘겼다. 해서체의 글이 종이마다 빼곡하게 적혀 있었다.

"아득한 조상 때부터 대대로 전해지는 가보입니다. 저도 한문을 많이 배우지 못해 내용을 다 이해하지는 못합니다만, 다라국에서 이곳으로 피해 온 유민이셨던 저의 직계 선조께서 손수 기록하신 서물이라 알고 있습니다."

표지와 속지에 적힌 제목으로 볼 때 이것은 다라국의 역사를 당시 사관(史官)이 필서한 글임에 틀림없었다. 누군가 다라국의 역사가 사라지지 않도록 정성을 다해 기록해 놓은 것이었다. 그 서물을 만지는 내 손도 떨리지 않을 수 없었다. 다행히 나는 대학원에서 한문학으로 박사학위를 받았다. 물 흐르듯 줄줄 읽어나가지는 못해도 그 내용을 어림짐작할 정도는 되었다.

"술진공(述眞公)이란 분이 누굽니까?"

"저도 자세히는 모릅니다만 이 글을 처음 필서한 분이라고 들어 알고 있습니다."

"강래(糠萊)란 분은요?"

내 말을 듣더니 노조우미 씨가 빙긋이 웃었다.

"저희들끼리는 '겨레'라 읽지요. 음차한 말입니다."

"아, 그렇군요. 겨레, 겨레라……."

그렇게 다라국의 마지막 시대를 장식했던 사람들의 이름이 책장을 넘기자 하나하나 모습을 드러냈다. 홍분 때문에 눈앞이 흐려져 글자가 잘 보이지 않았다. 글을 더듬어 나가는 중에 문득 내게 의구심이 일었다.

"그런데 이런 귀중한 사료가 어떻게 지금까지 공개되지 않았던 겁니까?"

"선대께서는 후손들에게 이 문서를 전하시면서 함부로 남에게 보여주지 말라 신신당부하셨지요. 다라국이 망했을 때나 이곳으로 왔을 때 왜국 정권은 규슈 지역에 있던 가야식민지에 대한 모든 사실을 뿌리째 말살하려고 들었습니다. 특히 『일본서기』가 만들어질 무렵에는 더했지요. 그 때문에 이 문서의 존재는 철저하게 숨겨졌고, 장손 외에는 누구도 모르게 했습니다. 오직 한반도에서 다라국에 대해 묻는 사람이 오거든 그 사람에게만 공개하라는 엄명이 있었습니다. 물론 식민지시대 때는 어떤 경우라도 발설하지 말라는 묵계가 있었고요. 그 때문에 공개될 수 없었지만, 안전하게 보존될 수 있었던 겁니다."

"이런 중요한 사료를 저를 어떻게 믿고 보여주시는 겁니까?"

노조우미 씨는 미안한 표정을 지으며 대답했다.

"물론 저도 처음에는 반신반의했지요. 열차에서 내리는 선생을 보고, 또 아들놈이 말하는 소릴 들으니 뭔가 짚이는 데가 있었습니다. 그래도 사람의 속내를 어찌 겉만 보고 알겠습니까? 그래서 선생을 보내고 몰래 뒤를 밟았습니다. 비번인 친구가 마침 집에 있더군요. 흑심을 품은 사람이라면 뭔가 구린 냄새를 풍기리라 믿었습니다.

그런데 선생이 오후 내내 다니는 코스나 행동을 보니 관광객도 아니었고, 이 문서에 해를 끼칠 수상한 인물인 증거도 없었지요. 물론 아니란 물증도 없었습니다. 그래서 궁리 끝에 선생을 집으로 초대한 겁니다. 직접 선생의 입에서 다라국 얘기가 나오게 하고, 진심이 담긴 사실을 확인하자고요. 그리고 저는 선생이 바로 그 사람인 것을 확신할 수 있었습니다."

나로서는 너무나 고마운 일이었다. 그가 나를 끝까지 의심했다면 나는 이 문서들을 보지 못했을 것이다. 그러면 언제 이 문서가 세상에 진실을 알릴지는 영영 기약하기 어려워졌을 것이다.

　문서의 양이 적지 않아 그 자리에서 다 읽어볼 수는 없었다. 또 일독으로는 확인하기 어려운 부분들도 있어, 내가 컴퓨터에 넣어둔 자료나 기타 인터넷 자료들도 참고를 해야했다.

　나는 노조우미 씨의 안내로 손님방에 들었다. 노조우미 씨는 내가 짐 정리를 마칠 때까지 지켜보더니 동백나무 목궤에 든 문서를 책상 위에 올려놓고 나갔다.

　욕실에서 하루 내내 땀과 먼지에 절은 몸과 마음을 깨끗이 씻어낸 뒤 나는 책상에 앉아 독서등의 불을 켰다. 노트북에도 전원을 넣었고, 인터넷을 연결했다. 이 위대한 발견의 순간을 나 혼자만 누린다는 것이 사치스럽게 여겨졌다. 우연이라하더라도 나는 이 영광을 마다할 수는 없었다.

　메모 노트를 펼친 나는 1500년 전 술진공에 의해 쓰여졌다는 위대한 나라 다라국의 이야기를 읽어나가기 시작했다.

짧은목항아리와 원통모양그릇받침(短頸壺·圓筒形器臺)

Jar with short neck·Cylindrical pottery stand
옥전 M4호분

# 번영의 그늘

## 1

다라의 하늘 위로 새로 날이 밝았다. 해는 어둠 속에서 떠오르지 않고 숲속으로 새가 날 듯 모습을 드러냈다. 동다라 산의 푸른 삼림을 사람들은 해가 밤에 잠자는 곳으로 알았다. 아침 해가 펼치는 햇무리가 새벽 새의 날갯짓처럼 보였다. 해가 뜨기도 전에 다라의 노인네들은 먹이를 찾아나서는 어미 새처럼 자리에서 일어났다. 청년들도 이에 뒤질 새라 어제 논일을 하면서 묻은 짚신의 흙을 털어냈다. 이런 소란에 아이들도 덩달아 깨어 새끼 새처럼 입을 열어 종알거렸다.

"아비? 오늘 무슨 일이 있나요?"

호기심이 많은 아이는 벌써 식구들의 분주함에서 전과는 다른 냄새를 맡았다. 등짐을 질 때 쓸 밧줄을 둘둘 말면서 아비가 대답했다.

"녀석 눈치 하난 빠르구나. 오늘 황강 포구에 우리 교역 선단이 들어오지 않니. 세상의 진귀한 물건이란 물건은 다 싣고 오는 날이지. 오늘은 우리 다라국의 잔칫날이란다."

아비가 눈을 동그랗게 뜨고 사방을 두리번거리는 아이의 머리를 쓰다듬어 주었다.

"아하! 그렇구나. 이번 선단은 어디서 오는 건데요?"

아이는 아비의 바지춤을 잡고 흔들면서 보채 듯 물었다.

"이번 선단은 세상을 다 돌아다녔지. 황해 건너 대륙 해안 가의 여러 고을들 하고 왜국에 있는 가야방(伽倻坊, 왜국에 있는 가야 제국의 식민지를 일컫는 말)하며 주변 부용국들까지 두 루 거쳐 왔다더구나. 그러고 보니 장장 석 달 동안 항해를 한 셈이로구먼."

아비는 혼자 손가락을 헤아리면서 감탄했다. 아이는 아비 의 손가락을 보면서 까닭도 모르고 고개를 끄덕였다.

"와! 그럼 달짝지근한 주전부리도 잔뜩 실었겠네!"

"이 녀석아. 우리 선단들 배가 아무리 크다지만 그런 것까 지 싣진 않았겠지. 비단이며 금은보화, 토기와 무기를 싣기 에도 배는 비좁을 게다."

아이는 실망해서 눈살을 찡그렸다.

"피! 그럼 뭐야. 좋아할 거 하나도 없잖아."

"이런 응석꾸러기하고는. 그런 것들을 가져와 이웃 가야국 에 팔면, 그게 곡식이 되고 주전부리가 되는 게야. 삐칠 일이 아니지."

아비가 손을 들어 아이의 머리에 꿀밤을 주려고 하자 아이는 재빨리 아비의 손을 피해 다람쥐처럼 부엌으로 달아났다. 부엌에서 할미가 나오면서 아비를 채근했다.

"애비야. 아침부터 서둘러 먹어라. 애들 응석 다 들어주다간 시간에 늦겠다. 안 그래도 일손이 부족할 텐데."

아이는 할미의 옷자락 뒤에 숨어 얼굴을 내밀더니 날름 혀를 빼물었다. 아비는 웃으면서 마루에 붙였던 엉덩이를 들어올렸다.

"예. 어머니. 하지만 밥은 준비 안 하셔도 됐을 텐데요. 포구에 가면 일꾼들을 위해 국밥을 차려놨을 겁니다. 하루 종일 일해야 하는데 굶으면서 할 수야 있나요. 관아에서 다 마련해 놨답니다."

할미가 놀란 표정으로 입을 벌렸다.

"오늘 귀환 선단 덩치가 크긴 큰 모양이구나. 전엔 한나절 일하면 끝나더니 이번에 하루를 꼬박 일해야 하는 모양이지."

"예. 대왕께서 단단히 작심하고 보낸 선단이니까요. 후왕(後王, 지금 말하는 세자. 다음에 왕이 될 사람을 말한다.)께서 저번 전쟁 때 전사하신 뒤로 대왕께서 상심이 워낙 크셨잖아요. 장사도 후히 치렀지만 외아들을 잃은 충격에서 헤어나질 못 하셨잖습니까. 더구나 지난해에는 태황마마와 왕비마마까지 잃었고요. 이런 변고로 정사에도 흥미를 잃고 술과 사냥으로 시간을 보내 다들 걱정이 많았는데, 올해 들어서야 겨우 안정을 되찾으셔서 대규모 선단을 꾸린 거지요."

아비의 말에 할미의 얼굴에 그늘이 드리워졌다.

"자식을 잃으면 눈이 먼다는데 오죽했겠냐. 그래도 그때 치레는 조금 지나쳤지. 뒤에서 말이 좀 많았니. 생명을 소중히 여겨야 하는데, 대왕께서 많이 과하셨어."

아비가 바깥 동정을 살피더니 입에 손가락을 대며 어르듯 말했다.

"어머니. 말조심하세요. 그러다 경을 칩니다."

"이 나이에 경을 치면 얼마나 친다고. 대왕 주변에 바른 말 하는 신하가 제대로 없으니 대왕의 심기가 그리도 혼몽했던 게 아니냐. 딱한 일이야."

더 이상 대거리를 했다가는 무슨 말이 튀어나올지 알 수 없게 되자 아비는 서둘러 집을 떠날 채비를 했다. 하지만 아이가 뒤처지지 않고 아비를 쪼르르 따라 나왔다.

"아비. 그런데 이번 선단의 우두머리는 뉘세요?"

아이의 응석이 싫지 않은지 씩 웃으며 아비는 아이의 손을 잡고 사립문을 밀었다. 아이의 기척을 눈치 챈 어미가 부엌문을 열면서 나왔다.

"애야. 오늘은 집에 있어라. 포구에 사람들로 발 디딜 틈도 없을 텐데, 아비 일 방해하면 안 되지."

"그냥 두구려. 이 녀석도 장차 우리 다라국의 기둥이 되어야 할 아이야. 미리 행사를 봐두는 것도 나쁘진 않겠지. 아버님. 그럼 다녀오겠습니다."

아비가 방문을 향해 큰 소리로 외쳤다. 방문이 삐그덕 소리를 내며 열렸다. 흰 구레나룻이 턱에 가득 한 할아비가 앉은 채 몸을 내밀었다.

"그래. 어서 다녀 오거라. 나도 몸만 예전 같으면 가서 도울 텐데, 이젠 기력이 딸려 외려 방해만 될 테니……."

"아버님도 참. 며칠 푹 쉬시면 근력이 되살아날 텐데, 공연한 걱정이시네요. 아침밥 꾹꾹 챙겨 드세요."

아비가 어미와 아내의 얼굴을 번갈아 보았다. 두 아낙도 호응하듯 고개를 끄덕였다. 아이는 이런 일엔 아랑 곳 않고 제 궁금증을 못 풀어 안달이 났다.

"아이, 아비. 선단 우두머리가 누구냐니까요?"

화물을 부릴 때 쓸 주머니칼을 옆구리에 차면서 아비가 대답했다.

"녀석아. 누구긴 누구겠니. 문탁(文卓)장군이지. 그런 대선단을 이끌 사람에 문탁장군 말고 또 누가 있더냐."

아이가 탄성을 질렀다.

"와, 북다라산에 나타나 사람 잡아먹던 호랑이를 한 주먹에 때려잡았다는 그 문탁장군 말이에요?"

"그래. 우리 다라국에 용맹과 완력이라면 장군을 따라갈 이가 없지. 젊은 사람이 기상이 보통이 아니야."

할미도 웃으며 멀리 하늘을 보면서 회상에 잠겼다.

"문탁이 어렸을 때 아장아장 걷던 모습을 본 게 엊그제 같은데, 벌써 저리도 늠름한 청년으로 장성했구나. 충신 집안에 충신 나고 명장 가문에 명장 난다더니, 역시 핏줄은 속이지 못혀."

아이가 그 말에 입술을 씰룩거렸다.

"할머니. 우리 아버지는 농사를 짓지만 저는 나중에 장군이 될 거예요. 그래서 수천 명 병사를 이끌고 나가 외적을 무찌를 거라고요."

토라진 아이를 보며 할미가 손뼉을 치며 말했다.

"아이고. 어련하겠니. 우리 두레 장군님. 그저 우리 백성들을 잘 지켜주시옵소서."

아이가 어깨를 으쓱하며 뻐기듯 몸을 흔들었다.

"그래. 그래. 우리 다라국을 못 잡아먹어 혈안이 된 저 백제와 신라 군병들을 네가 싹 몰아내야지. 두레 너라면 분명히 해낼 거다."

어미도 격려하듯 장단을 맞추었다.

"장차 장군이 될 사람이 아비 일 나가는 걸 막아서야 되겠느냐. 두레 너는 그만 들어오너라."

할아비가 목소리를 깔면서 한 마디 하자 아이도 더는 나대지 못하고 발길을 돌렸다.

"예. 할아비. 밥 먹고 동네 애들 하고 칼싸움하며 놀아야지."

밥상을 들고 방안으로 들어가는 어미 뒤를 쫓아 아이가 빠르르 마루 위로 뛰어올랐다. 세 식구가 방으로 들어간 것을 본 아비가 흐뭇한 미소를 머금으며 포구로 발길을 돌렸다.

## 2

도성에서 가장 번화한 포구에서 5리 쯤 떨어진 언덕 아래 다라국의 왕궁은 자리했다. 언덕 뒤 산에는 전란 때를 대비한 산성이 띠처럼 하얀 원을 두르며 왕궁을 굽어보고 있었다. 백성들과의 동고동락을 통치의 기본으로 삼은 다라국의 왕궁은 검소한 규모를 가졌지만, 그렇다고 왕성으로서의 위엄까지 잃지는 않았다. 중앙에 높은 망루가 있었고, 주변에는 저마다 제 역할을 맡은 건물들이 줄지어 들어섰다.

대왕이 왕무(王務)를 보는 궁성은 궁성 뒤편 언덕이 시작되는 곳에 있었다. 그리고 그곳에서 동쪽으로 난 소로를 따라 조금 걸으면 왕녀들의 거처가 나타났다. 한때 많은 궁녀들로 북적였지만 근자에는 눈에 띌 만큼 한적해졌다. 재작년 가야 제국 일대를 휩쓸고 지나간 역병으로 왕후가 세상을 떠난 탓이었다. 그때 왕후를 간호하다 며느리마저 유명을 달리하고 말았다. 지금은 대왕의 유일한 혈육인 공주 혼자 너른 터를 지키고 있었다.

한 건물의 창살 밖으로 몹시 화가 난 목소리가 흘러나왔다.

"오늘 같은 날 왜 대왕께서는 궁 안에서 꼼짝도 말고 있으라는 것인지 까닭을 모르겠구나. 도성 사람들이 선단을 맞느라 다들 팔을 걷어붙였는데, 나만 팔짱을 끼고 있으란 말이냐? 국밥을 말고 전을 부치는 일이라도 도와야 않겠냔 말이야. 안 그래, 유모?"

소정공주(素貞公主)는 입술이 한 아름이나 밖으로 불거져 나왔다. 아침부터 머리를 동여매고 궁녀들이 일할 때 입는 허드레옷으로 갈아입은 채 궁성을 나설 일로 마음이 들떠 있었다. 그런데 궁문 밖으로 나서면 안 된다는 대왕의 엄명 한 마디가 찬물을 끼얹었다. 공주는 다시 거추장스런 왕녀 복으로 갈아입으면서 잔뜩 심술이 나 투덜거렸다. 공주의 옷고름 매무새를 만지면서 유모가 멋쩍게 웃었다.

"대왕께서 다 뜻이 있어 그러시는 거겠지요. 공주마마는 그냥 왕녀가 아니십니다. 대왕의 유일한 혈육이시니 얼마나 귀한 몸이십니까? 자칫 사람 많은 곳에 갔다가 불미스런 일 이라도 당할까 저어하시는 게 아니겠습니까."

그래도 공주의 원망은 풀리지 않았다.

"난 사람들과 어울리고 싶어. 저 백성들이 바로 우리 다라 국을 지탱해주는 힘이잖아? 그들의 살림살이며 형편을 알아 야 할아버님께도 말씀을 드리지. 더구나 지금이 태평성대도 아니잖아."

유모가 손사래를 치면서 말을 막았다.

"아서요. 말이 씨가 됩니다. 새벽에 산성 샘물에서 길어온 물입니다. 쭉 마시고 마음을 풀도록 하세요."

유모가 고배에 담긴 물을 공주에게 권했다. 고배를 힐끗 본 공주가 마지못해 잔을 받았다. 물을 마신 공주의 표정은 좀 가라앉았지만, 얼굴에는 슬픔이 대신 떠올랐다.

"몇 년 전에 아버님도 돌아가셨고, 재작년엔 어머님마저 세상을 떠났지. 이젠 내가 아버님, 어머님 역할을 맡아야 해.

그런데도 할아버님께서는 날 여전히 철없는 계집애로만 생각하시는구나. 여염집 계집이 나이 스무 살이면 밭일이나 소 꼴 먹이는 일만 하겠느냐. 벌써 시집을 가서 아이라도 몇 있을 나이잖아. 그런데 지금 내 처지가 뭐란 말이냐. 우리에 갇힌 사슴인지 새장 안 파랑새인지 모르겠구나. 유모라도 속이 상할 거야."

유모가 공주를 다독거렸다.

"물론 여염집 계집이라면 그렇겠지요. 하오나 대왕께서는 마마를 여염집 계집으로 키울 수 없는 처지이십니다. 잘 아시면서 왜 그러십니까."

"그러니까 더 속이 상한단 말이야."

왕녀복의 긴 옷소매를 손으로 매만지면서 소정공주는 창가로 갔다. 창문을 열자 숲 너머로 멀리 포구가 아련하게 보였다. 사람들이 북적이는 모습이 눈에 들어왔다. 잎이 떨어지지 않은 나무들 때문에 시야가 가렸다.

"아이, 나무에 가려 포구가 잘 보이지 않네. 유모. 우리 뒷산에 올라가 좀 자세히 보도록 해요. 멀리서라도 구경해야 속이 시원하겠어."

"그러지요. 설마 대왕께서도 그것까지 탓하시지는 않을 겝니다."

밖으로 나오자 바람이 휑하니 지나갔다. 초가을 날씨는 아직 따뜻했지만 바람 속에는 찬 기운이 여리게 감돌았다.

"날이 조금 쓸쓸하네요. 외피 옷을 입으셔야겠습니다."

유모가 손끝으로 바람의 질감을 어림잡더니 말했다.

"아니야. 지금은 강해져야 할 때야. 바람 좀 차다고 움츠린 다면 어떻게 한겨울 북풍한설을 견디겠어. 그냥 가자."

유모의 얼굴 위로 감동의 빛이 스쳐지나갔다.

"옳은 말씀이십니다. 대왕께서도 다시 기운을 차리셨으니 공주마마도 더욱 굳세지셔야지요. 백성들이 누구를 의지하 여 어려운 시절을 극복하겠습니까?"

뒷산으로 올라가는 작은 쪽문을 열었다. 울창한 숲이 바로 나타났다. 나무를 때서 음식을 해먹고 겨울을 나는 다라국은 일찍부터 나무 심기의 중요성을 알았다. 사방이 산이고 들판 이 적은 다라국은 숲 가꾸기에 많은 정성을 쏟았다. 나무는 다라국에 많은 혜택을 베풀었다. 철광석을 녹여 덩이쇠를 주조할 때 나무의 화력은 철의 질의 좌우했다. 황강에 띄울 군함과 상선을 만들 때도 아름드리 재목은 필요했다.

소정공주가 길가에서 반듯하게 자란 소나무를 어루만지 며 말했다.

"나무들은 참 태평하기도 하구나. 해마다 쉬지 않고 가지 를 뻗고 몸집을 키우네. 한 자리에 평생을 머물면서도 제 역할은 다하니, 저런 나무들이 부러울 때도 있네."

유모가 걸음을 멈추더니 도성이 있는 포구 쪽을 바라보았다.

"나무들이 탈 없이 자랄 수 있었던 것은 다라 사람들의 정 성과 노력이 있었기 때문이지요. 한 그루 한 그루를 제 식구 돌보듯이 가꾼 숨은 공로를 잊어서는 안 됩니다. 그러기에 나무들도 우리들에게 보답을 하는 것이고요."

소정공주가 고개를 끄덕였다.

"그래. 유모 말이 맞아. 저 백성들이야말로 다라를 있게 한 뿌리지. 나무는 뿌리가 없으면 말라죽잖아. 마찬가지로 백성이 없으면 다라국도 소멸하는 거지."

"너무 심려마세요. 다라 백성들은 대왕과 공주마마를 신뢰하고 있습니다. 다라를 위해서라면 언제든 목숨을 내놓을 준비가 되어 있지요."

"그래, 참 고마운 일이야."

언덕은 경사가 완만해서 천천히 걷기에 알맞았다. 가지에 둥지를 튼 새들이 발길마다 울음으로 두 사람을 맞았다. 그때 숲 저편에서 수상한 그림자가 어른거렸다.

그림자를 먼저 발견한 유모가 공주의 앞을 황급하게 가로막았다.

"누구냐!"

유모의 목소리가 다급했다.

칼과 창으로 무장한 일군의 군인들이 두 사람 앞으로 달려나왔다.

"공주마마. 여기는 어인 일이십니까?"

왕궁을 경비하고 있던 병사들이었다. 병졸 셋과 장교 한 사람이 사방을 경계하며 공주와 유모를 에워쌌다.

"아, 파수병들이로군. 수고가 많소."

장교가 군례를 올리며 말했다.

"신라의 척후병들이 북다라산을 타고 내려와 왕궁 근처까지 왔다는 첩보가 있사옵니다. 선단이 입항하는지라 많은 군사들이 포구로 내려가 있습니다. 경계가 평소처럼 삼엄하지 못하오니 궁성으로 돌아가십시오."

근래 군세를 키운 신라가 자주 국경을 넘어 가야 제국을 공격하고 있었다. 북다라산 너머 있는 대가야의 군대가 공격을 막으며 길목을 차단하자 신라군은 우회하여 다라국을 기습할 기회를 노리고 있었다. 대가야에 원군을 보내 함께 신라의 진격을 막는 다라국은 신라가 보기에 눈의 가시 같은 존재였다. 공주의 아버지였던 후왕이 전사한 것도 대가야를 돕기 위해 군사를 지휘해 가던 중 기습 공격을 받아서였다. 때로 대가야와 다라국이 합세를 해도 공격을 막기 어려울 땐 백제가 원군을 보내 돕기도 했지만, 백제 역시 전략의 요충지인 다라국을 탐내기는 마찬가지였다.

두 사람이 발길을 돌리자 파수병들도 바람처럼 숲 안으로 사라졌다. 그들의 모습을 지켜보던 소정공주가 한숨을 내쉬며 말했다.

"언제나 우리 다라국도 군세를 키워 아버님의 원수를 갚을 수 있을까?"

"모든 일에는 다 때가 있는 법입니다. 절치부심하면서 힘을 키운다면 그 원한을 갚을 날이 반드시 올 겁니다. 공주님."

"강한 군대를 키우자면 뛰어난 지휘자가 있어야 해. 대장군인 문성(文星)장군이 계시지만, 그분도 이미 연로한 나이시지. 문성장군이 전사라도 한다면 누가 그를 대신할 수 있을까?"

유모가 입술을 깨물며 대답했다.

"아드님이신 문탁장군이 있잖습니까? 지략과 용맹이 천하를 호령하고도 남을 만하다고 합니다. 이번 선단을 지휘해서 황하와 장강 일대, 왜국을 무사히 다녀온 데도 문탁장군의 공이 크다고 들었습니다."

공주의 얼굴에 오랜만에 밝은 미소가 감돌았다.

"아 문탁장군 말이로구나. 석 달 전에 선단이 발진할 때 나도 가 봤어. 어떤 사람일까 궁금했거든. 젊은 장군이 그런 중책을 맡았다니 내심 좀 놀랐잖아. 이십여 척의 배를 일사불란하게 움직여 황강을 빠져나가더구나."

"문탁장군이 계시는 한 문성장군께 유고가 있다고 해도 걱정할 필요는 없을 것이옵니다."

공주가 다시 짜증을 부리기 시작했다.

"아이, 그런 장군이 귀환하는 데 내가 못 가보다니. 그 늠름한 모습을 한 번 더 보고 싶은데 말이야."

유모가 얼굴을 숙이며 웃음을 감추면서 넌지시 말했다.

"때가 되면 어련히 보시게 될까 봐요. 지금은 공주마마의 안위를 잘 지키는 일이 더 화급하옵니다. 정말 탈이 나기 전에 빨리 궁 안으로 드세요."

유모의 손길에 등이 밀려 발걸음을 재촉하면서 공주가 투정을 부리듯 말했다.

"이젠 유모까지 날 못살게 구네."

궁성의 쪽문이 닫히자 산성으로 이어지는 언덕의 숲은 새와 바람만이 나무들을 휘감아 돌았다.

## 3

선단이 포구 안으로 한 척 한 척 들어와 닻을 내리자 건장한 장정들이 우르르 뱃전으로 몰려나갔다. 어른 팔뚝만한 밧줄이 배 위에서 포구로 던져졌다. 장정들은 밧줄을 잡아 쇠말뚝에 단단히 고정시켰다. 고물 쪽에서 몇몇 선원들이 팔을 좌우로 흔들며 배의 위치를 잡아주었다. 돛대에는 황포를 엮어 만든 돛이 둘둘 감겨 있었다.

긴 포구를 사이에 두고 열 척의 배가 정박을 마치자 하선 작업이 뒤이어졌다. 험한 바닷길에서도 거친 파도를 견디기 위해 배들은 모두 하반부에 이중으로 늑골을 올려 넓은 용적 공간을 확보하고 파도에도 균형을 잃지 않게 만들었다. 건조할 때 시간과 비용이 많이 드는 흠이 있지만, 한 번 바다에 띄우면 오래 사용할 수 있다는 장점은 단점을 충분히 덮어주었다.

동강(지금의 낙동강)의 지류인 황강 일원에 자리한 다라국이 오랜 기간 해상 무역업에서 다른 지역이나 나라에 비해 우위를 점할 수 있었던 것도 이런 튼튼한 배가 있었기 때문이었다. 다른 배라면 발진할 엄두를 낼 수 없는 험악한 날씨에도 다라의 배는 거침없이 바다를 달렸다. 안전하게 물건을 싣고 돌아오는 귀환율도 비교할 수 없을 만큼 높았다.

다라국 선단의 선박들이 가진 설계상의 특징은 가장 큰 국가 기밀이었다. 백여 년 전 대장군을 지냈던, 문탁장군의 증조부에 의해 고안된 설계 기술은 다라국의 위상을 우뚝하게 세워주었다. 백여 년 전에 만들어진 배가 지금도 여러 차례 정비를 받아 별 탈 없이 쓰일 정도였다.

상선의 옆구리가 열리면서 하역구가 드러났다. 장정들이 재빨리 널빤지를 겹쳐 만든 진입대를 하역구 앞에 대놓았다. 이렇게 하면 일일이 사람이 비계를 걸어 올라가 짐을 져 날라야 하는 불편이 없어졌다. 수레에 실린 짐들이 바로 포구로 내려왔는데, 이번 선단은 규모가 규모인 만큼 워낙 물량이 많아 하루 밤낮을 부려야 마칠 양이었다.

먹을 것이라도 있는지 살피느라 갈매기 떼들이 끼룩거리며 포구와 상선 위를 무리지어 날아다녔다. 짐을 부리면서 힘을 모으며 내는 구호와 갈매기 떼의 울음소리, 구경하거나 짐을 정리하는 사람들이 내는 소음들이 뒤섞여 황강 포구는 큰 전투라도 벌어진 것처럼 시끌벅적거렸다.

그런 부산한 소동을 술진공(述眞公)은 멀리서 지켜보았다. 도성을 바로 위에서 감싸고 있는 중다라산이 지척에 보이는 길가 주먹거리에서였다. 재를 넘어 굽이굽이 꺾여 흐르는 황강 줄기를 따라 난 길을 가면 옥전(玉田)이 나왔다. 옥전의 뒤편은 대대로 다라국의 왕족과 귀족들이 죽어 묻히는 분묘가 있었다. 분묘에서 마주보이는 황강을 건너 낮은 언덕을 지나면 다라국 사람들의 한 해 양식을 대주는 다라 평원이었다.

"사관(史官) 어른. 어서 오세요. 오늘도 입이 심심하신가 봐요. 탁주 한 병 올릴까요?"

술진공이 마당에 펼쳐둔 평상에 엉덩이를 붙이자 안에서 아낙이 달려와 인사했다. 중년을 조금 넘긴 아낙은 살집은 조금 있었지만 그럭저럭 날렵하고 여린 몸매를 지니고 있었다. 그녀는 나이와 어울리지 않게 '꽃네'로 불렸다. 꽃을 좋아해 주막 주변에 철마다 어울리는 꽃을 심어 나온 별명이었다. 사람들은 그런 꽃네의 취미를 두고 빈정거렸다.

"꽃네네 주막에 가면 술 냄새는 나지 않고 꽃냄새만 나니 거 참 요상한 일이 아니고 뭔가."

술진공은 괜히 멀쩡한 수염을 한 번 쓸어 올리며 아낙을 곁눈질했다. 평생 다라의 역사와 왕궁에서 일어난 사건들을 정리하고 기록하느라 오십이 다 되도록 홀몸인 술진공이었다. 자신이 살아온 일생을 후회하지는 않았지만, 늘그막에 이르자 쓸쓸한 감정은 어쩔 수 없었다. 다 늙어 젊은 처자를 얻어 가정을 꾸린다면 사람들이 속으로 비웃을 것이었다.

자격지심에 내색도 못하고 끙끙 앓을 때마다 찾았던 곳이 꽃네의 주막이었다. 꽃향기가 좋았고, 내외하지 않고 반갑게 맞아주는 꽃네의 환한 웃음을 그곳에 가면 항상 볼 수 있었다. 꽃네 또한 신혼의 단꿈이 채 무르익기도 전에 남편이 전쟁에 나가 죽었다. 수절할 작정은 아니었지만, 유복자로 남은 남편의 소생을 키우는 일에만 매달리다 보니 때를 놓치고 말았다.

"그러시게나. 술이라면 역시 꽃네네 술맛이 최고거든. 세상사 모든 시름을 다 씻어가 주니 말일세. 헌데 오늘 선단이 귀환하는 날이라 도성 전체가 시끄러운데, 어째 이 집은 이리 조용한가? 참새들이 모여 잔치를 벌여도 되겠네그려."

꽃네가 행주를 손으로 짜내며 고개를 저었다.

"아직 사람들이 모이기엔 이르지요. 힘 좀 쓴다는 장정들은 모두 포구에서 짐을 부리고 있는데, 어느 겨를에 예까지 와서 목을 축이겠습니까. 더구나 오늘은 관아에서 국밥과 고기를 내준다더군요. 당연히 술도 딸려 나올 테니, 제 돈 들여 술 마실 사람이 어디 있겠어요."

"어허! 남들은 잔친데 자네 집은 초상집일세그려."

"웃는 사람이 있으면 우는 사람도 있는 법이지요. 그래도 저 혼자만 우니 얼마나 다행입니까. 곧 주안상 봐 올게요."

꽃네가 수줍게 웃으며 몸을 돌렸다. 술진공은 치마폭 속에서 움질거리는 꽃네의 엉덩짝을 상상하며 입맛을 쩝쩝 다셨다. 보기보다 숫기가 없는 술진공은 글발은 천하에 내로라하는 문장가였지만, 말발은 견줄 데 없는 허접이었다.

술진공은 행낭 속에 넣어둔 문방구를 꺼냈다. 저녁 들어 짐들이 얼추 부려지면 대왕이 행차할 것이고, 그 전에 그는 선단을 이끌고 온 문탁장군과 선장을 만나 지난 석 달 동안 일지와 내력, 이역 땅의 형편 따위를 정리해 두어야 했다. 대낮부터 술잔을 기울일 계제가 아니었지만, 꽃네의 얼굴을 보지 않고 주막을 지나가기란 여간 어려운 일이 아니었다.

어젯밤에 쓰다 만 글이 한지 위에 적혀 있었다. 술진공 이전에 사관을 맡았던 사람들은 다라의 역사를 기록하는 데 큰 관심을 기울이지 않았다. 그저 대왕의 일과를 적고 군사적인 동태만 간략하게 갈무려 두었을 뿐이었다. 백오십 년이 넘는 다라의 역사가 너무 소홀한 대접을 받고 있었다. 시간이 흐르면 사람들의 기억도 흐려지기 마련이었다. 소중한 사실들이 다 잊히기 전에 자신의 손으로 정리하리라 술진공은 작정했었다.

문서들을 다시 개켜 행낭 속에 접어 넣자니, 꽃네가 술상을 봐 나왔다. 다라의 산천에서 자라는 나물로 만든 산채 안주와 황강에서 잡은 생선을 끓인 탕국, 입이 좁은 항아리에 담긴 술이 얹혀 있었다.

꽃네가 고배에 술을 쳐 주면서 술진공에게 건넸다. 꽃네의 고운 손과 가는 손목이 눈에 잡힐 듯 가깝게 보였다. 고배를 잡는데 슬쩍 꽃네의 손끝이 술진공의 손바닥에 닿았다. 자칫했으면 고배를 엎지를 뻔했다.

"술잔을 잘 잡으세요. 하마터면 제 손을 잡을 뻔하지 않았습니까?"

꽃네가 얼굴을 붉히며 고개를 돌렸다.

"그러게나 말일세. 늙으니까 이젠 수전증이 생기나보네."

술진공도 열없게 웃으며 대꾸했다. 자신의 딱한 말주변에 화가 나 주먹으로 입을 한 대 쳐주고 싶었다.

"무생(武生)이는 아직도 군문에서 일을 보나?"

무생은 꽃네의 아들이었다. 다 자라 군영에 들어가 병졸이 되었다. 변방 지역에 항상 전운이 감돌아 무생은 한 해 가야 한두 번 집에 오기도 어려웠다.

아들 얘기가 나오자 꽃네의 얼굴이 어두워졌다.

"예. 그저 무소식이 희소식이라 생각합지요. 제발 큰 전란이 없기만 바란답니다."

"잘 지냈겠지. 요즘은 변방도 비교적 소강상태라더군. 허허! 이럴 땐 자식 없는 게 상팔자구먼."

낮술이 몇 잔 들어가자 얼큰하게 취기가 올라왔다. 이러고 있을 때가 아닌 줄 번연히 알지만 술꾼도 없이 조용한 주막에 둘만 앉아 있자니 자리를 뜨기 싫었다. 꽃네도 평상에 걸터앉아 떠날 생각을 하지 않았다. 대왕이고 선단이고 자시고 간에 확 껴안고 싶은 충동이 목구멍까지 치올라왔다.

몇 잔 더 마시면 없는 배짱도 생기려니 위안하며 술잔을 기울이는데, 아니나 다를까 불청객이 주막을 들어섰다.

"사관 어른. 여기 계셨습니까?"

"술진공 할아비, 그냥 안녕하셨어요?"

어른과 아이들의 목소리가 뒤섞여 주막의 적막을 깼다. 돌아보니 대장간에서 일하는 망치 일가였다. 문 밖에는 볏짚으로 덮인 물건이 실린 소달구지가 멈춰 있었다. 턱이 사각이라 튼튼해 보이는 망치와 그의 두 자식이 함께 주막으로 들어오는 중이었다.

"어허! 송이(松伊)와 겨레구나. 송이는 몰라보게 예뻐졌고, 겨레는 벌써 어른이 다 됐네."

인사치레를 하는데, 겨레가 입을 내밀며 비아냥거렸다.

"참, 술진공 할아비도. 접때 뵌 게 사흘 전인데, 그새 저희들이 자랐다면 얼마나 자랐다고 거짓뿌렁을 늘어놓으세요. 보름 만에 보면 장가갔냐고 물으시겠네."

겨레는 야무지고 똑똑한 아이였다. 아비 망치는 평생 불가마 앞에서 쇳물을 뽑아내고 담금질을 하며 산 무지렁이였지만, 겨레는 암기력이 비상한 데다 한 자를 가르쳐주면 두어 자를 되짚어 알아내는 영특함을 타고 났다. 우연히 대장간에 들렀다가 겨레의 총기를 알아본 술진공은 틈이 날 때마다 불러 글을 가르쳐주고 이런저런 이야기도 들려주었다.

"예, 겨레야. 그건 할아비께서 그냥 하시는 말씀이야. 그걸 곧이곧대로 새겨듣다니, 너 정말 똑똑한 아이 맞니?"

송이가 겨레의 뒤통수를 슬쩍 치면서 꾸중을 내렸다.

"왜 때려! 술진공 할아비가 사람은 거짓뿌렁을 해서는 안 된다고 말씀하셨단 말이야. 그렇죠?"

겨레가 뒤에서 등짐을 지고 서 있는 아비 망치를 보면서 물었다.

"술진공께서 그렇게 말씀하셨으면 맞는 말이겠지. 하하!"

망치가 입을 쩍 벌리고 웃음을 날리며 대꾸했다.

"어인 일이에요. 아직 밥 때는 이른데?"

꽃네가 치마를 하릴없이 털면서 물었다.

"밥은 올 때 먹고요. 산을 넘어왔더니 목이 마르네요. 물

58

좀 한 잔 주십시오."

"그러세요. 잠시 기다리슈."

되바라진 겨레의 말을 받아칠 수가 없는 술진공은 탕국을 뒤적이며 국물을 떠먹었다. 그 모습을 본 겨레가 놀라운 발견이라도 한 듯 호들갑을 떨었다.

"어, 그러고 보니 할아비 얼굴이 불콰하시네. 저더러는 학문하는 사람은 술과 여색을 멀리해야 한다고 하시더니, 할아비 말씀이 행동을 못 따르고 있습니다."

겨레는 심술궂게 술진공을 계속 몰아세웠다. 술진공은 정말 이러지도 저러지도 못하는 난처한 궁지로 몰렸다. 일이 그 쯤 되자 망치가 수습을 하러 나섰다.

"네 이 녀석. 겨레야. 말을 너무 함부로 하는구나. 술진공께서는 일을 다 마치고 쉬는 시간이라 약주 한 잔 드시는 거란다. 그리고 말끝마다 '할아비'가 뭐냐. 응? 네 친할아비하고 술진공은 나이로 따져도 적지 않게 차이가 나잖니? 말버릇이 그래서 대체 뭘 배웠다고 말할 수 있겠냐?"

겨레는 역공을 받자 얼굴이 붉어지며 변명을 늘어놓았다.

"제 눈에는 다 늙어 보이는 걸요. 그래도 술진공 할아비 죄송합니다. 다음부터는 젊은 할아비라 부를게요."

망치와 술진공, 송이까지도 모두 함박웃음을 터뜨렸다. 망치가 웃음 끝에 쓴웃음을 지으며 다시 호통을 쳤다.

"이 놈아, 젊은 할아비가 아니라 스승님이라고 불러야지!"

술진공은 국물이 묻은 입술을 손으로 쓸면서 자리에서 일어났다. 마침 꽃네도 바가지에 물을 담아 나왔다. 망치 가족은 바가지를 돌려가며 시원하게 물을 들이켰다.

"그래. 겨레가 한 말이 맞구나. 사람이란 때와 장소를 가려 행동해야 하는데, 내가 과했다. 포구에 가면 할 일이 태산인데, 예서 지체하면 안 되지. 어린애에게도 배울 게 있다더니 딱 너를 두고 하는 말이로다. 자, 그만 포구로 가자꾸나."

행낭을 어깨에 걸치고 일어나 눈짓으로 꽃네에게 인사를 했다.

"술값은 저녁 때 와서 줌세."

"예. 그러셔요."

꽃네가 공손히 허리를 숙였다.

밖으로 나오자 달구지를 끄는 소가 큰 눈망울을 끔뻑이며 일행을 돌아보았다.

"이건 다 뭔가?"

달구지에 실린 짐을 보며 술진공이 물었다.

"그간 대장간에서 만든 덩이쇠입니다. 선단이 도착했으니, 곧 배가 뜰 텐데 늦기 전에 옮겨놔야지요."

덩이쇠는 다라국의 중요한 교역품이었다. 동강 하류 지역에서 나는 질 좋은 철광석을 가져와 쇳물을 끓이고 이를 담금질해 여러 지역에 내다 팔았다. 다라의 덩이쇠는 품질이 좋기로 명성이 자자해 항상 수량이 부족했다. 다라의 대장장이 중에서도 망치는 실력이 으뜸으로 꼽혔다.

술진공은 볏짚을 들춰 내용물을 살폈다. 윤기가 번뜩이는 덩이쇠가 몇 줄로 차곡차곡 쌓여 있었다.

"자네야말로 우리 다라의 일꾼일세. 다 내다놓는 건 아니겠지?"

"물론입지요. 다라에도 병장기며 농기구는 필요하니까요. 더구나 치달(峙達) 어른께서 긴히 부탁하신 일도 있어 최상품은 창고에 넣어두었습지요."

"치달 어른이 무슨?"

치달은 다라 귀족회의의 수장이었다. 대왕은 그를 전폭적으로 신뢰하여 무슨 일이든 먼저 치달에게 묻고는 행동에 옮겼다. 대왕이 너무 치달에게 의존하는 듯해 그것이 술진공에게는 마뜩찮았다.

"예. 그런 일이 있습니다. 비밀로 해 달라 당부하셔서 공께도 말씀 드리기 곤란합니다."

워낙 이상한 궁리를 많이 하는 치달이었다. 망치는 입이 무거운 사람이어서 따져 물어도 함구할 게 틀림없었고, 그를 난처하게 하고 싶지도 않았다.

"그럼세. 어련히 좋은 일이겠지."

길은 내리막이라 소도 달구지도 수월하게 움직였다. 점점 도성 거리가 가까워졌다.

"스승님. 드릴 말씀이 있습니다."

눈치 빠른 겨레가 말투를 바꾸면서 술진공을 돌아보았다.

"그래, 제자야, 또 뭐가 궁금하더냐?"

술진공도 슬쩍 눙치면서 대꾸했다.

"전부터 스승님께서는 다라의 역사에 대해 제게 가르쳐주시겠다고 하셨잖아요? 언제나 배울 수 있을지요?"

영특한 겨레는 글재주도 있을 뿐만 아니라 운문을 짓는 솜씨가 여간이 아니었다. 가끔 글을 가르치면서 다라의 과거에 대해 말해 주었더니 부쩍 궁금해 했다. 그러면서 자신은 나중에 크면 다라의 역사를 사람들이 다 알 수 있게 멋진 시로 쓰겠다는 것이었다. 마음 씀씀이가 기특해 꼭 그러라고, 때가 되면 자세히 들려주겠다고 약속해온 터였다. 그것을 겨레는 잊지 않고 있었다.

"머지않아 배울 날이 올 것이야. 추수가 끝나면 시작하자꾸나."

"와, 신난다.

겨레는 갑자기 신바람이 났는지 괴성을 지르면서 먼저 길을 앞서 달려 나갔다.

"사례도 변변찮은데, 술진공 어른께 너무 송구하네요."

망치가 겨레의 뒷모습을 보면서 머리를 긁적이며 겸연쩍게 말했다.

"무슨 소린가. 배우려는 사람이 있다는 게 나로서는 너무나 고마운 걸."

옆에서 송이가 시샘이 난 듯 한마디 했다.

"술진공 어른. 그때 저도 같이 배울게요."

술진공이 환하게 웃으며 고개를 끄덕였다.

"그래라. 이거 망치네 집안에서 문사가 두 명이나 나오겠구나."

세 사람의 웃음소리는 포구에 닿을 때까지 그치지 않았다.

짧은목항아리(短頸壺)

Jar with short neck

높이 26.2cm

옥전 M4호분 〈경상대학교 박물관〉

# 싹트는 욕망

## 1

다라의 밤하늘에 보름달이 떴다. 달은 동다라산의 어둠을 밝히면서 머리를 내밀더니 삽시간에 다라의 땅에서 밤의 정적을 몰아냈다. 달빛을 맞으며 다라의 장정들은 황강 포구에서 선단의 화물을 부리는 일로 땀을 흘렸다. 달빛과 햇불에 의지해 포구에서는 여전히 노동요가 연무가 낀 하늘을 가르며 울려 퍼졌다.

화물의 일부는 왕궁으로 들어갔고, 다시 내륙으로 옮겨질 물품들은 포구에 마련된 창고에 적재되었다. 관리관이 마지막으로 창고에 들어가 문서와 내용이 맞는지 확인했다. 입고가 끝난 창고는 단단한 자물쇠가 채워져 봉인되었고, 경비병에 의해 삼엄한 경계가 갖추어졌다.

창고의 문이 닫히는 것을 하나도 놓치지 않고 꼼꼼히 지켜보던 사람이 있었다. 화려한 패물로 치장한 남자는 땅에 끌리는 비단 관복의 끝자락에 신경을 썼다.

"바닥이 너무 지저분하구나. 이리도 먼지가 많아서야 어디 물품들이 청결을 유지할 수 있겠느냐!"

남자가 불쾌한 표정으로 관리관을 쏘아보자 관리관이 몸을 부르르 떨면서 경비병을 다그쳤다.

"뭣들 하느냐? 지존 각하의 말씀을 듣지 못했느냐? 당장 청소를 시작해라."

창을 들고 경비 태세로 들어가려던 병사들의 대오가 불호령 한 마디에 흐트러졌다. 장교가 병졸의 등을 후려치면서 청소 도구를 가져오게 했다. 혼이 나간 병사들이 막사로 달려갔다.

그 꼴을 지켜보던 남자가 혀를 끌끌 찼다.

"어찌하여 말이 나오기 전에 민첩하게 움직이지 못하는 게냐. 이 모든 게 대왕의 귀한 재산이다. 이곳이 제 집이었으면 이리 소홀히 했을까?"

관리관이 무릎을 꿇었다.

"모든 것이 소관의 불찰이옵니다. 벌을 내려주시옵소서."

지존으로 불린 치달은 달다 쓰다 말도 없이 고개를 돌렸다. 그의 걸음은 어느덧 왕궁을 향하고 있었다. 관리관이 흘끗 보더니 일어나 앞장섰다.

"가마를 대령하오리다. 잠시 기다리시옵소서."

치달은 여전히 마뜩찮은 표정이었다.

"가마를 기다리다간 보름달이 삼형제봉으로 지겠구나. 일 없다. 말을 타고 가리라."

철제 마구로 장식된 백마가 마부의 손에 이끌려 치달의 곁에 대령했다. 육중한 몸을 뒤뚱거리며 말 등에 올라탄 치달이 관리관을 내려다보며 말했다.

"오늘 밤 안으로 화물은 모조리 창고에 들어가야 한다. 봉 인이 끝나거든 기별해라. 그리고 내 명령 없이는 누구도 자 물쇠를 열어선 안 되느니라."

관리관은 대답도 못 하고 그저 고개만 조아렸다. 관리 관 뒤편으로 청소 도구를 든 병사들이 우르르 달려왔다. 우왕좌 왕 하는 모습을 보던 치달의 입끝이 올라갔다. 달빛에 드러 난 치달의 얼굴은 더욱 검게 보였다.

"저것들이 문성장군의 부하들이로구나. 이 난세를 저들의 손에 과연 맡겨야 옳단 말인가!"

혼잣말로 중얼거리던 치달이 말고삐를 잡아당겼다. 백마 는 우렁찬 울음을 토해내더니 바로 왕궁을 향해 내달렸다. 불룩 튀어나온 치달의 뱃가죽이 덩달아 출렁거렸다. 먼지를 뿌옇게 남기며 멀어져가는 치달 일행을 눈으로 전송하면서 관리관이 몸을 일으켰다.

"옥상옥이라더니. 대왕 위에 치달이로구나. 나라꼴이 어찌 되려고 대왕께서는 저런 잡놈을 그리 신임하시는지 원. 퉤!"

관리관이 남들이 들을까 좌우를 살피며 침을 뱉었다.

## 2

왕궁 안에서는 한바탕 잔치가 벌어져 떠들썩했다. 선단의 무사 귀환을 축하하는 잔치였다. 궁성의 주요 관리들과 인근 지방의 원들이 모두 궁성의 뜰에 마련된 휘장 아래 도열해 있었다. 기름 등과 장작불이 보름달을 무색하게 만들 정도로 활활 타올랐다. 벌써 크게 취해 술상에 엎어진 관리도 있었다.

금빛 왕관을 쓴 대왕이 긴 수염을 날리면서 일어나더니 좌중을 둘러보며 술잔을 들어올렸다. 장내가 조용해졌다.

"자자, 오늘은 다라의 경사스런 날이로다. 배 한 척 잃지 않고 선단이 귀환한 것은 위로 천지신명의 도움이요, 아래로는 여러 신료들의 충심이 있었기 때문이로다. 이런 날에 술과 고기로 정신을 잃지 않는다면 다라의 영광을 무엇으로 대신하겠는가. 다들 원 없이 먹고 마시길 바라노라."

대왕의 축사가 있자 관리들도 술잔을 높이 들면서 답사를 외쳤다.

"이 모두가 대왕의 홍복이옵니다. 만백성들이 대왕의 손발이 되어 충성을 다할 것이옵니다."

잠시 조용하던 장내가 다시 술렁거렸다. 궁녀들이 술독과 익은 고기가 든 토기 쟁반을 들고 술상 사이를 분주하게 오갔다. 불빛 아래 궁녀들의 얼굴도 요염하게 타올랐다. 궁녀들의 옷매무새는 허리가 잘록하게 드러났고 가슴의 윤곽이 훤히 들여다보일 정도였다.

벌겋게 익은 얼굴로 궁녀들의 몸매를 훔쳐보던 신료 하나가 돼지 다리를 뜯으며 뇌까렸다.

"태평성대로세. 주지육림이 따로 없구먼!"

기름기로 얼굴이 범벅이 된 다른 신료가 맞장구쳤다.

"나라 곳간이 저렇게 꽉 찼으니 무슨 근심이 있겠나."

"그나저나 오늘의 주인공인 문탁장군은 어찌 보이지 않는가? 대왕의 치하를 받아야 할 사람은 그자가 아닌가?"

"선단을 운행하느라 고생한 선원들을 위로하고 있다더군요. 외국과 교역할 물품이 실리면 바로 출항하라는 치달 관장(官長)의 엄명이 있었다지요."

"어허! 오늘 당도한 선단을 두고 너무 매정한 처사가 아닌가? 바다를 가로지르는 뱃길이 옆 동네로 말을 달리는 일도 아닌데, 기력을 회복하도록 휴식을 줘야 하지 않소?"

"치달 관장 말씀으로는 국세의 융성을 과시하는 대사업을 성공적으로 마치자면 아직 물자가 부족하다더이다. 북다라산 기슭을 할퀴고 지나가는 나무 베는 소리를 듣지 못했소? 어마어마한 역사가 벌어질 모양입디다."

술보다는 주변 관리들의 대화에 귀 기울이던 관리가 무뚝뚝하게 말을 거들었다.

"그래요? 위세를 과시하는 것도 좋지만, 지금은 군비를 강화해야 할 때가 아닙니까? 군량을 비축하고 무기를 제작하는 일을 소홀해서는 안 되지요? 자고로 겉치레에 눈이 먼 왕조치고 오래 간 나라가 없었습니다. 관장께서는 욕심이 너무 큽니다."

곁에서 듣던 관리가 그의 입을 막아서며 눈치를 주었다.

"말조심하시구려. 호랑이도 제 말하면 온다더니 치달 관장, 지존께서 등림했소이다."

궁성의 동문이 열리더니 한 떼의 호위병에 둘러싸여 치달이 뚱뚱한 풍채를 휘적거리며 걸어 들어왔다. 장내는 다시 조용해졌고, 몇몇 관리들이 벌떡 일어나 치달을 맞았다. 대왕 앞에서 차마 예를 갖추기 민망했던 관리들도 엉덩이를 반쯤 들어 올리며 안절부절 못했다.

대왕이 치달을 보더니 두 손을 치켜들며 그를 맞았다.

"저기 우리 다라의 큰 기둥이 오시는구려. 치달, 어서 이리 오르시오."

치달은 단 위에 마련된 대상의 술상 위로 거침없이 올랐다. 장내를 흘겨보자 관리들은 찔끔거리며 몸을 낮추었다. 대왕에게 반배를 올리는 치달의 행동에는 무례한 태도가 역력했지만, 대왕은 신경 쓰지 않았다.

"대왕. 옥체를 소중히 보존하셔야 합니다. 주색이 지나치신 듯합니다."

이 말에 대왕의 어깨를 주무르던 궁녀 둘이 한 걸음 뒤로 물러섰다.

"허허! 역시 경은 하늘이 낸 충신이구려. 허나 하루 정도 폭음을 한다고 해서 뭐 그리 흉이 되겠소. 그나저나 경의 수고가 크오. 다라의 미래가 훤히 열리고 있는 것은 모두 경의 노고가 있기 때문이지 않소."

치달이 고개를 숙였다.

"대왕과 다라가 반석 위에 오를 수 있다면 어찌 견마지로를 다하지 않겠습니까. 머지않아 천하가 대왕과 다라를 우러러 볼 것이옵니다."

대왕이 파안대소를 터뜨렸다.

"이 나라가 개국한 지 어언 백오십 성상을 바라보오. 내 아들이 죽은 이후로 세상을 사는 낙이 없더니 경을 보고서야 주름살을 펴는구려. 경이야말로 이 다라의 동량이오."

"황송할 따름이옵니다. 대왕. 그만 자리를 옮기시지요. 그래야 저자들도 이 다라의 영광을 마음껏 축원할 수 있지 않겠습니까?"

치달이 다시 장내를 흘깃 보자 꿀 먹은 벙어리처럼 어정쩡하게 앉아있던 관리들이 술잔을 내려놓고 부복했다. 대왕이 웃음을 머금고 그들을 보더니 말했다.

"하하하! 경의 말이 맞소. 과인이 좀 주책이 없었군. 그럼 함께 궁 안으로 듭시다. 내 경에게 묻고 싶은 말도 있어요."

두 사람이 궁 안으로 사라지자 장내는 다시 풍악 소리로 가득 찼다.


3

어전 회의가 이뤄지는 건물은 쥐죽은 듯 조용했다. 대왕을 시위하는 내관들도 치달의 호위병이 들어서자 부리나케 자리를 떴다. 휘장이 쳐진 건물 안은 달빛도 숨어들지 못할 정도로 외부와 차단되어 버렸다. 용이 그려진 촛불만 두 사람의 그림자를 지우고 있었다.

용좌에 앉자 대왕은 아직 술기운이 남았는지 고개를 바로 들지 못했다. 정신이 돌아올 때를 기다리면서 치달은 자기 생각에 골몰했다. 잠시 후 꿀물을 들고 궁녀가 문을 열고 들어왔다. 살집이 조금 붙은 나이가 사십에 가까운 궁녀는 오랜 세월 궁 안에서 익힌 품위가 배어났다. 궁녀는 바닥에 눈을 둔 채 조심스럽게 용좌로 다가왔다.

"대왕. 꿀물이옵니다."

그제야 대왕이 고개를 쳐들고 궁녀를 바라보았다.

"아, 경화(瓊花) 자네로군. 깊은 밤까지 수고가 많구려. 잔치 준비를 하느라 힘겨웠을 터인데, 그만 쉴 것이지."

"대왕께서 침수에 들지 않았는데, 소첩이 어찌 몸을 낮추리까."

꿀물이 든 고배를 탁자에 놓고도 경화는 자리에서 움직이지 않았다. 대왕이 고배를 들더니 천천히 입으로 가져갔다.

"역시 경화의 꿀물 타는 솜씨는 일품이로다. 이런 훌륭한 재주를 과인만 누리다니, 내가 두루 복이 많은 사람이로다."

경화는 묵묵부답이었다. 심장을 찌를 듯 노려보는 치달의 눈길이 매서웠다.

"그만 자리를 뜨시게."

치달이 싸늘한 목소리로 말하자 경화는 고배를 받아들고 뒷걸음질 쳐 궐 밖으로 나갔다. 눈길로 경화를 쫓던 치달이 몸을 돌려 대왕에게 말했다.

"경화는 승하하신 왕후마마의 곁에서 시중을 들던 궁녀가 아닙니까?"

"그렇소. 왕후가 참으로 아끼던 궁녀였지. 왕후의 살아생전 말이라도 듣고 싶어 이곳으로 불렀소. 후덕한 왕후였는데, 훌쩍 떠나고 나니 더욱 그립구려."

치달이 고개를 저었다.

"대왕은 미래를 보셔야 합니다. 과거에 매이고서야 어찌한 발짝이라도 앞으로 나갈 수 있으리까. 저 궁녀에게는 과거의 냄새가 너무 많이 묻어 있사옵니다. 신이 대왕의 미래를 시중들 궁녀를 물색해 보겠습니다."

대왕이 껄껄 웃었다.

"경이 걱정하는 바가 무엇인지 모르는 바 아니나, 이 나이에 새로 궁녀를 들이다니 왕후에게도 부끄럽고 백성들이 비웃을 것이요. 과인은 그저 조용히 지내다가 다라가 평온해지는 것을 보고 세상을 떠나는 것이 소원일 뿐이라오."

"대왕의 춘추가 얼마라고 그런 나약한 말씀을 하시옵니까? 왕자 아기씨를 보고도 남을 만큼 대왕은 정정하시옵니다. 젊은 여인을 품으시면 정기를 회복하는 데 더욱 도움이 되리이다."

대왕의 웃음소리가 더 커졌다.

"경이 지금 날 놀리는 것이요? 그럴 여가가 있거든 다라의 기틀을 다지는 일에 전념하도록 하시구려. 아직 어리지만

총명한 손녀가 있으니, 과인은 후사에 대해서는 근심이 없어
요. 그저 공주가 국정에 임할 만한 나이가 될 때까지 건강하
기만 바랄 뿐이오."

치달의 얼굴이 굳어졌다.

"대왕. 고금의 역사를 상고해 보아도 아녀자가 왕위에 오
른 예는 없사옵니다. 백성들이 불안해 할 것은 둘째고, 신라
나 백제, 나아가 북주(北周)나 왜국에서 우리 나라를 어떻게
보겠습니까? 부녀자의 치마폭에 나라가 좌지우지된다고 공
론이 시끄러울 것입니다."

"그렇긴 하나 지금으로선 그게 최선이오."

치달이 몸을 낮추더니 대왕의 귓가에 얼굴을 댔다. 치달이
손을 관복 뒤로 감추면서 불끈 주먹을 쥐었다. 이를 모르는
대왕도 몸을 치달에게로 옮겼다.

"차선책일 뿐이옵니다. 왜 최선책이 따로 있음을 모르십니
까?"

"그것이 무엇이요?"

"공주마마께서 훌륭한 배필을 맞도록 해 사위로 하여금 보
위를 잇게 하는 것이옵니다. 데릴사위로 맞아 대왕의 왕성
(王姓)을 계승시킨다면 대왕의 근심은 하루아침에 눈 녹듯이
사라질 것이옵니다."

대왕이 한숨을 내쉬었다.

"과인도 그 생각을 안 해 본 것은 아니요. 그러나 그런 일을
벌이면 궁성 안에 평지풍파가 일 것이요. 대신들마다 제 자

식으로 사위를 삼겠다며 날뛸 터인데, 그 혼란을 어찌 감당하겠소. 자칫 귀족들끼리 암투라도 벌인다면 늑대를 쫓으려다 호랑이를 들이는 꼴이 되리다."

"조정의 신망을 받는 사람을 택하신다면 그런 잡음은 없을 것이옵니다."

대왕이 치달을 올려다보며 중얼거리듯 말했다.

"그만한 중신이라면 문성장군밖에 없지 않소? 그의 아들인 문탁이 기량이 출중한 데다 아직 혼사를 치르지 않았으니 적합하오만. 전에 문성장군에게 넌지시 물었더니 천부당만부당하다며 펄쩍 뛥디다. 자신은 과인을 지키는 방패로 평생 살고 싶다면서 말이요."

대왕의 넋두리를 듣는 치달의 표정이 싸늘하게 식어갔다. '이런 어리석은 늙은이를 봤나?' 하는 말이 곧 입에서 튀어나올 기세였다. 그러나 치달은 바로 얼굴을 차분하게 되돌렸다.

"대왕. 굳이 싫다는 사람을 붙잡을 필요가 어디 있겠습니까? 문성장군과 그 아들이 충심으로 뭉쳤다 하나 한갓 무장일 뿐입니다. 그런 자들이 어찌 국정을 바로 이끌겠습니까? 정치는 칼끝에서 나오지 않습니다."

대왕이 고개를 절레절레 흔들었다.

"그러니 대안이 없다지 않소."

치달이 몸을 낮추며 말했다.

"대왕께서 원하신다면 소신이 그 역할을 맡을 수도 있사옵니다."

대왕은 천장으로 향했던 눈길을 거두어 치달을 바라보았다. 치달의 먹을 뿌린 듯한 시꺼먼 얼굴과 호박처럼 부풀어 오른 뱃구레가 움질거렸다. 아무 흔적도 없던 대왕의 눈이 희망과 실망이 섞인 감정으로 얼룩졌다. 대왕이 힘이 빠진 목소리로 말했다.

"그도 과인으로서는 더할 나위 없이 좋은 방안이라 믿소. 경만큼 국정에 밝고 충심이 높은 신하가 어디 있겠소. 중신들이나 귀족회의의 신망도 두터우니 더욱 좋지요. 나 역시 안심하고 공주를 맡길 수 있으니, 어찌 마다할 일이겠소. 다만……."

대왕이 중간에 말을 끊자 감질이 난 치달이 더욱 몸을 낮추며 다그쳤다.

"다만, 무엇이옵니까? 제게 무슨 흠결이라도 있습니까?"

대왕이 고개를 저었다.

"어찌 경에게 흠결 따위가 있겠소. 다만 마음에 걸리는 것이 있으니, 그것이 안타까울 뿐이지요."

"그것이 대체 무엇이란 말입니까?"

"음……. 경에게는 이미 부인이 있질 않나? 더구나 국무(國巫)로 불리는 여인이 아니오. 소중한 공주를 후처로 보내면서까지 왕위를 물려주고 싶지는 않구려. 내 죽어 선왕들의 용안을 어떻게 마주할 수 있겠소. 그것이 못내 꺼려지는구려."

대왕의 표정이 침울해졌다. 치달 역시 의표를 찔린 듯 어깨에 가벼운 경련이 일었다. 잠시 뒷짐을 지고 휘장이 쳐진 창문을 보던 치달이 얼굴을 돌리며 말했다.

"대왕의 깊은 심중을 헤아리지 못한 소신이 참으로 미욱했습니다. 고귀한 공주마마를 하가(下嫁)하는 것도 언짢으실텐데. 하물며 후처라니요."

"다른 일은 몰라도 중신들의 원성도 적잖을 것이요. 명분이 좋지 않소이까. 나라 안에 인물이 그렇게 없어 부인이 있는 사람에게 공주를 시집보내느냐고 생떼를 쓸 게 뻔하지 않소."

대왕이 입맛을 다시자 치달도 씁쓸하게 따라 웃었다.

"알겠사옵니다. 대왕의 의중이 그러하시다니 이 문제는 좀 더 시간을 두고 고민해 보도록 하겠습니다. 그 전에 더 화급한 일이 있으니, 북다라산에서 진행 중인 공사에 대한 사안이옵니다."

대왕의 얼굴에 다시 화색이 돌았다.

"과인이 경에게 묻고 싶은 것도 그것이었소. 별 탈 없이 진행 중이겠지요?"

"곧 마무리 공사가 끝날 것이옵니다. 일간 대왕을 모시고 친견할 수 있도록 조치를 취해 놓았습니다. 다만 막바지 공사에 드는 비용이 염려되옵니다."

"비용이라니. 다라의 국고를 다 열어 지원하는데 그것으로도 부족하단 말이요?"

"규모가 워낙 크다 보니 생각지도 않은 경비가 솔찮이 나가고 있사옵니다."

대왕이 길게 한숨을 쉬었다.

"그거 큰일이구려. 경의 말처럼 제단을 갖춰 천지신명께 국운의 번성을 기원하는 일은 우리 다라의 국운이 길운을 타고 승천할 대사업이요. 외국의 사신들이며 가야 제국의 왕들이 모두 찾아올 터인데, 한 치의 소홀함도 있어서는 안 되오. 정성이 모자란다면 천지신명께서 어찌 내려와 흠향하겠소. 뭔가 방도를 찾아야겠구려."

기다렸다는 듯 치달이 두 손을 모으며 말했다.

"경비와 인력이 문제이옵니다. 그러나 어명을 내려 소신으로 하여금 나라의 재원을 마음대로 지출할 수 있는 권한을 주십시오. 또 문성장군 휘하의 병력을 공사에 동원할 수 있도록 배려를 부탁드리옵니다. 물론 이 조처는 공사가 끝날 때까지 한시적일 것입니다."

대왕이 골똘히 생각에 잠겼다. 그리고는 잠시 후 용좌를 탁 치면서 단안을 내렸다.

"좋소. 그리하도록 하겠소. 한시적인 조치니 중신들도 반대하지는 않으리다. 내일 날이 밝는 대로 어명을 내리겠소. 병력에 관한 문제는 따로 문성장군을 불러 양해를 구하지. 그렇게 하면 달리 문제는 없겠지요?"

치달이 마루에 무릎을 꿇으며 큰절을 올렸다.

"신은 성은에 감읍해 당장 죽어도 여한이 없사옵니다. 신의 뼈를 깎고 살을 떼어서라도 이 대업을 반드시 성공시켜 대왕과 다라의 앞날에 무궁한 영광이 드리우게 할 것이옵니다. 거듭 거듭 성은이 하늘과 같사옵니다."

대왕이 웃으며 손을 저었다.

"모두 과인과 다라를 위한 일이요. 경의 노고에 보답할 길이 없어 안타깝구려. 경이 젊어 왜국에 머물렀을 때 경의 부인이 내조를 아끼지 않았다고 알고 있소. 그만 귀가하여 부인을 위로해 주시구려. 과인도 이만 내전에 들어 쉬어야겠소."

치달은 고두삼배(叩頭三拜)하고 어전에서 물러났다. 궁문을 나서자 호위병들이 치달을 에워쌌다. 장검을 옆에 찬 장교가 곁에 바짝 붙었다.

"원하시던 일은 손에 넣으셨습니까?"

치달이 빙그레 웃으며 허연 이빨을 드러냈다.

"내가 누구더냐. 이제 다라의 재정권과 병권이 내 손아귀에 들어왔다. 다라의 미래가 나와 함께 할 것이야. 내 앞 길에 거칠 것이 없겠구나."

"그렇다 해도 문성장군이 호락호락 병권을 넘기겠습니까? 반발이 만만치 않을 것입니다."

치달이 코웃음을 쳤다.

"어디 내가 달라는 것이냐? 대왕께서 어명으로 하달한 명령을 문성장군이 감히 거역할까? 문성장군은 뼛속까지 충신인 사람이 아니더냐?"

장교가 고개를 끄덕였다.

"다시 연회장으로 가리이까? 중신들에게 한 번 더 으름장을 놓는 것도 나쁘지는 않을 것입니다."

"됐다. 서 푼 어치도 안 되는 신하들이 뭐가 대수겠느냐. 마음껏 먹고 취하도록 둬라. 머지않아 다 내 신료들이 될 인간들이다. 후문 쪽으로 가자."

백마에 올라탄 치달이 궁성을 흘겨보며 말했다.

"내게 아내가 있어 부마로 삼을 수 없다 이건가? 그래, 그렇다면 내 아내를 치워주마. 그런 뒤라면 더는 구시렁거리지 못하겠지. 흥!"

치달의 귀에 말발굽 소리가 자신의 앞날을 축복하는 환호성으로 들렸다.


4

치달의 저택은 황강 강가에 있었다. 동강으로 흘러들어가는 황강은 도성이 있는 황강 포구에서부터 수십 구비를 뱀이 똬리를 틀 듯 물살이 거듭 휘어져 동강에 도달했다. 도성 일대에서 황강은 잠시 가쁜 숨을 내쉬며 평탄한 흐름을 유지했다. 위로 더 거슬러 올라가면 악견산과 금성산, 허굴산이 사이좋게 모여 있는 삼형제봉(三兄弟峰) 머리 부분을 스쳐 지나는데, 여기서부터 황강은 다시 꿈틀거려 북진하여 백제 땅으로 들어갔다. 물길은 백제에서 동강으로 흐르지만 다라의 사람들은 물길을 거스르는 방향으로 황강의 강물을 얘기했다.

배를 타고 물길을 따라 내려가면 멀리 아득한 바다에 이르렀다. 거기서 다라의 배들은 남으로 서로 돛대를 올리고 다라가 생산한 물산들을 교역하기 위해 발진했다. 세상 끝까지 배는 달렸고, 화물을 부려놓았다. 다라의 산물은 귀한 대접을 받아 값비싸게 팔려나갔다. 빈 배에는 다라가 필요로 하는, 가야 제국에서 긴요하게 쓰이는 값진 물품들로 채워졌다. 물건을 싣고 떠난 배들은 천하의 희귀한 재화들로 만선을 이룬 채 동강과 황강의 물길을 거슬러 다라로 돌아왔다. 그리고 다시 가야 제국과 신라, 백제로 이국의 재화들이 교역되었다. 다라 사람들은 이런 상선을 두고 금과 은을 싣고 다니는 배라 해서 금은선(金銀船)이라 불렀다.

다라를 손아귀에 넣을 야욕에 불타는 치달의 집이 황강과 포구가 잡힐 듯 보이는 곳에 있는 것도 당연했다. 치달의 저택은 황강 북쪽 언덕 바위 벼랑이 깎아지른 곳 위에 있었다. 산악을 제외하면 가장 경관이 좋은 곳이었고, 동시에 도성과 황강의 물정을 살피기에도 최적인 장소였다.

깊어진 밤. 보름달은 새벽을 재촉하듯이 바쁘게 제 갈 길로 움직였다. 그 달의 움직임을 보면서 손가락으로 셈을 하던 여인이 치달의 저택 남쪽 황강의 벼랑 위 신당(神堂)에 앉아 사위의 변화를 주목하고 있었다. 치달이 탄 백마가 대문에 당도해 길게 울음을 내지르자 여인은 급히 옷깃을 여미고 문 앞으로 달려갔다.

"지존, 오셨습니까? 늦으셨습니다."

여인의 목소리에서 감정의 물기를 찾기는 어려웠다. 다소 낮은 저음의 목소리는 듣기에 음습했다. 저음에 어울리지 않게 그녀의 몸매는 여위었는데, 그 때문에 그녀의 각진 얼굴은 더욱 표독스러워 보였다. 치달이 남편인데도 주변에 사람이 있을 때 그녀는 '지존'이란 말로 남편을 불렀다. 그녀의 호칭을 들은 사람들도 언제부터인지 치달을 지존이라 불렀다. 듣기에 불경스럽기 짝이 없는 이 호칭에 대놓고 항변을 하는 사람은 없었다.

사람들은 무엇보다 치달의 아내 미려(泥濾)가 독기를 품고 내뿜는 독설과 저주를 두려워했다. 미려는 점을 보았고, 그녀의 점괘는 신통하게 들어맞았다. 아무 날 아무 시에 누구네 집에 저승사자가 올 것이라고 하면 영락없이 그날 그때 그 집에서는 누군가 죽어나갔다. 아무리 장마가 지고 가뭄에 나라가 찌들어도 그녀의 기도 한 마디에 그날 비는 그쳤고, 비가 내렸다. 사람들은 점점 더 그녀를 어려워했고, 그녀는 그런 사람들의 반응을 즐겼다.

치달은 대대로 귀족 가문 출신이었지만, 미려는 다라 사람이 아니었다. 치달의 아버지가 대왕의 역린을 건드려 바다 건너 규슈의 다라 식민국으로 쫓겨났을 때 치달은 어린 나이로 아버지를 따라갔다. 결국 아버지는 정적이 보낸 자객의 칼에 이국땅에서 숨을 거두었다. 그날 치달은 집에 없어 목숨을 구했다.

자객들이 자신의 목을 노리는 줄 안 치달은 이웃 식민국으로 몸을 피했다. 거기서 규슈 곳곳을 떠돌다 만난 여자가 미려였다. 헐벗고 굶주려 밭에 숨어들어가 허겁지겁 채소를 뜯어먹고 있을 때였다. 누군가 그의 앞에 헝겊으로 둘둘 만 물건을 던졌다. 깜짝 놀라 칼을 뽑으려는데, 그의 눈앞에 나타난 이는 여자였다.

"칼은 치우고 음식이나 먹어요."

여자는 쌀쌀맞게 치달을 쳐다보면서 말했다. 치달은 흙바닥에 떨어진 헝겊뭉치를 보았다. 맛좋은 냄새가 났다. 헝겊을 펼쳐보니 갓 구워낸 고기 덩어리였다. 앞뒤를 따질 겨를도 없이 치달은 구운 고기를 뜯어먹었다. 먹다 죽어도 좋을 만큼 맛있었다. 곁으로 다가온 여자가 물주머니를 내밀었다.

굶주린 배를 채우고 트림을 하며 몸을 눕히자 여자가 쪼그려 앉더니 그를 유심히 살폈다. 바짝 마른 몸에서 쏟아지는 그녀의 눈빛이 매서워 치달은 눈길을 피했다.

"장래 제왕이 될 상이군요. 굶어죽을 리는 없어요."

치달은 속으로 피식 웃었다. 당장 하루 한 끼도 때우지 못하는 그에게 그런 말은 호사를 넘어 야유였다. 그녀가 적어도 자객은 아니라는 생각이 들자 갑자기 피로가 엄습했다.

"그래, 장래 제왕이 될 사람에게 하룻밤 잠 잘 곳이나 마련해 주구려."

여자는 당돌하게 행동했다.

"내 품에서 잠들어요. 그러면 누구도 당신을 해치지 못할 테니."

치달은 그날 밤 생전 처음 보는 여자를 품에 안았다. 마른 몸과 달리 그녀의 몸 안에는 물이 그득했다. 맑다기보다는 어둡고 검은 물이었다. 그리고 뜨듯했다. 따뜻하지도 미지근하지도 않은 그녀의 체온을 느끼면서 치달은 알 수 없는 안도감에 젖어들었다. 한반도와 왜국 사이 바다를 흐르는 검은 해류를 부르던 이름. 미려는 그녀의 이름으로 가장 잘 어울렸다. 치달은 자신도 모르게 그녀의 몸 깊은 해류 속으로 빨려 들어갔다.

미려의 집은 마을에서 외따로 떨어진 숲에 있었다. 근심 걱정으로 수심을 떨치지 못한 사람들 외에 그녀를 찾는 사람은 많지 않았다. 치달이 몸을 숨기기에 이보다 좋은 장소는 없었다.

다라에 지금 대왕이 등극했을 때 치달과 미려는 짐을 꾸렸다. 사람들의 상처를 돌보면서 얻은 돈과 재산을 모두 금으로 바꾸어 두 사람은 규모가 제법 큰 돛배를 빌렸다. 태풍이 모질게 불던 날 두 사람을 태운 배가 귀국길에 올랐지만, 바다는 거짓말처럼 고요해졌다.

치달의 선친을 내몬 일을 선왕이 저지른 과오의 하나라고 판단했던 대왕은 치달의 귀국을 반겼다. 그런 자책과 미려의 재력과 조언은 치달이 짧은 시간에 귀족회의를 장악하고 조정의 최고 수장으로 오르는 데 크게 기여했다. 치달은 미려의 말이면 무조건 귀를 기울였고, 때로 계책을 묻기도 했다.

대문 마당까지 달려 나온 미려를 보는 치달의 표정은 싸늘했다. 인사에 대꾸도 않고 치달은 방안으로 들어가 버렸다.

"궁 안의 일은 잘 마무리되었다지요?"

치달의 관복을 벗겨주며 미려는 무심한 듯 물었다.

"나보다 부인이 더 잘 알 게 아니요? 애초부터 부인의 머리에서 나온 계책이니."

"그런데 뭐가 불만이십니까?"

"하나만 알고 둘은 몰랐던 계책이라 그러오."

"둘이라니요?"

치달은 참지 못하겠다는 듯 평상복의 옷깃을 한 손으로 홰홰 쳐냈다.

"공주를 내겐 못 주겠다고 뻗대더군요."

미려의 눈초리가 관자놀이 쪽으로 치켜 올라갔다. 그러더니 잠시 후 약간의 비웃음을 담으면서 퉁명스럽게 대꾸했다.

"왜, 당신의 외모가 흉측타 하더이까? 검은 얼굴에 멧돼지털 같은 머리카락하며 새치가 반을 뒤덮었고, 배는 물 먹은 두꺼비처럼 부풀어서 싫다 하더이까?"

치달의 눈에 노여움이 넘쳐흘렀다. 치달은 미려를 보며 잡아먹을 듯 으르렁거렸다.

"흥, 그 잘난 점괘에 대왕의 대답은 안 나왔나 보오."

"대왕이 당신의 소청을 거절할 위인은 못되지요."

치달의 눈에 더욱 불길이 치올랐다.

"동문서답 같은 소릴랑 아예 꺼내지도 마시오. 금지옥엽 공주를 후처로 줄 순 없다더구먼."

미려의 입가에서 웃음기가 사라졌다. 치달에게서 등을 돌린 미려는 한참 동안 방안의 등불을 쏘아보았다. 치달은 빈정거리는 표정으로 미려의 뒷모습을 노려보았다. 이윽고 미려의 고개가 떨궈졌다. 그 모습에 치달의 표정이 밝아졌다.

"묘안이라도 떠오른 거요?"

미려의 고개가 치달에게로 향했다. 표정은 결연했고, 냉소마저 사라져 있었다.

"포기해야지요. 어차피 공주는 디딤판일 뿐이었으니까요. 소탐대실해서는 안 됩니다."

치달의 밝은 표정이 실망으로 허탈하게 무너졌다.

"그것을 묘안이라 말하는 게요. 소정공주를 등에 업지 않으면 내가 제왕이 되는 것은 찬탈이 되오. 주변에서 그것을 용납하리라 생각하시오?"

미려의 얼음장 같은 얼굴에는 아무런 변화도 없었다.

"재정권과 병권은 얻지 않았습니까? 이미 다라의 반은 지존의 손에 들어온 것이지요."

"그 나머지 반이 문제지 않소."

"반이 들어왔으면 반은 저절로 따라오게 되어 있습니다."

치달이 탄식을 내뱉었다.

"말이라고 참 쉽게 하는구먼. 반만 들어왔으면 그 반도 넘어갈 수 있지 않소? 민심이 그리 호락호락하지 않아요."

미려의 태도가 더욱 차가워졌다.

"그렇다면 지존의 생각은 무엇입니까?"

바늘로 가슴을 찌르는 듯한 음성이었다. 미려의 심중도 감정도 그 목소리에는 담겨져 있지 않았다. 그 태도 앞에서 치달은 더 할 말이 없었다. 아니 할 말이 입 밖으로 나오지 않았다.

한참 동안 침묵 속에서 서성거리던 치달이 던져버리듯 말을 토해냈다.

"잠시, 아주 잠시만 왜국에 건너가 있으면 안 되겠소?"

미려는 이미 예상했다는 듯이 아무런 동요도 보이지 않았다.

"저를 내치시겠단 말입니까?"

"그런 뜻이 아닌 것은 당신도 알지 않소. 내가 왕위에 오르면 다시 부르리다. 고작 몇 달일 거요. 내 돌아가신 선친의 이름을 걸고 맹세하오."

미려는 미동도 하지 않고 치달을 노려보았다. 그녀의 얼굴은 분노보다는 연민의 기색으로 물들었다. 입가가 잠깐 파르르 떨렸다.

"그 계집의 몸이 그리도 탐나십니까?"

"나를 그 정도 사내로 밖에 안 보는 것이오?"

냉소를 지었지만, 속내를 들킨 아이처럼 치달의 어깨가 꿈틀거렸다.

"이제 스무 살, 젖살도 빠지지 않은 계집아이니 탐나실 만도 하지요. 다라의 사내라면 누군들 공주를 탐내지 않겠습니까. 그러나 공주와 지존이 가야 할 길은 다릅니다. 공주가 갈 길에 몸을 맡기시면 안 됩니다. 지존의 생명이 위태로워집니다."

치달이 고개를 돌리며 두 손을 비볐다.

"내가 공주의 길로 가는 것이 아니요. 공주가 내가 가는 길로 오는 것이지."

미려가 그의 두 손을 잡으며 말했다. 그 얼굴에는 이전에는 없었던 애원의 빛이 서렸다.

"지존은 저와 함께 길을 가야 합니다. 지금까지 저와 함께 오셔서 탄탄대로를 걷지 않았습니까? 지존의 길에 제가 있어야 지존은 안전합니다. 그 옛날 채소밭에서 푸성귀를 뜯던 때를 잊지 마세요."

치달이 미려의 손을 홱 뿌리쳤다.

"부인, 생각보다 여리구려. 내가 제왕이 될 것이라며 부추긴 것은 당신이었소. 그런데 이제 옥좌가 몇 걸음 앞으로 다가왔는데, 당신을 잡고 공주를 버리라는 것이요? 내 더 이상 긴 말 않겠소. 왜국으로 돌아가거나 아니면 오기(吳起)의 아내가 보인 행동을 본받거나 택일하시오."

오기는 춘추시대 위나라 사람이었다. 그는 제나라 여자와 결혼했다. 노나라에 있었는데, 제나라가 공격해오자 몇몇 사람이 오기를 방어사령관으로 추천했다. 하지만 오기의 아내가 제나라 여자니, 제나라를 필사적으로 방어하겠냐며 의문을 제기했다.

그 말을 들은 오기는 그날 밤 집으로 돌아와 아내에게 한 자루 칼을 내놓았다. 구차하게 목숨을 연명하기 싫었던 오기의 아내는 그날 밤에 바로 자결했다. 그 덕분에 오기는 노나라의 방어사령관이 되었지만, 그 일 때문에 노나라에서 쫓겨나 고국으로 달아나야 했었다.

매몰차게 방을 나가는 치달을 노려보면서 미려가 이를 앙다물고 대답했다.

"저는 왜국으로 가지도 오기의 아내가 되지도 않을 것입니다. 잊지 마세요. 지존이 저를 버리시면 지존의 명운도 함께 버리는 꼴입니다. 현명하게 생각하세요."

그녀의 마지막 말은 쾅 하고 닫히는 문소리에 묻혀 치달의 귀에는 들어가지 못했다.

원통모양그릇받침(圓筒形器臺)

Cylindrical pottery stand
높이 57.1cm
옥전 26호분 〈국립김해박물관〉

# 어두운 세상과 한 줄기 빛

## 1

황강 포구는 출항 준비 중인 선단의 상선을 보수하고 수리하는 일로 부산하게 움직이고 있었다. 지난 항해는 날짜도 길었고 먼 거리를 왕복했지만 다행히 모든 선단이 안전하게 귀환할 수 있었다. 으레 한두 척 정도는 파손되거나 침몰하는 일이 있었던 데 비해 근래에 보기 드문 성공적인 항해였다. 그러기에 다음 항해 준비는 더욱 만전을 기해야 했다. 한 번의 성공에 들떴다가는 더 큰 재앙을 불러올 수 있기 때문이었다.

출항을 위해 선원들과 노꾼들에게는 충분한 휴식이 필요했다. 문탁은 이들 전원에게 보름 동안의 휴가를 주었다. 선단이 싣고 갈 물품들도 속속 모여들고 있었다. 야적장에는 덩이쇠들이 빼곡하게 들어찼다. 모든 덩이쇠는 비를 막는 기름 먹인 직물들로 덮였다. 가을이라 비를 몰고 오는 바다 폭풍이 닥칠 가능성은 낮았지만, 덩이쇠는 녹이 쓸면 그만큼 가치가 떨어졌다. 자칫 흥정도 못하고 되가져오거나 아예 헐값에 넘겨야 할 수도 있었다.

부두에 건설된 창고는 전번 항해에서 부려진 화물들로 가득 찼다. 그 가운데 상당수는 당장 긴요하지 않은 재화들이 많았다. 금은보화는 그렇다고 쳐도 산호나 남방 지역에서 자라는 기화요초에 독특한 향이 나는 열매를 맺는 수목들까지 포함되었다. 이런 물품들은 보관하는 데도 손이 많이 갔다. 문탁으로서는 납득이 가지 않았지만, 조정의 수장인 치달의 명령을 거역할 수는 없었다.

배를 뭍으로 끌어올려 항해 중 배 밑바닥에 다닥다닥 달라붙은 어패류들을 떼어내고 기름칠을 했다. 썩거나 부서진 부분은 새것으로 교체했다. 황강의 수심은 동강이나 바다보다 얕았다. 그 때문에 황강에서는 충분히 화물을 적재하지 못했다. 작은 거룻배들이 동강까지 동행했다가 그곳에 가서야 큰 상선에 물건을 옮겨 실어야 했다. 번거로울뿐더러 항해 시간이 길어지는 요인이 되었다. 남해 쪽에 전진 기지를 개척할 필요성을 문탁은 절실하게 느꼈다.

해가 중천까지 떠오를 무렵 전령이 문탁이 있는 상선 안으로 달려왔다.

"장군. 대장군께서 와 계십니다. 지금 뵙자고 하십니다."

문탁은 부식된 이물 쪽 늑골을 뜯어내느라 쥐고 있던 끌을 내려놓았다. 상기된 전령의 품새로 보아 대장군의 심기가 편하지 않는 모양이었다.

"그러냐? 알겠다."

문탁이 끌을 옆 목수에게 넘기며 지시를 내렸다.

"이 늑골은 완전히 갈아야 되네. 큰 너울이 밀려와도 견딜 만큼 튼튼해야 돼. 가장 단단하고 잘 말린 재목을 쓰게."

목수는 고개를 숙이며 끌을 받더니 바로 작업에 매달렸다.

막사 안은 이런저런 기물들이 흩어져 있어 어수선했다. 책상 위에는 그간 항해를 하면서 작성해둔 해도의 시안들이 널려 있었고, 항해에 필요한 기구들이 선반마다 채워져 있었다. 평소 입던 옷들이 대강 개켜져 의자와 횃대 사이를 어지럽혔다. 주변을 둘러보면서 대장군은 못 마땅한 표정을 지으며 서 있었다. 철로 만든 투구와 갑주의 미늘이 장막을 들출 때 들어온 햇살을 받아 반짝였다.

문탁은 군례를 올린 뒤 어깨와 머리털 사이에 묻은 먼지와 나무 똥을 털어냈다.

"미리 기별을 주시지요. 마중도 나가지 못했습니다."

집안에서는 아버지지만 군막에 들어서면 최상급 상관이었다. 집안에서조차 기율이 엄했기에 아버지가 흐트러진 모습을 보기란 쉽지 않았다. 그런데 오늘 아버지 대장군의 얼굴에는 수심이 어려 있었다. 하얀 구레나룻이 유난히 서늘하게 느껴졌다. 전투와 훈련으로 잔뼈가 굵은 대장군이지만 세월의 흐름을 거역할 수는 없었다.

"막사 꼴이 말이 아니구나. 당번병을 장식으로 세워둔 것은 아닐 테고."

입항하고 아직 집으로 돌아가지 못했다. 배안에는 물이 귀해 더러워져도 어지간하면 그냥 입었다. 그래도 석 달 간의 항해 동안 쌓인 빨랫감은 적지 않았다. 허드렛일을 부하에게 잘 시키지 않는 문탁의 성격도 있었지만 당번병은 휴가를 보냈다. 홀어머니를 모시고 있는 당번병의 눈빛에서 어서 빨리 어머니를 만나고 싶은 열망을 외면할 수 없었다.

"죄송합니다. 아직 귀가를 못해서요."

대장군은 여전히 탐탁찮았다.

"네 어미는 뭘 하고. 선단이 들어왔으면 냉큼 달려와야지."

사사롭게는 어머니지만, 대장군의 부인이기도 했다. 어머니가 군영에 나타나면 불편해 할 사람들이 많았다. 그런 사정을 잘 아는 어머니는 바깥출입을 자제했다. 청탁을 목적으로 대장군의 사저를 찾는 사람도 적지 않아 아버지는 특히 문단속을 잘 하라고 어머니에게 당부했다.

"많지 않은 물건입니다. 소관이 싸들고 가면 금방 해결될 일입니다."

대장군의 시선이 책상으로 옮겨갔다. 황강과 동강, 남쪽 바다의 물의 흐름과 해안선의 굴곡, 섬과 암초의 위치 등을 잡다하게 그려 놓은 도면들을 대장군은 한눈으로 훑어보았다.

"꽤 소상하게 작성했구나."

칭찬에 인색한 대장군으로서는 호평에 속할 평가였다.

"아직 미비한 부분이 많습니다. 몇 차례 더 항해를 마치면 언제 어느 때고 안전하게 바다를 항해할 수 있을 겁니다."

대장군이 고개를 끄덕였다. 그제야 굳었던 표정이 조금 풀렸다.

"그래야지. 바다는 우리 다라의 핏줄이자 힘줄이다. 피가 통해야 사람이 살고 힘줄이 튼튼해야 강해질 수 있다. 다라의 운명은 저 바다를 어떻게 부리느냐에 달려 있어."

"명심하겠습니다."

책상을 떠난 대장군이 의자에 앉았다. 문탁은 정자세를 취한 채 아버지의 움직임을 살폈다. 대장군이 막사 입구에 놓인 의자를 가리키며 말했다.

"너도 앉아라."

의자를 끌고 와 대장군 옆에 놓고 착석하는데 대장군은 고배에 담긴 물을 천천히 마셨다. 물이 넘어가면서 굵은 목젖이 꿈틀거렸다.

"흠. 다라의 물맛은 여전히 달구나."

구레나룻에 묻은 물기를 닦아내면서 대장군이 길게 숨을 내쉬었다.

"어인 행차십니까? 오늘 저녁 때 군영에 들어가 보고를 드릴 참이었습니다만."

입항한 당일 날 보고를 올리는 게 군율이었다. 그러나 어제는 궁성에서의 연회에 따른 외곽 경비로 대장군이 순시 중이었고, 하역해야 할 물품들이 너무 많아 하루를 늦추었다.

두 눈을 감은 대장군의 얼굴 위로 그늘이 내려앉았다.

"지금 대왕을 뵙고 내려오는 길이다. 내 휘하 장병들을 당분간 북다라산 공사에 차출하시겠다더구나."

문탁의 동작이 일순 멈칫했다. 심중을 헤아리려는 듯 문탁은 대장군의 감은 두 눈을 응시했다.

"북다라산의 공사 때문에 백성들의 원성이 높은 것으로 알고 있습니다. 신라군의 동태도 심상찮은데 병력을 공사에 투입하다니요? 앞문을 열어주는 형국이 될 겁니다. 뭐라고 대답하셨습니까?"

여전히 대장군의 눈은 떠지지 않았다.

"대왕의 명령이시다. 왕의 명령에 장수는 따를 뿐이지 않느냐."

문탁은 침통에 찬 숨을 꾹 참았다.

"북다라산 공사는 현재 치달 수장의 관할 아래 이뤄지고 있습니다. 그렇다면 그 병력이 고스란히 치달 수장의 손아귀로 들어가는 것 아닙니까?"

"왕성 경비와 국경 방어를 위한 최소 병력은 유지되겠지만, 다라 군세의 3분의 2가 빠져 나가는 셈이지. 게다가 대왕께서는 재정권까지 치달에게 넘기시겠다는구나."

문탁이 두 팔을 휘두르며 치를 떨었다.

"말도 안 됩니다. 병력도 병력이지만 재화가 낭비되는 것이 더 큰 일이에요. 공사비용을 충당한다는 명목으로 세금은 갑절로 치솟았고, 나라 안 재화는 제단을 쌓는 일에 쏟아붓는다고 합니다. 가을걷이를 한다 한들 그 곡식으로는 다라 백성들이 겨울을 넘기기도 힘듭니다. 재화를 교역해 곡식을 사들여야 하는데, 신전을 짓는다며 허비해 버린다면 장차 다라 백성들은 뭘 먹고 겨울과 봄을 나겠습니까? 말리셔야 합니다."

대장군이 팔을 들어 문탁의 흥분을 제지했다.

"뒤에서 치달이 조정하고 있다는 것쯤은 나도 짐작한다. 그러나 그렇다고 대왕의 명령을 거역할 수는 없는 일. 선왕 때 충언을 하다 바다 건너로 내쫓긴 치달의 선친 일을 너도 잘 알지 않느냐. 충간을 올렸다간 바로 치달의 비수가 날아들게야."

"그 일이라면 치달 수장도 잘 알 터인데, 그 자는 어쩌자고 그런 무모한 짓을 하는지 모르겠군요."

대장군이 자리에서 일어났다.

"간신의 농간에 대왕의 눈이 먼 까닭이지. 이미 벌어진 일은 어쩔 수 없다. 남은 병력으로 최선을 다하는 수밖에 없지 않겠느냐. 네 수하의 병력은 얼마나 되느냐?"

"예비 병력까지 소집한다 해도 2백이 넘지 못할 것입니다."

"내게 남은 병력이 5백 남짓이다. 치달의 손으로 넘어간 1천에 그 자 휘하의 병력 5백까지 더한다면 1천 5백. 흠! 충분히 나라를 좌지우지할 숫자로구나. 대왕은 눈이 멀어버렸고, 중신들은 치달의 수족인양 움직이고 있다. 군량은 턱없이 부족해질 텐데…… 아! 갈 길이 너무나 멀고 험하구나."

"병력을 인계하지 못하겠다고 버텨 보시지요. 신라군의 공세가 심상치 않다고 들었습니다. 군사들이 병장기 대신 망치나 톱을 든다면 그게 어디 군인이겠습니까. 습격 한 번으로 궤멸될 것입니다."

대장군의 표정은 희망적이지 않았다.

"이미 환두대도는 넘어갔다. 그 문제는 재론하지 말기로 하자. 너는 네 수하 병력을 최대한 집결시켜 만약의 사태에 대비해라. 당장 선단이 출항하기는 어려울 것이야. 나라 안 재화를 치달이 쓸어 담고 있는데, 교역할 물품이나 남아나겠느냐?"

문탁의 눈에 의혹의 빛이 어렸다.

"야적한 덩이쇠만 해도 양이 만만치 않습니다."

대장군의 얼굴로 빈정거림이 섞인 웃음이 지나갔다.

"재정권이 치달에게로 넘어갔다고 하지 않았느냐? 조만간 다 북다라산 공사장으로 옮겨질 것이니라. 나머지 이야기는 차후에 하기로 하자. 나는 군영으로 돌아가겠다."

문탁은 휘장을 걷고 나가는 대장군의 뒷모습을 지켜볼 수밖에 없었다.


2

세상은 흉흉해지고 있었지만, 휘영청 밝은 달은 어제처럼 오늘 밤에도 떠올랐다. 기망 달은 보름달을 시샘하는 듯 더욱 밝아보였다. 대선단이 귀환한 술렁임이 끝난 다라 도성은 쥐 죽은 듯 조용했다. 멀리서 이따금 개 우는 소리만 들릴 뿐이었다.

중다라산은 다라국 도성의 배후에서 북풍과 외적을 막아주는 진산(鎭山)이다. 그 중다라산 마령재에서 발원하여 도성의 뒤를 감싸고 흐르다 동강으로 스며드는 내가 다라천(多羅川)이다. 다라천과 동강이 만나는 지점은 예로부터 경치가 좋아 풍광과 운치를 즐겼던 풍류객들이 즐겨 찾던 곳이었다.

그런 내력을 말해주는 듯 지금도 이곳은 객점(客店)과 고급스런 주점들이 모여 있었다. 주점 골목을 지나면 다라천을 가로지르는 다리가 나온다. 그 너머 숲은 도성이 멀지 않은데도 숲이 우거졌다. 다라국 고위 귀족들의 별장이 적당한 거리를 두고 숲에 몸을 감추고 있어 평소 때도 이곳은 인적이 드물었다.

그 중 가장 후미진 곳에 있는 별장은 주인이 누군지도 알려져 있지 않은 미지의 장소였다. 길 또한 언덕 뒤편을 돌아 이어져 있어, 낮에는 숲이 밤에는 어둠이 사람의 출입을 숨겨주었다. 그 별장의 사랑채에서 희미한 불빛이 새어나오고 있었다.

정체를 알 수 없는 한 남자가 이 방에서 누군가를 기다리고 있었다. 피부가 거친 데다 앞니가 몇 개 빠져 있어 어딘가 모자라는 듯한 인상이었지만, 한 곳에 머물지 않고 끊임없이 움직이는 눈빛은 그가 범상한 인물이 아님을 말해 주었다. 잠시 후 밖에서 인기척이 났다. 남자는 기침 소리만 듣고도 껌새를 차렸다는 듯 문가로 다가가 여닫이문을 열었다.

"드시지요."

거북이처럼 배가 튀어나오고 오소리처럼 휘청거리는 걸음으로 치달이 방안으로 들어섰다. 등 뒤로 검은 옷을 입은 사내 몇이 사방으로 흩어지는 모습이 얼핏 보였다.

"오래 기다렸는가?"

"아닙니다. 솔바람 소리가 고즈넉해 벗 삼을 만하더군요."

치달은 들자마자 윗목에 책상다리를 하고 앉더니 거두절미하고 본론으로 바로 들어갔다.

"그간 노고가 많았겠구먼. 여독도 풀리지 않았을 터인데 불러내 미안하네."

치달의 치하를 듣자 남자는 몸 둘 곳을 몰라 했다.

"지존 어른의 명이라면 저승길도 마다 않을 터인데, 백제와 신라를 다녀온 것이 무슨 노고겠습니까. 더구나 그쪽 사람들의 대접이 융숭해 편히 지내다 왔습니다."

치달이 만족스런 웃음을 날렸다.

"그래. 항상 오남(誤南) 자네가 있어 내가 편히 일을 할 수 있지. 먼저 이것부터 받게나."

허리춤에서 치달이 작은 비단 주머니 하나를 꺼내더니 오남 앞에 던져 주었다. 쩔렁하며 울리는 소리가 금붙이인 듯했다. 오남은 풀어보지도 않고 냉큼 주위 품안에 넣었다.

"늘 지존 어른 덕에 먹고 삽니다. 헤헤헤!"

간교한 웃음을 지으면서 오남이 몸을 조아렸다. 그 동작을 무표정하게 지켜보면서 치달이 몸을 숙였다.

"그들의 의향은 어떻던가?"

오남의 표정이 엄숙하게 바뀌었다.

"두 말 할 여지가 없습지요. 명분과 실리가 어긋나지 않는다면 지존의 집권을 쌍수를 들어 환영한다고 분명히 다짐했습니다. 여기 그 문서가 있습니다."

오남이 품에서 두 장의 문서를 내밀었다.

"신라 수장 이벌찬(伊伐湌)의 수결이 찍힌 문서가 이것이고, 백제 수장 좌평(佐平)의 수결이 찍힌 문서는 이것입니다."

문서를 받은 치달이 불빛 아래 문서를 펼쳤다. 문서를 읽어나가는 치달의 입가로 회심의 미소가 번졌다.

"어김이 없구먼. 실리야 이미 자네가 약조한 문서로 전했으니 마무리된 것이고, 이제 명분을 매조지해야 할 때로구먼."

"그렇습니다. 양국에서도 찬탈은 달가워하지 않습니다. 가야 제국 내에서도 반발이 만만치 않을 테고, 이웃 나라 북주나 왜국도 반기지는 않을 테지요. 소정공주와의 혼사만 마무리되면 다라는 지존의 주머니 속으로 들어온 것이나 진배없습니다."

이 말에 치달의 표정이 어두워졌다. 눈치 빠른 오남이 이를 놓치지 않았다.

"여의치 못한 일이라도 생겼습니까?"

즉답을 하지 못한 채 치달의 잔기침만 여러 차례 이어졌다.

"대왕이 거부하던가요?"

치달이 얼굴을 찡그렸다.

"대왕은 내 말이라면 팥으로 메주를 쑨다고 해도 믿을 위인일세. 생각지도 못한 장애물이 나타나 그것이 영 개운치 않아."

오남이 지레짐작하며 한 발짝 앞서 나갔다.

"문탁장군에게 마음을 두고 있다는 것입니까?"

문탁이란 이름이 나오자 치달이 불쾌한 심정을 숨기지 않았다.

"문탁이란 놈이 뭐 그리 대단하다고 여기저기서 다들 난리인가? 그런 애송이 따위가 내 대업을 가로막을 만큼 대단한 존재란 말인가?"

오남이 움찔거리며 고개를 조아렸다. 짐작이 빗나가자 두수 앞까지는 내다보지 못하고 오남이 고개를 가로저었다. 말끝을 매듭짓지 못한 채 오남이 중얼거렸다.

"송구하오나 그 외에는 딱히 떠오르는 장애가 없사옵니다만……."

"등잔 밑이 어둡다고, 미려가 문젤세."

의외라는 듯 오남의 두 눈이 화등잔만 해졌다.

"마님께서 말입니까? 원래 이 계책은 마님의 의중에서 나온 것 아닙니까? 이제 와서 싫다 하십니까?"

답답한 듯 치달이 방바닥을 내리쳤다.

"그것이 아니라 대왕이 공주를 후처로는 보내지 못 하겠다지 않나. 그래서 미려에게 잠시 왜국에 가 있으라고 했더니

…… 싫다는 게야."

제 셈만 빠른 오남의 머리는 엉뚱하게 돌아갔다. 오남이 실실 웃으며 말했다.

"마님도 역시 여자로군요. 이제 와 어린 시앗이 들어오는 꼴은 못 보겠다는 것 아닙니까?"

치달이 혀를 끌끌 찼다.

"자네 귀는 남 보기 좋으라고 달려 있나? 내가 미려를 내치는 것으로 꾸며 홀몸이 된 뒤 공주를 맞이하겠다니 그것은 죽어도 싫다는 것이야."

그제야 정황을 파악한 오남이 난처한 기색을 보였다.

"진퇴양난이로군요. 공주와 혼인하지 않으면 왕좌에 오를 명분이 없고, 마님께서 떠나지 않으면 혼인할 명분이 없는 꼴입니다."

치달이 오만상을 찡그리며 오남을 노려보았다.

"하나 마나 한 소리는 닥치게. 자네 평소에 꾀주머니라 자부했으니 뭔가 좋은 수가 없나?"

오남이 지레 겁을 먹고 고개를 저었다.

"저야 이 나이 되도록 홀아비 신세니 무슨 걱정이겠습니까. 마님을 내쫓을 계책이라니요? 마님에게 한 번 저주를 받은 사람은 필경 불귀의 객이 되고 만다는데, 제가 감히 이 자리서 무슨 계책을 아뢰겠습니까? 생각만 해도 벌써 뒤통수가 뻐근해지고 오금이 저립니다요."

오남의 겁먹은 소리에 치달도 더 이상 입을 열지 않았다.

오남이 치달의 눈치를 보며 그만 자리를 피할 궁리를 되새김
질했다. 오남이 슬쩍 치달의 의중을 떠보았다.

"포기하심이 옳지 않겠습니까? 아무리 마님이라 한들 제
자리 내주고 공주를 앉히고 싶지는 않겠지요. 자칫 일을 벌
이다가는 마님의 저주가 지존에게까지 미칠 수 있습니다.
명분이야 따로 마련해도 되고, 여북하면 찬탈도 나쁜 수는
아니라고 봅니다. 그깟 남의 이목이 뭐 그리 대수겠습니까?
뒤탈이 생기면 그때 가서 무마하면 되지 않겠습니까?"

치달의 표정이 더욱 굳어졌다.

"아니야. 나는 유종의 미를 거두고 싶은 게야. 만인이 축복
하는 가운데 왕좌에 오르고 싶네. 뒤치다꺼리로 골치를 썩이
고 싶진 않아. 나도 미려의 저주는 무섭네. 그러니 방법은
하나뿐이야. 자네 이리 가까이 오게."

아무도 없는 주위를 살피면서 오남이 엉금엉금 기어 치달
앞으로 다가왔다.

"귀를 좀 가까이 대라니까."

오남이 귀를 대자 치달이 귓속말을 건넸다. 오남의 두 눈
이 점점 커졌다. 다 듣고 난 오남이 사시나무 떨듯 몸을 움츠
렸다.

"정말 그러실 작정이십니까?"

치달이 말없이 고개만 끄덕였다.

"하지만 소인은 못 하옵니다. 손에 피를 묻히다니요. 소인
에게 그런 배짱은 없사옵니다."

"누가 직접 하라는가? 쥐도 새도 모르게 해치울 사람을 물색해 데려오란 말이지. 이 난세에 부귀영화를 손에 쥐어주겠다면 그 정도 일이야 하겠다는 사람이 없진 않을 걸세."

"목을 졸라야 할 사람이 마님이라면 아무도 나서지 않을 겝니다."

"여염집 아낙을 해치우는 일이라 믿으면 못할 것도 없겠지."

오남은 아무래도 신통한 방법이 아니라는 듯 연신 고개를 저었다.

"마님을 오밤중 산간벽지에 세워두지 않는 이상 어찌 모르겠사옵니까."

"그 일이라면 내게 맡기게. 자넨 형가(荊軻) 같은 협객만 구해오게. 나머지 일은 내가 다 꾸며 놓을 테니까."

치달이 다시 허리춤에서 주머니 하나를 더 꺼냈다. 무게와 부피가 좀 전의 그것과는 판이하게 달랐다. 오남은 주저하면서도 손을 내밀어 주머니를 잡았다.

"묵직합니다요."

"사람 목숨 하나 달아 올릴 만한 무게로는 충분할 걸세. 성사만 시킨다면 그런 주머니 하나가 더 자네 손에 쥐어질 게야."

재물 챙기기라면 자다가도 일어날 오남이었다. 주머니를 만지작거리던 오남이 두 눈에 힘을 주며 고개를 끄덕였다.

"알겠사옵니다. 이 몸도 천하를 다니면서 한다하는 건달은 여럿 만나보았습지요. 바로 물색해 아뢰겠습니다."

비로소 치달의 얼굴에 화색이 돌았다.

"그래야지. 일이 잘 마무리되어 왕좌에 오르면 내 자네에게 섭섭하지 않게 보답할 요량이야. 원하는 자리라면 어디든 앉힐 게고, 재물이 필요하다면 황강에 둑을 쌓을 만큼이라도 내려주겠네."

방바닥에 이마를 찧으며 오남이 실실거렸다.

"염려 붙들어 매십시오. 다만 아무도 모르게 일이 치러져야 합니다."

"자네야말로 입단속 단단히 하게. 쓸 만한 사람이 정해지면 아무 소리 말고 내게 데려와. 소 잡는 데 닭 잡는 칼을 써서는 안 되니 말이야."

"알겠사옵니다. 그럼 소인 그만 물러가겠사옵니다."

오남이 밖으로 나가고 잠시 후 호위 장교가 방안으로 들어왔다. 치달이 눈치를 밖으로 주면서 말했다.

"오남에게 감시병 한 명을 붙여라. 워낙 입이 가볍고 물욕이 큰 인간이라 믿지 못할 구석이 많은 작자다. 알겠느냐?"

"명대로 거행하오리다."

무릎을 꿇고 장교가 군례로 답하며 말했다.

문서를 챙긴 치달이 조용히 별장을 빠져나가자 숲에는 중다라산으로 기우는 달빛과 부엉이 울음소리만 남게 되었다.


3
가을걷이를 앞두고 있는 다라의 논과 밭은 한해의 풍성한 마감을 예고하듯 곡물들이 알차게 익어가고 있었다. 올해는 하늘의 도움으로 큰 비바람이 없어 곡물 피해가 적었다. 워낙 산악지형인 다라라 논밭에서 거둘 수 있는 곡식의 물량은 부족했지만, 한 톨 쌀이라도 더 생산한다면 그만큼 사람들의 인심도 넉넉해질 터였다.

집에서 조금 멀리 떨어진 언덕바지에 있는 밭에서 송이는 배추며 무, 파 따위 푸성귀들이 잘 자라도록 잡초를 뜯어내는 중이었었다. 벌레가 많이 슬지 않아 튼실한 수확이 예상되었다. 나날이 속이 차가는 배추를 두드리며 송이는 미소 지었다. 하루가 멀다 하고 관청에서 나와 곡식의 낱알 수까지 헤아려 세금을 매기느라 성화를 부리는 것이 짜증스러웠지만, 농작물이 잘 자라는 것은 자식이 무럭무럭 크는 것을 보는 것만큼 농사꾼에게는 축복이었다.

송이 아버지 망치의 주업은 대장장이였다. 궁성에서 생산물 전량을 사주는 국공(國工)은 아니지만, 소규모로 대장간을 운영하면서도 철의 품질은 최고라는 평가를 받았다. 고관대작들이 집안에 꼭 필요한 장식물이나 위세품(威勢品)을 만들려고 할 때면 으레 망치의 집을 찾는 것도 다 까닭이 있었다. 그래서 송이의 집 형편은 여느 농가보다 여유가 있었다.

하지만 치달이 수장이 된 뒤부터 공물(供物)의 양이 부쩍 늘어났다. 공물부과는 일종의 세금이기 때문에 거부할 수 없었다. 왜 공물 양을 늘리느냐며 따지던 이웃 대장장이가 관아로 끌려가 혼구녕이 났다는 소문도 돌아 함부로 입을 놀리기도 두려웠다. 그래서 송이는 따로 밭을 일궈 어려워진 집안 형편을 도왔다.

"밭이 너무 외진 곳에 있는 거 아니니? 그러다 호랑이에게 물려 가면 어쩌려구."

어머니는 이렇게 걱정하며 으름장을 놓았지만, 송이의 야무진 결심을 꺾지는 못했다.

"밭 터가 괜찮아요. 경사도 심하지 않고 잡목도 없어 일구기도 어렵잖구요. 그깟 호랑이 나타나면 문탁장군께 달려가죠, 뭐."

이렇게 호기를 부렸어도 송이는 만약의 경우를 대비해 밭곁에 움막을 하나 지어 놓았다. 급한 일이 생겼을 때 재깍 움막으로 달려가 문을 닫아걸면 호랑이라고 해도 별 도리가 없을 터였다.

구름 한 점 없이 날이 맑았다. 송이는 흐르는 땀을 닦으며 하늘을 보았다. 금방이라도 푸른 물이 떨어질 것처럼 하늘이 이마에서 가까웠다. 제법 어른 티가 나는 송이의 몸으로 나른한 기운이 밀려들었다. 허리를 톡톡 치면서 송이는 잘 자란 고마운 채소들을 정겨운 눈으로 바라보았다.

그때 등 뒤에서 뭔가 접근하는 소리가 들렸다. 인가가 먼 곳이라 이따금 나무하러 지나가는 사람들이 있긴 했지만, 지금은 그들이 오갈 시간이 아니었다. 송이는 더럭 겁이 났다. 마음이 쫓기자 움막이 어디 있는지 위치도 떠오르지 않았다. 좌우를 살피면서 송이는 몸을 낮추고 뒷걸음질 쳤다.

"어흥!"

큼지막한 물체가 송이의 몸을 덮쳤다. 호미를 손에서 떨어뜨린 송이가 자지러지게 비명을 질렀다. 그러자 몸에 닿았던 것이 뒤로 물러섰다. 재빨리 호미를 거머쥔 송이가 몸을 돌렸다. 짐승이라면 숨구멍이라도 내리칠 작정이었다.

"어어어! 나야 나. 너 그러다 사람 잡겠다."

정신을 수습하고 바라보니 낯이 많이 익은 사내가 서 있었다. 눈앞이 흐릿했다. 등에 길고 네모진 물건을 진 사내가 웃음을 머금은 채 두 손을 버쩍 들고 있었다.

"누구냐!"

앙칼진 목소리에 송이 자신부터 놀랐다.

"나야, 나. 니문(泥文)이라니까. 애가 덩치만 커진 줄 알았더니 성깔도 사나워졌네."

그제야 사내의 얼굴이 바로 보였다.

"아. 오라비……."

말이 더 이상 이어지지 않았다. 같은 동네에서 살던 이웃 오라비였다. 노래를 잘하고 악기도 잘 다뤄 마을에서 신동이란 소문이 났었다. 몇 년 전인가 마을을 떠나 대가야에 가서 악곡(樂曲)을 공부했는데, 스승과 함께 신라로 갔다는 소문은 들었다. 그 새 니문은 몰라볼 만큼 늠름해져 있었다.

"참 나. 벌써 날 잊은 거야? 거 꼴사나우니 옷고름부터 챙겨라."

허둥대느라 옷고름이 흐트러진 모양이었다. 화들짝 놀란

송이는 반쯤 풀려 가슴골이 훤히 드러난 옷깃을 급히 여몄다.

"어휴! 간 떨어질 뻔했네. 사람이 왔으면 왔다고 말을 해야지. 신라 사람들은 그딴 식으로 사람 놀리는가봐!"

창피하기도 하고 반갑기도 해서 송이는 얼굴을 붉혔다.

"내가 왜 신라 사람이냐. 난 너처럼 다라 사람이라고."

니문이 희희 웃으며 송이를 쳐다보았다. 그 눈빛이 남달라 갑자기 몸이 달아올랐다.

"흥! 쫓겨났구나. 재주만 믿고 게으름 피웠지? 스승님이 게을러터진 제자를 그냥 둘 리 없지."

마음과는 달리 입에서는 암팡진 소리만 나왔다. 니문이 두 손을 번쩍 들며 말했다.

"그래, 맞다. 내가 하도 게을러 스승님께서 이번에 북다라 산에서 열리는 대축전에서 음악을 맡으라고 날 보내시더구나. 조금만 더 게을렀으면 왜국으로 쫓겨날 뻔했지 뭐냐."

니문이 낄낄거렸다. 그러고 보니 니문의 등에 지고 있는 물건은 그가 배우고 있다는 가야의 악기 가야금인 모양이었다. 예전에 대가야국에 갔을 때 니문의 스승 우륵(于勒) 선생이 연주하는 것을 한 번 들은 적이 있었다. 너무나 고운 선율에 송이는 눈물까지 흘릴 뻔했었다.

"그거 가야금이야?"

니문이 뒤를 흘낏 보더니 자랑스런 표정으로 가슴을 폈다. 어깨가 딱 벌어진 품이 어엿한 청년이었다.

"그래, 눈썰미는 좀 있네. 요즘 내가 푹 빠져 사는 놈이지."

송이가 콧방귀를 뀌었다.

"흥! 짝사랑에 아주 폭 빠졌겠지. 떡 줄 사람은 생각도 않는데 김칫국은 참 잘도 마셔요."

니문의 표정이 조금 심각해졌다.

"맞아. 내가 김칫국을 너무 일찍부터 마셨지. 떡 줄 사람은 생각지도 않는데 말이야."

니문의 정색하는 표정에서 문득 이상한 생각이 들었다. 누가 떡 줄 사람이란 말인가? 얄궂은 상상이 떠오르자 송이는 급히 말을 돌렸다. 그새 뺨이 발갛게 달아올랐다.

"오라비, 나 그 가야금 한 번 봐도 될까?"

"가야금? 네가 보면 뭘 알겠니?"

송이가 토라져 입을 씰룩거렸다.

"말을 그렇게 얄밉게 하니 떡 줄 사람이 정나미가 떨어지지."

니문이 두 손을 휘저으며 당황한 기색을 보였다.

"아냐, 아냐, 알았다. 그런데 여기서는 곤란할 걸. 햇살이 너무 따가워 가야금이 놀랄 거야."

"어이구. 열부(烈夫)나셨네. 음, 그럼 저기는 어때?"

송이가 밭둑에 있는 움막을 가리켰다. 손을 이마에 얹고 움막을 살피던 니문이 고개를 꺄우뚱거렸다.

"너무 작지 않을까? 우리 둘이 들어가기엔, 더구나 가야금도 놓아야 하는데."

"보기보단 들어가면 넓어. 연희에 자신이 없는 거 아냐?"

"무슨 소리. 이래 뵈도 신라 땅에서 나 다음으로 가야금 잘 뜯는 분은 스승님뿐이라고."

"알았어. 그럼 들려줘봐. 점수는 듣고 난 뒤에 줄 테니까."

송이가 큰소리쳤지만 움막은 확실히 비좁았다. 가야금을 꺼내 다리 위에 얹어놓자 두 사람의 몸은 비벼질 만큼 가까워졌다. 니문의 체온이 느껴져 송이의 몸에서 땀방울이 돋았다. 니문 역시 불편한지 자꾸 몸을 뒤척였다. 하는 수 없이 송이는 니문의 등 뒤로 자리를 옮겼다.

움막은 위로 올라갈수록 벽이 좁아져 송이는 얼굴과 어깨를 앞으로 숙여야 했다. 송이의 옷 속 봉긋한 젖가슴이 니문의 등에 닿을 듯 말 듯했다. 몸을 풀려고 니문이 기지개를 켜자 그만 니문의 듬직한 어깨가 송이의 젖가슴을 건드리고 말았다. 송이는 숨이 막혀왔다.

"이게 실력을 제대로 발휘할지 모르겠다. 난 적어도 청중이 백 명은 있어야 흥이 나거든."

니문이 분위기를 바꾸려고 익살스럽게 웃으며 말했다.

"내가 여기 백 명쯤 있다고 생각해."

송이도 애써 억양을 꾸미며 딴전을 부렸다.

"좋아. 그럼 잠깐 기다려."

니문이 두 손을 깍지 끼고 풀더니 가볍게 손가락을 흔들었다. 어깨 너머로 니문의 가야금이 눈에 들어왔다. 명주로 엮어 만든 열두 개의 줄과 기러기발이 가야금 판 위에 사이좋게 줄지어 늘어져 있었다. 오동나무로 만들어진 가야금 통은 기름이 잘 먹어 반들거렸다.

니문이 가야금을 한 번 쓸어보더니 송이를 돌아보며 말했다.

"스승님께서는 가야금에는 우주 만물의 이치가 다 담겨 있다고 하셨어. 공명판의 위가 둥근 것은 하늘을 뜻하고, 아래가 판판한 것은 땅을 가리키지. 그 사이 공명통은 우리들 사람이 살고 있는 세상이고. 열두 개 줄은 한 해 열두 달을 뜻하고, 괘의 높이가 세 치인 것은 하늘과 땅, 사람을 일컫는 삼재(三才)를 가리킨다고 하셨어. 정말 오묘한 이치지 않니?"

송이는 니문의 말을 반도 알아듣지 못했지만, 금 쟁반 위로 옥구슬이 굴러가는 듯한 니문의 목소리는 너무나 감미로웠다. 송이는 내용도 잘 모르면서 연신 고개를 끄덕였다. 송이의 표정이 보일 리 없는 니문이 흥이 올라 설명을 이어나갔다.

"가야금은 이렇게 연주해. 오른손은 용두에 올려놓고 현침(絃枕) 너머의 줄을 뜯거나 퉁겨서 소리를 내지. 그때 왼손은 기러기발에서 양이두(羊耳頭) 쪽으로 두세 치쯤 떨어져 오른손이 내준 소리를 멋들어지게 장식하는 역할을 해야 해. 그런 솜씨에는 농현(弄絃, 줄을 흔들어 줌)도 있고, 퇴성(退聲, 소리를 흘려 내려 줌)도 있고, 전성(轉聲, 줄을 굴려 줌)도 있단다. 어때 이 오라비 아주 똑똑하지?"

니문이 손을 움직여 몇 가지 기본적인 가야금 음률을 들려주었다. 청명한 가을 하늘에서 울려 퍼지는 여치 소리도 있고, 매미 소리도 있고, 온갖 풀벌레 소리가 다 그 안에서 나왔다. 대답 대신 송이는 니문의 어깨에 가볍게 손을 올렸다. 니문의 손이 잠깐 송이의 손 위에 올랐다가 내려갔다. 그 손이 따뜻했고 정다웠다.

"음. 이제 내가 쓴 곡을 들려줄게. 이게 내가 얼마 전에 지은 곡이야. 스승님께서 지은 12악곡에 견주면 보잘 것 없지만, 스승님께서도 들으시더니 아주 좋다고 칭찬하셨지. 스승님은 엄하신 분이니 그분이 칭찬하셨다면 정말 좋다는 뜻이거든."

첫 곡조가 가야금에서 울려나왔다. 음은 끊어졌다 이어지기도 했고 높아졌다 낮아지기도 했다. 어딘가 날카로운 느낌이 들다가도 음산하면서 불안한 분위기를 자아내기도 했다. 전반적으로 그리 밝은 느낌이 들지는 않았지만 비 올 무렵 저녁 때 먹구름 낀 하늘을 불안하게 울며 나는 새가 연상되었다.

"꼭 까마귀 떼가 시끄럽게 울면서 나는 기분이 드네."

니문이 연주를 멈추더니 깜짝 놀란 표정으로 송이를 돌아보았다. 그의 눈빛은 경이로움으로 가득 차 있었다.

"놀랍구나. 전에 내 음악을 들은 적이 있는 건 아니지?"

"오라비가 마을을 떠난 뒤로 오늘 처음 보는데, 언제 내가 봤을까?"

"야! 대단해. 송이는 귀명창이로구나. 지음(知音)이 따로 없네."

**114**

송이의 눈이 동그래졌다.

"지음이 뭔데?"

"소리를 잘 알아듣는 사람을 말하는 거야. 옛날 저 바다 건너 큰 땅에 백아(伯雅)란 거문고의 명수가 있었는데, 친구 종자기(鍾子期)란 사람이 그의 음악을 그렇게 잘 알아들었대. 백아가 산을 생각하면서 연주하면 '우뚝 우뚝 솟은 산봉우리로다!' 하며 감탄했고, 넓은 바다를 떠올리며 연주하면 '푸르고 푸른 드넓은 바다로구나!' 하며 찬성을 올렸다지. 그래서 백아가 종자기를 두고 지음, 소리를 아는 사람이라고 말했단다."

송이가 감동해서 두 손을 잡으며 말했다.

"그럼 내가 종자기인 거야. 오라비는 백아가 되고?"

"그래. 종자기 하니까 꼭 송이가 종달새처럼 보이는 걸."

송이가 흐뭇하게 웃으며 두 눈을 감았다.

"나랑 오라비랑 백아와 종자기처럼 영원히 함께 살았으면 좋겠어."

그러나 니문의 얼굴에는 알 수 없는 그늘이 내려앉았다.

"그런데 송이야. 두 사람은 그리 오래 함께 살지는 못했어. 종자기가 그만 일찍 세상을 떠나고 말았거든. 몸이 약했던가 봐. 종자기가 죽은 뒤 백아는 자기 음률을 알아줄 사람이 없다고 하면서 거문고 줄을 다 끊어버리고 다신 연주를 하지 않았다지."

송이의 얼굴에도 짙은 그늘이 저녁처럼 내려앉았다.

"왠지 불길하다. 내가 일찍 죽는 거야? 하지만 우린 큰 땅 사람이 아니잖아. 내게 그런 일이 일어나진 않겠지? 그렇지, 오라비?"

송이의 눈이 간절함으로 촉촉이 젖어들었다. 니문이 염려를 털어내려는 듯 고개를 힘차게 끄덕이며 대답했다.

"걱정 마. 우리 예쁜 송이에게 그런 일이 일어날 리 없지. 혹시라도 그런 일이 생기면 내가 온몸으로 너를 지켜줄게."

"정말?"

"그럼, 정말이고말고. 내 목숨을 바쳐서라도 지켜낼 거야."

"좋아. 그럼 약속해. 날 꼭 지켜주겠다고."

니문이 가야금을 내려놓고 돌아서더니 갑자기 송이를 꼭 껴안았다. 깜짝 놀란 송이가 뒤로 몸을 빼려고 했지만, 완강한 니문의 손이 송이의 등을 꼼짝 못하게 눌렀다. 송이는 알 수 없는 행복감에 젖어 눈을 감았다.

움막 밖에서 종달새의 울음소리가 들려왔다.

굽다리접시(高杯)

Mounted dish
높이 8.8cm
옥전 23호분 〈합천박물관〉

# 음모는 어둠처럼 밀려온다

## 1

신라의 수도 금성은 한반도의 남쪽 동단에 치우쳐 있지만 어디 못지않게 활기찬 도시다. 그 활기는 하루아침에 이루어진 게 아니었다. 삼국 가운데 가장 늦게 국가로서의 위상을 갖춘 신라로서는 생존이 가장 절박한 문제였다. 북방의 고구려는 강성한 대륙 국가였고, 서쪽에서 강자로 자리한 백제는 불편한 이웃이었다.

진흥왕(眞興王, 재위 540~576)이 7살 나이로 왕위에 올랐을 때 수렴청정에 임한 그의 어머니 지소태후(只召太后)는 현명한 여인이었다. 그녀는 왕의 나이가 어린 것을 빌미로 권력 쟁탈전이 벌어질까 염려했고, 대안으로 정계와 군부에 가장 영향력이 컸던 이사부(異斯夫)를 병부령에 임명했다. 어쩌면 고양이에게 어물전을 맡기는 위험한 처사였지만, 이사부는 지소태후의 믿음을 저버리지 않았다.

이사부는 어린 제왕을 안전하게 보호했을 뿐더러 야심에 찬 제왕이 군사 행동을 취하기에 충분할 만큼 군사력을 확보하고 육성했다. 18살이 된 진흥왕은 직접 통치에 나섰고, 첫 번째 군사 행동은 고구려가 점령하고 있던 아리수(阿利水, 지금의 한강) 유역의 확보였다. 백제의 반발을 무마하기 위해 그는 성왕(成王, 재위 523~554)과 손을 잡았다.

광개토대왕과 장수왕이 통치하던 시절 동아시아 강대국으로 군림했던 고구려는 이 무렵 북방 돌궐의 집요한 침략과 내분으로 남쪽 지방의 영토를 돌볼 여력이 없었다. 553년 큰 무력 충돌 없이 백제는 아리수 남쪽을, 신라는 북쪽을 점령했다. 양국 모두 옛 영토를 회복한 쾌거였지만, 진흥왕의 야심은 여기서 그치지 않았다.

진흥왕은 다시 군대를 움직여 삽시간에 아리수 남쪽 유역으로 치고 들어갔다. 방심하고 있던 백제는 맥도 못 추고 알토란같은 영토를 빼앗겼다. 성왕은 배신감에 치를 떨었고, 신하의 반대를 무릅쓰고 반격을 감행했다. 태자 여창(餘昌)을 사령관으로 임명하면서 가야와 왜국의 군사까지 끌어들여 대대적인 공세에 나섰다. 이 공세는 일시적인 성공을 거두어 관산성(管山城, 충북 옥천 일대)을 수복했다.

승리에 도취한 성왕은 군사를 격려하고자 친위군 50여 기만 이끌고 관산성으로 향했다. 기회를 엿보던 진흥왕은 성왕의 뒷덜미를 쳐서 사로잡았고, 그 자리에서 목을 베어버렸다.

왕이 죽자 백제군의 사기는 땅에 떨어졌다. 뒤이은 신라군의 공격에 백제군은 추풍낙엽처럼 몰락했다. "말 한 마리 돌아가지 못했다."고 역사가 기록할 정도로 백제는 통한의 대패를 당했다. 이후 백제와 신라는 원수의 나라가 되었다.

충분히 힘을 비축했던 신라는 여세를 몰아 북진을 거듭해 황초령과 마운령까지 자국의 영토로 만들었다. 진흥왕의 눈앞에 거칠 것은 없었다. 북방 국경이 안정되자 진흥왕은 이제 남쪽으로 눈을 돌렸다.

가야 제국이 사이좋게 영토를 나눠가지고 있는 동강(낙동강) 유역과 해안 일대는 해양 진출을 꾀하는 신라로서는 반드시 점령해야 할 노른자위 땅이었다. 이미 신라는 한 차례 군사 행동을 취해 가야의 상당 지역을 확보한 바 있었다.

법흥왕 때인 임자년(532년), 이전부터 반식민지 상태에 있던 금관가야를 완전히 복속시켰다. 품질 좋은 철광석이 많이 생산되는 동강 하류 지역과 동안 지역을 차지함으로써 신라는 경제적으로나 군사적으로 성장할 발판을 마련했다. 이후 금관가야의 후예들은 일부는 신라에 투항했지만, 일부가 서쪽으로 이동해 그 지역 주민들과 북방에서 흘러들어온 세력과 손을 잡았다. 그리하여 새로운 가야 제국이 등장했고, 대가야와 소가야, 아라가야 등이 지역의 패권을 차지하면서 가야 제국의 융성에 이바지했다.

이후 백여 년의 세월 동안 비교적 신라와 백제, 가야 사이에는 힘의 균형이 유지되었다. 동맹을 맺어 고구려의 침공에 대비했던 백제와 신라는 가야에 대해서는 외교적인 우위를 점하려 했을 뿐 군사적인 위협을 가하지는 않았다. 그러나 동맹이 깨지고 성왕이 전사하자 상황은 급변했다. 백제는 복수를 위해 신라는 방어를 위해 가야 지역 확보가 우선 과제로 대두한 것이다.

특히 황강 유역이 세력권의 중심인 다라는 동서 교류의 중추로 어느 나라가 차지하든 힘의 균형이 쏠릴 수밖에 없는 전략상 요충지였다. 가야 제국과 다라의 통치자들은 공세를 취하는 신라를 견제하기 위해 친백제 외교 노선을 펼치는 한편 신라와도 우호적인 관계를 유지하고자 노력했다. 그러나 가야와 다라가 먹잇감을 노리는 두 마리 늑대를 달래는 데는 한계가 있었다. 가야 제국을 향해 시나브로 존망의 어둠이 밀물처럼 밀려오고 있었다.

진흥왕의 집무실이 있는 신월성 후원은 궁성 안에 있으면서도 궁인들의 눈을 피하기 알맞은 장소였다. 후원 앞은 궁성을 닮은 초승달 모양의 연못이 파여 있어 신월성 안의 신월성으로 불렸다. 해가 뉘엿뉘엿 넘어갈 무렵 진흥왕은 난간에 기대 오리들이 유유히 헤엄치고 있는 연못을 바라보며 술잔을 기울이는 중이었다.

이제 막 삼십대 나이에 접어드는 진흥왕은 지는 해를 보면서도 솟구치는 혈기를 주체할 수 없었다. 그의 눈은 연못을 넘어 숲이 우거진 남쪽의 어느 곳으로 향했다. 한나절 말을 타고 달리면 그곳은 가야 땅이었다. 철의 생산과 외국과의 교역으로 국부를 늘리고 있는 가야 제국은 신라가 한반도 내에서 패권을 차지하는 데 없어서는 안 될 젖줄이었다. 가야가 신라를 공격할 가능성은 거의 없었지만, 백제와 손을 잡고 기습 공격을 감행하지 말란 법은 없었다. 도성에서 국경까지 가는 데도 한나절이지만 오는 데도 한나절이었다. 반드시 손아귀에 움켜쥐어야 할 땅이었다. 끓어오르는 욕망을 다스리지 못한 사람의 입에서 무거운 탄식이 흘러나왔다.

시종이 들어와 기다리던 사람이 왔음을 알렸다.

"들라 하라. 호위병들은 뒤로 물리고."

시종이 물러가자 군장을 갖춘 두 장수가 들어왔다. 갑주의 미늘이 부딪치는 소리가 철렁철렁 울렸다. 하얀 턱수염이 휘날리는 늙은 장수와 새파랗게 젊은 장수는 묘한 대조를 보이면서도 이인삼각(二人三脚)을 요령 있게 치러내는 사람처럼 일체감을 느끼게 만들었다.

"어서 오시오. 이사부 장군. 그리고 사다함(斯多含). 갑자기 불러 미안하오. 먼 길을 오셨을 텐데, 우선 술부터 한 잔 받으시오."

이사부는 술을 받았지만 마시지는 않고 그대로 탁자에 내려놓았다.

"황공하오나 갑주를 입은 장수가 술을 입에 대서는 안 된다 알고 있습니다."

이사부는 병부령에서 물러나 한동안 한적한 생활을 누리고 있었다. 젊은 시절 지증왕 13년 때인 512년에 그는 기묘

한 계책으로 손에 피 한 방울 묻히지 않고 우산국(于山國)을 병합시켰다. 노년에 진흥왕의 시대를 열기 위한 준비기 때도 그는 지략과 용력으로 기반을 단단히 다졌다. 거칠부(居柒夫)를 시켜 신라의 역사 『국사(國史)』를 쓰게 한 장본인도 이사부였다. 진흥왕에게 있어 이사부는 은인이었다.

"여전히 은부(恩父)께서는 빈틈이 없으십니다. 하하하!"

진흥왕은 이사부를 '은부'라 불렀다. 일찍 아버지를 잃은 진흥왕이 아버지 이상으로 자신의 후광이 되어준 그에게 표할 수 있는 최고의 경칭이었다. 이사부가 황망하게 머리를 숙였다.

"과찬이십니다. 군막에 있는 장수가 흐트러지면 어찌 군기를 잡을 수 있겠습니까."

이사부는 현재 남쪽 변경에서 신라군을 지휘하고 있었다. 진흥왕의 의중을 짐작했는지 못 했는지 이사부는 노구를 이끌고 군말 없이 군장을 꾸려 변경 부대로 내려갔다. 그때 진흥왕이 부관으로 수행하게 한 사람이 화랑 사다함이었다.

"이곳은 군막이 아니라 궁성입니다. 긴장을 조금 푼다 해서 흠이 될 건 없지요. 그렇게 엄숙하셔서야 어디 말이라도 제대로 꺼내겠습니까? 안 그러냐? 사다함."

짐짓 실없는 미소를 지으며 진흥왕이 사다함에게로 시선을 돌렸다. 자리가 편치 않은 사다함은 대꾸할 말을 찾지 못하고 묵묵부답이었다.

"소관은 왕의 신하일 뿐입니다. 어떤 하교를 내리시든 따라야 도리이오나, 책무가 막중하여 사사로이 행동할 수 없습니다. 용서해 주시옵소서."

더 이상 강요할 수 없다는 사실을 깨달은 진흥왕이 술잔을 내려놓았다. 잠시 두 사람을 바라보던 진흥왕이 입을 열었다.

"은부께서도 제가 왜 남쪽 변경에 마음을 두고 있는지 짐작하시겠지요?"

"백제의 동진을 막고 가야의 영역을 확보하시려는 의중이라 알고 있습니다."

진흥왕이 고개를 끄덕였다.

"바로 보셨습니다. 백제는 나를 제 나라 임금을 죽인 원수라 하여 척살할 기회만 호시탐탐 노리고 있습니다. 가야 제국은 겉으로는 순종하고 있으나 우리보다는 백제에 호의를 보이고 있지요. 가야 제국이 신라와 백제 사이에서 완충적인 구실을 하는 듯 보이지만, 그들은 호랑이 아가리와 같습니다. 몰래 백제의 군사들을 끌어들인다면 신라의 턱밑까지 백제의 칼날이 겨누어지는 형국이지요."

"소관도 그리 생각하고 있습니다."

"때문에 백제와의 국경선을 더 밀어낼 필요가 있는 것이지요. 그 가장 좋은 방책이 가야 제국을 신라의 영토로 만들어 버리는 것입니다. 그러면 지리산과 북다라산으로 이어지는 준령들이 자연 백제의 공격을 막는 방패가 될 것입니다. 반대로 험준한 준령을 타고 군사를 움직인다면 백제가 눈치 채기 어렵다는 이점도 생깁니다."

이사부가 허리를 숙이면서 말을 받았다.

"가야 제국은 방비가 허술한 듯 보이지만 침략하기가 그리 녹록치 않습니다. 연맹체이기 때문에 각 지역의 군사력은 약하나 병력이 흩어져 있어 신라로서는 일망타진하기가 어렵습니다. 한 지역을 공격했다가 다른 지역 군사들로부터 뒤통수를 얻을 맞을 공산이 크지요. 또 백제 역시 구원을 빌미로 군사력을 집중할 것입니다. 아니면 우리 후방을 칠 수도 있습니다. 뿐만 아니라 왜국에 개척한 가야방에서 언제든 병력이 동강을 타고 올라올 수 있습니다."

진흥왕이 후원 연못으로 고개를 돌렸다. 왕의 표정에는 복잡한 심경이 그대로 드러났다.

"그렇소. 고구려나 백제 같은 대국의 군사와 충돌한다면 일전을 불사하여 격퇴시킬 수 있습니다. 그러나 가야는 사정이 다르지요. 적은 병력이 곳곳에 진을 치고 있으니 토끼몰이를 하는 꼴입니다. 어느 굴에서 토끼가 튀어나올지 알 수 없지요. 그리하여 은부의 지략이 필요한 것입니다."

"근교원공(近交遠攻)하는 전략을 써야 합니다."

"근교원공이라?"

"예. 지금 가야 제국 가운데 가장 강성한 나라는 대가야입니다. 그 지역의 패권을 쥐고 있기도 하고, 신라와는 국경을 맞대고 있습니다. 공격하기 가장 유리하지만, 공격은 벌집을 쑤신 꼴이 됩니다. 패권국이 공격을 당했으니 주변 가야국들이 벌떼처럼 달려들 것입니다. 공략에 성공한다고 해도 아군의 피해 또한 적지 않을 것입니다. 힘 빠진 아군을 힘을 키운 백제군이 공격한다면 성패가 어찌될지는 장담하지 못할 것입니다."

"맞는 말이요. 허나 대가야가 가야로 들어가는 길목에 버티고 있는데, 그들을 두고 무슨 공격이 가능하겠소?"

"인접한 소국들부터 차례차례 할퀴고 들어가는 것입니다. 소국에 대한 공격은 다반사로 있었으니 대가야나 백제에서도 방심할 것입니다. 이미 정신을 차린 뒤에는 혈혈단신 대가야만 남을 것이고, 궁지에 몰린 토끼 한 마리를 잡기란 어렵지 않을 것입니다."

진흥왕이 무릎을 탁 쳤다.

"그렇구려. 그렇다면 어디부터 치고 들어가야겠소?"

이사부가 단안을 내리듯 결연하게 말했다.

"다라국입니다."

"다라국. 왜?"

"다라국 귀족회의의 수장 치달의 밀사가 신라에 와 있다고 들었습니다."

"그렇소. 속내를 알 수 없어 내 직접 만나지는 않고 있소."

"치달은 야심이 바다 같은 인물입니다. 다라의 왕실에 원한도 품고 있지요. 폐하께서 직접 만나지 마시고, 이벌찬 가운데 한 사람을 보내 의중을 떠 보십시오. 그 자의 입에서 가야를 송두리째 삼킬 묘안이 튀어나올지도 모릅니다."

이사부는 더 이상 말을 잇지 않았다. 이사부의 말 속에는 많은 암시와 성찰이 숨어 있었다. 또한 공을 자신에게 돌리지 않고 진흥왕에게 쥐어 주려는 배려도 깔려 있었다.

진흥왕이 흡족한 표정을 지으며 사다함을 돌아보았다.

"사다함. 들었느냐? 장수의 지략은 은부처럼 조용히 움직여야 하는 것이다. 은부께서는 스스로 빛이 되지 않고 그림자가 되시려는 게다."

사다함이 고개를 들더니 상기된 표정으로 대답했다.

"예. 폐하. 천하에 빛은 하나, 오직 군왕만이 빛이옵니다."

진흥왕이 삼국의 패권을 차지하기 위한 정예병의 하나로 키운 군사 집단이 화랑도였다. 젊은 신라 귀족들의 유희수련 모임을 충성심과 무력을 겸비한 집단으로 진흥왕은 탈바꿈시켰다. 그 무리 가운데 사다함은 가장 재기가 넘치는 화랑이었다. 그가 거느린 낭도 1천여 명이 뒷날 백제, 고구려와 패권을 두고 한 판 승부를 가를 때 결정적인 역할을 할 것임을 진흥왕은 의심하지 않았다.

진흥왕은 두 사람을 지긋이 바라보면서 말했다.

"은부께서는 사저로 돌아가 며칠 여독을 푸십시오. 치달의 밀사가 무슨 수작을 부리려는지 확인되면 알려드리지요. 사다함. 너는 낭도들을 소집하여 대오를 갖추거라. 조만간 너희들의 패기와 젊음이 필요할 때가 올 것이니라."

명령을 내리는 진흥왕의 위세는 젊은 국왕의 기상이 서릿발처럼 서려 있었다.

두 사람이 물러가자 진흥왕은 다시 연못으로 눈을 돌렸다.

어느덧 해는 지고 연못 위에는 저녁 어스름이 짙게 드리워져 있었다. 물새 몇 마리가 먹이를 잔뜩 노리면서 수면 위를 떠다녔다. 움직임이 너무 고요해 파문조차 일지 않았다.

술잔을 입에 대면서 진흥왕이 말했다.

"그렇지. 먹이를 입안에 넣으려면 그렇게 조용해야 하느니라. 무심(無心)에서 유득(有得)이 나오는 법이지."

## 2

백제의 하늘 위에서는 언제부턴가 햇빛을 볼 수 없었다. 항상 짙은 먹구름이 세상을 삼킬 기세로 몸을 도사렸다. 성왕이 관산성에서 목을 잃은 시신으로 돌아온 이후 백제의 신하들과 군왕은 검은 상복을 입고 궁중을 배회했다. 8년 동안 성왕의 망령은 백제를 떠나지 못했다.

성왕의 죽음은 아들이자 태자였던 여창, 즉 지금의 위덕왕(威德王, 재위 554~598)에게도 적지 않은 부담으로 작용했다. 패전의 책임을 떠넘기려는 귀족 세력들의 동태가 심상찮았다. 부왕을 죽음으로 몬 태자가 왕위를 계승할 수 있느냐며 노골적인 적의를 드러내기도 했다.

정예병은 궤멸했고 민심마저 위덕왕의 편이 아니었다. 집권 초기 위덕왕은 사면초가의 궁지에 몰려 있었다. 숨을 곳이 없었다. 그때 위덕왕은 대결만이 능사가 아님을 깨달았다. 귀족들의 반발은 정당했고, 민심이 땅에 떨어진 것도 당연했다. 책임을 모면하거나 회피한다고 해서 피할 수 있는 화살이 아니었다.

위덕왕은 모든 것을 버려 버렸다. 그는 조정 회의에서 왕위를 버리고 출가하겠다는 결심을 공표했다. 즉 돌아가신 선왕의 극락왕생을 빌고 국태민안을 기구하는 승려가 되어 모든 책임을 떠맡겠다는 것이었다. 뜻밖에 위덕왕의 대응이 이렇게 나오자 당황한 것은 귀족 세력들이었다. 그들의 목적은 왕권의 약화였지 왕위의 공백이 아니었다. 정통성에서 한 치의 의심도 없는 왕이 물러가면 국왕이 되고자 불순세력이 준동할 것은 불 보듯 자명했다. 그렇지 않아도 정세가 불안한데, 이는 백제의 자멸을 부르는 꼴이었다.

귀족 세력들이 백기를 들었다. 출가수도의 결행은 취소되었지만, 대신 1천 명의 백성들을 출가시켜 위덕왕의 뜻을 잇도록 했다. 위덕왕의 깨끗한 정치적 승리였다.

위덕왕이 선왕의 죽음을 애도하겠다는 마음이 거짓은 아니었다. 아버지를 죽인 원수 진흥왕의 목을 영전에 바칠 때까지 궁중은 상복을 입어야 함을 강조하면서 스스로 이를 실천에 옮겼다. 당장 타격을 입은 군사력으로 복수전을 펼칠 수는 없었지만, 소규모 전력으로 집요하게 신라 국경을 침범함으로써 존재를 알렸다.

그런 상황이 8년 동안 이어졌다. 이제 백제도 어느 정도 군사력을 회복했다. 신라와 일전을 겨루고 싶은 마음은 굴뚝같았지만 선왕의 실책을 반복할 만큼 위덕왕은 어리석지 않았다. 지난 전쟁에서 큰 도움이 되지 못한 왜국의 군사 지원을 기대하기도 어려웠다.

"섬나라 인간들은 신의보다는 이익에 따라 움직인다. 못 민을 족속의 지원은 포기한다. 우리의 힘과 지혜로 선왕의 원수를 갚자."

그리하여 위덕왕은 정면충돌보다 우회 전략을 선택했다. 가야 제국의 영토를 지나 신라의 후미를 공격하는 것이 여러 모로 유리했다. 대가야에서 신라의 수도 금성은 지척 거리였 다. 더욱이 가야 제국은 백제에 호의적이었다.

그러나 사신을 보낸 대가야의 반응은 신통치 않았다. 백제 군을 끌어들임으로써 잠자는 호랑이의 코털을 건드리고 싶 어 하지 않았다. 백제의 군세가 신라를 회복 불능 상태로 빠뜨리지 못할 것을 대가야는 잘 알고 있었다. 위덕왕은 분 통이 터졌다.

그럴 즈음 치달의 밀사가 백제에 왔다. 앞니가 몇 개 남지 않은 오남이란 이름의 밀사는 첫인상부터 기분 나쁘게 생겼 다. 별 내용도 없이 희희덕대면서 자신이 대단한 사람인양 위세를 떠는 것이 당장 목을 쳐버리고 싶게 만들었다. 그러 나 그 자의 입에서 나온 말은 솔깃했다.

"치달 수장께서 국왕 자리를 승계하는 것을 승인해 주시면 신라로 가는 길목을 빌려드리겠다고 하셨습니다. 정기적인 조공도 계속될 것이고, 물량도 늘어날 것입니다."

오남은 치달의 친필 밀서를 내놓았다. 가뜩이나 대가야의 무성의에 비위가 상한 위덕왕은 이 제안을 선뜻 받아들였다.

다만 현 다라 국왕도 친백제 인물이었다. 대가야의 입장을 살피느라 대놓고 국경 문을 열지는 않지만, 굳이 그의 심기를 건드릴 필요는 없었다. 그리하여 치달의 흥수가 실패할 경우를 대비해 직접 나서지는 않고 좌평을 동원했다.

"찬탈은 곤란하다고 전하라. 좋지 못한 전례를 남기고 싶지는 않다. 합법적인 승계라면 우리도 눈 감아 주리라."

귀족의 득세 때문에 곤경에 처한 적이 있던 위덕왕은 그들에게 자신의 권좌를 위협할 빌미를 주고 싶지 않았다. 오남은 좌평의 문서를 품에 넣자 휘파람을 불면서 다라로 돌아갔다.

"다라는 황강을 통해 바로 동강으로 이어진다. 황강 양안은 산세가 부드러운 데다 수로와 육로가 모두 열려 있는 곳이다. 북다라산과 대가야가 막아주니 신라에게 우리의 동태가 염탐될 염려도 적다. 북쪽 국경에서 가벼운 소란을 일으켜 관심을 돌리고 다라국을 지나 밀고 올라가면 신라의 숨통을 닭목을 비틀 듯 쉽게 조일 수 있을 것이다. 신라의 예봉을 꺾는다면 돌아오는 길에 가야 제국을 점령하기는 주머니에 콩을 집어넣는 일에 지나지 않겠지. 그러나 매사는 불여튼튼이라, 궁성 안에서 기밀이 새나가지 않도록 하라."

위덕왕은 아버지의 원수를 갚고 전략적 요충지인 가야 제국을 차지하는 일이 목전에 다가온 느낌이었다. 당장 신라를 병합하지는 못하더라도 동강 연안과 해안 지방을 획득함으로써 백제의 영광을 되살리는 전환점이 될 수 있었다. 위덕왕은 사당에 들어가 아버지의 영전에 엎드려 눈물을 흘리며

이 사실을 보고했다.

### 3

위축되기로는 고구려의 형편이 더욱 궁색했다. 광개토대왕(재위 391~413)과 장수왕(재위 412~491)이 동아시아의 패권을 휘어잡던 전성기는 지나간 지 이미 오래였다. 양원왕(재위 544~559)과 평원왕(재위 559~590) 때 이르자 귀족들의 발호는 극에 이르렀다. 양원왕은 귀족들 간의 왕위 추대 전쟁에서 양원왕을 지지하면서 승리를 거둔 추군(麤群)의 후광에 힘입어 등극했다.

신미년(551년)은 고구려 역사에서 가장 치욕적인 연도였다. 북방에서는 신흥하는 유목민족인 돌궐(突厥)이 고구려를 침공했다. 백암성(白巖城) 등이 공격을 받자 장수 고흘령(高紇領)에게 군사 1만을 붙여주어 방어하게 했다. 군사들의 용전 덕분에 격퇴하긴 했지만, 이 전쟁으로 고구려의 국력소모는 상당했다. 그 와중에 남쪽 국경에서는 신라와 백제의 연합군이 한강유역을 탈취해 갔다. 신라의 진흥왕이 군사를 움직여 한강 유역 전체를 아우르고, 백제의 성왕이 반격을 하다가 죽는 사태를 고구려는 손 놓고 바라보는 외에는 별달리 취할 조치가 없었다. 진흥왕이 마운령과 황초령까지 진군한 데에는 그 선까지만 영토를 양분한다는 양국 간의 밀약이 있었던 탓이었다. 더 이상 고구려는 주변국에 위협적인 존재가 되지 못했다.

평원왕은 즉위하자마자 선대왕 때부터 계속된 내분과 흐트러진 민심의 수습을 위해 최선을 다했다. 국력을 소모하고 원성의 원흉이었던 장안성의 축성도 일시 중단하면서 재기의 발판을 마련하고자 노력했다. 그러나 한 번 얕잡힌 왕실을 우습게 여기듯 예제서 봇물이 터지듯 거세진 귀족들의 횡포를 막기엔 역부족이었다. 평원왕으로서는 자리보전이 우선 과제가 되었다.

외교적으로 보더라도 궁지에서 빠져나오지 못했다. 신라의 진흥왕이 거침없이 영토를 잠식하는 것을 지켜봐야 했고, 북방 이민족들도 속속 세력권에서 벗어나 독자적인 노선을 걸었다. 고구려로서는 그저 소강상태가 지속되어 더 이상의 풍파가 없기만 바랄 뿐이었다. 세상에 잘 알려진 평강공주와 바보 온달의 훈훈한 사랑 이야기는 평원왕의 집권 후반기에 일어난 일이었다.

고립무원의 처지에서 평원왕은 귀족 세력을 견제하고 민심을 회복하면서, 자기 세력을 구축해야 하는 힘겨운 과제를 떠안고 있었다. 어느 것 하나 쉬운 일이 없었다.

가을로 접어든 고구려 평양성은 일찍 찾아온 찬바람 때문에 날이 몹시도 쌀쌀했다. 평원왕은 시종을 대동하고 을밀봉 아래 을밀대를 올랐다. 뒤에 산을 끼고 있지만 원래 평양성 내성을 쌓으면서 북장대로 세운 누대라 사방이 탁 트여 있어 전망이 시원했다. 성급한 나무들은 어느 새 잎사귀를 떨어뜨리며 쓸쓸히 가을을 맞고 있었다.

난간에 서니 평양성이 한눈에 들어왔다. 궁성이 코 아래 보였고, 멀리 귀족들의 저택이 즐비한 남쪽 성곽에서는 연회라도 열렸는지 굴뚝에서 연기가 피어오르고 사람들이 분주하게 오갔다. 동문과 서문을 가로지르는 대로가 텅 비어 있어 을씨년스러운 풍경을 자아냈다.

"장수왕께서 이곳으로 천도하셨을 때는 신라와 백제, 가야는 한줌에 쓸어 담을 수 있는 도토리로 여기셨다지. 그런데 지금은 혹여 공격이라도 하지 않을까 지레 겁을 먹는 처지가 되고 말았구나."

평원왕의 목소리에 풀기라고는 하나도 없었다. 시종이 허리를 굽히며 위로의 말을 건넸다.

"제국의 영광은 언젠간 되돌아올 것이옵니다. 역사는 순환하는 것이오니 나약한 마음을 가지셔서는 아니 되옵니다."

평원왕이 쓸쓸하게 미소를 지었다.

"지금 고구려의 국력이 약해서 이 지경이 되었다더냐. 힘이 제각각 귀족들의 손아귀에서 놀아나고 있는 탓이지. 외적이 쳐들어와도 귀족들은 사병(私兵)을 내놓으려고 하지는 않고 제 집 담장이나 장원만 지키기에 바쁘지 않느냐. 그들의 군사를 다 모은다면 신라와 백제, 가야의 군사를 합친 것보다 많을 것이야."

"대왕께서 그 군사들을 합치십시오. 대왕의 명령을 누가 거역하리까."

평원왕이 난간을 탁 소리 나게 내리쳤다.

"네가 물정을 모르는 것이냐? 나를 놀리는 것이냐? 내 말을 지금 누가 귀담아 듣는다고."

"그렇지 않사옵니다. 자고로 귀족들이란 연약한 족속입니다. 자기만 군사를 내놓고 남들은 내놓지 않을까 두려워 방 안에 틀어박히는 것입니다. 누구든 귀족 한 사람이 자진해서 사병을 내놓고 그가 안전한 것을 보면 다른 귀족들도 뒤를 따를 것입니다."

뜻밖의 조리 있는 대답에 평원왕이 시종에게로 고개를 돌렸다. 늙은 시종은 두 손을 모은 채 땅바닥만 골똘히 바라보고 있었다.

"그래. 확실히 일리가 있는 말이로구나. 허나 누가 그 첫 귀족이 되려고 하겠느냐. 고양이 목에 방울 달기로다. 이 사람에게 권하면 저 사람부터 실행하라 할 것이고, 저 사람에게 권하면 이 사람부터 움직이라 할 것이니, 결국 돌고 돌 뿐인 탁상공론이지."

시종이 한 걸음 앞으로 다가왔다.

"위엄을 잃으시면 아니 됩니다. 귀족들은 광개토대왕 때도 장수왕 때도 발호했었사옵니다. 그들을 위엄으로 휘어잡으셨던 선왕의 기개를 기억하셔야 합니다."

평원왕의 입에서 한숨이 새어나왔다.

"나 또한 그분들의 피를 이어받은 후손이거늘 어찌 그런 기개가 없을꼬. 선왕들 곁에는 충용한 신하들이 위엄을 빛나게 해 주었는데, 지금 내 곁에 충신이라곤 늙은 시종밖에 남지 않았구나."

"폐하. 난세에 충신과 용장이 나오는 법입니다. 지금처럼 우리 고구려가 난세였던 적이 있었사옵니까? 눈을 멀리 두고 귀를 열어 두시면 그들은 제 발로 폐하 앞에 나타날 것입니다. 그때 충신과 간신배를 구분할 수 있는 안목을 지금부터 기르셔야 할 줄로 아옵니다."

"장수왕께서 세우신 호태왕비(碑)조차 지금은 거란별부의 영토 안에 있다. 들으니 반쯤 쓰러져 흙먼지에 뒤덮였다고 하더구나. 시절이 이런 것을, 하늘이 천군과 용마를 내지 않는 이상 사태가 호전되기를 기대하긴 어려울 듯하구나."

시종이 목소리를 낮추며 말했다.

"지금 대륙은 진왕조가 무너지고 군소제국들이 서로 천하를 가지겠다며 아우성 중입니다. 또 남쪽 지역도 신라와 백제, 가야 사이에 전운이 감돌고 있다 하옵니다. 이런 호기는 없다고 여겨집니다. 주변국가가 서로 갉아먹겠다고 으르렁대고 있을 때 국력과 민심을 모으는 일에 매진하십시오. 대왕을 지지하는 세력부터 다잡고, 적대하는 세력을 분열시킨다면 승산이 있사옵니다."

시종의 목소리는 낮았지만 열정이 묻어 있었다. 긴 시간 궁중에 살면서 다져진 경륜이 늙은 시종에게 시류의 흐름을 꿰뚫어보는 눈을 주었다. 그러나 평원왕은 오래 전에 그 열정을 잃어버렸다. 왕위에 오른 지 3년밖에 되지 않은 왕은 아버지 때부터 보아온 내분까지 등을 짓눌러 이미 노쇠했던 것이다. 시종의 충언조차 그에게는 힘을 실어주기보다는 상심만 돋울 뿐이었다.

"너의 말을 내 깊이 명심하마."

여린 호흡에 얹혀 흘러나오는 평원왕의 다짐은 곧 성을 감싸며 도는 바람을 따라 무늬도 남기지 못하고 흩어졌다.

뚜껑있는 굽다리손잡이접시(有蓋臺附把手附盌)

Mounted dish with handle and cover
접시 높이 18.1cm, 뚜껑 높이 4.8cm
옥전 28호분 〈합천박물관〉

## 희망을 보는 눈

1

화창한 가을날이 계속 이어졌다. 다라의 산과 들은 마지막 결실을 기다리면서 내리쬐는 햇살을 마음껏 빨아들였다. 황강 강변 돌이 많은 서덜에는 살진 고기를 잡으려는 낚시꾼들이 나와 서성거렸다. 가을답지 않게 따뜻한 날씨가 이어지자 철없는 아이들은 강물에 풍덩 뛰어들어 환호성을 질렀다.

"이 녀석들아. 거기서 자맥질을 하면 고기들 다 달아나잖니. 딴 데가 놀아라."

낚시꾼들은 강변의 자갈을 던져 아이들을 내쫓았다. 돌을 쌓아 만든 화덕에서는 쇠솥이 진즉부터 부글부글 끓고 있었다.

멀리서 그런 광경을 지켜보던 소정공주가 흐뭇한 미소를 띠었다. 공주가 탄 쪽배는 물결의 흐름에 맞춰 천천히 움직였다. 낚시꾼들 뒤에서 호위병들이 그 모습을 긴장한 표정으로 살폈다. 장교 한 사람이 손짓을 했다. 손짓을 본 뱃사공이 노를 저어 배를 상류로 몰았다.

"공주마마. 그렇게도 즐거우세요?"

배 뒷전에 앉아 위태롭게 균형을 잡으며 유모가 물었다. 뚱뚱한 유모는 흔들리는 배가 불안하기만 했다.

"궁성에 살면 얼마나 좋을까 사람들은 생각하겠지만, 새장에 갇혀 사는 새의 따분함을 모르고 하는 소리잖아. 저 아이들 좀 봐. 난 어렸을 때 왜 저런 놀이가 있는 줄 몰랐을까? 다라의 아이들이리먼 다들 헤엄을 잘 친다는데, 난 발에 물을 적셔본 적도 없었어."

공주가 허리를 굽혀 손을 물속에 담갔다. 날은 따뜻했지만, 물은 생각보다 차가웠다.

"아, 차네. 저 아이들은 발가벗고 춥지도 않나? 저러다 고뿔이라도 걸리면 부모님께 꾸중을 들을 텐데."

"아이들은 단련이 되어 있어 괜찮습니다. 한겨울에도 물장구를 치는 아이들인 걸요."

"그래. 아이들은 강하게 키워야 돼. 나도 빨리 아이를 낳고 싶어. 저렇게 개구쟁이처럼 뛰어노는 걸 보고 싶어."

유모가 얼굴을 찡그렸다.

"공주마마. 망측하옵니다. 아직 배필도 없으시면서, 아이라니요."

공주의 표정이 살짝 어두워졌다.

"할아버님께서는 날 대가야의 왕자나 신라의 왕족에게 시집을 보낼 의향이신가 봐. 그래서 다라에 평화가 온다면 할 수 없지만, 난 이 황강을 떠나고 싶지 않아."

유모가 뱃사공을 돌아보며 손가락을 입가에 댔다. 사공은 배를 상류 쪽으로 모느라 정신이 팔려 두 사람의 대화에 귀를 기울이지 않았다.

"별 말씀을 다하십니다. 배필은 하늘이 정해주는 것이지요. 인력으로 되는 게 아니랍니다."

공주의 얼굴이 다시 밝아졌다.

"그렇겠지? 배필은 하늘이 정해주는 거겠지?"

"아무렴요. 하늘이 정해준 배필은 꿈에 나타난답니다. 꿈에 사내가 나타나고 공주님께서 그 사내를 보자 가슴이 두근두근 거린다면 그 사내가 바로 배필일 것입니다."

공주의 두 눈이 크게 떠졌다.

"정말이야, 그 말이?"

"다라 사람들은 다들 그렇게 알고 있지요. 많은 사람들이 꿈을 따라 배필을 얻었고요."

공주가 눈을 깜작거렸다.

"참, 아름다운 이야기로군. 그런데, 유모는 아직 꿈에서 그런 사내를 만나지 못한 모양이지? 유모는 혼자 살잖아?"

짓궂은 질문에도 유모는 당황하지 않았다. 유모는 유량이 풍부한 황강의 하류를 지그시 보면서 회상에 잠겼다.

"무슨 말씀을요. 소인에게도 그런 사람이 있었답니다."

"지금은 어디 갔는데?"

"하늘나라로 가버렸지요."

"어머나 저런! 어쩌다가."

"전쟁 때문이지요. 공주마마께서 태어나기도 전의 일입니다. 지금도 하늘나라에서 소인이 오기를 목 빠지게 기다리고 있을 거예요."

유모의 눈가에 문득 눈물이 맺혔다. 시름에 젖은 유모를 보자 공주는 자신이 유모의 신상에 대해 무관심했구나 하는 반성이 일었다.

"그래. 분명 그럴 거야. 그 사람에게 다라의 소식을 듬뿍 전해주려면 여기저기 많이 돌아다녀야겠어. 이봐요. 사공 어른."

공주가 소리치자 사공이 공주를 돌아보면서 몸을 굽실거렸다.

"배를 저편 강가에 대요. 오늘은 황강의 남쪽 풍경을 보고 싶어. 유모는 저기에 가본 적이 있어?"

공주가 손짓으로 가리킨 곳에는 멀리 봉우리 세 개가 우뚝 솟아 있었다. 유모가 얼굴을 붉히며 두 손을 흔들었다.

"공주마마. 그러셔서는 안 됩니다. 대왕 몰래 뱃놀이를 나온 것도 경을 칠 일인데, 강을 건너다니요. 대왕께서 아시면 소인은 죽은 목숨이옵니다."

공주는 천연덕스러웠다.

"걱정하지 마. 내가 있잖아. 사공 어른. 빨리 배를 저어요."

"안 됩니다. 당장 배를 돌리세요!"

유모가 엄포를 놓았지만, 사공에게 더 상전은 공주였다. 공주의 손끝이 닿는 쪽으로 사공은 힘껏 노를 저었다.

낌새를 알아차린 호위병과 장교가 큰 소리로 외쳤다. 그러나 거리가 멀어지면서 그들의 고함은 물소리에 섞여 버렸다. 발을 동동 굴렸지만 주변에 그들이 탈 배는 없었다.

얼마를 더 저어가니 작은 포구가 나왔다. 포구랄 것도 없이 배 한 척 댈 만한 비좁은 나루터였다. 배 앞머리가 모래톱에 박히자 공주는 조급하게 강가로 뛰어내렸다. 그 바람에 치마폭이 강물에 젖었다.

나루터에는 사람은 없고, 주인을 알 수 없는 말이 서너 필 버드나무 아래 묶여 있었다. 사람이 와도 말은 쳐다보지도 않고 유유히 풀만 뜯어 먹었다. 마구는 다 갖춰져 있었다. 엉덩이에 낙인이 찍혀 있는 것으로 보아 군마인 듯했다.

"옳지. 잘 됐다. 마침맞게 말까지 준비되어 있네. 유모, 말을 타고 우리 저 산들을 한 바퀴 돌아보자."

유모의 얼굴은 사색이 되었다.

"위험합니다. 당장 이리 오세요."

그러나 벌써 소정공주는 말 등에 오른 뒤였다. 고삐를 낚아채고 등자를 추스르는 품이 제법 승마에 익숙한 자세였다.

"난 간다. 유모도 빨리 따라와."

말의 뱃구레를 등자로 치자 놀란 말이 코 울음을 거세게 울리면서 앞발을 들어올렸다. 유모는 똑바로 쳐다보지도 못하고 손으로 두 눈을 가리며 비명을 질렀다. 손을 떼어보니 어느새 공주는 산등성이를 지나 버렸다.

유모는 재빨리 곁에서 서성대는 말의 고삐를 잡으면서 사공을 돌아보았다.

"자네는 빨리 강을 건너가 호위병들을 데려오게. 대체 자넨 목숨이 몇 개기에 이런 망동을 저지르는가?"

"공주님께서 저런 말괄량이인 줄은 저도 몰랐습니다."

손 둘 곳을 모른 채 우왕좌왕하던 사공이 그제야 정신을 차리고 쪽배로 달려갔다. 유모는 급히 말머리를 돌려 공주가 사라진 방향으로 말을 몰았다.

숨을 헐떡이면서 몇 구비를 도니 공주가 보였다. 산세가 꽤 깊은 곳이었다. 멀리서 시원한 물소리가 메아리처럼 울려 퍼지고 있었다.

"어서 와. 유모도 제법 말을 탈 줄 아네. 그런데 여기서 웬 물소리가 들리지? 냇물소리 같지는 않은데."

말 위에서 간신히 중심을 잡으면서 유모가 사방을 둘러보았다.

"머지않은 곳에 황계폭포가 있습니다. 아마 그 소리일 것입니다."

공주의 입이 활짝 열렸다.

"다라에도 폭포가 있단 말이야? 빨리 가보자."

그러나 유모가 재빨리 공주의 말고삐를 낚아챘다.

"호위병들이 올 때까지 기다리세요. 그때 가셔도 늦지 않습니다."

**144**

"유모도 날 바보로 아는군. 호위병들이 선선히 우릴 폭포로 모실 것 같아? 냉큼 들어서 궁성으로 모셔갈 걸."

속내를 들킨 유모가 손사래를 쳤다.

"아닙니다. 제가 잘 말해 두겠습니다. 기왕 여기까지 오셨는데, 폭포 구경인들 하지 못하란 법이 어디 있나요."

"그래? 그럼 우리 천천히 폭포를 찾아가자고. 가다보면 호위병들이 오겠지."

공주가 다시 고삐를 낚아챘다. 엉겁결에 고삐를 빼앗긴 유모가 달려온 길을 돌아보면서 한숨을 쉬었다.

"그러셔요. 대신 천천히 말을 모셔야 합니다."

황계폭포는 상단과 하단 두 개가 있었다. 상단 폭포가 40척 돌벼랑에서 그대로 낙하하는 거센 기상을 자랑한다면 하폭은 와폭(臥瀑)이었다. 와폭은 돌의 경사가 완만해서 경관이 웅장하지는 않지만, 폭포 앞에 큰 연못이 있어 사람의 마음을 편안하게 만들었다.

"여기에 이렇게 큰 연못이 있었구나."

"용소(龍沼)라 부른답니다. 오래 전에 이 연못에 큰 이무기가 살았는데, 승천할 날만 기다렸지요. 어느 날 하늘에서 선녀가 내려 와 승천할 날이 되었다고 알려주었답니다. 이무기는 뛸 듯이 기뻐했는데, 선녀가 이무기가 이곳을 떠나면 다라에는 십 년 동안 비가 오질 않을 거라 귀띔을 했지요. 이무기는 큰 고민에 빠졌답니다. 자신은 용이 되어 승천하면 좋지만, 사람들이 가뭄으로 고통을 받는다니 차마 연못을 떠나지 못했답니다."

공주가 상기된 얼굴로 두 손을 모았다.

"저런, 그런 고마운 이무기가 있나."

유모가 고개를 끄덕였다.

"그래서 다라 사람들도 해마다 봄이 되면 제사를 지내 이무기의 은혜에 보답하고 있지요."

"정말 아름다운 전설이구나. 내년 봄 제사 때는 나도 와봐야겠는 걸."

유모는 웃음을 잃지 않으면서도 연신 불안한 눈빛으로 뒤를 돌아보았다. 그럭저럭 호위병들이 당도해야 할 시각이었다.

한참 동안 푸른 연못을 지켜보던 공주가 다시 채근했다.

"더 올라가 보자. 폭포가 하나 더 있다면서."

"예. 여기서 멀지 않습니다만……."

유모는 자포자기한 심정이 되어 말을 몰았다. 황강의 남쪽이니 무슨 큰 변이 있으랴 싶었다. 가다보면 호위병들이 곧 따라잡으려니 믿었다.

과연 상단의 황계폭포는 기상이 사람을 압도할 만했다. 수량도 만만치 않았지만 폭포의 폭이 넓어 작렬하는 소리는 지척에서 말하는 사람소리도 들리지 않을 정도였다.

말에서 내린 공주가 폭포 앞으로 다가가며 탄성을 내질렀다.

"놀라워. 물줄기가 하늘에서 떨어지는 것 같아. 정말 우리

다라에는 아름다운 경치가 많기도 하네. 그렇지 유모?"

유모를 찾아 뒤를 돌아보는데, 유모는 엉뚱한 곳을 바라보고 있었다. 유모의 몸은 잔뜩 굳어져 있었다.

"무슨 일이야. 유모? 호위병들이 왔어?"

눈길을 유모 앞으로 주는데, 사내들 서너 명이 길목을 버티고 서 있었다. 복장으로 보아 호위병은 아닌 듯했다. 그런데도 다들 손에 칼을 뽑아들고 있었다.

순간 불길한 예감에 공주의 몸이 떨렸다.

"누구냐. 이분은 다라의 소정공주시다. 당장 칼을 거두고 무릎을 꿇어라."

유모가 거짓 위엄을 담으면서 떨리는 목소리로 외쳤다. 그러자 사내들은 먹잇감을 눈앞에 둔 맹수처럼 이빨을 드러내며 웃음을 흘렸다.

"오호! 공주시라. 이것이 웬 횡잰가. 소득도 없이 돌아가나 싶었는데, 이런 건수를 올리려고 그랬나 보군."

다라 사람들이 아닌 것이 분명했다. 그때 공주의 머릿속으로 얼마 전 궁성 후문을 나섰을 때 호위 장교가 한 말이 떠올랐다. 신라의 척후병들이 다라 영내로 잠입했다고 했었다. 공주는 눈앞이 아득해졌다. 말에서 내린 뒤였다. 뒤는 폭포고 앞은 적병들이었다. 물로 뛰어들지 않는 이상 갈 곳은 없었다.

"이놈들. 곧 호위병들이 올 것이다. 허튼 짓을 했다가는 목숨을 부지하지 못할 것이야."

유모의 말에도 그들은 코웃음을 칠뿐이었다.

"아, 그 작자들 말이군. 쪽배에 떼거리로 올라타고 강을 건너다 배가 뒤집혔다네. 황강 따라 둥둥 떠내려가던데."

낭패였다. 소정공주는 품안에서 단검을 꺼내들었다.

그 모습을 본 사내들의 기세가 더 질펀해졌다.

"오호! 대거리라도 하시려고. 아서라, 공주님. 순순히 끌려가 주시면 해치진 않을 테니 섣부른 짓은 않는 게 좋을 거요."

사내들이 다가오자 유모가 앞을 가로막았다.

"어림도 없다. 나부터 죽이고 가거라."

사내 하나가 칼등으로 어깨를 치자 유모는 말 한 마디 못하고 맥없이 쓰러졌다. 뒤에 있던 사내가 앞으로 나서더니 유모의 입에 재갈을 물리고 밧줄로 포박했다.

빠져나갈 길은 다 막혀 버렸다. 비명을 질러도 폭포 소리 때문에 아무도 듣지 못할 것이었다. 몇 걸음 뒤로 물러났지만, 곧 바위 끝이었다. 공주는 소용돌이치는 물줄기를 노려보았다. 최후의 수단으로 뛰어들어야겠지만, 저 물살에 휩쓸리면 목숨을 장담하기 어려웠다.

"공주님. 그러다 물귀신이 되겠습니다. 공연히 비단 옷 버리지 마시고, 이리 오시구려. 내가 잘 쓰다듬어드리지."

칼날을 거꾸로 잡은 공주가 다가오는 사내를 향해 단검을 날렸다. 공기를 가르며 단검은 날아갔고, 기습을 당한 사내는 단검을 피하지 못했다. 단검은 사내의 어깨에 깊숙이 박혔다. 그러나 심장에서는 한참 비껴나갔다.

의표를 찔린 사내가 어깨를 잡으며 한 걸음 뒤로 물러섰다. 단검을 뽑아낸 사내가 두 눈을 부라렸다. 핏물이 사내의 어깨춤을 적시며 번져갔다.

"이것이 좋은 말로 하니까 무서운 줄 모르는구나. 네 년을 발가벗겨 돌려가며 떡을 쳐주마. 망할 년!"

미친개처럼 사내가 공주를 향해 달려왔다. 이제는 영락없이 물속으로 뛰어들 수밖에 없었다. 할아비 대왕의 웃는 얼굴이 그림처럼 떠올랐다. 사내의 손끝이 공주를 잡아챌 듯 다가왔다. 공주는 두 눈을 질끈 감았다.

그때 사내의 악! 하는 비명 소리가 들렸다. 공주는 자신도 모르게 눈을 떴다.

사내는 공주의 발아래 고꾸라져 있었다. 등에는 심장을 꿰뚫은 화살대가 팽팽하게 떨리고 있었다.

멀리 있던 사내들이 칼을 꼬나 쥐면서 사방을 두리번거렸다.

"웬 놈이냐?"

길 건너 숲에서 말이 얼굴을 내밀더니 뒤이어 갑주를 입은 사내가 손에 활을 든 채 모습을 드러냈다. 투구가 그늘을 만들어 얼굴이 흐릿했지만, 다라의 장수인 듯 보였다.

장수는 말을 몰아 사내들을 폭포 바깥으로 몰아냈다. 말이 공주와 사내들 사이를 파고들었다. 말에서 내린 장수가 활을 던지더니 칼을 뽑았다.

"너희들이야말로 웬 놈이냐?"

사내들은 대답은 않고 눈짓을 주고받더니 한꺼번에 장수를 향해 달려들었다. 장수는 첫 칼날을 피하면서 앞선 사내의 목을 칼로 내리쳤다. 피가 뿜어져 나왔고, 놈은 비명도 지르지 못한 채 고꾸라졌다. 목숨이 끊어지지 않았는지 온몸을 부르르 떨었다.

남은 사내 셋이 장수를 포위하려고 했다. 그러나 장수는 몸을 움직여 공주 쪽으로 가는 길을 가로막았다. 포위가 여의치 않자 사내들은 칼날을 높이 세우고 달려들었다.

장수가 몸을 낮추더니 그 중 한 놈의 다리목을 향해 칼을 휘둘렀다. 단말마의 비명과 함께 사내의 다리가 잘려나갔다. 비틀거리던 놈은 언덕을 굴러 갯가에 처박혔다. 이제는 2대 1이 되었다.

사내 한 놈이 장수를 유인하려 들었다. 장수를 끌어낸 뒤 한 놈이 공주를 낚아채려는 수작이었다. 한 놈이 장수를 향해 달려들자 다른 한 놈이 길을 피해 공주에게로 뛰어왔다. 그러나 장수의 대응이 더 빨랐다.

칼끝을 피한 장수의 칼날이 사내의 배에 깊숙이 꽂혔다. 사내의 등으로 칼날이 삐져나왔다. 장수가 발로 사내를 밀어 칼을 빼내고는 공주를 향해 달려가는 사내를 겨눠 칼을 날렸다. 사내는 반도 가지 못하고 등에 칼이 박힌 채 바위 위에 엎어졌다.

장수가 등에서 칼을 뽑자 입에 피를 문 사내가 몸을 돌렸다. 눈에는 핏발이 서 있었지만, 생명의 기운은 바닥나고 있었다.

장수가 사내의 목에 칼을 겨누고 물었다.

"뭐 하는 놈들이냐? 정체를 밝히면 목숨은 살려주마."

얼굴이 하얗게 변해가는 사내는 차가운 웃음을 입가에 머금더니 장수의 칼날을 두 손으로 쥐었다. 몸을 일으키자 장수의 칼날이 사내의 목으로 박혀 들어갔다. 꾹! 소리와 함께 사내의 몸이 바위 위에 나뒹굴었다.

"지독한 놈들. 신라의 척후들이 분명한가 보구나."

장수는 칼에 묻은 피를 손목에 감고 있던 가죽 띠로 닦아냈다. 장수가 투구를 벗었다. 헝클어진 머리털 사이로 이목구비가 반듯한 젊은 남자의 얼굴이 나타났다.

끔찍한 살육의 광경을 고스란히 지켜본 공주는 충격 때문에 혼절하기 직전이었다. 장수가 몸을 돌려 공주 쪽으로 다가오자 공주는 긴장의 끈을 놓쳐버렸다. 장수가 간신히 쓰러지는 공주의 몸을 받아냈다.

정신을 차렸을 때 장수는 보이지 않았다. 대신 유모가 사색이 된 채 수건에 물을 적셔 공주의 얼굴을 닦아내는 중이었다.

"유모. 여기가 어디야?"

공주가 눈을 뜬 것을 본 유모가 눈물을 펑펑 쏟으면서 공주를 끌어안았다.

"아이고, 이제 정신이 드십니까! 소인은 마마께서 돌아가시는 줄 알았습니다."

공주가 얼굴에서 수건을 치웠다.

"어떻게 된 거지? 아까 그 장수는 누구였어?"

유모가 고개를 돌리며 길목에 서서 주변을 살피고 있는 장수를 가리켰다.

"문탁장군이세요. 사냥을 하시려고 지나가는데, 수상한 놈들이 있어 뒤를 밟아왔답니다. 장군이 아니었으면 정말 큰일 날 뻔했습니다."

소정공주가 몸을 일으켜 세웠다. 공주가 일어나자 문탁장군이 곁으로 다가왔다.

"공주마마. 정신이 드셨습니까? 마마를 이런 위험에 빠뜨리다니, 소장의 불충을 벌해 주십시오."

무릎을 꿇으며 문탁장군이 고개를 숙였다.

"아니에요. 장군이야말로 나와 유모의 생명의 은인이에요. 어떻게 이 은혜를 보답해야 할까요?"

"천부당만부당 하옵니다. 산 아래 호위병들이 올라오는 기척이 보이니, 안심하시옵소서. 곧 궁궐로 모실 것입니다."

잠시 후 물에 흠뻑 젖은 호위병들과 장교가 숨을 몰아쉬면서 달려왔다. 문탁장군을 발견한 장교가 급히 군례를 올렸다. 장군이 장교의 귀에 대고 조용히 상황을 설명했다.

"공주마마께서는 잠시 안정을 취해야 할 것 같네. 귀관은 사람을 보내 가마를 준비시키도록 하게. 그리고 저기 보기 흉한 시체는 빨리 치우고. 신라의 척후병들일세. 한 놈은 갯가에 처박혔는데, 단검으로 자결을 했더군."

장교가 폭포 앞 바위 위에 나뒹굴고 있는 시체와 갯가에 너부러진 시체를 보더니 두 눈을 부릅떴다.

"척후 다섯 놈을 혼자 감당하시다니. 척후라면 칼 쓰는 솜씨가 비상한 놈들이지 않습니까?"

"감탄할 일만이 아닐세. 척후가 이곳까지 내려왔다면 이놈들만이 아닐 것이야. 당장 대장군께 보고해 대책을 세워야하네."

유모와 공주는 호위병들에게 인계되었다.

문탁장군은 가마가 와 무사히 환궁할 때까지 공주의 곁을 떠나지 않았다.

"소장은 이만 돌아가겠습니다."

가죽 담요를 몸에 두른 공주가 손을 내밀더니 문탁장군의 손목을 잡았다. 핏기가 가신 얼굴이었지만 공주의 눈은 새벽별처럼 빛나고 있었다.

"문탁장군. 오늘 일은 내 잊지 않겠어요."

멀어지는 가마를 배웅하면서 문탁장군은 아직도 온기가 남아 있는 자신의 손목을 어루만졌다.


2

다라 왕궁에서 출발해 북다라산으로 가는 길 위로 풍악 소리가 울려 퍼졌다. 궁성의 문이 열리자 다라의 대왕을 태운 화려한 가마가 모습을 드러냈다. 울긋불긋한 비단 휘장이 쳐졌고 금으로 만든 장신구가 가마를 꾸미고 있었다. 햇볕을 받은 장신구들은 하나하나가 살아 있는 것처럼 반짝거렸다.

북과 징, 피리를 부는 악대가 대왕의 가마를 선도했다. 앞뒤로 열 명씩 스무 명의 가마꾼이 어깨에 끈을 두르고 가마를 이끌었다. 오색 천으로 만든 악대의 의복은 풍악 소리만큼이나 현란했다. 화려한 문양이 수놓인 깃발을 든 호위병들이 좌우로 정렬해서 길을 열었다. 가마 뒤로 말을 탄 장교들이 일렬로 늘어섰다. 시종들과 궁녀들도 반쯤 허리를 굽힌 채 뒤따랐다. 그 가운데는 문방구를 등에 진 술진공의 모습도 섞여 있었다. 행렬의 끝에서 조금 떨어져 따라오는 소달구지에는 무엇이 들었는지 향기로운 냄새가 진동했다.

다라의 백성들은 영문도 모른 채 가마가 지나가는 길옆에 비켜 앉아 온몸을 조아렸다. 백성들이 수군거리는 소리는 풍악 소리에 덮여 들리지 않았다.

휘장을 살짝 걷어 길가의 풍경을 내다보던 대왕이 만족한 웃음을 지으며 옆에 앉은 치달에게 말했다.

"길이 상당히 넓어졌구려. 포구에서 궁성까지 오는 길이야 원래 트인 길이지만, 북다라산으로 가는 길이 이리 넓혀진 줄은 미처 몰랐소."

치달이 둔중한 몸을 뒤채면서 대왕의 등 뒤로 밖을 내다보았다. 누런 이빨을 드러내며 말을 받았다.

"앞으로 대왕께서 자주 행차하셔야 할 길입니다. 큰 수레가 지나가려면 이 정도는 되어야지요. 왕래하기에 편하다며 다라의 백성들도 기뻐하고 있습니다."

대왕이 웃음을 거두면서 말했다.

"그렇긴 하겠으나 이렇게 길을 넓히느라 백성들의 노역이 심했겠구려."

치달이 허리를 펴더니 차가운 목소리로 대꾸했다.

"백성이란 부리라고 있는 것입니다. 노역한 만큼 보상도 충분히 했습니다. 다들 대왕의 은혜에 감읍하고 있지요."

"그렇다고 해도 직접 노고를 치하하고 싶구려. 시간도 넉넉하니 잠시 내려 백성들을 만날까 하는데 어떻소?"

치달의 얼굴이 일그러졌다. 그러나 곧 대왕이 자신의 얼굴을 보고 있다는 사실을 깨닫고는 표정을 가다듬었다.

"좋은 생각이오나 그런 일은 돌아오시는 길에 하셔도 늦지 않을 것입니다. 대왕께서 나가시면 백성들이 몰려나올 것이고, 일일이 위로를 하자면 시간이 지체되지나 않을까 저어됩니다. 어서 빨리 북다라산의 제단을 보시고 싶지 않으십니까? 공인들이 대왕께서 오시기를 학수고대하고 있습니다."

대왕이 수긍하는 듯 고개를 끄덕였다.

"그렇기도 하구려. 항상 과인의 부족한 점을 지적해 주니, 경이 없었으면 과인이 하룬들 다리를 뻗고 쉴 수 있었을까 싶소."

"내왕께서 편히 거동하실 수만 있다면 진흙탕 길에 눕는다 한들 어찌 마다 하겠나이까?"

몸을 일으킨 치달이 반대편 휘장을 걷고는 말을 타고 호위하는 장교를 재촉했다.

"이리 더뎌서야 새로 길을 닦은 보람이 있겠느냐. 선두로 가서 서둘라고 일러라."

잠시 후 가마의 움직임이 조금 다급해졌다. 대왕이 가마 틀에 달린 손잡이를 잡으면서 말했다.

"가마꾼들이 힘들겠소. 머지않은 길이니 천천히 가라 하시오. 시종들과 궁녀들은 걸어오는 데 힘이 부칠까 염려되오."

치달이 얼굴을 돌리면서 불편한 심기를 드러냈다. 그러나 말은 순하게 나왔다.

"평생을 걸으면서 굳은살이 밴 사람들이옵니다. 대왕의 안식을 위해 저들이 수고로운 것은 당연한 일이 아니겠사옵니까? 대왕께서는 그저 앞으로 있을 성대한 축전만 생각하시옵소서."

그러는 사이 행렬은 중다라산을 지나 마령재를 넘어 야로(冶爐)로 접어들었다. 계곡과 산언덕 사이사이 들어선 논에서는 누렇게 익은 벼들이 바람을 따라 고개를 흔들고 있었다. 연변으로 깃발이 펄럭이는 것이 눈에 들어왔다. 용과 거북, 사슴과 학의 모습이 그려진 깃발이 하늘을 가릴 듯 펄럭였다.

일을 하던 공인들이 대왕의 행렬을 보았다. 일군의 사람들이 우르르 몰려와 약속이라도 한 듯 두 손을 높이 쳐들면서 대왕을 맞이했다.

다라국 만세!

대왕 전하 만세!

대풍년 만세!

목청은 높았지만 그들의 복색은 남루했고 얼굴은 땀과 먼지로 뒤엉켜 있었다. 노역을 지도하는 감독관의 손에는 서슬이 시퍼런 채찍이 쥐여져 있었다. 가죽 손잡이 끝에 달린 방울이 철렁거리자 공인들의 눈에는 공포가 서렸다.

"공인들의 안색이 썩 밝지 않구려."

대왕이 탐탁지 않은 표정을 지었다. 치달이 휘장을 내리면서 변명을 늘어놓았다.

"공사 막바지라 규율이 엄한 탓입니다."

"대장군 휘하의 병력까지 보냈는데, 인력이 그렇게 부족하오?"

"그들은 매화산 정상에서 적송을 베고 목재를 깎아 운송하는 데 투입되었습니다. 또 석재를 다듬어 옮기는 데도 적지 않은 인력이 필요합니다. 규모가 규모다 보니 병력을 투입한 효과가 크게 나타나지 않고 있습니다. 더구나 신라의 척후들이 잠입해 있어 경비를 하는 데도 여간 애를 먹는 게 아닙니다."

설명은 상세했지만 대왕의 표정은 풀리지 않았다.

"수장이 알아서 잘 하겠지만, 백성들의 피폐한 모습이 마음에 걸리는구려. 공기를 조금 늦추더라도 며칠 쉬게 하시오. 오늘은 저들이 배불리 먹고 마시면서 쉬는 모습을 보고 싶구려."

치달이 감격에 어린 얼굴로 굵은 허리를 굽히며 머리를

조아렸다.

"즉시 시행하겠사옵니다. 미천한 백성들의 안위까지 챙기시다니 대왕은 역시 성군이시옵니다."

행렬이 마침내 공사가 한창 진행 중인 현장에 도착했다.

현장은 과연 엄청난 규모를 자랑했다. 드넓게 조성된 광장을 중심으로 동서 양편에는 몇 채인지 헤아리기도 힘든 건물들이 줄지어 지어지고 있었다. 대부분은 기둥과 용마루, 대들보가 갖춰져 멀리서 보면 완성된 건물로 보였다. 건물의 높이가 워낙 아득해 기와를 올리는 데 필요한 진흙을 짊어지고 비계를 오르는 사람들이 개미처럼 작게 보였다.

광장 중앙은 둥근 언덕이었다. 하얀 화강암 석괴를 층층이 쌓아 석축을 이루었는데, 이미 다섯 층이 올라가 있었다. 그 위로 아직 흙무더기가 남아 있는 것으로 보아 층수는 더욱 높아질 터였다. 완성된다면 제단은 하늘에 닿을 듯 웅장한 장관을 드러낼 것임에 틀림없었다.

심기가 불편했던 대왕도 이런 장엄한 광경을 보자 절로 입이 떡 벌어졌다.

"이것이 진정 과인의 나라에 세워질 신전이란 말이오? 백제나 신라도 이런 대공사는 상상도 못 할 것이오."

치달의 얼굴이 자신감으로 차올랐다.

"이 공사에는 우리 다라의 석공이나 공장이 말고도 백제와 신라, 아니 왜국에서 초빙한 사람들도 여럿입니다. 모두 최고의 실력을 갖춘 인물들이지요. 그들 모두 대왕의 위업에 감탄을 금치 못하고 있습니다. 공사가 끝나면 신라와 백제의 군왕들조차 자신이 다라의 왕이 되지 못한 것을 한스러워 할 것입니다."

치달의 너스레에 대왕은 벌어진 입을 다물지 못했다. 대왕은 가마에서 내려왔다. 광장에는 석물이나 목재, 천막 등이 무질서하게 흩어져 있었다. 그래도 석축 위를 오르니 대왕은 자신이 천하를 차지한 듯한 착각이 들었다. 아방궁을 지은 진시황조차 이 자리에 서면 부끄러움을 느끼리라. 그렇게 생각하니 홍소가 절로 터져 나왔다.

"수장이 어떤 신전을 지을지 내심 궁금했었소. 그런데 오늘 와서 보니 그런 걱정이 기우였음을 깨닫는구려. 수장이야말로 진정 하늘이 낸 충신이요!"

치달이 옆에서 몸을 굽히면서 빙긋 웃었다.

"대왕. 감탄을 하시기에는 아직 이릅니다. 저 광장 끝을 돌아 안으로 들어가면 더욱 놀라운 석물이 대왕을 기다리고 있사옵니다."

대왕이 호기심에 가득 차 치달을 돌아보았다.

"이보다 더한 석물이라니? 어서 빨리 보고 싶구려."

그러나 광장 끝으로 향하는 대왕의 시선을 막으며 치달이 말했다.

"아직은 공개할 수 없습니다. 설령 대왕이라 할지라도 보셔서는 안 됩니다. 석물의 참된 가치는 완전한 형상을 갖춰야 진가를 발휘할 것이기 때문입니다. 대왕, 조금만 기다려 주십시오. 축전이 시작되면 천하에 그 석물이 알려질 것입니다."

"그 말을 들으니 더욱 조바심이 나는구려. 대체 무슨 석물을 세운다는 거요?"

치달이 무릎을 꿇더니 머리를 낮추었다.

"대왕의 영원히 사라지지 않을 위엄을 보여주는 석물입니다. 아직 형상이 완성되지 않았으니, 지금 보신다면 감흥이 떨어질 것입니다. 심정은 아오나 조금만 더 기다려 주십시오."

대왕이 침을 꿀꺽 삼키면서 아쉬운 심정을 드러냈다.

"수장이 그리 말하니 참을 수밖에 없겠구려. 인력이든 재화든 아낌없이 쓰도록 하시오. 기왕 천하에 다라의 위용을 보여주기로 작정한 이상 오점을 남기는 일은 있을 수 없는 일이오. 나는 수장만 믿으리다."

치달이 자랑스러운 듯 자리에서 일어나 어깨를 펴며 말했다.

"석물과 신전, 제단은 이제 우리 다라의 사보(四寶)로 다라와 함께 영생불멸할 것입니다."

대왕이 좌우를 둘러보며 물었다.

"지금 사보라 했소? 내 눈에 보이고 들었던 것은 셋뿐이지 않소? 나머지 하나는 또 무엇이란 말이요?"

치달이 눈을 지그시 감았다.

"그 또한 기다리셔야 합니다. 단언하건대 결코 대왕을 실망시키지 않을 보배입니다. 축전이 시작되는 당일에 사람들이 보아야 대왕의 위엄이 천하를 울릴 것입니다. 이 치달을 믿고 기다려 주시옵소서."

대왕이 한 팔을 흔들면서 고개를 저었다.

"알겠소. 수장은 정말 사람을 감질나게 만드는구려. 기다린 만큼 놀라움도 클 터이니 더 따지지 않으리다. 축전을 빛낼 가장 아름다운 꽃이 미리 알려져서야 되겠소."

대왕이 광장을 빠져나와 가마가 있는 곳으로 오자 노역에 동원된 일꾼들이 줄지어 무엇인가를 기다리고 있었다. 저쯤에 큰 천막이 보였고, 줄은 그곳까지 이어졌다.

대왕이 고개를 갸웃거리며 치달에게 물었다.

"저들은 뭘 기다리는 것이요?"

"대왕께서 내린 명령을 받잡고 있는 것입니다."

"내 명령? 그게 무엇이요?"

"노역에 동원된 모든 백성들에게 술과 고기를 마음껏 내리라 하지 않았사옵니까. 오늘부터 내일까지 다라의 모든 백성들은 대왕의 명령에 따라 배불리 고기를 먹고 마음껏 술에 취할 것입니다. 이 모든 것이 대왕의 바다 같은 은혜이옵니다."

천막 한쪽 편에 넓은 공터가 있었다. 곳곳에 화덕이 마련되고, 장작이 쌓이는 중이었다. 사람이 들어가도 좋을 정도의 큰 솥이 화덕마다 걸렸다. 소와 돼지 수십 마리가 우리에서 밖으로 끌려나왔다. 도살꾼들이 칼날을 벼르면서 소와 돼지의 뒤를 따라갔다.

그 광경을 대왕은 감개무량한 눈빛으로 지켜보았다. 어느덧 대왕의 눈가에는 눈물이 맺혔다. 대왕이 떨리는 음성으로 치달의 손을 잡으며 울먹였다.

"수장. 과인이 처음 선왕의 뒤를 이어 왕위에 올랐을 때 다라는 고작 작은 고을에 둥지를 튼 약소국에 불과했소. 어떻게 백성들을 이끌고 승냥이 같은 신라와 백제의 홍수에서 벗어날 지 막막하기 짝이 없었소. 과연 과인이 무사히 이 나라와 이 백성을 후세에 물려줄 수 있을지 전혀 자신이 없었소. 그런데 이십 년도 지나지 않아 다라가 이렇게 변모하다니, 꿈이라면 깨지 말고 현실이라면 영원히 지속되기만 바랄 뿐이오. 이 모든 것이 수장의 덕분이라 생각하니 더욱 감개무량하구려. 수장의 충성을 갚을 길이 없는 게 원통할 따름이오."

치달이 멋쩍어 하면서 몸을 낮추었다.

"대왕께서 당연히 누리셔야 할 홍복을 누리시는 것이옵니다. 다라의 신하가 되어 다라의 국왕에게 충성을 다하지 않는다면 어찌 사람이라 하오리까."

환성을 지르는 병사와 백성들에게 둘러싸여 대왕과 치달 두 사람은 뜨겁게 두 손을 맞잡았다.


3

술진공과 겨레는 오랜 만에 가을 나들이를 떠났다. 목적지는 걸어 한나절이 조금 더 걸리는 옥전(玉田)을 택했다. 나들이로서는 다소 먼 길이었지만 이런저런 일로 소란스러운 도성을 떠나 차분히 이야기를 나누기에는 더 없이 좋은 장소였다.

겨레는 전날부터 마음이 들떠 있었다. 스승님께서 굳이 옥전으로 가자는 데는 다 까닭이 있음을 잘 알았기 때문이었다. 옥전은 황강이 동강으로 스며들면서 마지막으로 흐름이 굽어지는 곳 언덕에 있었다. 그 언덕은 역대 다라의 군왕들과 귀족들의 무덤이 있어 혼령들이 안식을 취하고 있는 성소였다. 평소에는 한적한 장소였지만 왕족이나 귀족의 장례를 치를 때면 다라에서 가장 주목받는 곳으로 바뀌었다.

술진공은 이들의 장례 때마다 집사를 맡아 의전을 진행했다. 묘혈의 위치를 정하고 망자의 지위나 업적에 맞춰 부장품의 규모와 봉분의 크기를 조정했다. 최종 결정은 귀족회의의 몫이었지만, 술진공의 제안에 이의를 다는 경우는 거의 없었다. 그만큼 술진공의 안목은 정확했고 공평했다.

겨레와 어미가 준비해준 찬합을 들고 아침 일찍 술진공의 집으로 달려왔다. 다라의 사관으로 존경받는 위치에 있었지만 술진공은 검소한 생활로 일관했다. 홀아비라 딸린 가족도 없었지만 워낙 화려한 것을 싫어하는 품성 때문이었다. 본채라지만 술진공이 숙식을 해결하는 안방과 부엌, 그리고 마루를 지나 손님을 맞거나 다라의 아이들을 가르칠 때 쓰는 건넌방이 고작이었다.

하지만 본채 뒤에 세워진 서고라면 이야기가 달라졌다. 통풍이 잘 되도록 지붕이 높았고, 처마 아래엔 작은 창들이 여러 개 뚫렸다. 서고에는 술진공이 평생 모아온 다라의 역사가 시대와 지역, 중요도에 따라 차곡차곡 정리되어 있었다. 공식적인 기록이나 문서는 궁성 안 사서관에 보관되지만, 여기에 오면 아무도 모르는 다라의 속살을 속속들이 알 수 있었다.

술진공은 잡인이 이곳을 드나드는 것을 좀체 허락하지 않았다. 출입문에는 자물쇠가 단단히 걸려 있었고, 열쇠는 항상 술진공의 허리춤 깊숙이 숨어 있었다. 술진공은 학동들에게 지혜란 책에서 나오는 것이 아니라 걷는 데서 나온다고 강조했다. 지혜를 얻기로는 역사만큼 좋은 길잡이가 없는데, 역사의 진실은 책이 아니라 땅에 있다는 것이었다.

"역사란 책이나 글을 읽어 배우는 것이 아니다. 역사란 것이 무엇이냐? 이 땅을 살아갔던 사람들의 발자국이다. 그 발자국은 바로 땅에 찍혀 있느니라. 때문에 걸으면서 배워야 참된 역사를 보게 되는 것이지."

겨레는 그런 스승의 말씀을 가슴 깊이 새겼다.

술진공은 벌써 길 떠날 채비를 다해 놓았다. 지팡이를 마루에 걸쳐 둔 채 겨레가 오기를 기다리고 있었다.

"죄송합니다. 스승님. 제가 늦었나 봅니다."

"아니다. 사람이 늙으니 새벽잠이 없어지는구나. 자 가자꾸나."

술진공은 말 타는 것도 좋아하지 않았다.

"사람들은 생각하기 좋은 곳으로 삼상(三上)이라 해서 측상(廁上), 침상(枕上)과 더불어 마상(馬上)을 이야기하지. 하지만 그때 생각이란 것은 대개가 잡상(雜想)이기 쉽다. 왜냐

하면 눈과 귀가 말을 모는 일에 집중되어 논리가 반듯한 생각을 방해하기 때문이니라. 말은 전쟁을 할 때나 짐을 나를 때 유용하지 마음을 모으기에는 변변찮은 장소로구나."

이런 점에서 술진공은 꽤 까다로운 성격이었다. 겨레는 가끔 속마음으로 스승님이 혼자 사는 것도 다 까닭이 있다고 생각했다.

바람이 시원했다. 등에 찬합을 지고 있는 것도 잊고 겨레는 펄쩍펄쩍 뛰면서 술진공을 앞질렀다. 술진공이 지팡이로 땅을 치면서 겨레를 불렀다.

"그렇게 망아지처럼 날뛰어서야 무슨 이야기를 나누겠느냐."

얼굴이 햇볕에 젖은 겨레가 술진공을 돌아보며 대답했다.

"스승님. 갈 길이 멀어요. 재게 걸음을 움직여야 합니다."

"앞만 보지 말고 땅을 보라고 내가 몇 번이나 일렀느냐. 네가 어디 있는지 알아야 어디로 갈지도 아는 거란다."

술진공의 언성이 높아지자 겨레도 다소곳해졌다. 술진공 옆에 선 겨레는 차분히 땅을 보며 걷기 시작했다. 그것을 본 술진공이 픽하고 웃음을 지었다.

"그래. 땅에서 뭐가 보이느냐?"

"흙밖에는 보이지 않는뎁쇼?"

겨레의 능치는 소리에 술진공이 겨레의 뒤통수를 가볍게 쳤다.

"너는 시인보다는 논쟁가가 되는 게 낫겠다."

겨레가 섭섭한 표정으로 술진공을 쳐다보았다.

"저는 불보다는 물 같은 사람이 되고 싶은 걸요."

술진공이 고개를 끄덕였다.

"그래. 그 말이 참 좋구나. 다라는 물이 있어 존재하는 나라다. 황강과 동강이 없었다고 생각해보렴. 이 산밖에 없는 땅에서 물 위에 배를 띄우고 세상 사람들과 어울리지 않았다면 다라가 어떻게 버틸 수 있었겠느냐. 저 물이 있었기에 옛 조상님들도 다라에 올 수 있었던 게지."

겨레의 얼굴에 의구심이 차올랐다.

"다라를 처음 세우신 분들은 물을 타고 오셨던 건가요?"

"그래. 지금으로부터 백 년하고도 육십여 년 전의 일이지."

"그때 무슨 일이 있었던 건가요?"

"큰 전쟁이 있었단다."

"여기서요?"

"아니, 남해안 바닷가와 동강 일대에서 두 차례 있었지."

"그렇게 큰 전쟁이었나요?"

"그럼 그 때문에 세상이 크게 바뀌었으니까."

겨레가 귀를 쫑긋 세우며 술진공의 소매를 잡았다.

"자세히 들려주세요."

"그럴까? 먼저 남해안 바닷가에서 있었던 전쟁 얘기부터 하자. 그게 더 먼저 일어났으니까. 원래 우리 가야 제국의 발단은 이곳이 아니라 동강이 바다와 만나는 넓은 삼각주 일대에서 시작되었단다. 당시에는 여러 작은 나라들이 흩어져 교역을 하면서 살았지. 그 중 가장 강성했던 나라가 금관가야였어. 지금으로 따지면 대가야 역할을 했다고 할까?"

"우리 다라는 없었던가 보죠?"

"그래. 서둘지 말고 내 말을 차분히 들거라. 지금도 그렇지만 당시에도 가야 제국은 북으로는 신라, 서쪽으로는 백제, 바다 건너 대륙의 여러 나라, 왜국 등과 교역하면서 생활했지. 교역한 물품은 많았지만, 특히 쇠가 중심을 이루었단다. 금관가야가 가장 큰 나라였으니 교역한 물품도 많았고 이익도 많이 남겼지."

"지금의 대가야와 비슷했네요."

"그래. 그런데 그것이 분란을 일으키고 말았구나. 금관가야가 이익을 독차지하자 주변의 작은 나라들에게 불만이 없을 수 없었지. 그래서 이익을 고루 나누자면서 해변에 있던 여덟 나라가 반기를 들었단다. 그것을 포상팔국(浦上八國)의 난이라고 부르지."

"여덟 나라가 들고 일어났으니 아무리 금관가야라도 힘에 부쳤겠네요?"

"잘 봤다. 상황이 불리해지자 금관가야는 신라에 도움을 청했어. 물론 신라는 군대를 파견해 여덟 나라를 물리쳤지. 그래서 가야에는 다시 평화가 찾아왔단다."

"신라나 백제나 저희들에게 이익이 없는데, 우리 가야를 도울 리 없잖아요?"

"그렇지. 당연히 신라는 위기에서 구해준 대가를 요구했고, 이 과정에서 금관가야는 신라의 영향력 아래 놓이는 처지로 떨어졌구나. 금관가야가 종주국으로서의 권위를 잃자 가야 사람들은 대안을 찾아 나섰단다. 신라의 노예가 되기보다는 새로운 땅을 개척해 가야의 힘을 되찾자는 움직임이 서서히 일어났지. 많은 사람이 금관가야를 떠났단다. 어찌 보면 우리 다라의 시원은 거기서부터 유래했는지도 모르겠구나."

"그때 그 사람들이 이곳에 와서 다라를 세웠단 말씀인가요?"

"그것까지는 모르겠다. 옛 글에 따르면 이곳에 사이기국(斯二岐國)이란 나라가 있었다고 하더라. 내 생각에는 사이기국은 당시 먼저 이곳에 와서 정착한 사람들이 세운 나라가 아닌가 싶구나. 우리 다라가 번듯하게 나라로 모습을 드러낸 것은 그보다 세월이 지난 뒤였지.

그 무렵 서쪽의 백제와 북방의 고구려가 큰 나라로 자처하고 있었는데, 서로 사이가 좋지 않았단다. 국경을 맞대고 있었으니 싸움이 그칠 날이 없었지."

"신라는 그렇지 않은가요?"

"지금 신라는 백제나 고구려와 어깨를 겨루는 큰 나라가 되었지만, 예전에는 우리 다라와 별 차이가 없는 나라였단다. 백제도 고구려도 별 관심을 두지 않을 정도였거든. 여하간 백제와 고구려는 싸움이 그칠 날이 없어 전쟁에서 임금이 죽고 죽이는 사태까지 빚어졌지. 백제의 왕은 아신왕(阿莘王, 재위 392~405)이었고, 고구려의 왕은 광개토왕 때였단다."

"아, 광개토왕! 저도 그 이름은 들었어요."

"그래. 아신왕은 압박해오는 고구려를 제압하고자 멀리 왜국의 군대까지 끌어들여 대대적으로 고구려를 공격했단다. 그러나 상대를 잘못 골랐지. 광개토왕은 즉시 반격에 나서 백제 연합군을 물리쳤고, 여세를 몰아 왜국의 군사들이 진을 치고 있던 이곳 가야 지역까지 쳐들어왔단다."

"아주 난리가 났겠군요. 그런 대군을 맞은 적이 없었을 테니까요."

"그래. 변변히 대적도 못하고 뿔뿔이 흩어지고 말았지. 왜국의 군대도 궤멸되거나 바다 건너로 달아났고."

"역시 광개토대왕의 군대는 막강했네요."

바위가 나오자 술진공이 바위 위에 걸터앉았다. 술진공의 이마로 땀방울이 맺혀 떨어졌다. 겨레는 찬합에서 대나무 통으로 만든 물통을 꺼내 술진공에게 내밀었다. 술진공이 웃으면서 물통을 받더니 마개를 열어 물을 마셨다.

"물이 참 시원하구나. 고구려 군대가 물러가자 가야 땅에는 일시 힘의 공백이 생겼단다. 고구려에 혼쭐이 난 기존의 가야 제국이 세력을 회복하지 못해 빚어진 일이지. 이때를 틈타 금관가야에 있던 다라의 선조들이 배를 타고 동강으로 들어와 지금 우리가 가고 있는 옥전에 왕국의 터전을 닦았던 것이란다. 거기서 다라 왕국의 역사는 시작되었지."

"아, 그래서 옥전에 다라 왕과 귀족들의 무덤이 있게 된 것이네요. 하지만 지금 우리 도성에서 보자면 한참 서쪽에 있잖아요?"

"그래. 옥전에 뿌리를 내린 다라의 선조들은 조금씩 영토를 넓혀나가기 시작했어. 황강을 건너면 다라에서 가장 넓은 다라 평원이 있긴 하지만, 백성이 늘어나자 옥전이 비좁아진 것이지. 그런데 동강 쪽은 이미 신라가 진을 치고 있는 곳이라 진출하기가 쉽진 않았단다. 때문에 다라의 국왕은 서쪽으로 눈을 돌렸지. 당시 서쪽에는 먼저 와서 나라를 세운 사이기국이 있었을 거야."

"사이기국이 순순히 땅을 내주진 않았을 텐데요?"

"사소한 충돌은 있었겠지. 하지만 사이기국이나 다라국이나 거슬러 올라가면 모두 금관가야 사람들이었으니, 같은 뿌리를 가지고 있었지. 다라가 뒤늦게 오긴 했지만, 힘은 사이기국이 약했단다. 그래서 두 나라는 통합되고, 국왕은 다라에서 나오는 대신 지금의 귀족회의를 만들어 사이기국 사람들에게도 권력을 나눠주었다더구나. 지금도 도성 주변과 황강 건너 삼형제봉 일대를 '사이기'라 부르는 것도 거기서 유래된 일이지."

"아, 그랬군요. 저도 늘 그게 궁금했었거든요."

"헌데, 사이기국 사람들 중에도 끝내 다라에 복속되는 것이 못마땅했던 일파는 고국을 떠나 왜로 건너갔다더라. 그들이 피신해간 왜국에 사이기국이란 명칭이 있는 것도 다 그런 연유 때문이지. 왜국 구주(九州) 히젠(肥前)과 히고(肥後) 일대에 있는 가야 제국의 식민지들을 사람들은 '임나연맹체'로 부르고 있단다."

"아, 그렇군요. 우리 가야의 힘이 정말 멀리까지 나가 있네요. 스승님."

"그래. 우리 가야는 작은 나라가 아닌 것이야."

술진공이 바위에서 일어났다.

"자, 그럼 다시 길을 가자꾸나."

"예. 스승님. 다음 이야기가 너무 궁금해요."

"그래. 제 나라의 역사를 모르는 것은 영혼이 없이 살아가는 것이나 마찬가지란다. 배고프면 밥을 먹고 목이 마르면 물을 마시고 살기만 하면, 개나 돼지와 무엇이 다르겠느냐. 자신의 조상이 무슨 일을 했는지 모르는 사람은 앞으로 자신이 무엇을 해야 하는지도 모르는 법이로구나."

"옳은 말씀이에요. 동무들도 세금이 많아 먹을 게 없다는 타령만 늘어놓지 다라의 역사에 대해 말하는 애는 하나도 없어요."

"역사에 굶주려 보지 않았기 때문이란다. 어린 것들이 배를 곯는 것은 물론 있어서는 안 될 일이지만……."

술진공은 거기서 말을 끊어버렸다. 귀를 기울이고 있던 겨레는 이야기가 끊어지자 어리둥절해 하며 술진공을 올려다보았다. 술진공의 속내를 읽은 겨레가 한숨을 쉬었다.

"세금이 너무 많은 건 사실이에요. 요즘 들어 부쩍 굶주리는 아이들이 늘었어요. 전에는 그렇지 않았거든요. 황강으로 달려가 물배를 채우는 애들을 보면 너무 딱해요. 스승님,

왜 갑자기 세금이 많이 오른 건가요?"

술진공은 즉답을 하지 못하고 우물쭈물했다.

"그 이야기는 네가 좀 더 크면 따져 보기로 하고, 하던 이야기나 마저 끝내자꾸나."

경사가 완만한 언덕을 다 올랐다. 길을 따라 쭉 내려가면 옥전이 나올 터였다. 눈을 가늘게 뜨고 언덕 아래를 보던 겨레가 외쳤다.

"저기 옥전이 보입니다. 숲 위로 무덤들도 보여요. 조금만 더 가면 우리 다라 국왕들의 무덤을 볼 수 있겠네요."

술진공이 겨레의 손을 잡으며 대답했다.

"그렇겠구나. 옥전에 자리를 잡은 뒤 다라에는 모두 일곱 분의 국왕이 왕위를 이었단다. 지금 대왕은 여덟 번째로 왕위에 오르신 분이지. 여기서 그분들의 시호를 말해봤자 기억 못할 테니 그만두고, 여하간 모두 훌륭한 군왕이셨다는 점은 알아두어라."

그러나 겨레는 고개를 끄덕이는 대신 약간 불만을 담아 고개를 갸우뚱거렸다.

"저도 그렇다고 생각하지만, 주변 어른들 말씀을 들어보면 지금 대왕에 대해서는 별로 좋은 얘기를 하지 않습니다. 너무 한 사람의 말만 듣고 백성들의 고충을 모른 체한다고요. 스승님, 그 한 사람이란 누구를 말하는 것입니까?"

술진공의 표정이 흐려졌다. 잠시 먼 곳을 응시하던 술진공이 겨레의 머리를 쓰다듬으며 말했다.

"어른들이 하는 말을 밖에 나와 퍼뜨리면 안 된다. 너야 들은 말을 전하는 것이지만, 자칫 말을 한 어른들에게 폐를 끼칠 수도 있어. 알겠느냐? 나는 괜찮다만 누구에게도 그런 말을 해서는 안 된다. 특히 모르는 사람이라면 더더욱!"

숲진공의 목소리가 너무 딱딱해 겨레의 마음에 불안감이 일었다. 말씀하시는 것으로 보아 스승님은 뭔가를 알고 계신 게 분명했다. 그러면서도 그것을 밝히는 것은 주저했다. 겨레는 스승님을 세상에 무서운 것이 없는 분으로 알고 있었다. 그런 스승님께서 무엇을 두려워해 말조심하라고 당부하시는 걸까? 더욱 궁금증이 일었지만, 겨레는 더 이상 묻지 않기로 했다. 나중에 자신이 더 자라면 말씀해주시겠다고 하지 않는가. 겨레는 자신이 빨리 어른이 되었으면 좋겠다고 생각했다.

말없이 언덕을 내려오니 걸음만 빨라졌다. 아름드리나무가 우거진 숲을 지나자 무덤들이 모여 있는 낮은 언덕이 나왔다.

출입을 막느라고 길게 목책이 둘러쳐져 있었지만, 관리하는 사람은 보이지 않았다. 북다라산 공사장으로 징발되어 갔으리라고 겨레는 짐작했다. 겨레가 사는 마을에서도 농사를 지어야 할 어른들이 여럿 그곳으로 갔다. 아버지는 대장간 일을 해야 하므로 요행으로 빠졌지만, 공사장에 간 어른들은 먹고 입을 것을 모두 집에서 가져가야 했던 까닭에 고생이 이만저만이 아니었다.

공사는 나라를 위한 일이라고 들었다. 세금을 고스란히 내고도 음식까지 싸가야 한다니, 겨레로서는 이해하지 못할 일이 하나 둘이 아니었다. 일을 해야 할 어른들이 없으면 식솔들은 뭘 먹고 살란 말인가?

술진공이 골똘히 생각에 빠진 겨레의 어깨를 툭툭 쳤다.

"무슨 생각이 그리 많은 게냐? 저기 사당(祠堂)으로 가보자꾸나."

언덕의 아래편, 황강의 물줄기가 햇살을 받아 반짝이며 동강을 향해 부지런히 흘러가고 있었다.

사당은 동다라산을 오른편에 낀, 햇볕이 잘 드는 구릉에 지어졌다. 사당 안에는 천모신(天母神)과 지모신(地母神), 태양신의 형상을 가운데 두고 양편으로 다라의 국왕과 국모를 그린 그림이 배치되어 있다고 들었다. 어렸을 때 이들을 기리는 제례가 있으면 겨레도 만사를 제쳐놓고 달려왔었다. 나라에서 내놓은 음식이 풍성했고, 아이들에게 특히 인심이 후했기 때문이었다. 그러나 그 일도 북다라산 공사가 벌어지면서 없어졌다. 제의는 아무에게도 알리지 않고 치러졌다. 사오 년 전 후왕께서 전사했을 때인가? 그때는 사람들이 다 모였었다.

다라 사람들이 모두 모여 후왕의 죽음을 애도할 때 봤던 일을 겨레는 아직도 기억했다. 어린 나이였긴 했지만, 너무나 끔찍한 광경이었다. 아들을 잃은 충격으로 대왕의 얼굴은 초췌했고, 왕비께서는 제대로 거동도 하지 못할 정도였다.

뒤룩뒤룩 살이 찐 데다 검은 얼굴에 무서운 표정을 지으면서 산돼지 털처럼 마구 뻗은 머리카락을 동여맨 수장 어른만 기세가 등등해 설치고 돌아다녔다.

술진공은 그때도 제의의 모든 과정을 전담하여 장례를 마쳤다. 후왕이 죽었으니 표정이 엄숙한 것은 당연했지만, 술진공의 얼굴은 참담하게 일그러져 있었다. 일이 뜻대로 진행되지 않아 화가 난 사람의 몸짓이었다.

깊이 파인 묘혈은 바닥과 벽이 두껍고 넓적한 돌판으로 채워졌다. 그 가운데 후왕의 시신이 안장되었다. 부장품은 토기와 금은 장신구에서 각종 마구(馬具), 철재 투구와 갑옷, 환두대도와 비단에 이르기까지 수십 명의 장정들이 옮겨야 할 만큼 많았다. 그것을 보면서 정말 후왕께서는 훌륭한 분이셨구나 겨레는 감탄했다. 다만 이상한 것은 후황의 시신이 모셔질 묘혈 말고도 그 주변으로 빙 둘러 작은 묘혈들이 파 있어서였다.

전쟁에서 많은 다라 병사들이 전사했다는 것은 알고 있었다. 그러나 병사들은 이곳에 묻히지 않았다. 다라에 평민들을 위한 무덤은 남다라산에 따로 있었다. 전사한 장수나 귀족을 위한 무덤이라면 따로 묘혈을 파 성대한 장례를 치를 터였다. 저 작은 묘혈에는 누가 들어갈 것인지 아무리 궁리해도 겨레는 알 수 없었다.

해가 서쪽 하늘을 붉게 물들일 때까지 장례 의식은 이어졌다. 술진공이 묘혈 가운데 서서 비단 위에 쓴 글을 읽어나갔다. 다라 말이긴 했지만 뜻을 알 수 없어 무슨 소린지 하나도 알아들을 순 없었지만, 술진공의 엄숙하고 진지한 표정만으로도 후왕의 행적을 칭송하고 죽음을 애도하는 내용임은 짐작할 수 있었다.

마침내 술진공의 애도사가 끝나자 대왕과 왕비께서 앞으로 나오셔서 후왕에게 고별인사를 했다. 그때 자태가 너무나 고운, 후왕의 유일한 혈육인 소정공주도 곁에 서서 무릎을 꿇고 아비의 무덤에 마지막 인사를 올렸다. 악대들이 연주하는 슬프면서도 장중한 음률이 옥전의 저녁 하늘을 우울하게 울리며 번져나갔다.

그리고 그 음률에 맞춰 반대편 언덕에서 사람들이 하나둘 올라왔다. 하얀 비단으로 만든 옷을 입고 있었는데, 젊은 남녀들이었다. 그들 곁에는 짧은 검을 한 손에 쥔 병졸들이 바짝 붙어 있었다. 모여 있던 다라 사람들이 이 뜻밖의 행렬의 등장에 웅성거렸다.

"저 사람들 뭐여?"

"저런 행렬은 처음 보는데?"

"다라 왕실의 장례 예법이 바뀌었나? 윗분들 하는 일은 도무지 갈피를 못 잡겠다니까."

제각기 의견을 냈지만 아무도 답을 말하는 것 같지는 않았다. 묘혈까지 오르자 그들은 병졸들의 인도에 따라 주변에 파여 있던 작은 묘혈로 흩어졌다. 갑자기 묘혈 주변에 둥근 원이 그려졌다. 젊은 남녀들은 가운데 묘혈을 향하더니 큰절을 올렸다. 다섯 차례. 영결을 뜻하는 절이면서 다시 만날 것을 기약하는 절의 숫자이기도 했다. 그들의 표정은 체념한 사람처럼 담담했다.

절이 끝나고 각자 묘혈 쪽으로 몸을 돌리자 병졸들이 들고 있던 짧은 검을 하늘로 치켜들었다. 그제야 상황을 눈치 챈 군중들 사이에서 비명과 탄성이 흘러나왔다. 순장(殉葬)이었다. 오래 전에 폐지된 것으로 알았던 순장이 오늘 후왕의 장례 때 집행되는 것이었다.

큰 북이 둥둥 울리기 시작하자 군중들은 찬물을 끼얹은 듯 침묵에 휩싸였다. 치달 수장이 중앙의 묘혈로 걸어오더니 번쩍이는 칼을 뽑아들었다. 환두대도였다. 다라 왕의 권력을 상징하는, 쇠와 금으로 만들어진 의전용 도검이었다. 사람들의 시선이 칼끝에 집중되었다.

치달 수장은 군중과 주변 묘혈에 무릎을 꿇고 앉아 있는 젊은 남녀를 말없이 휘 둘러보았다. 눈길은 대왕과 왕비, 소정공주, 왕족과 귀족들이 도열한 쪽으로 향했다. 소정공주의 얼굴은 하얗게 질려 있었다. 대왕이 고개를 끄덕이자 치달이 환두대도를 쭉 그어 내리면서 표독스럽게 외쳤다.

"집행하라. 후왕이시여. 저승의 명복을 누리소서."

치달의 목소리는 사람의 소리가 아니라 괴수의 울부짖음이었다. 사형에 처해질 죄수의 목을 치는 형리의 눈빛처럼 치달은 피와 죽음에 굶주린 저승사자인양 의기양양했다.

병졸들의 칼이 목 뒤에 있는 숨골을 파고들었다. 칼날이 목을 빠져나오자 젊은 남녀는 비명 한 번 지르지 못하고, 고꾸라져 묘혈 속으로 떨어졌다.

겨레는 괴수 치달의 외침 소리를 들은 뒤부터는 몸을 틀어 버렸다. 그 일을 겪고 난 뒤 겨레는 한동안 밥을 먹지 못했다. 아니 물도 마시지 못했다. 입안으로 들어간 것은 모두 토해 냈다.

뒷날 술진공에게 글을 배우게 되었을 때 그 일에 대해 물어본 적이 있었다. 술진공은 얼굴이 굳어져 아무 대꾸도 않고 다만 한마디만 했다.

"불가항력이었다. 한 사람의 뜻이 세상을 지배하게 되면 그런 일이 벌어지느니라."

그때도 겨레는 그 한 사람이 누구냐고 묻지 않았다.

오늘 이곳에 와서 그 일을 상기하게 될 줄은 겨레도 술진공도 예상하지 못했다. 그 즈음 겨레에게 모든 일이 점점 낯설어갔다.

재갈(轡)

Bit
옥전 35호분 〈경상대학교 박물관〉

# 파란의 시작


## 1

치달이 궁성 안 자신의 집무실에서 공사 진행 상황을 점검하고 있는데 오남이 찾아왔다. 치달은 그를 살갑게 맞이하지 않았다.

"궁정 출입은 될 수 있으면 피하라고 하지 않았는가? 여긴 보고 듣는 눈이 많은 곳이야?"

살집이 많은 치달의 턱이 씰룩거렸다.

치달의 반응에는 아랑곳하지 않고 오남은 집무실을 눈으로 훑으면서 능글맞게 웃었다.

"비밀을 말하고 싶으면 사람이 많은 곳을 택하라는 말도 있잖습니까."

"목소리를 낮추라는데도!"

그제야 오남도 태도를 바꾸었다.

"알겠습니다. 전번에 말씀하신 일, 적임자를 찾은 듯합니다."

"누군가?"

"떠돌이라 신원은 확실치 않습니다만, 그런 자가 이런 일에는 편리하지요. 갑자기 자취를 감춘다고 해도 의심이 덜할테니까요. 한 번 만나보시겠습니까?"

치달이 고개를 저었다.

"아닐세. 그 자는 나와는 아무 관련이 없도록 하는 게 좋아."

오남이 몸을 낮추며 치달 가까이 다가왔다.

"결심을 재고하실 의향은 없으십니까? 꼬리가 길면 밟히게 되어 있습니다."

"그 꼬리를 짧게 만드는 게, 아니 아예 없도록 하는 게 자네의 능력이겠지."

오남이 입을 벌리며 웃었다. 이빨이 성근 그의 입은 밝은 낮에도 어두웠다. 치달은 그런 오남의 입안을 볼 때마다 불쾌한 기분을 지울 수 없었다.

"알겠습니다. 놈에게는 약점을 잡힌 돈 많은 부호가 화근을 없애려 한다고만 일러두었습니다. 금붙이를 보더니 군침을 질질 흘리더군요. 없앨 날짜와 장소만 알려주면 감쪽같이 사라지게 하겠답니다. 어떻게 할까요?"

치달이 잠시 생각에 잠겼다가 입을 열었다.

"미려는 매달 그믐이면 삼형제봉 아래 귀신 바위에 있는 신당에서 치성을 드리네. 잡인을 물리치고 밤새 혼자 있을 게야. 축시가 되면 신당의 등불이 꺼질 걸세. 미려가 신기를 참지 못하고 쓰러져 한동안 움직이지 않을 게야. 그때를 틈타 목을 졸라야 해. 절대 피를 보아서는 안 된다고 단단히 이르게. 귀신 바위 뒤편에 가지가 서로 엉킨 노송 세 그루가 있어. 가운데 소나무 아래 구덩이를 파고 묻으라 하게."

오남이 비위가 상한 표정으로 쓴웃음을 지었다.

"연리지(連理枝)로군요. 지존께서도 대단하십니다."

치달은 대꾸는 않고 제 말만 계속 이었다.

"그믐이라 몹시 어두울 터. 미리 살펴두어 실수가 없도록 해야 하네."

"놈도 사람은 여럿 죽여 본 듯하더이다. 금붙이는 스무 냥을 달라더군요. 그것도 일을 치르기 전에 먼저."

오남의 눈초리가 치올라갔다. 오남이 거짓말을 할 때면 나오는 버릇이었다. 입을 꾹 다문 채 그 꼴을 보던 치달이 벽장을 열더니 삼베 주머니 두 개를 꺼냈다.

"열 냥씩 들어있네. 미리 다 줄 수야 없지. 하나만 먼저 주고, 미려를 소나무 아래 묻은 뒤 남다라산 당산나무로 오라 하게. 거기서 나머지 열 냥을 주겠다고."

주머니를 받아 속을 살펴보더니 오남이 물었다.

"제가 나가 있어야 하는 겁니까?"

"당연히 자네지. 이 일을 알고 있는 이는 자네와 나뿐이야."

오남이 손으로 목을 만지면서 말했다.

"아는 사람이 둘뿐이라니 좀 꺼림칙하군요."

치달의 눈썹이 꿈틀거렸다.

"일을 무사히 끝낸 뒤 자네에게 돌아갈 보상을 생각해 보게나."

삼베 주머니를 만지작거리면서 오남이 상상에 잠겼다. 입가로 음흉한 미소가 감돌았다. 그때 오남의 얼굴은 영락없는 족제비 형상이었다.

"지존의 수하가 된 일이야말로 제 인생에서 가장 큰 행운입니다."

치달이 자리에서 일어나면서 말을 끊었다.

"나는 대왕을 찾아뵈어야 하니 그만 가보게. 그리고 당분간 내 앞에 나타나지 않는 게 좋을 게야. 나중에 따로 기별을 보내지."

오남이 주머니를 품에 넣으면서 말했다.

"곧 홀아비가 되실 터이니, 위로주 한 잔 사 올리겠사옵니다."

정나미가 떨어진 표정으로 치달이 손을 들어 오남을 밖으로 내몰았다.


2

치달이 대왕의 처소로 들어가니 먼저 와 있는 사람이 있었다. 투구 밖으로 백발의 머리카락이 치렁치렁 늘어져 있는 것이 얼굴을 보지 않아도 대장군 문성장군이었다. 치올라간 어깨가 뭔가를 단단히 벼르고 왔다는 것을 알려 주었다.

치달은 짐짓 표정을 밝게 하면서 두 사람 앞으로 걸어갔다.

"대장군 아니십니까? 국경의 경비가 소홀해 공주께서 큰일을 당할 뻔하지 않았습니까? 그런데도 어전에서 서성거릴 시간이 있으시나 봅니다."

치달이 선수를 쳤다. 비아냥거리는 소리에 대장군의 얼굴이 붉어졌다.

"그렇지 않아도 그 일 때문에 왔소이다. 지금 대왕께 병력을 돌려 달라 여쭙는 중이었소."

대장군의 표정은 결연했다. 치달을 향한 눈빛이 밟아 죽여도 시원찮을 벌레를 바라보는 듯했다. 속에서 부아가 치밀었지만 치달은 웃음으로 대응했다.

"지금 병력으로 부족하단 말씀입니까? 전쟁에 패한 장수는 용서해도 경계에 실패한 장수는 용서하지 말란 말은 병법에 있는 소립니다. 군기가 해이해진 것은 병력 부족 때문이 아니지요. 대장군의 지휘에 문제가 있어서 아닌가요?"

대장군이 발끈했다.

"다라가 작은 나라라 하나 변경의 길이가 오백 리에 이릅니다. 천여 명의 병력으로 어떻게 그 긴 변경을 경계하라는 말씀입니까."

치달의 대응도 만만치 않았다.

"오백 리 변경에 모두 경계 병력이 필요한 것은 아니지요. 남쪽과 서남 병면은 아라가야와 백제가 국경을 맞대고 있습니다. 동쪽은 동강이 흐르니 경계 병력이 많을 필요도 없을 터이고, 북쪽 역시 신라와 가깝다 하지만 대가야의 영역입니다. 더구나 북다라산은 지형이 높은 데다 봉우리가 연이어져 새도 넘어 오기 어려운 험지입니다. 저 같으면 그 반의 병력만 있어도 경계에 문제가 없을 겁니다."

조목조목 따지고 나오자 대장군의 말문도 막혔다. 대장군의 표정이 대놓고 일그러졌다. 대장군은 치달과 논쟁하기보다는 대왕의 공주에 대한 우려에 호소하기로 했다.

"대왕 전하. 수장의 말은 그럴듯하오나 현실적으로 공주마마께서 목숨을 잃을 뻔했던 것은 사실이옵니다. 제게 병력이 있을 때는 이런 일은 없었사옵니다. 또 무슨 변고가 생길지 아무도 장담할 수 없습니다. 신전의 건축이 국가의 대사인 것은 틀림없사오나 나라 전체를 위험에 노출시키면서까지 강행할 까닭은 없습니다. 진지하게 고려해 주시옵소서."

치달이 말을 가로막았다.

"전하. 지금 병력을 뺀다면 언제 공사가 끝날 지 기약할 수 없습니다. 전하께서도 보시지 않았습니까? 제단에 오르신다면 천하 사람들이 전하를 우러러볼 것이옵니다."

대왕의 눈에 지난 번 보았던 공사 현장이 떠올랐다. 백성들도 자신의 위엄과 은총에 감읍해 만세를 부르지 않았던가. 겨울이 오기 전에 그 성대한 잔치를 열고 싶은 마음 때문에 가슴이 타올랐다.

대왕이 안타까운 표정을 지으며 대장군을 돌아보았다.

"과인도 제단에 오르고 싶은 마음이 간절하구려."

대장군이 무릎을 꿇으며 절박하게 말했다.

"전하. 군왕은 사심을 품으면 안 된다고 했습니다. 지금 공사 때문에 많은 백성들이 고통을 겪고 있습니다. 나라의 재화는 탕진되고, 국고는 바닥을 드러내고 있습니다. 또 그 재화들이 온전히 공사에만 쓰이지 않는다는 소문도 흉흉하게 돌고 있습니다."

대왕의 얼굴에 의혹의 그림자가 떠올랐다.

"그건 또 무슨 소리요? 처음 듣는 말이구려."

치달이 몸을 앞으로 내밀면서 둘 사이를 가로막았다. 육중한 몸이 끼어들자 기세가 왜소한 대왕을 잡아먹을 듯 위압적이었다. 대왕이 흠칫 놀라며 뒤로 물러섰다. 치달이 대장군을 향해 몸을 돌리더니 일갈을 퍼부었다.

"이런 불충한 말이 있나! 신전을 짓는 일이 군왕의 사심에서 비롯되었단 말씀입니까? 대장군은 군왕을 욕되게 하고서 살아남길 바라시오? 어디서 감히 유언비어를 입에 올리는 것이요. 전하. 신에 대한 전하의 총애를 시샘하여 터무니없는 소리를 떠벌리고 다니는 무리들이 있사옵니다. 일벌백계로 다스리고 있습니다만, 대장군마저도 판단력이 흐려진 줄은 상상도 못했습니다. 대왕의 마음을 흐리게 만드는 대장군을 당장 해직하셔야 합니다."

치달이 워낙 강경하게 나오자 대왕도 적잖이 당황했다. 치달과 대장군의 얼굴을 번갈아보면서 갈피를 잡지 못했다. 그런 대왕의 마음을 대장군이 치고 올라왔다.

"전하. 옳고 그름과 사실 여부는 조사를 해보면 알 일이옵니다. 왕성 안의 올곧은 신하를 택해 조사를 맡겨 주십시오. 소장이 허튼 소리를 했다면 제 목숨을 내놓을 것입니다. 깊이 통촉해 주시옵소서."

치달이 대장군에게 삿대질을 하며 언성을 높였다.

"이런 용렬한 작자를 봤나. 대장군의 목숨을 가지고 대왕의 위엄을 농단하겠다는 것이요? 전하. 이 자의 비열한 언설은 상대할 가치도 없습니다만, 소신 또한 이런 모욕을 당하고 가만히 있을 수는 없사옵니다. 오늘부로 제 관직을 내놓겠습니다. 조사를 하시든 심문을 하시든 명명백백하게 결백이 밝혀지고서야 다시 전하의 용안을 뵈올 것입니다."

일이 걷잡을 수 없이 커져만 갔다. 대왕에게 있어서 치달과 대장군은 가장 신뢰하는 충복이었다. 한 사람이라도 잃는다면 기둥 하나가 뽑히는 꼴이었다.

대왕이 두 팔을 들어 흔들며 두 사람의 감정을 가라앉혔다.

"자자. 과인은 이 모든 것이 두 사람의 충심에서 나온 일이라 믿소. 내 어찌 충신을 의심하겠소. 대장군이 다라의 안녕을 위해 불철주야 애쓰는 바를 내 모르지도 않고, 수장이 다라의 영광을 되살리고자 분투하는 바도 잘 알고 있소. 그러니 그런 극단적인 말은 당장 거두시오. 그런 말이 바로 불충인 것이오. 내 마음이 너무 아프구려."

상심이 컸는지 대왕이 주춤거리면서 용좌에 주저앉았다. 몸이 휘청 뒤로 넘어갔다. 치달이 달려와 대왕의 몸을 부축하며 밖을 향해 외쳤다.

"밖에 아무도 없느냐? 당장 들라."

어전의 문이 열리고 궁녀가 허겁지겁 달려왔다. 왕비전 처소에 있던 궁녀 경화였다. 경화가 대왕의 어깨를 주무르자 대왕이 감은 눈을 떴다.

"오, 경화로구나. 저 두 신하의 충심이 지나쳐 과인을 힘들게 하노라. 이를 어쩌면 좋으냐, 경화야."

"전하. 고정하시옵소서."

경화가 표독스럽게 치달을 흘겨보았다. 세상에 두려울 게 없는 치달도 그 표정 앞에서는 움찔했다. 무엄하기로는 대장군도 마찬가진데, 이년은 왜 나만 보면 못 잡아먹어 안달인가? 그런 속내를 읽었는지 경화는 엉거주춤 서 있는 대장군에게도 한마디를 던졌다.

"대장군께서 과하셨습니다. 대왕께서 장군을 의지하시는 것이 아이가 부모를 바라보는 듯한데, 대왕의 심기를 이렇게 어지럽히다니요. 두 분 다 말씀을 거두시고 물러가십시오. 나중에 따로 대왕께서 부르실 것입니다."

궁녀 경화에게 의중을 맡겼는지 대왕은 고개를 숙인 채 아무 말도 하지 않았다. 치달은 망연히 물러날 수밖에 없었다. 어전을 나오자 대장군은 치달을 거들떠보지도 않고 반대편 궁성 후문 쪽으로 가 버렸다. 부관이 황급히 대장군을 뒤따랐다.

호위 장교가 대장군이 사라진 방향을 바라보면서 치달에

게 다가왔다.

"어찌 된 영문입니까? 지존의 음성이 밖에까지 들렸사옵니다."

치달은 대답 대신 호위 장교가 차고 있는 장검만 빤히 쳐다보았다. 불끈 쥔 손이 부르르 떨렸다.


## 3

궁성 오른편에 붙어 있는 객관은 원래 외국에서 사신이 왔을 때 쓰였다. 가야 제국뿐만 아니라 신라나 백제에서도 빈번하게 사신이 오가 분주했던 적도 있지만, 근래에는 거의 비어 있다시피 했다. 그만큼 세상은 대화보다는 칼로 문제를 해결하려고 들었다. 소가야의 해안에 닿아 아라가야를 거쳐 대가야로 가는 왜국의 사신이 가끔 이용하는 정도였다.

그러나 지금 객관은 악기들이 연주하는 풍악 소리로 가득했다. 니문이 신라에서 오자 대왕은 다라의 악인들을 모두 이곳으로 불러 모았다. 가을걷이가 끝나면 열릴 예정인 대축전을 위해서였다. 니문은 새로운 악곡을 여러 곡 지었는데, 대규모 악대와 노래꾼들이 필요한 곡이었다.

산속 텃밭에서 우연히 마주친 이후 니문이 송이가 사는 마을에 왔었다. 니문의 부모님은 어렸을 때 세상을 떠났다. 가까운 친척도 없어 의지가지없게 된 니문을 송이의 아비 망치가 돌봐주었다. 붙임성이 좋은 데다 쇠붙이를 잘 다뤄 망치는 글에 빠진 겨레 대신 그에게 기술을 전수하려고 했었다. 내심 나중에 송이와 맺어줘 가업을 잇게 할 작정이었다.

그런데 니문은 엉뚱하게도 음악에 흥미를 보였다. 가야 제국을 떠돌면서 풍악을 팔던 악대 구경을 다녀오더니 풀무질보다는 피리를 불고 북을 치는 일에만 마음을 쏟았다. 풍악을 배웠다가는 떠돌이 악대밖에 더 되겠냐며 설득했지만 니문의 마음을 돌리지는 못했다.

제 자식도 아닌 데다 사람은 하고 싶은 일을 해야 삶이 즐겁다는 게 망치의 소견이었다. 그래서 가야금의 명인 우륵 밑에서 풍악을 제대로 익히겠다며 대가야로 가겠다고 했을 때 망치는 만류하기보다는 격려해 주었다.

"나는 좋은 대장장이를 잃고 우륵은 훌륭한 악인을 얻게 되었구나."

대가야로 떠나고 나서도 한동안은 다라에 올 때마다 들르더니 언제부턴가 소식이 뚝 끊겼다. 그곳에 완전히 정을 붙였나보다면서 망치는 혀를 끌끌 찼다. 그런데 알고 보니 스승 우륵을 따라 신라로 망명을 했다는 것이었다.

"세상이 어지간히 뒤숭숭한가 보구나. 권력에서 밀려난 귀족도 아니고 악인조차 제 나라를 등지다니. 이제 다시는 니문을 보지 못하나 보구나."

시뻘겋게 단 덩이쇠를 모루에 올려놓고 망치질을 하면서 망치는 못내 아쉬워했다. 철부지 동생만 돌보다 오라비처럼 따르던 니문이 그립기는 송이도 마찬가지였다. 그러나 아비와 어미가 걱정할까 봐 그런 속내를 드러내지는 않았다.

니문이 송이네 집을 찾아왔을 때 누구보다 기뻐한 것은 아비 망치였다. 꺼칠한 구레나룻을 턱으로 쓰다듬으면서 니문을 반갑게 맞았다.

"송이에게 왔다는 소식은 들었지. 언제 들르나 했더니 이제야 왔구면. 아무리 신라 땅이 멀다지만 어떻게 소식 한 자 없더냐. 이런 무심한 놈 같으니라구."

"아재비, 죄송합니더."

머리를 숙이며 사죄하는 니문의 등을 두드리면서 망치가 아내에게 외쳤다.

"그새 이놈이 사내가 다 됐네. 여보, 꽃네네 집에 가서 술 좀 받아 오구려. 이런 날 술을 마셔야지 언제 마시겠나."

"제가 다녀옵지요."

겨레가 쏜살처럼 꽃네네 주막으로 달려갔고, 어미와 송이는 쏘가리 매운탕이며 민물장어를 구어 안주로 내놨다. 그날 니문은 망치네 집에서 하룻밤 묵고 갔다.

"오라비. 언제 또 올거우?"

아침상을 받고 궁성으로 가려는 니문에게 송이가 쭈뼛거리며 물었다.

"한동안 오기 힘들 거야. 대축전 때 악대와 소리꾼들에게 내가 지은 악곡과 노래를 제대로 연주하게 하려면 지금도 시간이 모자란 걸."

다시 볼 길이 없다는 말투로 들려 송이는 마음이 상했다.

"그럼 언제 신라로 돌아가누?"

니문이 껄껄 웃으며 송이의 이마를 손가락 끝으로 톡톡 쳤다.

"만난 지 얼마나 됐다고 벌써 내쫓을 궁리를 하는 거니?"

송이가 얼굴이 빨개져 손사래를 쳤다.

"무슨 소리야. 내가 언제?"

니문이 웃음을 그치더니 다정스럽게 송이의 어깨에 손을 얹었다. 송이는 땅이 무너져 내리는 듯한 현기증을 느꼈다.

"왕성 옆 객관에서 악대를 가르치고 있거든. 아무 때나 보고 싶거든 찾아와."

송이는 대답은 못하고 고개만 끄덕였었다.

오늘 처음 찾아온 객관 담장 밖에는 가을 구절초가 화사하게 무리지어 피어 있었다. 송이는 구절초의 꽃향기를 맡으며 니문이 나오기를 기다렸다. 벌과 나비들이 시샘을 하는지 송이의 얼굴을 스치며 날아갔다.

험상궂은 문지기는 몇 차례나 송이를 아래위로 훑어보더니 마지못해 객관으로 들어갔다. 니문은 바쁜 분이라 만나기 어렵다면서 꽤나 생색을 냈다.

올 가을은 유난히 맑은 날이 이어졌다. 그래서 조금 덥다는 느낌마저 들었다. 가을 채소를 심으려면 비가 적당히 내려야 하는데 너무 가물다면서 동네 어른들이 걱정하는 소리를 들었다. 그러나 송이에게는 가을날의 따가운 햇볕이 축복처럼 느껴졌다.

니문이 좋아할 만한 음식을 만드느라 어제 하루 종일 부엌을 들락거렸다.

"네가 이제 제법 계집 티를 내는구나. 꼭 서방님 만나러 가는 새색시 같네."

어미가 부산을 떠는 송이를 보며 짓궂게 말했다. 흉을 보는 말인지 칭찬하는 소린지 송이의 귀에는 들어오지 않았다.

"오라비가 혼자 지낼 텐데, 음식인들 제대로 먹겠어?"

"애야. 대왕께서 신라까지 가서 모시고 왔다는 니문이다. 설마 굶기겠니."

송이는 언젠가 어미에게 들은 말을 요긴하게 써먹었다.

"그래도 음식은 정성이야."

송이는 대나무 바구니를 덮고 있는 보자기를 슬쩍 들춰보았다. 음식은 토기 그릇 안에 얌전히 포개져 있었다. 토란국은 데워야 할 텐데 하는 걱정이 들어 살짝 이마에 주름이 졌다.

그때 웬 시커먼 그림자가 앉아 있는 송이를 덮쳤다. 갑자기 응달이 지자 니문이 왔나 싶어 밝게 웃으며 일어나 뒤를 돌아보았다.

그러나 기대했던 니문은 아니었다. 엄청나게 비대한 남자였다. 얼굴은 숯칠을 한 것처럼 검었고, 눈은 매처럼 날카로웠다. 관복을 입고 있었다. 아래위를 훑어보는데, 문지기의 눈빛과는 전혀 달랐다. 끈적끈적한 거미줄이 온몸을 칭칭 감아오는 것 같았다. 혀를 날름거리며 먹이를 통째로 삼키려는 구렁이가 송이의 몸을 기둥삼아 똬리를 트는 것 같아 온

몸이 후들거렸다.

놀란 송이가 뒷걸음질 치다가 구절초 몇 송이를 밟고야 말았다.

"넌 누구냐?"

얼굴이 시커먼 남자가 웃음을 지으면서 물었다. 웃으면 사람의 표정이 고와 보인다는데, 이 남자의 웃는 얼굴은 구역질이 일 만큼 흉측했다. 자기도 모르게 턱이 덜덜 떨려왔다.

"누구냐고 물으시질 않느냐?"

옆에 있던 칼 찬 병사가 따지듯 대답을 재촉했다. 갑옷을 입고 있어서 여느 병졸과는 신분이 달라 보였다. 남자가 손을 들어 병사를 막았다.

"가만 있거라. 제법 귀여운 계집이로구나. 여긴 궁성 안이라 백성들이 함부로 들어올 곳이 아니다. 누구의 허락을 받았더냐?"

목소리를 부드럽게 낮추었지만 그게 더 징그러웠다. 객관 문을 곁눈질했다. 니문이 나올 기색은 전혀 없었다. 간신히 입술을 움직여 대꾸했다.

"문지기 나리께서 여기서 기다리라 했사옵니다."

"문지기? 오라, 객관에 무슨 볼 일이 있더냐?"

남자의 손이 송이의 얼굴로 다가왔다. 그 바람에 호박 통만 한 머리까지 딸려왔다. 송이는 기겁을 하며 눈을 감았다. 그러면서도 니문 이야기를 꺼내서 좋을 게 없다는 생각이 스쳐지나갔다.

"아닙니다. 어미가 음식을 전해주라 했습니다."

어미라는 말을 듣더니 남자가 몸을 뒤로 거두었다.

"그래? 객관에서 악대들이 풍악을 익힌다지? 주막거리에서 온 모양이구나?"

송이는 앞뒤 재보지도 않고 고개를 끄덕였다.

"예. 그렇사옵니다."

남자가 뒷짐을 지더니 거들먹거리며 말했다.

"수고가 많구나. 그럼 음식 전해주고 돌아가거라. 가자!"

남자는 몇 번이나 송이를 훑어보더니 걸음을 옮겼다. 송이는 허리를 반쯤 굽히고는 남자의 발소리가 들리지 않을 때까지 꼼짝도 하지 않았다. 몸을 편 송이는 이마에 흐르는 식은땀을 닦으면서 길게 숨을 내쉬었다. 아직도 눈앞은 흐릿하기만 했다.

"송이야. 넋 나간 사람처럼 거기서 뭘 하고 있는 거야?"

놀란 가슴을 쓸면서 돌아보니 니문이었다. 니문은 활짝 웃으면서 송이에게 손을 흔들었다. 바구니를 챙겨 송이는 객관 문을 향해 허둥거리며 걸었다.

"아니야. 좀 전에 무서운 사람을 보았어."

"무서운 사람? 너 아직 어린애니. 궁성 안에 무서운 사람은 없어. 어라, 정말인가 보구나. 얼굴이 왜 이리 창백해?"

니문이 이마로 흘러내린 송이의 머리카락을 쓸어 올리면서 걱정스런 표정을 지었다. 니문에게 걱정거리가 되고 싶지는 않았다.

"궁성엔 처음 와봐서 그런가봐. 저기 들어가도 되는 거야?"

송이는 짐짓 밝은 표정을 지으면서 문 너머를 살폈다.

"그럼. 여기선 내가 우두머린 걸. 이건 뭐니?"

니문이 바구니를 보며 물었다.

"집에서 음식을 좀 해왔어. 오라빈 우리 집 음식 좋아했잖아."

"그래 잘 됐다. 안 그래도 배가 출출했는데."

"객관에 부엌도 있겠지?"

"그럼. 여기도 사람이 사는 곳이라고. 들어가자. 해줄 얘기도 많으니까."


송이는 부엌에 가 토란국을 다시 끓이고, 음식도 데웠다. 니문의 방은 크진 않았지만, 지내기에 불편하지 않을 정도의 기물은 갖추고 있었다. 니문은 송이가 차려온 음식을 맛있게 먹었다.

"역시 고향 음식이 최고야. 오랜만에 제대로 된 음식을 배불리 먹어보는 걸. 신라에 살 때 제일 그리운 게 고향 음식이었거든."

"신라 음식이 그렇게 맛이 없었어?"

"나쁘진 않지만, 어디 고향 음식만 할까."

"객관에서 나오는 음식도 고향 거잖아?"

"거긴 정성이 안 들어가 있지."

송이는 니문과 어딘가 마음이 통하는 듯해서 기뻤다.

방문 너머에서 풍악 소리가 들려왔다. 가야금 연주에 맞춰 사람들이 함께 노래를 불렀다. 귀에 아주 익은 악곡이었다.

"저 악곡도 오라비가 지은 건가?"

"아니. 저건 스승님께서 예전에 지으신 거야. 내가 조금 손을 보았지."

"아, 그래. 곡이 참 듣기 좋아."

니문이 산적 한 쪽을 쭉 찢어 먹고 입을 우물거리면서 설명했다.

"스승님께서는 신라로 가시기 전에 대가야에서 12곡의 가야금 악곡을 지으셨어. 가실왕의 부탁을 받고 말이야. 그 가운데 10곡이 대가야 주변 여러 나라의 속악을 바탕으로 해서 지으신 거였어. 지금 들리는 저 악곡은 다라에서 가까운 고을의 속악을 듣고 지은 것이야. 음률이 친근하지 않니?"

송이가 고개를 끄덕였다.

"음. 처음부터 너무 귀에 익어 오라비가 지은 거라 생각했거든. 오라비 스승님은 참 대단한 분이시구나. 악곡 속에 사람의 마음까지 담았으니 말이야."

니문이 흐뭇하게 미소 지었다.

"야! 이거 내가 송이한테 악곡에 대해 배워야겠다. 그러지 말고 송이도 악기를 한 번 배워보지 않으련?"

"내가? 내가 다룰 수 있는 악기가 있을까? 설날 때 북도 제대로 못 두드려 아비에게 혼이 났었어."

니문이 정색을 하며 말했다.

"스승님께서 그런 말씀을 하신 적이 있어. 고구려에 왕산악이라는 음률을 잘 아는 사람이 계셨었대. 대륙 진(晉)나라에서 칠현금을 보내왔는데, 고구려에는 그 악기를 연주할 수 있는 사람이 아무도 없었다더군. 그런데 왕산악이 한 번 보고는 조금 고쳐서 여섯 줄로 된 악기를 만드셨는데, 그게 거문고라는 거야. 가야금은 열두 줄이고 손으로 뜯지만, 거문고는 여섯 줄에 젓대가 있어 그걸로 연주한다더라."

송이가 감탄을 담아 말했다.

"오라비는 참 아는 것도 많아졌구나."

"고맙지만 난 아직 멀었어. 어쨌든 지금 신라에서 가야금을 배우는 사람은 모두 사내들이야. 그 사람들도 연주는 잘하지만, 스승님 말씀이 가야금은 부드러운 여자의 손으로 뜯어야 음색이 제대로 살아난다는 거야. 오히려 젓대를 힘차게 쳐야 하는 거문고가 사내들이 연주하기에 제격이고. 그러니까 가야금을 한 번 배워봐. 쉽진 않겠지만 열심히 배우면 잘 연주할 거야. 그럼 송이는 세상에서 처음 가야금을 연주하는 여자가 되는 거지. 어때?"

송이가 수줍게 니문을 보며 말했다.

"그럼 오라비가 가르쳐주지 않을래?"

"내가?"

"응. 다라에 가야금을 연주하는 사람이 없진 않겠지만, 난 오라비에게 배우고 싶어."

니문이 잠시 뭔가를 생각하더니 고개를 끄덕였다.

"좋아. 대축전이 끝나면 내가 가르쳐 줄게."

니문의 손을 잡고 좋아하던 송이의 표정이 곧 어두워졌다.

"하지만 오라비는 축전이 끝나면 신라로 돌아가야 하잖아? 여기서 살 순 없겠지?"

니문도 난감한 표정을 지었다.

"그렇긴 해. 내가 신라를 떠날 때도 그쪽에선 반대했어. 돌아오지 않을까 봐 걱정한 것도 있지만, 신라의 사정이 가야나 백제의 귀에 들어갈까 봐서지. 그때 스승님께서 내가 만약 돌아오지 않으면 대신 처벌을 받겠다고 맹세했고, 나도 신라의 일에 대해서는 일체 함구하겠다고 약조를 했거든. 그러니까 내가 돌아가지 않으면 스승님이 위험에 처해져."

갑자기 음식 맛을 잃어버렸는지 니문이 수저를 상 위에 놓았다. 송이는 자신이 공연한 말을 꺼내서 니문을 불편하게 만들었다고 자책했다. 송이는 속내를 숨기고 웃음을 지으면서 말했다.

"물론 오라비는 돌아가야지. 아직 배워야 할 게 많잖아. 하지만, 하지만 말이야⋯⋯."

니문이 고개를 들어 송이를 응시했다. 니문의 눈에도 뭔가 큰 갈증이 떠돌고 있었다. 기다리다 지친 니문이 힐책하듯 말했다.

"뭔데? 속 시원하게 말해봐."

송이의 얼굴이 조금 상기되었다.

"만약, 만약 오라비가 돌아갈 때 말이지. 나도 데리고 가면 안 될까?"

니문의 눈이 휘둥그레졌다. 잠시 니문이 말을 더듬었다.

"송이야? 너 그게 무슨 뜻인지 알고나 하는 소리니?"

송이가 야속한 눈으로 니문을 흘겨보았다.

"오라비. 나도 이제 어린애가 아니야. 다 큰 계집애라고."

송이는 제 가슴을 앞으로 내밀었다.

### 4

밤이 꽤 깊었다. 어디선가 부엉이 우는 소리가 들렸다. 그
믐을 향해 기우는 달빛은 밤길에 큰 도움이 되지 않았다.
대체 이 야밤에 미려 마님이 왜 자신을 삼형제봉 아래 신당
으로 부르는지 망치는 알 길이 없었다. 더구나 동행 없이
혼자 오라고 했다.

오늘 낮에 미려 마님이 대장간에 나타났을 때 망치는 귀신
이 나타난 줄 알았다. 미려 마님은 발자국 소리도 없이 대장
간 안으로 쓱 들어왔다. 화덕의 열기 때문에 흐르는 땀을
닦아야 할 정도였는데, 갑자기 한기가 돌았다. 이상하다 싶
어 돌아보니 거기 미려 마님이 서 있었다.

"마님께서 여긴 어인 일로……."

망치는 말도 다 끝내지 못하고 어정쩡하게 몸을 일으켰다.

미려는 대장간 안을 휘 둘러보더니 메마른 음성으로 말했
다.

"일 하기가 고되겠구나. 제 일도 아니고 남의 일을 하자니."

미려는 밑도 끝도 없는 말을 하더니 입을 다물었다. 차가운 얼굴에서 내쏘는 싸늘한 눈빛 때문에 망치는 오금이 다 저려왔다. 망치는 그저 머리를 숙인 채 다음 말을 기다렸다.

"오늘 밤 축시에 신당으로 오거라. 어딘지는 알지?"

삼형제봉 허굴산 귀신 바위 아래 있는 신당은 다라 사람들에겐 금기의 장소였다. 대낮에도 음산한 기운이 떠나질 않아 나무꾼들도 일부러 에돌아가는 곳이었다. 밤에 그곳을 갈 생각을 하니 벌써 소름이 돋았다.

"무슨 분부이신지…… 여기서……."

미려는 긴 말을 싫어했다. 말을 마치기도 전에 미려는 말을 끊었다.

"오지 않으면 네 놈 집에 저주가 내릴 것이야. 식솔들에게도 말하지 말고, 혼자 와야 한다."

망치는 제대로 대답도 못한 채 머리를 연신 바닥에 찧었다. 한기가 사라지고 다시 열기가 느껴졌다. 고개를 들어보니 미려 마님은 벌써 사라진 뒤였다.

하루 종일 일이 손에 잡히지 않아 방에 틀어박혔다. 아내가 들어와 밥을 먹으라고 해도 됐다며 내보냈다.

오지 않으면 저주를 내릴 것이라고 했다. 아내와 송이, 겨레의 얼굴이 연이어 지나갔다. 자신이야 벼락을 맞아 죽는다 해도 그만이지만, 그들에게 액운이 내리는 일은 생각하기도 싫었다. 아무 것도 모르는 아내와 애들은 조잘조잘 떠들면서 저녁을 먹었다. 송이는 낮에 만난 니문 얘기로 옆에 아비가 있는지도 몰랐다.

혼미한 정신을 수습하려고 잠시 밖에 나갔다 왔더니 다들 세상모르게 잠에 빠져 있었다. 식구들이 약속이나 한 듯 깊게 잠든 것도 미려 마님의 주술에 사로잡힌 것처럼 느껴졌다.

자시가 되기 전에 집을 나섰다. 나루터 사공 영감을 억지로 깨워 황강을 건넜다. 이 밤에 어딜 가느냐며 영감이 꼬치꼬치 물었지만 망치는 덩이쇠를 쥐어주는 것으로 입막음했다. 작은 배 한 척이 나루터에 묶여 있어 돌아올 일은 걱정하지 않아도 되었다.

부지런히 발을 놀렸다. 빨리 닿아야 빨리 돌아올 수 있을 것 같았다.

신당 주변은 귀기가 잔뜩 서려 있었다. 등이 식은땀으로 축축했다. 창문으로 불빛이 새어나오는 것으로 보아 미려 마님이 있는 것은 분명했다.

문 앞에 서서 서성거렸다. 차마 인기척을 낼 수 없었다.

미려 마님의 재촉이 없었다면 날이 샐 때까지 용기를 내지 못했을 것이다.

"뭐 하느냐? 진즉에 오더니 날밤을 샐 작정이냐."

신당 안은 온갖 귀신들의 형상이 그려진 그림으로 어지러웠다. 흐린 불빛을 받은 그림이 바람도 없는 방안에서 펄럭거렸다. 흔들림 때문인지 그림은 마치 살아 있는 듯했다. 웅웅거리는 소리가 더욱 망치에게 공포감을 불러일으켰다.

"앉거라."

바닥에는 볏짚으로 짠 멍석이 깔려 있어 엉덩이가 버석거렸다.

미려 마님은 긴 말을 하지 않았다.

"지존께서 네게 무슨 일을 시키더냐?"

치달은 일을 맡기면서 누구에게도 발설하면 안 된다고 단단히 으름장을 놓았었다. 대신 한 해 내내 화덕 불을 꺼놓아도 먹고 살만한 금을 주겠다고 했다. 금덩이보다 더한 것을 준다고 해도 비밀을 지켜야 하는 일이라면 맡고 싶지 않았다. 하지만 그런 속내를 드러낼 순 없었다.

망치를 노려보는 미려 마님은 모든 것을 다 알고 있는 눈치였다. 저도 모르는 사이에 입에서 말이 술술 풀려나왔다.

"환두대도를 만들라는 지시였습니다요."

"몇 자루더냐?"

"세 자루입니다요."

미려 마님의 입가로 묘한 웃음이 번졌다.

"지존의 욕심은 한이 없으시구나."

"소인은 그저 시키는 대로 했을 뿐입니다요."

망치는 코를 바닥에 박은 채 벌벌 떨었다.

세 자루를 만들라고 한 것에 무슨 뜻이 있는지 망치로서는 알 길이 없었다. 치달은 최고 품질의 쇠를 써서 칼의 몸체를 만들라고 했다. 칼날은 다섯 차례나 덩이쇠를 덧씌워 벼르고 또 벼렸다. 그런 칼날이라면 통나무를 내리쳐도 두 동강 낼 강도를 지녔다.

칼집은 사기(邪氣)를 물리치고 부식을 막기 위해 벽조목을 썼다. 칼집은 다섯 군데 간격을 두어 금판으로 장식했다. 금판마다 십장생을 새겨 넣었다. 십장생의 눈은 비취와 호박, 색색의 산호를 박아 넣어 영롱한 빛을 발하게 만들었다. 옻칠을 입힌 칼집은 망치가 보아도 홀릴 만큼 아름다웠다. 이제 남은 공정은 칼자루 끝 둥근 고리 안에 문양을 끼워 넣는 일이었다. 문양은 순금을 쓰라고 했다. 치달은 칼자루 전체를 금으로 입히라고 했다.

"너를 나무랄 생각은 없다. 문양은 다 만들었느냐?"

"아, 아직 거기까지는……."

더듬거리는데 망치의 코앞으로 뭔가가 굴러 떨어졌다. 흠칫 눈을 떠서 눈동자를 굴리니 작고 길쭉한 네모난 함 세 개가 놓여 있었다. 재료는 금도 아니고 은도 아닌데 광채만은 눈부셨다.

"이것이 무엇이오니까?"

"무엇인지 네가 알아 무엇 할까. 문양을 박아 넣을 구멍을 더 깊이 파거라. 구멍 속에 그것들을 넣고 문양을 올리거라. 그게 네가 할 일이다."

망치는 좀 더 자세히 함을 살폈다. 크기는 같았지만 표면에 새겨진 무늬는 달랐다. 무늬를 보고 망치는 침을 꿀꺽 삼켰다. 용머리 무늬와 봉황머리 무늬, 용과 봉황의 머리가 엇갈리는 무늬였다. 환두대도에 올릴 문양과 같았다. 함의 긴 쪽 끝 면에는, 위에는 작은 세모로 된 구멍이 뚫렸고, 아래에는 세모로 된 침이 돌출되어 있었다.

함을 살피는 망치를 보면서 미려 마님이 말했다.

"환두대도의 문양과 함에 그려진 무늬를 맞춰 넣거라. 한 번 박힌 문양을 다시 빼는 일은 없을 터. 아무도 의심하지 않을 것이다. 침이 문양 쪽으로 오도록 넣어야 한다."

망치의 속내를 읽는 듯 미려 마님은 망치의 염려까지 씻어 내 버렸다.

"품에 넣거라. 누구에게도 보여서 안 된다는 것이야 잘 알 겠지."

차가운 목소리에는 누구도 거역 못할 위엄이 시퍼렇게 살 아 있었다. 망치는 함을 모아 품에 넣었다. 가슴이 얼얼해지 는 기분이 들었다.

"고개를 들거라."

조심스럽게 머리를 드니 미려 마님의 얼굴은 놀랍게도 평 온한 표정을 담고 있었다. 웃음까지 띠었는데, 눈빛은 어딘 가 쓸쓸해 보였다.

미려 마님이 키 낮은 책상 위로 손을 올려놓더니 망치에게 말했다.

"네가 그 일을 해 준다 하여 보상을 기대하지는 말거라. 이미 지존으로부터 보상은 충분히 약조 받았겠지. 대신 나는 네 식솔들의 목숨을 지켜주마."

망치는 영문을 몰라 멍청하게 미려 마님만 쳐다보았다.

"어, 어떻게 저희들의 목숨을……?"

"묻지 마라. 말해준들 알아듣지도 못할 터. 대축전이 있는 날 저녁에 삼태성이 네 집 앞 횃대 위로 오거든 식구들을 데리고 황강 포구로 가거라. 단 송이를 찾지는 말아야 해. 명심해라. 송이를 찾아서는 안 된다. 한시도 지체하지 말고 포구로 가야 한다."

무슨 말인지 하나도 알아들을 수 없었다. 그저 망치는 미려 마님의 말을 쇠를 담금질 하듯 머릿속에 두드려 넣었다. 눈이 마주치자 미려 마님이 손짓으로 그를 돌려세웠다.

"앞으로 나를 다시 볼 일은 없을 것이야. 잘 가거라. 내 말만 따른다면 식솔들은 안전할 것이다. 가서 네 안식구와 아이들을 잘 돌보아라. 제 손으로 제 무덤을 파는 짓일랑 하질 마라."

뭔가를 더 묻고 싶은데, 미려 마님의 손짓은 완강했다. 문고리를 잡고 돌아보니 어느새 미려 마님은 등을 돌리고 있었다. 마님의 등 너머로 만근보다 무거운 어둠이 내려앉아 있었다.

말띠꾸미개(雲珠)

Harness fittings
길이 9.5cm
옥전 M11호분 〈경상대학교 박물관〉

# 가는 사람과 오는 사람들

## 1

술진공은 며칠 동안 서고에 틀어박혀 살았다. 다라에서
일어난 이런저런 사건들에 대해 정리할 시간을 갖기 위해서
였다. 틈틈이 적어둔 글을 읽자니 자신이 늙어가는 것만큼
다라도 노쇠했다는 생각을 감출 수 없었다. 대왕은 의욕을
보이고 있지만, 술진공이 보기엔 과욕이었다. 걷기도 전에
뛸 생각부터 하면 넘어지는 게 인간의 이치였다.

붓을 내려놓은 술진공은 길게 한숨을 내쉬었다. 뻐근한
목덜미를 주무르면서 눈을 감았다. 조금만 일을 해도 피로가
몰려오는데, 며칠 밤잠을 설쳐가며 문서를 뒤척였더니 눈마
저 침침했다. 얼마 전부터는 가슴께에 통증까지 생겼다. 술
진공은 자신의 생명이 얼마나 남았는지 궁금해졌다.

미려에게 물으면 말해줄까?

이런 생각이 들자 절로 쓴웃음이 나왔다. 공자는 "이단에 빠지면 해로울 뿐"이라고 말했다. 또 "아녀자와 소인배는 곁에 두기가 쉽지 않다. 가깝게 대해주면 불손해지고, 멀리하면 곧 원망을 하는구나."란 말도 남겼다. 미려는 이단을 좇는 여자였다. 그녀의 남편인 치달이란 작자는 얼마나 끔찍한 소인배인가? 제 이익 외에는 어디에도 관심이 없는 독버섯 같은 망종이었다.

후왕이 전사했을 때 치달은 순장을 하자고 주장했다. 살아생전 후왕의 처소에서 시중들던 시종과 궁녀를 함께 묻자는 말이었다. 죽어서도 저승에서 후왕으로서 부족할 것 없이 살도록 해주어야 한다고 말했다. 자식을 잃은 애통함 때문에 넋이 나간 대왕은 이 말에 귀를 기울였다. 술진공은 있을 수 없는 일이라며 강하게 반대했다.

"과거에 그런 일이 없었던 것은 아니오나, 이는 사람의 지혜가 몽매했을 때의 일이옵니다. 우리 다라에서도 없어진 지 오래된 악습입니다. 생사가 갈려 유명(幽明) 사이가 끊겼는데 후왕의 시종들을 묻는다 한들 후왕께서 흠향하실 이치는 없사옵니다. 억울한 죽음만 만들 뿐이고, 후왕께서도 원치 않을 겁니다."

치달의 생각은 달랐다.

"뜻을 이루지 못하고 죽음을 맞은 후왕의 원한을 생각하시옵소서. 죽음은 삶의 끝이 아니라 새로운 출발입니다. 무덤에 많은 부장품을 왜 넣겠습니까? 망자가 죽어서도 지하의 삶을 영위하기 때문입니다. 토기와 곡식을 넣었는데, 사람이 없다면 누가 밥을 끓이고, 옷을 입혀 드리리까. 다른 분도 아니고 후왕이십니다. 지위에 맞는 대우는 당연하다고 생각합니다."

대왕은 치달의 손을 들어주었다. 치달의 속셈이 후왕의 측근들을 제거해 자신의 집권에 방해가 될 인물을 없애거나 위협하는 데 있음을 대왕은 간파하지 못했다. 치달은 간교하게도 대왕의 아비로서의 감정에 호소했던 것이다. 이성으로 따지고 들어간 술진공의 말이 먹힐 리 없었다. 아까운 젊은 이들이 여럿 목숨을 잃어야 했다.

다라가 늙은 것은 대왕의 나이가 많아서는 아니었다. 치달과 같은 간신배의 말이 통하는 세상이 바로 다라가 늙은 징조였다. 대왕의 눈과 귀는 치달의 행동만 보았고 치달의 말만 들었다.

북다라산의 신전 공사조차 철저하게 치달의 사욕을 채우기 위한 방편을 넘어서지 못했다. 엄청난 양의 물자들이 빼돌려지고 있었다. 그것들이 치달의 사고(私庫)로 들어간다는 것은 다라에서는 다 아는 비밀이었다. 오직 대왕만 모르고 있었다.

공사에 동원된 백성과 군사들은 굶주리고 헐벗었다. 제대로 식량을 들고 오는 백성은 몇 되지 않았다. 그럴 정도의 여력이 있으면 뒷돈을 주어 동원에서 빠졌다. 피죽을 먹으면서 고된 노동에 기진맥진한 백성들은 맥없이 쓰러졌다. 쓰러진 자에게는 가차 없이 매질이 뒤따랐다.

누구도 읽어줄 리 없고 읽힐 수도 없는 글을 술진공은 종이 위에 적어 나갔다. 붓끝의 힘이 점점 빠져나갔다. 자신이 너무나 무력하게 느껴졌다. 붓이 멈추는 시간이 점점 잦아졌다.

밖에서 누가 부르는 소리가 들렸다.

"술진공 어른. 계셔요?"

벽에 막혀 멀게 들렸지만 귀에 익은 목소리였다. 궁성에서 급한 용무로 부르는 것이 아닌 다음에야 자신을 찾을 사람은 겨레 정도였다. 겨레는 오늘 문탁장군과 함께 배를 타고 바다로 나갔을 것이다. 더구나 목소리는 여자의 것이었다.

억지로 몸을 일으킨 술진공이 문을 열고 밖을 내다보았다.

"뉘시오?"

본채 그늘진 부엌 쪽에서 한 여자가 서성이고 있었다. 어두운 서고에 있다가 밝은 햇살을 받으니 눈이 부셨다. 여자가 고개를 돌리더니 허리를 굽혔다. 꽃네였다.

"아니, 꽃네 아닌가? 여긴 어인 일이오?"

술진공은 제 옷차림을 살피고 머릿결을 쓸어 올렸다. 며칠째 침식을 어설프게 때웠으니 꼴이 말이 아닐 터였다.

"여기 계셨네요. 앞마당에서 찾았는데 대답이 없어 출타하셨나 했어요."

고개를 드는 꽃네의 얼굴이 핼쑥했다. 눈가에는 눈물 자국까지 남아 있었다.

"무슨 일이 있었던 게요?"

서고 밖으로 나와 꽃네를 앞마당으로 몰았다. 속마음과는
달리 남의 눈이 무서웠다. 자신의 소심한 성격을 생각하니 화
가 치밀었다. 꽃네도 어색했는지 쫓기듯 앞마당으로 나왔다.

"여기 앉구려. 물 한 잔 마시려나?"

꽃네를 마루에 앉게 하고는 안색을 살피며 물었다. 많이
지쳐 보이는 꽃네가 힘없이 마루에 주저앉았다.

"그러셔요."

술진공은 부엌에 들어가 큰 토기 그릇에서 물을 떴다. 뒷
산 샘에서 길어온 것이 언제인지 잘 기억도 나지 않았다.
맛을 보니 미적지근했다. 다시 떠올 수도 없는 노릇이라 고
배에 담아 나갔다.

"물이 식어버려 속을 풀어줄지 모르겠구면."

술진공이 점잔을 빼며 고배를 내밀자 꽃네가 받아 들었다.
손마디마저 야위어 보였다.

"고맙습니다. 술진공 어른."

꽃네가 깍듯이 예의를 차리며 물을 마셨다. 물이 넘어가는
목에 잔주름이 몇 개 잡혔다. 목선 사이로 풀잎 하나가 끼여
있었다. 자신도 모르게 손이 가는 참인데, 꽃네가 고배를 입
에서 뗐다.

"시원하네요."

빈말인 줄 번연히 알았지만 인사치레가 고마웠다. 눈에서
조금 생기가 도는 듯도 했다.

"어디 편찮으신가? 안색이 안 좋네."

"늘 그렇지요. 사는 게 참 무상합니다. 어른."

대답이 예사롭지 않았다. 주막에 가면 늘 밝은 얼굴로 맞아주던 꽃네였다. 오늘처럼 풀이 죽어 있던 적은 없었다. 무너지는 하늘 아래 서 있는 사람처럼 보였다.

"허허! 참. 주막은 어찌하고."

"열어둔 채 나왔어요. 허위허위 걷다보니 술진공 어른 댁까지 왔더군요."

품에 안고 위로해 주고 싶은 생각이 울컥 솟았지만, 마음뿐이었다. 자칫 아녀자 희롱이나 하는 채신없는 늙은이로 낙인이 찍히면 꽃네네 주막은 얼씬도 못할 것이었다. 어쨌거나 지금 꽃네는 의지할 사람이 필요해 보였다.

"어려운 일이 있으면 말하구려. 힘이 될 일이면 도우리다."

꽃네의 눈에서 눈물이 찔끔 돌았다.

"말씀만이라도 고맙네요. 미천한 것이라 아무도 거들떠보지도 않는데."

"무슨 그런 상스럽지 못한 말을 하오? 그냥 털어놓아요. 울화란 게 요상해서 너무 속에 담아두면 병을 만든다네."

반말도 존대도 아닌 어정쩡한 어투가 자신이 듣기에도 어색했다. 아직 꽃네는 그 어투의 거리만큼 저만치 있었다.

그런데 갑자기 꽃네가 허물어졌다. 꽃네가 술진공의 옷고름을 잡으며 품에 안겼다. 흠칫 놀랐지만 잘 됐다 싶었는데, 꽃네의 사연은 그게 아니었다.

"술진공 어른. 저는 이제 누굴 믿고 살아야 하나요?"

"그게 무슨 소리요? 장성한 자식이 있는 사람이."

그 말을 듣자마자 꽃네의 손이 아귀처럼 술진공의 목을 조였다. 꽃네가 흐느꼈다.

"그놈이, 그놈이 죽었답니다. 아이고, 술진공 어른. 내 새끼 무생이가 죽었답니다."

청천벽력 같은 소리였다. 무생이는 밝고 건강한 청년이었다. 집에 오면 팔을 걷어붙이고 어미를 도왔고, 군영으로 돌아갈 때면 차마 발길을 떼지 못해 거듭 어미를 돌아보았다. 한 번은 술진공을 보더니 이런 말까지 했었다.

"어른. 어미는 마음이 여립니다. 기댈 곳이 무너지면 같이 쓰러질 거예요. 제게 무슨 일이 생기면 잘 부탁드립니다."

그때 술진공은 벌컥 화를 냈다.

"일이 생기면 나한테 먼저 생기지 자네한테 생기겠나. 앞길이 구만리 같은 사람이 못하는 소리가 없구먼!"

"말인즉슨 그렇다는 거지요."

머리를 긁적이며 헤헤거리던 얼굴이 떠올랐다.

"무슨 말이요. 자세히 해 보구려."

꽃네의 몸을 일으키며 술진공이 채근했다. 꽃네의 뺨을 타고 눈물이 주체 못할 만큼 흘러내렸다. 손으로 그 눈물을 닦아냈다.

"오늘 아침에 사령이 와서 알려주었어요. 어젯밤에 북다라산 채석장에서 돌을 부리려다 버팀목이 부러져 돌덩이가 무너져 내렸답니다. 거기에, 거기에 우리 무생이 그만 깔렸대요. 무생이 말고도 여럿이 죽었대요. 소식을 듣는 자리에서 혼절해 쓰러졌나 봐요. 깨보니 사령이 저를 내려다보고 있었어요. 내일까지 시신을 찾아가래요. 아니면 그냥 숲속에 버린답니다. 어른. 제가 어떻게 그 놈 얼굴을 본대요. 천지신명도 무심하시지. 죽이시려면 저를 죽이시지 우리 무생이가 무슨 죄가 있다고 데려 가시나요. 네?"

말문이 터지자 꽃네는 귀신 씐 사람처럼 넋두리를 늘어놓았다.

북다라산 공사는 처음부터 무모한 일이었다. 벌써 벌목장에서도 채석장에서도 여러 차례 사고가 났었다. 깔려죽고 밟혀죽은 사람이 한둘이 아니었다.

"무생이는 병졸인데, 공사장엔 왜 갔다는 게야?"

"나라에서 일손이 부족하다며 끌고 갔답니다. 차라리 이 어미를 끌고 갈 일이지."

치달이 대장군 휘하의 병졸을 빼갔다는 말을 듣기는 했었다. 설마 그 안에 무생이가 있으리라고는 짐작도 못했다. 무생의 안부를 미리 알아보지 못한 불찰로 가슴이 결려왔다. 그러나 지금은 꽃네를 안정시키는 게 우선이었다.

"꽃네. 어쩌면 잘못 전해진 말일 수도 있다오. 공사장은 무질서하기 짝이 없어서 멀쩡한 사람이 죽은 사람으로 둔갑하기도 하오. 그러니 주막에 가서 기다려 보오. 내가 가서 자세히 알아보리다."

꽃네의 얼굴에 희망이 솟아났다.

"그럴까요? 무생이가 죽지 않고 살아 있을까요?"

쓸데없는 희망을 품게 해서는 안 되었다. 희망이 무너지면 처음부터 자포자기한 것보다 더 치명적인 결과를 낳을 수도 있었다.

"어쨌거나 내가 알아볼 테니, 집에 가 있소. 마음 단단히 먹어요."

꽃네를 주막에 데려다 놓고 말을 빌려 공사장으로 달려갔다. 기대를 걸 순 없었지만 만의 하나 요행을 바랐다. 그러나 요행보다 현실은 가혹했다.

"실한 목재는 다 가져가 버리고 불쏘시개로나 쓸 목재로 버팀목을 삼으라니, 언제 벌어져도 벌어질 사단이었습니다. 시신을 확인해 보시겠습니까?"

몇 구인지 헤아릴 수도 없는 시체가 헛간 안에 뒹굴고 있었다. 거적에 덮인 시체를 하나하나 들추면서 술진공은 올라오는 욕지기를 참아야 했다. 사지가 뭉개지고 얼굴이 찢겨져 나가 멀쩡한 시체는 한 구도 없었다.

마침내 무생의 시신을 찾았다. 몸은 만신창이였지만 그나마 얼굴은 온전했다.

헛간을 지키고 있던 군관을 불러냈다.

"부탁이 있네. 돈은 얼마가 들든 낼 테니, 목관에 넣어 멀쩡하게만 보이게 해주게. 내일 이 애 어미와 같이 오겠네. 그때까지 꼭 부탁함세."

급한 대로 품에 있던 금 조각 몇 푼을 꺼내 군관 손에 쥐어

주었다. 조각을 손에 쥔 군관이 입을 굳게 다물고 제 손과 술진공의 얼굴을 번갈아보았다.

"알겠습니다. 의관을 불러 조처를 하라 일러두겠습니다. 무생이는 제 부하이기도 합니다. 고된 일도 마다 않고 먼저 달려가더니, 빌어먹을 결국 이런 꼴을 당하는군요. 술진공 어른. 감사합니다."

말 등에 얹혀 돌아오는 길이 멀기만 했다. 꽃네에게 뭐라고 말해야 할지 갈피도 서지 않았다. 상처 하나 없는 얼굴을 본다면 그게 위로가 될까? 아무리 생각해도 자신이 없었다. 무생이 생전에 했던 말이 다시 떠올랐다.

"어른. 어미는 마음이 여립니다. 기댈 곳이 무너지면 같이 쓰러질 거예요. 제게 무슨 일이 생기면 잘 부탁드립니다."

좋든 싫든 이제 무생의 부탁을 술진공은 들어줘야 했다.

2

바다는 한없이 넓었다. 태어나서 동강에도 나가보지 못한 겨레의 눈에 바다는 이 세상이 아니었다. 사방이 온통 푸른 물뿐이었다. 뱃전에서 갈라지는 파도는 하얀 거품을 내면서 긴 꼬리를 남겼다. 바닷물은 짭조름했고 차가웠다. 잡아먹을 듯 아가리를 벌리며 바다는 군선을 향해 달려들었다. 기세가 사나워 배 전체가 요동쳤다. 갑판은 순식간에 바닷물로 가득 찼다가 거짓말처럼 이들을 몰아냈다. 미끄러운 배 위에서 균형을 잡으려다 겨레는 몇 번이나 엉덩방아를 찧었다.

217

옷은 소나기라도 맞은 것처럼 흥건하게 젖었다. 모든 일이 신기해서 어리둥절해 하면서도 겨레는 정신을 바짝 차렸다.

"앞만 보지 말고, 좌우를 잘 살펴라. 옆구리를 치고 들어오는 파도가 더 무섭다."

문탁장군이 휘청거리는 겨레의 겨드랑이를 잡아채며 외쳤다.

숫진공이 바다로 나가보라고 권했을 때 겨레는 두려움보다는 설렘이 앞섰다. 황강 포구를 들고나는 선단을 보면서 저 배들은 어디로 가는지 항상 궁금했었다. 산허리를 돌아 사라졌다가 산허리를 타고 나타났다. 그 너머 세상을 알려고 도성이 한눈에 들어오는 중다라산 봉우리를 달려 올라가기도 했다. 그러나 강은 야속하게도 심술궂었다. 아무리 쫓아가도 달아나는 무지개처럼 강은 희미한 이내 속으로 자취를 감추었다. 배에 오르면 강의 끝을 볼 수 있을 터였다. 그 끝에 바다가 있었다.

"바다는 사람을 반기지 않는다. 제 몸속에 들어온 벌레로 여기지. 사람이 발을 디디는 것을 달가워하지 않아. 바보나 바다와 싸워 이기려고 들지. 바다가 내준 길을 찾아 걷는 지혜를 가진 자만이 바다와 친구가 될 수 있다."

배는 바다의 길을 거스르지 않았다. 문탁장군은 눈을 가늘게 뜨고 바다를 응시하면 길이 보인다고 했다. 손바닥을 펴 눈썹에 대고 바다를 뚫어져라 바라보았지만 겨레의 눈에 바닷길은 나타나지 않았다. 바다에서 겨레는 청맹과니가 되었다.

"바다가 있어 가야가 존재했고, 다라는 산골짜기 외딴집에 살던 농투성이 신세를 면했단다. 바다를 건너면 큰 섬이 나오는데, 거기에도 가야 사람들과 다라 사람들이 살고 있지. 바다를 겁먹은 눈으로 피하기만 하고 길을 찾지 않았다면 어찌 우리들이 그곳에 새로운 보금자리를 만들었겠느냐? 다라의 역사를 알고자 하거든 바다를 몰라서는 안 된다."

숟진공은 기대에 들떠 배로 오르는 겨레를 보면서 바다를 배움터로 삼으라고 다독거렸다. 바다를 안 뒤 다라는 아이에서 어른이 되었다는 것이었다. 다 알아듣지 못하면서도 겨레는 엄마젖을 찾는 개구쟁이처럼 바다의 품을 헤집고 들어갔다.

겨레를 태운 배에는 스무 명 정도의 수병들이 탔다. 바람의 흐름을 눈여겨보더니 돛을 펼쳤다. 돛이 바람을 잔뜩 머금자 배는 왼편으로 서서히 선회했다. 파도를 가르는 힘이 더욱 예리해졌고, 바다의 저항도 그만큼 완강했다. 이윽고 눈앞에 돌섬들이 차례차례 나타나더니 갈매기가 떼를 지어 배로 몰려들었다.

겨레는 갈매기와 눈을 맞추었다. 그 눈은 불그스름했다. 이 녀석은 뭐야 하는 표정이 얄미울 정도로 의젓했다. 날개를 활짝 편 갈매기는 겨레만한 덩치였고, 날개 힘이 좋아 다리에 힘을 줘야 날개 바람을 버틸 수 있었다. 부리에 제법 큰 고기를 물고 있는 녀석도 있었다.

"장군님. 배는 어디로 가는 건가요? 다라방(多羅坊, 왜국에 개척한 다라국의 식민지를 일컫는 말)까지 가나요?"

겨레가 제 딴엔 눈을 부라리며 문탁장군에게 물었다. 장군이 갓 개헤엄을 배우려는 천덕꾸러기를 보듯 햇볕에 그을린 얼굴에 웃음을 머금었다.

"오늘같이 날이 좋을 때면 사흘 뱃길로 서섬(對馬島)[1]까진 갈 수야 있겠지. 하지만 군선 한 척으로 긴 항해는 무리야. 오늘 항해의 목적은 따로 있다. 군선의 발진 능력을 확인하는 게 우선이지만, 다라의 선단이 정박할 만한 해안 진지를 물색 중이지."

겨레가 간간히 보이는 섬으로 눈을 돌리면서 물었다.

"해안 진지라뇨?"

"다라는 황강과 동강을 따라 바다로 나와야 한다. 그리고 대륙으로 왜국으로 물자를 실어 나르고 싣고 와야 해. 바다는 넓은데다 뱃길을 호락호락하게 허락하지 않거든. 안전하게 오가려면 그만큼 채비를 단단히 갖춰야 하지. 물이며 식량, 푸성귀와 음식을 끓일 장작까지 싣다 보면 정작 교역할 물품을 채울 장소가 부족하구나. 교역으로 살아가는 다라의 처지로서는 오랜 골칫거리였지. 바다 어딘가 그런 물품을 보충해주는 진지를 둔다면 문제는 간단히 해결돼. 그 진지가 될 만한 곳을 찾아보려는 것이란다."

---

1 '대마도'라는 말의 유래와 고대 때의 명칭, 그 의미에 대해서는 다양한 학설이 있다. 여기에서는 김인배(金仁培)의 『일본서기 고대어는 한국어』(도서출판 빛남, 1991년) pp.372-379 사이에 나오는 주장을 근거로 '서섬'이라 했다.

"아직까지 그런 진지가 없었단 말인가요?"

문탁장군이 어깨를 으쓱거렸다.

"왜국으로 갈 때는 서섬이 그 구실을 톡톡히 하지. 하지만 대륙이라면 사정이 달라져. 백제 땅에 정박해 물자를 채워야 하는데, 백제가 요구하는 대가가 너무 크거든. 선단이 이윤이 많이 남는다는 걸 알고 욕심을 부리는 거지. 죽을 고비를 감수하면서 교역을 하는데, 이윤은 백제가 뚝 잘라 가져가니 이게 될 소리냐?"

"그런 진지가 어디에 있을까요?"

문탁장군이 입을 꾹 다물었다.

"몇 군데 눈여겨봐둔 곳이 있긴 하다만 생각만큼 쉽진 않구나. 무인도라 해도 물이 나오지 않으면 허사지. 적당하다 싶으면 백제가 와서 시비를 걸고. 우리 수군이 막강하긴 하지만 백제와 대놓고 싸울 순 없어. 가야 제국이 힘을 모아 백제와 협상을 벌이면 좋은데, 서로 눈치만 보고 있으니 그것도 여의치 않구나."

선단을 운행하는 일이 생각보다 복잡하다는 것을 겨레는 깨달았다. 폭풍과도 싸워야 하고 사람들과도 척을 지지 말아야 했다. 그런 힘겨운 일들을 이겨내고 선단을 운행하는 다라가 자랑스러웠다.

그때 배 뒤편에서 수병 하나가 달려왔다.

"장군. 수상한 배가 다가오고 있습니다."

문탁장군의 눈에 힘이 들어갔다.

"깃발은 확인했느냐?"

"육안으로 봤을 때 깃발은 보이지 않았습니다."

분위기가 심상치 않았다. 수병들이 급히 돛을 내리기 시작했다. 노를 거두더니 칼과 창, 활로 무장했다. 문탁장군도 벗어두었던 투구를 썼다.

"겨레야. 너는 배안에 들어가 있거라. 무슨 일이 있어도 밖으로 나와선 안 된다. 알았지?"

문탁장군의 표정이 무서웠다.

"무슨 일인가요?"

"해적이 나타난 모양이다. 상선이 아니고 군선인 것을 알면 그냥 지나가겠지만, 방심할 수는 없지."

무서운 생각이 덜컥 일었다. 닥치는 대로 사람을 죽이고 물건을 빼앗는 족속이 해적이라고 들었다. 선단 전체가 해적의 습격을 받아 화물을 다 빼앗기고 선원은 노예가 되어 팔려갔다는 말도 들은 적이 있었다. 순순히 항복하지 않고 저항하다 사로잡히면 소굴로 끌고 가 산채로 태워 죽인다고 했다.

수병의 손에 이끌려 배안으로 들어왔다. 불안한 겨레는 선창으로 목을 빼 바다 너머를 살폈다. 과연 한 마장쯤 떨어진 곳에 붉은 칠을 한 배가 지나가고 있었다. 그것도 한 척이 아니라 여러 척이 꼬리를 물고 지나갔다.

문탁장군은 칼자루에 손을 얹고 놈들의 동태를 살폈고, 수병들도 몸을 낮춘 채 반격할 태세를 갖추었다. 자신도 힘이 되고 싶어 배안을 눈으로 뒤졌다. 갈고리나 작살 따위가 눈에 띄었지만, 겨레가 쓰기에는 벅차 보였다. 해적이 배로 뛰어들면 어찌 해야 할지 눈앞이 아득했다.

'침착해야 해. 우리 수군들이 다 무찌를 거야.'

속으로 다짐하면서도 두려움에 몸은 부들부들 떨렸다. 해적선 한 척이 조금씩 접근하고 있었다. 문탁장군이 한 손을 천천히 들어올렸다. 주먹을 꽉 쥐고 있었다. 언제 해적이 활을 쏠지 모르는데, 위태로워 보였다. 바로 건너뛰면 넘어올 정도로 가까워졌다.

머리에 붉은 색 두건을 두른 해적 하나가 뱃전에 나타났다. 놈은 이쪽을 유심히 살피는 눈치였다. 싸움이 붙는다면 역부족일 게 분명했다.

해적이 뭐라고 떠들었다. 겨레로서는 알아들을 수 없는 말이었다. 문탁장군이 목에 힘을 주고 대꾸했다. 대화는 몇 마디 더 이어졌다. 갑판 아래로 몸을 숨긴 수병들은 여차하면 튀어나갈 기세였다.

찡그리고 있던 해적의 얼굴이 풀어졌다. 해적이 손을 들더니 좌우로 몇 번 흔들었다. 그러자 해적선이 조금씩 멀어졌다. 잠시 후 해적선은 뱃머리를 돌려 바다 저편으로 멀어져 갔다. 군선 안을 옥죄던 긴장도 풀렸다. 수병들이 뱃전 위로 하나 둘 머리를 들었다.

해적선이 완전히 꼬리를 감추자 노가 움직이면서 배는 방향을 반대로 틀었다. 수병들이 다시 돛을 올렸다. 군선은 오던 길로 천천히 발진해 나갔다.

문탁장군이 평온해진 얼굴로 겨레를 불러냈다.

"오늘 운이 좋았다. 해적 두목이 안면이 있던 놈이었어."

"해적들을 자주 만나나요?"

문탁장군이 씽긋 웃었다.

"저런 놈들은 안 만나는 게 좋지. 벌써 한 탕 치르고 소굴로 돌아가는 중이더구나. 배부른 늑대는 배가 꺼질 때까지 다시 사냥을 않는 법이지. 저희들도 피해를 입어 싸울 의사는 처음부터 없었던가 보다. 겨레가 오늘 좋은 경험을 했다. 세상은 살얼음판이거나 불구덩이 속이다. 외따로 떨어지면 살아남기 힘들어. 겨레도 그 점을 잊지 말아라."

장군의 눈을 보면서 겨레는 용기를 내어보려고 했다. 그러나 이런 긴장감을 이겨낼 만큼 겨레는 아직 강하지 못했다. 웃음을 지어 보이려다 겨레는 그만 자지러지고 말았다.

"겨레야! 괜찮니?"

문탁장군의 목소리가 갈매기 소리처럼 끼룩거리다가 귓가에서 완전히 사라졌다.


## 3

송이는 요즘 아주 신바람이 났다. 니문에게 가야금을 배우는 일이 이렇게 재미있을 줄은 미처 몰랐었다. 니문은 송이를 위해 자신이 아끼는 가야금 한 대를 내주었다. 처음 배우는 사람에겐 과분했지만 니문은 아까워하지 않았다. 기러기발을 사이에 두고 왼손가락으로 줄을 적당히 눌러주고 오른

손가락으로는 뜯거나 튕기니 신기하게도 아름다운 소리가 울려나왔다.

"가야금을 잘 뜯으려면 자세가 중요해. 이렇게 방바닥에 편안히 앉아 가야금을 무릎 위에 올려놓는데, 아이를 안고 어르는 것처럼 자연스러워야 해. 현은 보는 것처럼 열두 줄이야. 명주실을 서른 가닥에서 여든 가닥 정도 엮어 소나무 방망이에 두르고 찐 다음에 그늘에 말려 만들어. 찔 때 소나무 진이 명주실에 배기 때문에 탄성이 좋아지지."

니문은 맞은편에 송이를 앉혀놓고 자신이 연주하는 모습을 잘 볼 수 있게 했다. 니문은 반쯤 눈을 감은 채 악곡 몇 곡을 연주해 보였다. 신들린 듯 두 손이 열두 줄 가야금 위에서 춤을 추었다. 열두 줄 가야금 현은 '청·홍·둥·당·동·징·땅·지·찡·칭·쫑·쨍'이란 재미난 이름으로 불렸다.

객관을 다녀오면 송이는 하루가 어떻게 지나갔는지도 몰랐다. 집으로 가야금을 가져와 혼자 방에 앉아 니문의 손놀림을 되새기며 흉내를 내보았다. 생각만큼 잘 되지 않았다. 당장 달려가 다시 묻고 싶은 충동을 참아야 했다.

매일 니문을 찾아갈 수는 없었다. 대축전을 위한 악곡 연습 때문에 니문은 시간을 많이 낼 수 없었다. 밖에서 가야금 소리를 듣고 싶어도 집에는 송이가 해야 할 일이 있었다. 아비는 요즘 대장간에 틀어박혀 집에도 잘 들어오지 않았다. 겨레도 화덕을 달굴 장작을 나르고 풀무질을 하느라 다람쥐처럼 집과 대장간을 오갔다. 송이를 봐도 인사를 하는 둥마는 둥하며 바쁜 척했다. 쌀값이 너무 올랐다며 어미의 볼 멘 잔소리는 나날이 높아만 갔다.

"네 아비는 뭘 만드는지 코빼기도 뵈지 않는구나. 그리 바 쁘면 쌀 팔 돈이라도 가져와야지. 일 끝나면 준다는 말이 이젠 귀에 못이 박혔다. 에구, 살림살기가 왜 이리 점점 어려 워지냐?"

이런 판국에 가야금을 연습한답시고 방안을 차지하는 것 은 너무 호사스런 노릇이었다. 송이는 가야금을 들고 뒷산 언덕에 제가 일군 텃밭으로 갔다. 움막이 있으니 푸성귀도 돌보면서 짬이 나면 가야금도 뜯어볼 요량이었다.

장난삼아 일군 텃밭이 이젠 제법 어엿한 살림 밑천이 되었 다. 저녁 때 푸성귀를 뜯어 바구니에 담아 가져가면 어미가 반색을 하며 맞았다.

"송이야, 네가 효녀로구나."

무생 오라비가 석재를 나르다 죽은 소식을 들은 것도 그 무렵이었다. 니문 오라비와는 어릴 때부터 함께 놀던 불알친 구였다. 니문은 피붙이를 잃은 것처럼 슬퍼했다.

무생 오라비를 땅에 묻던 날 송이나 식구는 모두 꽃네네 주막으로 갔다. 술진공이 의관을 갖추고 제문을 읽었다. 니 문 오라비도 말미를 얻어 객관에서 나와 남다라산 양지바른 곳까지 따라왔다. 다라의 상민들이 죽으면 묻히는 남다라산 언덕에는 새 무덤이 부쩍 늘어나 있었다. 그날만도 서너 집 에서 망자를 묻느라 언덕은 곡소리가 떠나질 않았다. 무생

오라비는 목관에 담겨 묻혔으니 그나마 나은 죽음이었다. 여유가 없는 대부분의 집은 거적에 주검을 말아 구덩이 속에 넣고 흙과 돌로 다지는 정도였다.

송이는 넋이 나가 제대로 걷지도 못하는 꽃네를 부축해 언덕 아래까지 왔다. 꽃네는 차마 자식이 묻히는 꼴은 못 보겠다며 언덕 아래에 주저앉아버렸다. 술진공도 굳이 채근하지 않았다. 하늘도 슬펐는지 그날 오랜만에 비가 내렸다. 하늘도 울고 땅도 울고 사람도 울었다.

어미가 나가 놀 생각 말고 꽃네네 집에 가 위로를 해드리라 해서 며칠 동안은 객관은 고사하고 가야금조차 구경하지 못했다. 슬픔에 잠긴 꽃네 앞에서 가야금을 뜯을 수는 없었다. 며칠 지나니 꽃네도 슬픔을 털고 일어났다. 산 사람은 또 어떻게든 살아가야 했다. 술진공의 걸음이 잦은 것을 본 송이는 안심하고 꽃네를 맡겼다.

생색만 낸 한나절 여우비였지만 텃밭에 가보니 잡초가 꽤 무성하게 자라났다. 밭은 잠시만 한눈을 팔아도 자신의 모습으로 돌아갔다. 뙤약볕을 고스란히 맡으면서 송이는 부지런히 호미질을 했다. 푸성귀 철이 지나면 겨울 보리라도 심어볼까 송이는 혼자 궁리했다. 움막 볏짚 구멍 사이로 천에 말린 가야금이 삐죽이 얼굴을 내밀고 있었다. 니문 오라비는 뭘 하고 있을까 문득 궁금해졌다.

몇 이랑 쉬지 않고 김을 맸더니 허리가 뻐근했다. 잠시 숨을 돌리려고 몸을 일으키는데, 밭 너머 숲 앞에 사람 몇이

**227**

송이를 노려보고 있었다.

누군가 싶어 눈을 모으는데 사람들이 밭둑을 넘어 송이에게로 다가왔다. 무례하게도 푸성귀를 마구 짓밟았다. 놀란 송이가 뭐라 말할 겨를도 없이 사람들은 코앞까지 닥쳤다. 얼굴 표정이 심상찮았다. 두 사람은 평상복이었고, 뒤따르는 사람은 창을 든 병졸이었다.

"누구 허락을 받아 여기다 밭을 일군 게냐? 세금은 내고 있는 게냐? 어디 사는 누구냐?"

다짜고짜 따지듯이 질문을 토해냈다. 송이는 어안이 벙벙해졌다.

"여긴 임자 없는 땅이에요."

덩치 큰 사람이 가래침을 뱉더니 코웃음을 쳤다.

"세상에 임자 없는 땅이 어디 있다더냐? 이 일대는 나라 땅으로 상민은 출입조차 금지되어 있는 곳이다. 하물며 밭농사라니. 네 년이 죽으려고 환장을 했구나."

봄부터 지금까지 밭을 일궜지만, 지나가는 누구도 그런 말을 한 사람은 없었다. 심지어 훈련으로 오가던 병졸들도 군소리를 하지 않았다. 그런데 느닷없이 웬 나라 땅이란 말인가? 자칫하면 무슨 우사를 당할지 알 수 없었다. 송이는 정신을 바짝 차렸다.

"저는 몰랐어요. 허락은 어디 가서 받아야 하나요?"

"이년이 지금 어디 가 허락을 받아야 하느냐고 묻네그려. 도둑질을 하고도 돌려주면 그만 아니냐는 배짱이질 않나."

228

우락부락한 남자가 옆에서 팔짱을 끼고 있는 사내를 보며 낄낄댔다. 옆 사내는 마르고 턱이 뾰족해 족제비 상이었다.

"나라 땅을 도둑질 하고도 뻔뻔하게 몰랐다니, 세상 참 말세네. 이마에 피도 안 마른 년이 이 지경이면 이년 부모는 오죽할까."

아비와 어미까지 들먹이자 바락 화가 치밀면서도 덜컥 겁이 났다. 불똥이 부모에게까지 튀게 할 수는 없었다. 송이는 울상을 지으며 두 손을 모았다.

"죄송해요. 용서해 주세요. 다시는 안 그럴 게요."

두 사내가 빈정거리며 병졸을 쳐다보았다.

"울며불며 빈다고 용서가 될 일인가, 이게? 뭐 하나? 어서 끌고 가 옥에 처넣게."

병졸은 난처한지 우물쭈물했다. 두 사람의 성화 때문에 오긴 왔지만 전혀 내키지 않은 표정이었다.

"요즘 백성들 형편이 어려워 자갈밭도 갈아 작물을 키우는 판이요. 애를 잡아넣는다면 다라 백성들 반은 옥살이를 해야 할 거요."

그러자 덩치 큰 사람이 병졸을 쥐어박을 듯 얼러대며 언성을 높였다.

"어허! 이런 반편 같은 병사가 다 있나. 수장 어른의 엄명이 내렸네. 나라의 재산에 손을 대는 사람이 있으면 직위의 고하를 막론하고 잡아들이라고 말이야. 자네가 대신 옥에 들어가려나? 엉!"

상황이 이상하게 전개되자 병졸도 도리가 없었다. 창을 어깨에 걸치더니 뒤춤에서 오랏줄을 꺼냈다.

"미안하다만 국법이 그렇다니 어쩔 수 없구나. 일단 관아로 가자. 별 거 아니니 곧 풀려날 게다."

송이의 손을 묶는 것을 보던 사내가 움막을 발견했다.

"저건 또 뭐야? 아예 여기서 기숙을 했던 모양일세그려. 간이 배 밖에 나온 년이었구먼. 가서 걷어내자고."

"안돼요."

송이가 소리쳤지만, 벌써 사내들의 발걸음은 움막에 다 와있었다. 우락부락한 사내가 걷어차니 움막은 힘없이 쓰러졌다. 송이는 두 눈을 꼭 감았다.

"여보게. 잠깐. 여기 뭔가 있는데."

족제비 상의 사내가 발길질을 막으며 말했다.

"이게 뭐야? 가야금 아닌가? 바늘 도둑이 소 도둑 된다더니, 이것도 보나마나 훔친 물건이렷다. 어이 자네? 객관에서 가야금 없어졌단 말 못 들었나?"

가야금을 꺼내 흔들자 병졸의 표정도 이내 굳어졌다.

"저건 웬 거냐?"

니문에게 얻었다는 말을 꺼내자니 부끄럽기도 했고, 니문 오라비까지 연루되는 게 아닌가 싶었다.

"주웠어요."

병졸이 혀를 끌끌 찼다.

"뻔뻔한 도둑치고는 변명이 시원찮구나. 자, 가자."

230

병졸이 오랏줄을 더욱 단단히 조였다. 송이는 눈앞이 캄캄
해졌다.

연꽃무늬장식(蓮瓣裝飾)

Ornament with a lotus flower design
지름 6.7cm
옥전 M11호분 〈경상대학교 박물관〉

# 지옥의 불길 타오르다

## 1

사내가 축시 무렵 신당의 불이 꺼진 것을 확인하고 문을 열었을 때 미려는 등을 보인 채 앉아 있었다. 그믐이었고 등불조차 없었는데도 그녀의 몸은 희미하게 빛났다. 안개 위에 몸이 떠 있는 듯했다. 사내는 생각보다 이 일이 자신을 성가시게 만들 것 같은 예감이 들어 기분이 나빠졌다.

오남이 금붙이가 든 주머니를 흔들면서 꾀었을 때 사내는 땅 짚고 헤엄치는 일로 치부했다. 비열한 짓이라면 이골이 난 사내였다. 오점을 하나 덜 남긴다 해서 탕자가 성인이 될 까닭은 없었다. 더구나 지시대로 따르기만 하면 그만이었다. 자신은 그저 목을 조르고 땅에 묻는 일만 맡았을 뿐이었다. 쉽게 말해 이 살인의 주인공은 자신이 아니다. 역할에 비해 보상이 크다는 것이 꺼림칙할 정도였다.

살면서 여러 번 손에 피를 묻혔다. 쌈짓돈을 잃지 않으려고 발악하는 노파의 심장도 찔러 봤고, 강간한 뒤 울고 있는 처녀의 목도 졸라봤다. 몸이 왜소했기 때문에 덩치 큰 사내들은 아예 상대도 하지 않았다. 때문에 살인을 하고도 손에 쥐는 성과는 푼돈에 지나지 않았다.

몇 푼 되지도 않는 돈을 들고 주막에 가 막술을 마실 때면 사내는 자신의 인생이 왜 이렇게 꼬여버렸는지 되새기곤 했다. 날 때부터 살인자였다고 생각한 적은 한 번도 없었다. 부모에게 사랑받고 어리광도 부리는 귀여운 아이였다. 아비와 어미도 모두 선량한 사람이었다. 그런데 왜?

가난이 죄라면 죄였을 것이다. 아비와 어미는 똥구멍이 찢어지게 가난했다. 한 뼘 땅도 없어 빌어먹어야 살 수 있었다. 그런 주제에 금슬은 좋아 밤마다 뒹굴었고, 아이가 줄줄이 생겼다. 사내는 막내였다. 부모가 또 아이를 가졌는지는 알 수 없지만, 바탕이 그랬으니 동생이 없을 같지는 않았다.

사내는 어미젖을 뗄 때쯤 동네에 굴러들어온 장돌뱅이에게 팔렸다. 잔재주가 많았던 장돌뱅이는 장사는 뒷전이었고, 투전이나 좀도둑질, 협잡질로 주머니를 채웠다. 신수는 훤해 가는 곳마다 여자가 꾀었다.

어릴 때부터 여자의 신음소리를 듣고 자란 사내는 음기에 눌렸는지 키도 자라지 않았고 몸집은 완두콩처럼 오그라들었다. 사내의 몰골이 기대 밖으로 초라하자 장돌뱅이는 사내를 화풀이 대상으로 삼았다. 장사가 안 되거나 노름에서 돈을 잃은 날이면 어김없이 주먹이 날아들었다. 결국 사내는 견디지 못하고 술에 곯아떨어진 장돌뱅이를 흠씬 두드려 패고 달아났다.

이후 사내가 걸었던 길은 장돌뱅이의 그것과 크게 다르지 않았다. 밑천이 없어 장사는 하지 못하고 대신 물건을 훔치거나 연약한 아녀자를 상대로 강도짓을 했다. 자연히 한 곳에 정착해 살기는 그른 일이었다. 얼굴이 덜 팔린 곳을 전전하다 낌새가 불안해지면 몸을 떴다. 그렇게 백제와 신라의 변경을 떠돌다가 마지막으로 찾아든 곳이 가야 제국이었다.

가야는 이웃 나라와의 교역으로 먹고사는 나라였다. 크고 작은 나라들이 조개껍질처럼 다닥다닥 붙어 있는 데다 물자의 교류가 빈번해 역동적인 세상이었다. 낯선 인물이 등장해도 관심의 눈길이 적었다. 신분이 불안정한 그로서는 정착하기에 더할 나위 없이 유리한 곳이었다. 길가의 돌처럼 굴러다니는 일에 익숙했던 사내는 서서히 유랑의 피로에 지쳐가는 중이었다. 이제는 쉬고 싶었다.

언젠가 사내는 자신이 태어났던 고향을 찾은 적이 있었다. 고향에는 부모도 피붙이도 자리를 지키고 있지 않았다. 역병이 돌아 부모가 죽은 뒤 피붙이들은 뿔뿔이 흩어져 버렸다는 풍문만 남아 있었다. 부모의 무덤도 당연히 없었다. 부모의 시신을 태웠다는 산골짜기에 올라 사내는 자신이 천애고아가 되었음을 절감했다.

정착하려면 주머니 사정이 넉넉해야 했다. 볼품없는 그를 반길 여자는 없었다. 돈이 아니면 여자를 유혹할 방법은 없었다. 목돈을 쥘 궁리를 하던 차에 오남을 만났다. 그가 제안한 금전은 상당한 것이었다. 사내는 하늘이 자기에게도 기회를 주었다고 믿었다. 자기 생애 마지막 살인을 멋지게 장식한 뒤 어디 남쪽 바닷가로 가서 여자를 얻어 조개나 구워먹으면서 살겠다고 스스로에게 다짐했다.

삼형제봉 귀신 바위로 가는 길이 어둡고 괴기스러울수록 반대급부로 주어질 밝은 미래를 생각하려고 애썼다. 당산나무 아래서 받을 금붙이는 그에게 집과 여자와 아이를 점지해줄 부적이라 여겼다.

사내는 단호하고 깔끔하게 여자의 목을 졸랐다. 목숨이 끊기면서도 여자는 발버둥도 비명도 지르지 않았다. 장작처럼 마른 여자의 몸은 가벼워서 이미 죽은 사람이 아닐까 의아해질 정도였다. 밧줄에 힘을 주면서 사내는 그의 어깨를 누르는 꺼림칙함도 함께 졸라버렸다.

사내는 죽음이란 갑작스런 것이 가장 좋다고 믿었다. 죽을 줄 알며 기다리는 죽음이란 얼마나 고통스러운가. 꼬리가 밟혀 관원에게 쫓긴다면 자신은 포박을 당하느니 절벽으로 뛰어내리는 쪽을 택하리라. 멀쩡한 정신으로 죽음을 남의 손에 맡기는 일은 상상만으로도 소름이 끼쳤다. 이 여자의 죽음도 뜻밖의 것이기를 사내는 빌었다.

솜뭉치를 짊어진 듯 여자의 주검은 무게감이 없었다. 어둠이란 것도 눈에 익으니 운신에 방해가 되지 않았다. 늙은 소나무 아래 여자를 묻으면서 자신의 어두운 반생도 다시는 빛을 보지 못하게 봉인하는 기분이 들었다. 숲에 쌓인 마른 솔잎으로 맨땅을 덮었고, 일부러 묵직한 바위를 끌고 와 얹어두었다.

이제 홀가분한 마음으로 당산나무로 가는 길을 재촉했다. 그의 눈앞에는 광명의 세상이 열리는 일만 남았다. 그믐의 밤은 어두웠지만 별빛은 초롱초롱했다. 남의 눈에 띌까 싶어 길을 멀리 돌았다. 그믐날 신 새벽에 산길을 돌아다닐 이가 있을 까닭은 없었지만, 동티란 항상 방심할 때 튀어나오는 법이었다.

새벽 으스름의 희뿌연 하늘을 등지고 당산나무의 검은 형체가 멀리 보였다. 그루터기 위로 사람 하나가 서성거리고 있었다. 오남일 것이었다. 자기 인생에 행운을 가져다 준 그와 술 한 잔 하지 못하고 헤어져야 하는 것이 섭섭했다. 하긴 그도 이번 일을 주선하면서 구전을 챙기지 않았을 리 만무했다. 꼴상을 보아하니 오남이란 자도 대낮에 자기 그림자를 밟으며 살아가는 위인은 아닌 듯했다. 앞니 빠진 게정꾼을 만나면 재수 옴 붙는다고 하던데, 몇 대 쥐어박고 싶은 충동이 불쑥 일었다.

당산나무 아래 닿자 아무도 눈에 띄지 않았다. 사내는 몸을 낮추고 주변을 두리번거렸다. 신성한 당산나무 아래서 오래 머물고 싶지는 않았다. 댓 발은 될 듯싶은 당산나무를 한 바퀴 돌았지만 발에 차이는 것이라곤 새끼줄뿐이었다.

옷가지와 금붙이 등속을 담은 봇짐의 끈이 느슨해져 어깨끈을 다시 조였다.

봇짐을 편하게 두려고 몸을 뒤척이는데 누군가 사내의 어깨를 낚아챘다. 완력이 만만치 않았다. 본능적으로 위험을 느낀 사내는 바닥으로 주저앉으며 달아날 틈을 찾았다. 그러나 그의 몸을 감아드는 손길은 하나가 아니었다. 누군가 다리를 걸었고, 사내는 힘없이 엎어졌다. 순식간에 사내는 사냥터의 노루 새끼처럼 포박되었다. 그가 꿈에도 생각하기 싫었던 장면이 현실로 다가온 것이다. 눈이 가려지고 입에 재갈이 물린 채 사내는 어딘가로 끌려갔다. 놈들의 동작은 기민하기 짝이 없어서 그 고요한 새벽의 정적을 한 순간도 깨지 않았다.

사내는 뭔가 일이 잘못 되어도 단단히 잘못되었다고 생각했다.

몸이 둥둥 뜬 채 어디론가 끌려왔다. 재갈이 벗겨지고 눈가리개가 풀렸다. 눈이 열린 세상은 밝지 않았다. 화톳불이 이글거리며 타올랐지만, 몸은 얼음 창고에라도 갇힌 것처럼 오글거렸다.

운이 좋아 한 번도 옥에 갇힌 적이 없던 사내로서는 지하 감옥의 풍경이 어떤지 몰랐다. 등짐을 진 자세로 손이 묶이고 발목에도 올가미가 동여졌다. 문초가 시작되면 오남부터 본 적도 없는 부호까지 배후를 줄줄이 다 불리라 작정했다. 하지만 시간이 꽤 흐른 것 같은 데도 질문은 고사하고 개미

새끼 한 마리 얼씬거리지 않았다. 단 한 번 옥문 밖으로 웬 남자가 흘낏 지나갔을 뿐이었다. 뒤룩뒤룩 살이 찐 남자는 잿빛 같은 얼굴로 사내를 잡아먹을 듯 쏘아보았다. 심장이 얼어붙을 것 같은 차가운 눈빛이었다.

말을 붙여보려고 입을 벙긋거리는데, 남자는 휙 하고 사라졌다.

화톳불의 불길이 사그라졌다. 빛을 잃어가는 불꽃을 보자 이상하게도 가슴이 섬뜩해졌다. 목이 말랐다. 바닥은 반쯤 썩은 볏짚이 깔려 있어 냄새가 고약했다.

"여보시오. 누구 없소?"

목소리가 갈라져 나왔다. 귀신이라도 좋으니 누군가 나타났으면 좋겠다. 사람을 이렇게 갈구한 것은 처음이었다. 엉덩이를 밀면서 몸을 옥문 쪽으로 옮겼다. 발로 옥문을 걸어 찼다. 쿵쿵거리긴 했지만 음산한 울림만 퍼져 갈 뿐 인기척은 들리지 않았다. 낙담한 사내는 몸을 뒤로 벌렁 눕혔다. 바닥과 등 사이로 묶인 손이 끼었다. 손은 이미 마비되어 아픔은 느껴지지 않았다. 그대로 눈을 감았다.

얼마나 시간이 흘렀을까?

마침내 옥문이 열렸다.

혼미한 정신을 수습하며 눈을 뜨는데, 옥사쟁이 둘이 사내를 덥석 들어 끌고나갔다. 드디어 이실직고할 때가 온 것이다. 사내는 안도의 한숨을 내쉬었다. 죽어도 혼자 죽지는 않으리라.

형틀에 묶였다. 끝에 날카로운 갈고리가 달린 몽둥이를 들고 옥사쟁이가 나타났다. 그는 아무런 표정도 얼굴에 담지 않았다. 기분이 몹시 언짢았다. 비웃거나 침을 뱉기라도 했으면 마음이 좀 더 편했을 것이다.

옥사쟁이의 손이 들렸고, 갈고리가 사내의 어깨를 사정없이 찍었다. 말할 수 없는 통증이 밀려왔다. 비명을 지를 틈도 없이 주먹이 턱으로 날아왔다. 어린 시절 장돌뱅이에게 당한 주먹질과는 비교도 할 수 없을 만큼 강렬했다. 이빨 몇 개가 그대로 부스러졌다. 그 한 방으로 사내는 정신을 잃었다.

그 뒤로 무수한 구타와 혹형이 사내의 몸에 가해졌다. 놈들은 뭘 묻지도 따지지도 않았다. 도살장에 끌려온 돼지를 다루듯 했다. 죽을 때까지 집요하게 사내를 괴롭히기로 작정한 모양이었다.

아비와 어미의 얼굴이 떠올랐다. 자신의 죽음을 아무도 기억하지 못할 것이었다.

장돌뱅이의 얼굴도 떠올랐다. 처음으로 그의 곁을 떠난 일을 후회했다.

사내는 숨이 끊어지면서도 자신의 죽음이 누군가의 손으로 짜인 예고된 죽음이었다는 사실을 알지 못했다.


2

대장군의 호출을 전한 전령의 태도에 수상한 기미는 없었다. 다만 여느 때의 그 전령은 아니었다. 장수 여럿이 부름을 받아 전령이 부족해 자신이 왔다고 둘러댔다. 문탁은 큰 의심 없이 군영으로 향했다.

군영에 가보니 대장군은 자리에 없었다. 대장군의 사령이 어리둥절한 표정으로 문탁을 쳐다보았다.

"대장군께서는 아침부터 변경의 방비를 점검하시려고 나가셨습니다. 장군님을 호출하라는 명은 받지 못했는뎁쇼."

예감이 좋지 않았다.

"그럴 리가 있느냐? 분명히 대장군께서 보냈다고 했는데?"

사령이 곤혹스러워 했다.

"지난 번 공주마마의 일도 있고 해서 군영의 장수들에게 변경과 취약 지역 경계에 만전을 기하라고 명령하셨습니다. 오늘 변경에 가신 것도 경계 태세를 단속하기 위해서인뎁쇼."

더 얘기해 봤자 소득이 없을 것 같았다.

"그래, 알았다. 대장군께서는 어느 방면으로 가셨더냐?"

"삼형제봉을 거쳐 황매산까지 가셨다가 북쪽으로 능선을 따라 북다라산까지 가신다고 하셨습니다. 지금쯤이면 북다라산에 거의 이르셨을 겁니다. 전령이 착오를 일으킨 게 아닐깝쇼?"

실랑이를 벌일 일도 아니어서 군영을 나왔다. 북쪽 하늘을 보니 잔뜩 먹구름이 끼어 있었다. 청명한 날씨에 그쪽만 흐렸다. 특별히 할 일은 없었지만 장수가 숙영지를 무턱대고 이탈할 수는 없었다. 그래도 쉬 발길이 돌아서지 않아 중다라산 언덕을 올랐다.

언덕길은 한적했고 나무가 우거져 먼 곳까지 시야가 열리지 않았다. 내친 김에 등성이까지 올랐다. 그제야 시야는 트였지만, 마음이 답답하기는 마찬가지였다. 변경의 경계를 점검하러 갔으니 호위 병력은 대동했을 것이다. 한동안 구름을 응시하다 문탁은 발걸음을 돌렸다.

일찍 떨어진 낙엽이 밟혀 바삭거리는 소리가 귓가를 맴돌았다. 투구를 벗으니 숲이 만들어 내는 소리들이 제대로 들렸다. 왼손은 칼자루에 얹고 오른손 겨드랑이에는 투구를 꼈다. 올라올 때는 느끼지 못했는데, 내려가자니 경사가 제법 가팔랐다. 이마를 스치는 나뭇가지가 성가셨다. 몸을 굽혀 피하려다 그만 미끄러지고 말았다. 다리를 뻗대어 간신히 균형을 잡는데 머리 위로 화살이 바람을 가르며 스쳐지나갔다. 화살은 문탁 바로 뒤 소나무 가지에 꽂혔다.

고개를 돌려 화살 깃을 확인하자마자 문탁은 숲속으로 몸을 숨겼다. 급히 투구를 고쳐 썼다. 화살이 날아온 방향은 나무들로 빽빽해 저격한 자를 분간할 수 없었다. 신라의 척후가 여기까지 출몰했단 말인가? 중다라산은 도성에서 지척 거리에 있는 산이었다. 이곳까지 척후가 접근하자면 몇 개의 경비 초소를 돌파해야 했다. 그렇게까지 다라군의 방비가 취약할 수는 없었다.

숲속이라 장검은 접전이 벌어졌을 때 불리했다. 개활지까지는 그리 멀지 않았다. 검은 칼집에 넣고 어깨 뒤로 둘렀다. 나무가 우거졌으니 놈도 더 이상 활을 쓰지는 못할 터였다.

문탁은 사방을 경계하면서 조금씩 뒤로 발을 물렸다. 척후의 수가 몇 명인지 알 수 없으니 어느 쪽에서 치고 들어올지 알 수 없었다.

하산하는 중에 아래에서 활을 쏘았으니 척후는 자신의 뒤를 쫓아온 것임에 틀림없었다. 자신의 위치는 노출되어 있고 놈들은 몸을 숨겼으니 절대적으로 불리했다. 놈들의 움직임을 파악하는 일이 급선무였다.

문탁은 잠시 몸을 낮췄다가 튕기듯 몸을 일으켜 산등성이로 달렸다. 숲길을 택할 수밖에 없었지만, 나무가 어느 정도 방패막이가 되어줄 것이었다. 과연 몇 발의 화살이 더 날아왔지만, 빗나가거나 나무줄기에 박혔다.

등성이 한쪽에 올망졸망한 바위들이 몰려 있었다. 놈들의 시선이 반쯤 가려질 만큼 바위가 패인 곳에 투구를 올려놓고, 반대편 숲 안으로 몸을 숨겼다. 투구를 보고 놈들은 다시 화살을 쏘거나 포위하려고 들 것이었다. 모습만 드러낸다면 호신용으로 가지고 다니던 표창이 요긴하게 쓰일 터였다.

한동안은 잠잠했다. 투구를 보지 못했거나 동태를 살피는 중일 것이다. 문탁은 좌우를 살피면서 언제든 표창을 날릴 준비를 갖추었다. 뭔가 부스럭거리는 소리가 들렸다. 놈들이 움직이기 시작한 듯했다.

등성이 바위 앞쪽으로 등을 보이면서 두 놈이 칼을 뽑아 들고 접근했다. 복면을 뒤집어쓰고 있어 정체를 알 순 없었다. 저쪽에서 접근한다면 투구가 위장이란 것은 곧 알려질 수밖에 없었다. 과연 두 놈은 치켜세운 칼날을 거두면서 바위로 다가갔다.

"속았습니다. 벌써 빠져나간 모양입니다."

한 놈이 뒤쪽을 보며 분한 목소리로 외쳤다. 바위 너머에서 또 한 놈의 얼굴이 나타났다. 복면을 벗는데, 문탁은 놀라지 않을 수 없었다. 치달의 호위 장교였다.

다시 두 놈이 더 나타나 다섯 명이 한 자리에 모였다.

"한 발로 끝냈어야 했는데, 거기서 미끄러질 줄이야."

호위 장교가 투구를 걷어차면서 이를 갈았다. 하늘을 가른 투구가 반대편 숲속에 떨어졌다. 우두머리가 치달의 호위 장교라면 나머지 놈들의 정체도 뻔했다.

문탁은 표창을 만지작거렸다. 수중에 표창은 모두 다섯 발이었다. 빠르게 날린다면 급소를 놓치진 않으리라. 그러나 저들은 적이 아닌 아군이었다. 치달의 사주를 받아 자신을 암살하러 왔지만, 냉정하게 목숨을 거둘 수는 없었다. 경위는 나중에 따져도 된다. 놈들이 자리를 떠나기를 기다리기로 했다.

그러나 얼마 뒤 문탁의 표창은 놈들의 숨통을 끊어버렸다. 호위 장교가 한 말 때문이었다.

"대장군은 틀림없이 처치했을 것이야. 늙은이가 이놈처럼 날래지는 못할 테니까."

문탁은 그제야 치달의 촉수가 자신에게로만 향한 것이 아님을 깨달았다. 당연히 그렇게 생각했어야 옳았다. 나를 제거하는 데 아버지를 살려둘 리 없었다.

상황 파악을 위해 한 놈은 살려두어야 했다. 문탁은 호위 장교를 골랐다. 표창은 눈 깜짝할 사이에 네 놈의 목을 꿰뚫었다. 호위 장교는 칼을 쥔 오른손 어깨를 겨냥했다.

장검을 뽑아들고 뛰어올라간 문탁이 어깨를 잡고 헉헉거리는 호위 장교의 멱살을 잡아 일으켰다.

"대장군이 어쨌다고?"

문탁을 흘낏 올려다본 호위 장교가 경멸을 담은 얼굴로 뇌까렸다.

"망할 자식. 목숨은 질기구나. 하지만 네 놈 애비는 지금쯤 끝장이 났을 게다."

표창을 뽑아낸 문탁이 엄지손가락으로 상처를 눌렀다. 손가락 끝으로 어깨뼈가 으스러지는 느낌이 전해졌다. 호위 장교의 입에서 단말마의 비명 소리가 터져 나왔다.

"대장군은 어디 계시냐? 말해라."

이빨을 앙다문 호위 장교의 눈에 붉은 핏발이 섰다.

"그놈 갈 곳이 저승밖에 더 있겠느냐. 네놈도 곧 뒤따라 갈 것이다."

더 지체할 시간이 없었다. 놈을 살려둔다면 기어서라도 군영까지 내려가 치달에게 보고할 터였다. 단칼에 목을 베고 싶었지만, 그것으로는 분이 풀리지 않았다. 너부러진 놈의 칼을 뽑아 장교의 복부를 깊이 찔렀다. 완강하게 박혀 들어간 칼날은 척추를 뚫고 등가죽 밖으로 삐져나왔다. 놈의 두 눈이 튀어나올 것처럼 돌출했다. 그 칼날을 한 번 비틀었다. 놈의 두 다리가 부들부들 떨렸다. 다시 쓰러진 한 놈의 칼을 뽑아 가슴을 찔렀다. 두 개의 칼이 박힌 놈은 드러눕지도 엎어지지도 못한 채 땅바닥을 빙빙 돌았다.

"죽기 전에 마음껏 고통을 즐겨라."

놈을 걷어차자 비탈진 숲으로 굴러 떨어졌다. 놈은 하늘을 쳐다보며 가쁜 숨을 몰아쉬었다. 입에서 선혈이 뿜어져 나왔다. 네 놈에게서 표창을 거두고 피를 훔쳐냈다.

군영으로 달려 내려간 문탁은 군마고(軍馬庫)에서 말을 낚아채 듯 끌어내 북다라산을 향해 달렸다.

"대장군! 아버님!"

문탁이 외치는 소리가 메아리가 되어 되돌아왔다.


3

예상한 대로 병력은 턱없이 모자랐다. 게다가 군량마저 제대로 공급되지 않아 병사들의 얼굴은 허기져 있었다. 삼형제봉과 황매산은 후방이긴 했지만, 경계랄 것도 없는 병력 배치였다. 물로 배를 채운 병사들은 목책에 기대 꾸벅꾸벅 졸고 있었다. 눈먼 소라도 발각되지 않고 지나갈 만했다.

이런 상황에서 군기가 높을 리 없었다. 준봉이 연이어지는 북다라산을 멀찍이 보면서 대장군 문성장군은 허탈하게 한숨을 내쉬었다. 바위들 때문에 말의 걸음이 엉켜 몸이 말 잔등에서 휘청거렸다. 고삐를 잡은 사령이 말목을 안다시피

하면서 길을 열었다. 그늘진 길을 걷는데도 사령의 목으로 땀방울이 흘렀다. 그 모습이 안쓰러워 고삐를 당겼다.

"잠시 쉬었다 가자. 사람도 지치고 말도 지치는 길이구나."

바위 턱에 앉아 투구 끈을 풀었다. 철제 미늘이 철렁거렸다. 시원한 바람이 갑주 사이를 뚫고 들어왔다. 사령이 소매 끝으로 땀을 닦아냈다.

"장수를 잘못 만나 네가 고생이 많구나."

사령이 머리를 조아리면서 웃음 지었다.

"말 모는 솜씨가 서툴러 송구하옵니다."

헝클어진 수염을 쓸어 올리면서 대장군이 고개를 저었다. 뒤이어 호위 병사들이 다가오더니 대장군을 둘러싸고 사방을 경계했다. 초소의 경계병 하나가 발을 헛디뎌 다리가 부러져 있었다. 여유 병력이 없어 교대도 못한 채 시름시름 앓고 있었다. 부목을 대 주고 호위 병력 일부를 빼어 군영으로 데려가게 했다.

"호위 병력을 뺄 수는 없습니다. 지금도 최소 병력입니다."

장교가 반대했지만 대장군은 단호했다.

"다리가 부러진 병사를 방치하고서야 어찌 장수라 하겠느냐. 병사를 이 지경으로 만든 것이 이미 장수의 큰 허물이다."

말까지 내주려고 했지만, 그것만은 호위 장교도 받아들이지 않았다. 초소가 정리될 때까지 기다릴 수 없어 대장군은 먼저 출발했었다.

"어찌 되었느냐?"

"무사히 내려갔사옵니다."

가쁜 숨을 가다듬으며 호위 장교가 보고했다.

"의관을 부르라 일렀느냐?"

"말은 해 두었습니다만 어떨지 모르겠사옵니다."

장교의 대답에는 힘이 실려 있지 않았다.

"왜?"

"군영의 의관 대부분이 공사장에 차출되었습니다. 게다가 소수 병력으로 경계를 서다보니 부상병도 속출하고 있습니다. 군량이 부족해 기운이 없어 잔부상이 많습니다."

대장군이 투구 끝에 달린 비단 술을 손으로 털었다. 먼지가 덕지덕지 앉은 술은 풀기를 잃었고 색도 바래 있었다.

"장수란 보급을 탓해서는 안 된다. 임기응변이 장수의 덕목이라고 손자(孫子)도 말하지 않았느냐."

입을 꾹 다물고 있던 장교가 참지 못하고 울분을 터뜨렸다.

"치달 수장이 해도 너무 하지 않습니까. 군량이나 목재며 석재를 빼돌려 제 뱃속만 채우고 있음은 다라의 삼척동자도 다 아는 사실이옵니다. 어찌 대왕께서는 의심 한 번 않으시고 그런 망종을 감싸고도시는 것입니까?"

대장군의 얼굴이 굳어졌다.

"말조심하라. 불경스럽구나. 전하는 어리석은 분이 아니시다. 후왕으로 계셨을 때 전하께서는 전장에서 누구보다 앞장서 말을 달리셨다. 다라의 백성이 다치느니 자신이 다치겠다고 말이다. 그렇게 백성을 아끼셨던 전하다. 아드님 후왕께서 전사하시고 태후 마마와 왕후 마마께서 홍거하시자 상심이 크신 탓이다. 곧 총명을 되찾으실 게다."

장교가 코웃음을 쳤다.

"전하의 성총을 가리는 치달 같은 자가 들러붙어 있는 이상 어려울 듯합니다. 치달은 동탁(董卓)보다 잔인하고 교활한 자이옵니다. 놈의 부풀어 오른 돼지 배를 보셨지 않습니까? 놈의 배꼽에 심지를 박고 불을 붙이면 남해 바다가 한 해 동안 훤할 것이옵니다."

대장군이 투구를 내리치며 언성을 높였다.

"말이 심하구나. 치달은 이 나라 관리들의 수장이다."

장교가 침을 뱉었다.

"사람들이 대왕 위에 치달이 있다고 수군거립니다. 머지않아 그자가 왕위까지 넘볼 것이라⋯⋯."

장교의 거친 말이 갑자기 끊겼다. 듣기가 거북해 고개를 돌렸던 대장군은 말이 끊기자 돌아보는데, 장교의 몸이 대장군 앞으로 쓰러졌다.

"무슨 일이냐?"

양 팔을 잡아 일으키는데 가슴에 박힌 화살이 보였다. 장교의 부라린 눈이 대장군의 뒤쪽을 향했다.

"어찌 된 거냐? 누구냐?"

당황한 대장군이 칼을 빼 들었다. 화살은 사방에서 벌떼처럼 날아들었다. 우왕좌왕하는 사이에 병사들은 하나둘 화살에 몸이 꿰뚫려 쓰러졌다. 정확한 겨냥이었다.

말 등에 붙어 사령이 오들오들 떨고 있었다.

"나무 뒤로 피해라."

대장군이 칼로 숲을 가리키며 외치자 정신이 든 사령이 숲으로 달려갔다. 그러나 채 닿기도 전에 단발의 화살이 사령의 등에 명중했다. 나무 등걸에 머리가 부딪친 사령이 맥없이 고꾸라졌다.

적이 보이지 않으니 응전할 수도 없었다. 결국 대장군 혼자 남았다. 칼을 뽑아볼 틈도 없었다. 대부분의 군사는 절명했고, 한두 명이 부상을 당해 뒹굴며 신음했다.

"조금만 참아라. 곧 의관이 올 것이야."

헐떡거리는 부상병의 머리를 무릎에 받치며 대장군은 소매 깃을 뜯어 상처를 묶었다. 그의 고통을 덜어줄 방법이 대장군에게는 없었다. 하릴없이 병사의 머릿결을 쓸어 올리는데, 누군가가 나타났다.

검은 옷에 복면을 두르고 있었다. 손에 석궁이 들려 있었다. 칼을 잡으려는데, 뒤에서 접근한 자가 차버렸다. 이 자들이 대장군의 목숨을 노리는 것이라면 꼼짝없이 죽을 운명이었다.

"나를 죽이겠다면 죽여라. 그러나 부상당한 병사는 치료하게 해다오."

놈이 숨을 가쁘게 몰아쉬는 병사를 내려다보았다.

"곧 죽을 놈의 부탁이 고작 그것이더냐."

석궁은 부상병에게로 겨눠졌고, 시위를 떠난 활은 병사의 가슴에 박혔다. 또 한 명의 부상당한 병사의 가슴에는 장검이 밀려들어갔다.

패거리 중 한 놈이 다가오더니 말했다.

"살아남은 놈은 없는 듯합니다."

"다시 확인해라. 한 놈도 살려두면 안 돼."

패거리가 흩어지더니 죽은 병사들의 가슴을 돌아가며 찔렀다. 대장군은 그 장면을 두 눈을 부릅뜨고 지켜보았다.

"전장의 도를 모르는 놈들이구나. 어디서 그런 패악한 자질을 길렀더란 말이냐?"

대장군이 치를 떨면서 꾸짖었다.

"전장에서 도를 찾다니. 이런 얼빠진 늙은이를 봤나? 그 잘난 혀를 나불거린 대가가 뭔지 이제 알겠는가?"

분노한 대장군이 벌떡 일어서더니 놈의 복면을 찢어냈다. 얼굴을 확인한 대장군이 흠칫 놀라 뒤로 물러섰다.

"너는, 너는 치달 수장의 수하가 아니냐?"

손톱에 얼굴이 긁혀 놈의 뺨에서 피가 흘렀다. 놈이 손으로 피를 닦아 혀끝으로 맛을 보았다.

"그렇다. 치달 수장께서는 네 놈의 경거망동을 묵과할 수 없다고 하셨다. 수장께서는 인정도 많으신 분이라 저승길이 외롭지 않게 내 놈의 아들 문탁도 함께 보내주신다더구나. 앞서 갔을 테니 저승에서라도 부자가 조신하게 지내라."

대장군의 얼굴이 하얗게 질렸다.

"뭐라고. 이 극악무도한 놈들!"

대장군이 주먹을 불끈 쥐며 놈을 향해 몸을 날렸다. 그러나 등 뒤에서 날아온 칼날이 먼저 대장군의 갑주를 뚫어버렸다. 석궁을 내던진 놈이 칼을 뽑아 대장군의 목을 내리쳤다. 붉은 피가 먹구름이 모질게 낀 하늘을 가르며 흩뿌려졌다.

　"지독한 늙은이. 끝까지 곱게 죽지 않는군."

　절명한 대장군의 몸을 걸어차면서 놈이 침을 뱉었다.

금제귀걸이(金製耳飾)

Gold earring
길이 10cm
옥전 28호분 〈경상대학교 박물관〉

# 머물지 않는 시간

1

가을바람이 스산한 동강은 가뭄 때문에 물이 얕았다. 강가의 갈대 잎은 점점 누런빛을 띠었고, 주인 잃은 검은 염소한 마리가 맴맴 거리며 풀을 뜯어 먹었다. 몸집이 작은 것으로 보아 태어난 지 얼마 되지 않은 새끼 염소였다. 신라와가야 제국의 변경을 흐르는 동강의 중류 지역. 길도 나 있지 않아 인적이 끊긴 곳이었다.

강 양편은 오랜 침식 작용으로 벼랑이 제법 높은 협곡을 이루고 있었다. 군사상 그리 중요한 지역은 아니었다. 어느 쪽이든 경계 병력을 특별히 배치하지 않고 이따금 군사를 보내 순시하는 정도에서 체면을 지켰다. 신라의 국경 침범은 주로 북쪽 산악 지대를 거점으로 이루어져 일대는 전원 풍경의 운치마저 감돌았다. 해가 저물자 띄엄띄엄 떨어진 농가의 굴뚝에서 밥 짓는 연기가 올랐다.

그런 농가 가운데 하나. 신라의 국경 안에 있는 초가집은 오늘따라 유난히 북적였다. 칼과 창, 방패로 중무장한 병력들이 농가를 중심으로 매복 배치되었다. 농군의 복장을 하긴 했지만, 초가집을 드나드는 사람들은 젊었고, 눈빛은 매서웠다. 해가 동강의 서편으로 넘어가자 신라 쪽 동강 강변 구릉에 적지 않은 군사가 산개하여 진을 쳤다. 벼랑을 뛰어내려 공격할 생각이 아니라면 그 진법은 공격이 아닌 엄호용으로 봐야 했다.

흰 수염을 길게 늘인 늙은 장수가 초가집 앞에 나타났다. 말은 재갈이 물려 얌전했다. 농군 한 사람이 달려 나와 말고삐를 낚아채자 장수가 헛기침을 한번 하면서 내렸다.

"납셔 계시냐?"

농군은 말없이 고개만 끄덕였다.

장수는 칼을 농군에게 맡기고 문 앞에 이르러 무릎을 꿇었다. 그러자 농군이 장수의 어깨를 잡으며 조용히 말했다.

"군례는 들어오셔서 하라 하셨습니다."

잠깐 농군을 쳐다보던 장수는 곧 일어나 문을 열고 들어갔다.

방안에는 서른 살의 청년 군왕 진흥왕이 정좌해 있었다. 수염을 쓸어 넘기면서 늙은 장수가 머리를 조아렸다. 진흥왕이 몸을 일으키면서 인사를 받았다.

"이사부 장군. 어서 오시오."

"부르시면 언제든 금성으로 달려갈 터인데, 어인 행차이오니까? 한적하다지만 명색이 변경이옵니다."

"하하! 아무리 금성이 가깝다 하나 연로하신 은부를 또 오라 가라 해서야 쓰겠습니까? 마침 사냥을 나왔던 차에 문득 은부 생각이 나서 오시라 했습니다."

이사부가 고개를 숙이며 하례했다.

"강건한 전하를 뵈니 늙은 보람을 느끼옵니다."

진흥왕이 술잔에 술을 치면서 말했다.

"오늘은 군왕과 신하 같은 격식은 내려놓지요. 변경에서 노고가 많은 은부를 위로하는 자리니 편히 술잔을 받으십시오."

이사부가 무릎을 꿇고 두 손을 받들어 술잔을 잡았다. 맑은 술이 술잔을 가득 채웠다. 이사부는 단숨에 술잔을 비웠다.

"안주도 즐기면서 천천히 드십시오."

상 위에는 잘 구워진 노루고기가 은쟁반에 가득 담겨 있었다.

"전하의 은혜가 하해와 같아 노신은 갚을 길이 없사옵니다."

이사부가 다리 한 짝을 들어 뜯어먹었다. 노릇한 노루고기의 기름이 입가에서 번들거렸다.

진흥왕은 식성 좋게 고기를 먹는 이사부를 흐뭇한 눈빛으로 지켜보았다.

"소신의 잔도 받으시옵소서."

"아무렴요. 은부의 노익장을 보니 저도 대취하고 싶습니다."

그렇게 잔이 몇 순배 돌았다. 해가 완전히 떨어졌는지 창문이 희미해졌다. 술잔을 들고 창문을 바라보던 진흥왕이 반쯤 술을 마시고는 술잔을 상위에 내려놓았다.

"그믐이 어제였던가요? 그제였던가요?"

이사부가 창가로 눈을 주면서 대답했다.

"그제였습니다. 차츰 밤길도 밝아올 것입니다. 군사를 움직이기에 좋은 시간이지요."

진흥왕의 속내를 읽은 이사부의 말이 의미심장했다. 진흥왕은 다짜고짜 한마디를 던졌다.

"내달 보름으로 날을 정했습니다."

왕의 입을 보던 이사부가 고개를 숙이며 말했다.

"전하의 명령만 기다릴 뿐입니다."

진흥왕이 술잔을 손끝으로 뱅뱅 돌리며 말했다.

"은부의 건의에 따라 근교원공의 전략을 좇기로 했습니다."

"다라를 치는 것입니까?"

술잔을 돌리던 왕의 손이 멈추었다.

"아니, 백제를 치기로 했소."

이사부의 눈초리가 흠칫 치솟았다.

"백제가 지쳤다고는 하나 대국입니다. 더구나 백제왕이 칼을 갈고 있을 터인데, 쉽지 않은 전쟁이 될 것입니다."

"전면전을 벌이겠다는 뜻은 아닙니다. 다라를 치든 대가야를 치든 백제군이 원병이 되어 가야 제국의 군대와 합세하면 전황이 지리멸렬해질 수 있습니다. 그래서 백제군의 이목을 다른 쪽으로 돌릴까 합니다."

"돌린다 하심은?"

"사냥을 떠나오기 전에 북방군의 주력 일부를 중원의 백제 변경으로 옮겼습니다. 곧 국지적인 공격이 시작됩니다. 뜻밖의 소요에 백제는 당황하겠지요. 설욕의 기회만 노리고 있는 백제왕은 주력군을 중원 방향으로 옮기지 않겠습니까? 더구나 간자(間者)가 사비성으로 달려가 내가 친정에 나섰다고 전하면 백제왕은 물불 가리지 않고 달려올 테고요. 속은 줄 알았을 때는 이미 늦은 뒤일 터이니 공연히 백제왕에게 미안해집니다그려."

진흥왕의 말에 따라 셈을 헤아리던 이사부가 이마를 방바닥에 찧으며 감탄했다.

"놀라운 지략이십니다. 구원병을 잃은 가야 제국은 허수아비에 지나지 않겠지요. 길가에 떨어진 물건을 줍듯 가야는 신라의 영토가 될 것입니다."

진흥왕이 술잔을 다시 들어 남은 술을 털어 넣었다.

"그러나 저는 가능하면 피를 보지 않고 가야를 차지하고 싶습니다. 선왕께서 금관가야를 흡수할 때처럼 말입니다."

이사부가 머리를 주억거렸다.

"현재 대가야의 가야 제국 장악력은 약하지 않습니다. 그때처럼 호락호락하지는 않을 것입니다."

"그래서 근교원공한다고 하지 않았습니까."

"소신의 건의는 대가야와 다라국을 두고 드린 말씀이었습니다만……."

진흥왕이 술잔을 부술 듯 움켜쥐었다.

"다라국은 북가야와 남가야를 가르는 분수령입니다. 다라를 장악하면 대가야든 아라가야든 독안에 든 쥐가 됩니다. 더구나 다라는 백제로 진입하는 통로입니다. 턱 밑에 칼을 들이민 꼴이니 백제도 함부로 움직이지 못하지요."

"정확한 분석이십니다."

"조만간 가야 제국에 신라의 사신들이 파견될 것입니다. 전번에 은부께서 귀띔해 주셨듯이 다라에서는 치달이라는 자가 다라왕을 떡 주무르듯 한답니다. 내달 보름에 대축전인지 뭔지를 열어 다라의 국위를 과시한다더군요. 신라도 그날 사신이 갑니다. 치달이라는 자가 뭘 생각하고 있는지는 짐작이 가지만, 그날이 다라의 제삿날일 것만은 확실합니다."

"저희 남방군은 무엇을 해야 하는지요?"

"병력을 잘게 쪼개 가야 제국의 변경에서 군사 훈련을 전개하십시오. 병력은 최소로 하고 예봉을 보여서는 안 됩니다. 열흘 정도 그런 움직임을 보이면 경계하던 가야의 군대도 방심할 것입니다. 보름날 전격적으로 다라국을 공격합니다."

말을 마친 진흥왕이 술잔을 이사부에게 넘겼다. 공손히 술잔을 받은 이사부가 채워진 잔을 흔쾌하게 비웠다.

"전하. 오늘따라 술맛이 달고 시원합니다."

진흥왕이 씩 웃었다.

"머지않아 더욱 달고 시원해질 겁니다."

"술독을 가득 채워 오겠습니다."

진흥왕이 자리에서 일어났다.

"그날을 기다리지요. 달구경을 하기에 오늘밤은 달이 너무 가늘군요. 황강에 뜬 달은 유난히 크다지요? 그때 한껏 감상하도록 하지요."

이사부도 함께 자리에서 일어섰다.

진흥왕이 돌아가고 이사부 장군도 강안으로 말을 달려가자 동강 일대는 적요에 휩싸였다. 강가를 떠돌던 어린 염소는 어미 품으로 돌아갔는지 보이지 않았다.


2

가야 제국 변경의 군사 지도를 펼쳐놓고 골똘한 생각에 잠겨 있던 위덕왕의 처소로 급보가 날아들었다. 변경에서 달려온 전령이 두건을 휘날리며 말에서 뛰어내렸다.

"전하. 신라군의 공격이옵니다."

지도를 덮은 위덕왕이 문을 박차고 궁전 뜰로 나왔다.

"대가야더냐? 다라국이더냐?"

전령이 머쓱한 표정을 지었다.

"그쪽이 아니옵니다."

"아니라니? 그럼 아라가야란 말이더냐?"

전령이 할 말을 잃고 허둥댔다. 머리를 땅에 박은 전령이 간신이 입을 뗐다.

"중원 방면이옵니다."

위덕왕이 당황한 눈빛으로 도열한 장수들을 돌아보았다. 의외의 상황 전개에 장수들도 동요하는 기색이 역력했다.

"가야를 삼키겠다고 혈안이 된 신라가 갑자기 중원을 공격하다니. 이 무슨 수작인가?"

검은 상복을 갑주 안에 입은 장수들의 거동은 둔해 보였다. 서로 얼굴만 쳐다보며 누구든 아뢰라는 표정으로 등을 떠밀었다. 그때 궁전 뜰로 또 한 무리의 장수들이 달려왔다.

장수 가운데 한 사람이 위덕왕이 서 있는 단 위로 올라가 귓속말을 전했다. 두 눈을 번쩍 뜨며 위덕왕이 말했다.

"틀림없는 사실이더냐?"

"신라 병영에 잠입한 간자가 막 당도해 올린 첩보이옵니다. 신라왕이 선두에 서서 중원로로 출정하는 것을 똑똑히 보았답니다."

위덕왕의 생각이 복잡해졌다. 손으로 턱을 어루만지며 한참 동안 단 위를 서성거렸다. 마침내 왕이 두 주먹을 불끈 쥐었다.

"우리 군의 주력은 가야 변경에 진을 치고 있다. 중원의 방비가 허술한 것을 안 신라왕이 간계를 부렸구나. 빌어먹을 놈. 우리의 뒤통수를 치겠다는 술책이 아닌가?"

장수 한 명이 앞으로 나오며 말했다.

"신라의 군세도 북방군과 남방군으로 양분되어 있기는 합니다. 중원을 공격했다고는 하나 대규모 병단은 아닐 것입니다. 그러나 중원이 무너지면 백제는 협공을 당하게 됩니다.

중원이 뚫리기 전에 구원병을 보내야 하옵니다. 대가야 군이 신라 변경을 지키고 있으니 신라가 도발한다고 해도 시간은 벌 수 있을 것입니다."

위덕왕이 검은 상복의 옷자락을 휘날리면서 말했다.

"당장 가야 변경 주력군에게 전령을 보내 중원 방면으로 북진하라 하라. 그리고 척후를 뿌려 중원 신라군의 동태를 빠짐없이 염탐해야 할 것이야. 신라왕까지 합세했다면 타격해야 할 곳은 중원이다. 선왕께서 당한 통한의 수치를 갚을 때가 드디어 왔음이야."

격한 위덕왕의 반응에 장수 한 명이 우려를 드러냈다.

"신라왕은 젊지만 지략이 보통이 아닌 인물입니다. 섣불리 군사를 움직이기보다 추이를 관망하시는 것도 좋을 듯합니다."

위덕왕이 이를 부득부득 갈면서 말했다.

"과인도 섣불리 움직이지는 않는다. 허나 지금 쥐를 잡을 독을 묻어야 할 곳은 중원이다. 신라군이 양분되어 있다면 더더욱 강한 군세로 밀어붙여야 해. 호기를 놓쳐서는 안 된다. 중원의 고지(高地)는 우리 군이 장악하고 있으니, 놈들의 동태를 손바닥 위에 놓은 듯 볼 수 있을 게다. 신라 주력군을 붕괴시키고 신라왕의 목까지 벤다면 놈들에게 치명적인 타격을 입힐 수 있다. 신속하게 움직이되 신중하게 대처하라."

왕의 명령이 떨어진 이상 지체할 이유는 없었다. 각 군영으로 군령은 전달되었고, 가야 변경의 백제 주력군도 맹렬한 기세로 북상을 시작했다.

대규모 백제 병단이 진을 치고 있던 가야의 긴장은 순식간에 느슨해졌다. 북진하는 백제군을 보면서 가야 제국의 군사들이 어리둥절해 하며 수군거렸다.

"갑자기 다들 어딜 가는 거여?"

"마누라가 놈팡이랑 홀레붙었다는 소식이라도 들었나? 거 참 기동력 한 번 엄청나게 빠르네."

"백제군은 우리 가야의 뒷배를 봐주는 군사들인데, 다 빠져나가면 어쩌자는 게야?"

"뒷배는 무슨 얼어 죽을 뒷배. 신라 놈이나 백제 놈이나 우릴 못 잡아먹어 몸살이 난 놈들이긴 매한가지여. 신라가 살쾡이라면 백제는 여우일 뿐이지. 눈앞에 얼쩡거리는 게 정신 사나웠는데, 이제 좀 두 다리 뻗고 자게 생겼네."

가야 제국의 군사들은 가을 햇살 아래 사타구니를 긁으면서 이를 잡으려고 군복을 벗어젖혔다.

금제귀걸이(金製耳飾)

Gold earring
왼쪽길이 6.6cm, 오른쪽 길이 6.4cm
옥전 M2호분 〈경상대학교 박물관〉

## 공포의 심연

1

"어찌 이런 변이 있을 수 있는가? 국무가 살해를 당하다니! 대축전 때 누가 천지신명을 맞이한단 말인가?"

귀족회의를 주재하는 대왕의 손이 부들부들 떨렸다. 그 서슬에 귀족이나 관리 누구도 감히 입을 열지 못하고 치달의 얼굴만 훔쳐보았다. 치달 역시 부복한 채 침통에 잠겨 말이 없었다. 고개를 숙이고 마룻바닥을 뚫어져라 처다보는 치달의 눈에는 핏빛이 서려 있었다. 잠시 후 치달이 어렵게 말문을 열었다.

"이 모든 것이 소신의 불찰이옵니다. 미려가 신당에 들어 신령들을 영접한다기에 소신이 별 생각 없이 그러라고 했습니다. 그곳에 흉물이 찾아들 줄은 상상도 하지 못했습니다."

대왕이 측은한 눈빛으로 치달을 내려다보았다.

"다라로서는 국무를 잃은 것이 큰 충격이나 수장으로서는 아내를 비명에 보낸 셈이구려. 누구보다 애통할 터인데 어찌 위로의 말을 해야 할지 모르겠소."

치달이 얼굴을 들어 말했다. 볼살이 터질 듯하고 거친 눈썹에 거무죽죽한 피부로 흐르는 눈물이 그리 아름답게 보이진 않았다. 그러나 그 눈물 속에 감추어진, 미려의 피살에 대한 진실을 알아채는 사람은 아무도 없었다.

"전하의 비통한 옥음을 듣는다면 미려도 지하에서 밝게 웃을 것이옵니다. 소신은 대축전을 성공적으로 마무리해 미려의 희생에 보답코자 하옵니다."

대왕이 옥좌에서 내려와 치달의 손을 잡았다. 그리고 주변을 둘러보며 분노에 찬 표정으로 외쳤다.

"흉물이 체포되었다지? 지금 어디 있는가?"

옥사쟁이의 우두머리가 어전 입구 문에서 무릎을 꿇고 있다가 몸을 일으키며 보고했다.

"문초를 받던 중에 자결하고 말았습니다."

대왕이 황당한 표정으로 옥사쟁이를 노려보았다.

"그런 어처구니없는 일이 있나? 국무를 해칠 작정을 한 놈이라면 혼자 저지른 범행이 아닐 것이야. 배후를 캐내어 흉모(凶謀)의 대가가 무엇인지 보여줘야 할 터인데, 제 스스로 목숨을 끊게 방치했단 말이냐?"

옥사쟁이의 얼굴이 벌겋게 달아올랐다.

"소인을 죽여주옵소서. 엄하게 문초하던 도중 순순히 입을 열지 않기에 문초 방법을 바꾸고자 잠시 오랏줄을 풀었는데, 그 사이에 옥벽에 머리를 받아버리고 말았사옵니다. 너무나 순식간에 일어난 일이라 막을 길이 없었사옵니다."

대왕이 흥분을 가라앉히며 물었다.

"놈이 저지른 범행임은 확실한 것이더냐?"

옥사쟁이가 우물쭈물했다. 현장에서 심문을 맡지 않았던 그로서는 대꾸할 말이 마땅치 않았다. 낌새를 챈 치달이 대신 대답했다.

"그러하옵니다. 제 수하의 경비 병력이 하다라산 당산나무 일대를 순찰 중에 거동이 수상한 자가 접근하기에 검문을 했다 하옵니다. 그자의 등짐에서 저희 집에서만 쓰는 주머니가 나왔고, 열어보니 금붙이가 적지 않게 들어 있어 바로 왕궁 지하옥으로 끌고 왔사옵니다. 소식을 듣고 신당으로 사람을 급파해보니 미려는 없고 신당 안은 신물(神物)들이 난잡하게 흩어져 있었사옵니다."

대왕이 궁궐 기둥에 몸을 기대면서 탄식을 토해냈다.

"국무와 신당에 대한 방비가 너무 소홀했구나. 아무리 사람이 없기로 성소를 무방비 상태로 두었더란 말인가?"

치달이 울음을 삼키며 말했다.

"미려가 신당 주변에 잡인이 어른거리는 걸 극히 꺼려 한 탓이옵니다. 신당 일대가 부정을 타면 신령들께서 노여워하신다니 도리가 없었사옵니다. 신당 주변은 평소 신령의 기운 때문에 사람들의 출입이 거의 없는 곳이라 소신도 그러려니

했사옵니다."

대왕이 이마를 짚으며 숨결을 가다듬었다.

"국무의 혼령을 무슨 얼굴로 마주한단 말인가? 정녕 혼자 깜냥으로 저지른 일이 아닐 터인데."

치달이 한걸음 앞으로 몸을 움직이면서 말했다.

"문초하던 중에 알아낸 바에 따르면 놈의 단독 범행인 것으로 사료되옵니다. 놈은 다라 사람도 아니고, 신라와 백제, 여타 가야 제국을 떠돌다 얼마 전에 들어온 떠돌이였습니다. 주막거리에서 신당에 용한 무당이 있고, 돈이 많다는 소문을 듣고는 일을 저질렀다고 했답니다."

대왕이 고개를 세차게 저었다.

"내 귀로 직접 듣지 않고는 믿을 수 없는 사실이로다. 동티도 이런 동티가 없어. 수장이 몇 년 동안 밤낮을 가리지 않고 심혈을 기울였거늘 국무와 아내를 동시에 잃는 망극한 일을 당하다니. 천지신명이 과인과 우리 다라를 저버리려는 조짐이 아닐까 두렵구나. 내 국사범을 문초하면서 안이하게 대처한 옥사쟁이를 도저히 용서할 수 없구나."

대왕이 옥좌 뒤에서 대기하고 있는 호위병을 돌아보았다.

"뭣들 하느냐? 저 얼빠진 옥사쟁이와 수하들을 당장 체포해 옥에 가두어라."

창을 비껴든 호위병들이 어전 측면을 가로지르며 옥사쟁이에게로 들이닥쳤다. 옥장이 사색이 되어 엉거주춤 뒤로 물러섰다. 치달이 옥사쟁이가 앞으로 달려가 가로막고 대왕을 보면서 말했다.

"전하. 옥사쟁이와 그 수하들이 무슨 죄이겠습니까? 죄로 따지면 먼저 소신부터 문책을 받아야 마땅합니다. 미려는 이미 이승을 떠났습니다. 죽음을 들쑤셔 애꿎은 사람들까지 다치는 것은 미려가 원하는 바가 아닐 것이옵니다. 부디 미려가 편안하게 열명길을 걷도록 도와주시옵소서."

치달이 적극적으로 두둔하자 대왕도 청원을 외면하기 어려웠다. 몸을 돌린 대왕은 옥좌 위로 올라갔다.

"사람을 아끼는 수장의 마음이 과인을 감동시키는구나. 다라의 풀 한 포기조차 소중히 여기는 수장이니 어련할까. 수장의 뜻을 갸륵하게 여겨 더 이상 문제 삼지 않겠다. 그렇다고는 하나 직무를 소홀히 한 죄를 추궁하지 않는다면 어찌 궁성의 위엄이 서겠는가? 옥사쟁이는 오늘부로 파직하고 도성 밖으로 내쳐 변경 수비를 맡기도록 하라."

치달과 옥사쟁이가 부복하며 감읍해 했다.

"대왕의 성은을 죽음으로 보답하겠사옵니다."

다시 불똥이 튈까 무서운 옥사쟁이는 뒤도 돌아보지 않고 어전에서 달아났다. 허둥거리며 문을 열고 나가는 옥사쟁이를 보며 대왕이 혀를 찼다.

"저런 강단 없는 위인이 옥사쟁이의 우두머리라니, 딱한 일이로다. 경은 가까이 오시오."

대왕이 멀리 엎드려 있는 치달을 손짓으로 불렀다. 치달이 황감해 하며 옥좌가 있는 단에 오르자 대왕이 손을 잡았다.

269

"이런 처분으로 어찌 소중한 아내를 잃은 수장의 애통한 마음을 달랠 수 있으리오. 국무의 시신은 왕궁의 길지에 엄숙하게 모시리라. 그리고 대축전 날 다라를 위해 노심초사하다 산화한 국무의 장례식도 함께 거행하겠소. 국무의 고귀한 희생을 어여삐 여겨 다라의 미래에 광영을 내리기를 천지신명께 희구하리라."

치달이 대왕의 손 위에 이마를 맞대며 말했다.

"소신과 미려로서는 더할 나위 없는 광영이옵니다. 그러나 성스런 축전에 아녀자의 장례란 있을 수 없는 일이옵니다. 명을 거두어 주시옵소서."

대왕은 단호하게 고개를 저었다.

"그렇지 않소. 지나친 겸손도 예가 아니니 수장은 과인의 뜻을 따르시오."

대왕이 어전에 도열한 귀족과 관리들을 돌아보며 말했다.

"들으라. 국무의 죽음은 우리 다라의 큰 손실이다. 국상이나 진배없으니 과인을 비롯한 모든 귀족과 관료들이 상복을 입어야 옳다. 다만 대사를 앞두고 도성의 분위기가 너무 애도와 상심에 젖는 것도 고인에게 누가 될 터. 백성들까지 근신할 순 없으나, 다라 전역에 대축전 때까지 음주와 가무가 모두 금지될 것이다. 즉시 시행하라."

귀족과 대신들이 모두 머리를 조아리며 목소리를 모아 말했다.

"대왕의 성은이 하늘을 찌르옵니다."

궁실 안이 함성으로 쩌렁쩌렁 울렸다. 분위기가 고조되자 대왕의 입가에 가벼운 미소가 떠올랐다. 대왕은 잡은 치달의 손을 어루만지며 말을 이었다.

"치달 수장. 흉한 일이 지나면 길한 일이 뒤를 잇는다 하지 않소. 지금 경황에 이런 말을 하기는 이른 듯하지만, 궁성의 위신을 세우고 수장의 노고와 통심(痛心)을 위무하는 일도 무엇보다 시급하다고 과인은 믿소."

치달이 의구심을 띤 얼굴로 대왕을 쳐다보았다.

"무슨 하명이시온지?"

대왕의 얼굴에 치달을 궁휼히 여기는 미소가 번져갔다.

"대축전이 끝나고 길일을 잡아 수장과 공주의 혼례를 주선할까 하는데, 수장의 뜻은 어떻소? 아비와 어미를 잃고 외톨이가 된 공주가 늘 안타까웠소. 과인 또한 언제 죽을지 모르는 몸인데다 공주는 과인의 유일한 피붙이요. 늘 공주에게 든든한 배필을 맞아주어 나라의 바탕도 든든히 하고 공주가 안심하고 의지할 수 있도록 해주고자 했소. 그 인물로 수장만한 사람이 없다 여겼는데, 이제 과인의 뜻이 이뤄지는가 보오."

치달이 황급히 몸을 굽히면서 바닥에 머리를 찧었다.

"천부당만부당 하옵니다. 아내를 잃었으니 그 허물을 어찌 말로 다하오리까? 다라에는 고귀한 혈통을 지니고 명석한 안목을 지닌 사람이 많사옵니다. 허물뿐인 이 몸이 그 광영을 감당함은 어불성설이옵니다. 당장 명령을 거두어 주시옵소서."

치달의 몸을 일으키면서 대왕이 다독이듯 말했다.

"이는 수장 개인의 뜻으로 결정될 사안이 아니오. 귀족들과 신료들의 의견이 무엇보다 중요하오. 조정 전체의 뜻이 그렇다면 수장도 받아들여야 마땅하리다. 그렇지 않은가?"

대왕이 고개를 들어 어전 안을 둘러보았다. 갑작스런 대왕의 제안에 술렁이던 회의장 안이 대왕의 눈길을 받자 쥐 죽은 듯 조용해졌다. 치달은 아무 말도 않고 머리를 바닥에 대고 있었다. 무언의 압력이 곧 신료들의 마음을 옥죄었다.

신료 한 사람이 머리를 들더니 크게 외쳤다.

"대왕의 마음이 곧 다라의 마음이옵니다. 대왕의 분부를 어찌 거역하오리까? 그대로 시행하시옵소서."

한 사람의 말문이 터지자 기다렸다는 듯 신료들이 일제히 외쳤다.

"그대로 시행하시옵소서."

대왕이 흡족한 표정을 지으며 치달을 일으켜 세웠다.

"과인의 뜻과 조정의 의견이 일치했소. 그러니 부인을 잃은 슬픔을 거두고 다라의 뜻을 받아들이시오."

치달은 여전히 침통한 표정에서 벗어나지 못했다. 잠시 침묵하던 치달이 어렵게 입을 열었다.

"전하. 이 일은 그리 서둘 필요는 없다고 여겨집니다. 시간을 두고 재고해 주시기를 앙망하옵니다."

대왕이 다짐하듯 치달의 살집이 넉넉한 어깨를 두드리며

말했다.

"왕실에 허언(虛言)은 없는 법이요. 수장도 그리 알고 물러나도록 하시오. 수장이 열중해야 할 일은 대축전을 차질 없이 마무리하는 일일 것이요."

대왕이 등을 돌려 내실로 나가는 문으로 걸어갔다. 대왕이 사라질 때까지 치달은 숙인 허리를 펴지 않았다. 신료들이 옥좌가 있는 단으로 올라오더니 치달에게 위로와 하례를 함께 올렸다.

"이제 지존께서 국사와 왕사를 함께 보셔야 합니다. 심기를 강건하게 가지셔야 합니다."

"수장에게는 불행한 일이 다라의 경사가 되었습니다. 하늘의 뜻이 그러하니 어찌 피하시겠습니까?"

"강성한 다라의 미래가 열렸소이다. 지존께 기대가 큽니다."

그런 하례의 말을 한 귀로 흘려들으면서 치달은 용과 거북 무늬가 새겨진 금빛 옥좌를 말없이 매만졌다. 그리고 천천히 신료들을 뒤로 두고 단을 내려와 회의장을 빠져나왔다. 드넓은 궁성의 후원 뜰을 바라보면서 치달이 두꺼비 같은 입술을 씰룩이면서 뇌까렸다.

"일석이조라 하는가, 일거양득이라 하는가? 닭장을 치웠더니 봉황이 날아오는구나."


2

문탁이 말을 달려 북다라산 대장군이 위해를 당한 현장에

273

다다랐을 때 주위에는 병사들의 시체와 목이 잘린 대장군의 시신만 뒹굴고 있었다. 두 눈을 부릅뜬 대장군의 목은 피로 얼룩져 있었다.

"아버님. 어찌 된 일이옵니까!"

목 놓아 외쳤지만 대장군은 말이 없었다. 병사들 가운데도 목숨이 붙어 있는 이는 아무도 없었다. 여러 차례 가슴을 꿰뚫은 상처로 보아 적들이 입막음을 단단히 했음을 알 수 있었다. 이렇게 감쪽같이 당한 것으로 보아 기습을 당한 것이 분명했다.

주변을 샅샅이 뒤져 보았지만 적들의 흔적은 어디에도 남아 있지 않았다. 흥분할 때가 아니었다. 냉정을 되찾아야 했다. 자신을 해치고 대장군까지 살해하려 들었다면 누구의 짓일까? 문탁을 노리던 무리들의 정체가 아니라면 기습전을 노리는 신라의 척후들이 저지른 소행이라 할 수 있었다. 정적을 제거하려는 치달의 흉계가 분명했다. 그러나 그 사실을 증명하는 일은 만만치 않아 보였다.

대장군과 병사들의 시신을 수습하고 있는데 군영의 장교와 병사들이 도착했다. 다들 현장의 처참한 모습에 입을 다물지 못했다. 대장군의 시신을 보더니 몇몇 병사들이 울음을 터트렸다. 장교 한 명이 호통을 쳤다.

"당장 그쳐라. 대장군의 죽음을 욕되게 해서는 안 된다."

입술을 꾹 깨문 채 대장군의 투구와 장검을 집어 들고 문탁이 피울음을 삼켰다. 칼은 칼집에 그대로 꽂혀 있었다. 장수가 전장에서 죽지 못하고 암살을 당하다니, 아버님은 죽어서도 눈을 감지 못할 것이었다. 부릅뜬 대장군의 목이 눈앞에 아른거렸다.

대장군과 병사들의 시신은 군영에 안치되었다. 치달이 대장군의 주검에 무슨 수치를 줄지 몰라 문탁은 집으로 모시고자 했으나, 뜻대로 될 수 없었다. 다라군 최고 지휘자가 변경 순시 중에 살해되었으니 궁성에서 조사관이 나올 터였다.

의관이 대장군의 목을 바늘로 봉했고, 새로 갑주와 투구가 씌어졌다. 두 눈이 감긴 대장군의 모습은 생시처럼 늠름하고 의연했다. 헐겁게 늘어진 수염만이 대장군의 죽음을 말해주고 있었다. 대장군의 시신 옆에서 문탁은 뜬눈으로 밤을 새웠다.

새벽에 잠깐 잠이 들었다. 대장군의 칼이 하늘을 가르며 날아 치달의 처소로 날아갔다. 달빛을 받아 번뜩이는 칼날이 경악으로 휘둥그레진 치달의 눈알을 쑤시고 들어갔다. 눈알이 떨어져 나간 눈에서 시뻘건 피가 솟구쳤다. 몸을 잃은 대장군의 목이 하늘을 가득 메웠다. 대장군의 절규하는 소리가 밤하늘을 찢어놓았다.

눈을 떠보니 까마귀가 새벽하늘을 날아가고 있었다. 그제야 눈물이 났다. 당장 달려가 치달의 목을 베어 아버지의 원수를 갚고 싶었다. 놈의 두 눈알을 파내 군영 앞에 걸어 역적의 말로가 어떤지 똑똑히 보여 주고 싶었다. 석관 위에 놓인 대장군의 장검이 보였다. 묵묵히 장검을 응시하던 문탁이 조용히 칼을 잡았다.

군막을 열고나오니 호위 병사 둘과 장교 한 사람이 창을 치켜세운 채 경비를 서고 있었다. 문탁의 눈빛이 예사롭지 않은 것을 본 장교가 칼자루를 잡으며 물었다. 얼굴이 눈에 익지 않은 것으로 보아 궁성에서 파견된 장교인 듯했다. 횃불에 비친 장교의 뺨에 두 치쯤 긁힌 자국이 보였다.

"장군. 어딜 가십니까?"

문탁은 궁성 쪽을 바라보았다. 이 시간 치달은 어디에 있을까? 국무 미려가 살해당했다는 소식을 들은 기억이 났다. 오비이락일까? 대장군이 살해되기 전날 그믐밤에 부인이 피살된 것을 어떻게 해석해야 할지 갈피가 잡히지 않았었다. 어딘가 석연찮은 냄새가 풍겼다. 미려의 시신이 궁성 안에 있다니 치달은 그곳에 있을 가능성이 높았다.

"잠시 바람 좀 쐬고 오련다."

장교의 눈초리가 치켜 올라갔다.

"대장군의 시신이 모셔져 있는데, 자릴 지켜야 않겠습니까?"

부아가 치밀어 올랐다.

"너희들이 대장군을 올바로 호위했다면 내가 자릴 지켜야 할 일이 있었겠느냐?"

장교의 턱이 움찔거렸다.

"모든 군 지휘관은 현재 위치에서 이동하지 말라는 궁성의 지시가 있었습니다."

칼을 쥔 문탁의 손에 힘이 들어갔다.

"그래서? 내가 움직이면 어쩌겠다는 것이냐?"

장교가 뒤에 서 있는 병사를 돌아보았다. 병사는 문탁 휘하였다. 장교가 한 발 뒤로 물러섰다.

"궁성에 보고할 수밖에 없습니다."

문탁이 칼을 들어 장교의 얼굴에 들이댔다.

"보고할 테면 해라. 처벌은 달게 받을 테니."

등을 돌려 군문(軍門) 쪽으로 걸어갔다. 등 뒤로 아무런 기척도 잡히지 않았다.

군문에도 경비병과 장교가 사방을 경계하고 있었다. 모두 대장군 휘하의 병사들이었다. 문탁을 보더니 군례를 올렸다. 홀로 칼을 쥔 채 나온 문탁을 살피더니 장교가 팔뚝을 잡았다.

"장군. 야심한 시각입니다. 대장군께서 위해를 당하셨는데, 도성 안이라 해도 위험합니다. 날이 밝기를 기다리시죠. 때가 아닙니다."

문탁은 칼집으로 장교의 손을 쳐서 뿌리쳤다.

"때는 기다리는 게 아니라 만드는 것이라고 대장군께서는 말씀하셨다. 군영 안에 대장군 휘하가 아닌 장교가 있더구나. 군문을 벗어나려고 하면 베어버려도 좋다."

문탁의 눈에는 핏발이 서 있었다. 그 서슬을 본 장교가 말했다.

"소장도 따라가겠습니다."

**277**

"아니다. 너는 네 자리를 지켜라. 다라에는 아직도 젊은 장교가 필요하다."

잠시 주저하던 장교가 몸을 물리면서 군례를 올렸다.

별빛만이 반짝이는 도성의 거리는 어두웠다. 깊은 밤이라 민가에서도 불빛은 새어나오지 않았다. 이 시각에 궁성 정문으로 들어갈 수는 없으리라. 칼을 바투 쥔 문탁이 궁성의 후원이 있는 쪽 골목으로 발걸음을 옮겼다. 몇 발자국 가지 않았는데, 뒤에서 인기척이 들렸다. 칼자루를 잡으며 등을 돌렸다. 좁은 골목에는 어둠을 뒤집어 쓴 사내 한 사람이 멈춰서 있었다. 무장을 한 것으로 보이지는 않았다.

수작을 부리면 한 칼에 베어버릴 작정으로 문탁이 다가갔다.

"장군. 납니다. 술진이요."

사내가 한 걸음 앞으로 나왔다. 얼굴의 윤곽이 희미하게 드러났다.

"술진공 아니십니까? 이 시각에 웬일이십니까?"

술진공이 행낭을 추스르며 쓸쓸한 어투로 대꾸했다.

"궁성에서 국무 미려의 빈소를 마련하고 장례 문제를 처리하느라 늦어졌소이다. 대장군께서 피살을 당하셨다고요? 뭐라 위로할 말이 없구려."

문탁은 반쯤 뽑은 칼을 다시 밀어 넣었다. 칼이 칼집에 박히는 소리가 조용한 골목을 차갑게 울렸다.

"송구합니다. 자식이 되어 아비의 안전도 지키지 못했으니, 부끄러울 따름입니다."

술진공이 뒤를 돌아보며 말했다.

"나도 정황은 대강 들었소. 우선 자리부터 옮깁시다."

술진공이 팔목을 잡아끄는 바람에 엉겁결에 끌려가는 꼴이 되었다. 골목을 몇 차례 돌던 술진공이 허름한 집 대문을 조용히 열더니 문탁을 끌어들였다. 잠시 후 골목 밖으로 몇 사람의 황급한 발자국 소리가 가까워졌다 멀어졌다.

"흠. 지나간 모양이군. 장군. 여기 잠깐 앉으시오."

섬돌 위로 장작을 팰 때 쓰는 통나무가 보였다. 문탁이 앉자 술진공은 마루에 걸터앉았다. 술진공이 문탁을 쳐다보면서 말했다.

"장군이 어딜 가려는지 짐작은 가오. 그러나 지금 궁성 안으로 들어가는 것은 섶을 지고 불구덩이로 뛰어드는 격이오. 궁성 안은 경비가 철통 같을뿐더러 장군의 신상을 두고 좋지 못한 얘기가 흘러나오고 있습디다."

문탁이 술진공을 쏘아보았다.

"무슨 말씀이십니까?"

"자세한 것은 나도 모르오. 대장군의 죽음에 무슨 흑막이 있다는 소리인 듯한데, 흑막의 이면에 진실이 감춰져 있는 것 같더군요."

"흑막이라니요?"

"날이 밝으면 알게 되겠지요. 어쨌거나 지금은 자중자애 해야 할 때요. 세상이 치달의 수중에서 놀아나고 있다지만,

이를 분개하면서 대장군을 지지했던 사람들도 많소. 대장군께서 위해를 당한 지금 문탁장군이 그들을 이끌어야 합니다. 누구 좋으라고 호랑이 아가리에 머리를 집어넣을 필요는 없어요."

문탁의 눈에 불끈 힘이 들어갔다.

"대장군은 치달의 손에 의해 살해당하신 겁니다. 놈은 저도 죽이려고 했습니다."

술진공의 눈썹이 치켜 올라갔다. 뭐라 말을 꺼내려던 그가 숨을 내쉬면서 말했다.

"치달이 악독한 자라지만 치밀하기 짝이 없는 사람이요. 아직 그자의 마수가 충분히 드러나지 않았습니다. 장군을 지지하는 사람들을 실망시켜서는 안 됩니다. 대왕께서 지금 치달의 홍수에 눈이 멀어 계시나 대장군과 장군에 대한 믿음마저 던져버리시지는 않았어요. 좀 더 때를 기다려 봅시다. 대왕께서 총기를 되찾으시면 이 난장판도 수습이 될 거외다."

"아버님도 그러시다 뒤통수를 맞으신 겁니다."

"대장군은 충신인데다 악인에 대해서도 너그러우셨소. 인품은 훌륭하셨지만, 칼을 뽑을 때를 너무 미루셨지요. 치달이 군사를 거둬갔을 때 칼을 뽑았어야 했어요. 그런데 지금 장군은 너무 일찍 칼을 뽑으려 하는구려."

문탁의 입에서 끙 하고 신음이 터져 나왔다. 그 모습을 흘깃 보던 술진공이 문탁의 손을 잡았다.

"다시 군영으로 돌아가 아버님의 시신을 지키시구려. 장군이 대장군처럼 당하도록 사람들이 내버려두지는 않을 거요. 다라의 운명이 장군의 어깨에 얹혀 있소이다."

숙진공을 쏘아보던 문탁이 눈에 들어간 힘을 풀었다.

"알겠습니다. 그렇게 하지요."

숙진공이 씩 웃었다.

"큰길로는 나가지 마시오. 악머구리 떼들이 어슬렁거리더구먼."

문을 나선 두 사람은 골목의 반대편을 돌아 군영 근처까지 이르렀다. 숙진공은 집으로 갔고, 문탁장군은 군영 안으로 들어갔다.


다음 날 해가 중천에 떴을 무렵 문탁장군은 궁중의 호출을 받았다. 잠시 망설이다 궁성으로 향했다.

궁성은 경비가 대폭 강화되어 있었다. 곳곳에 호위 병력과 별동대들이 진을 치고 있었다. 치달의 수하들이 궁성 안에 다 모여든 모양이었다.

궁문에 서니 별동대들이 문탁을 가로막았다.

"무장을 풀고 듭시라는 왕명입니다."

"무슨 소리냐? 나는 부장군이다."

"왕명이 그러하오이다."

별동대들이 주위를 감쌌다. 승부를 겨룬다 해도 다 베어버릴 만한 숫자였지만, 여기는 궁성 안이었다. 주저하는데 호위대 소속 장교들이 문탁에게 다가왔다. 대장군 휘하의 장교들이었다. 장교 한 명이 문탁에게 말했다.

"장군. 제게 칼을 주십시오. 저희들이 모시겠습니다."

그리고 별동대를 돌아보며 말했다.

"궁성 호위는 우리들의 임무요. 알아서 할 테니 길을 여시오."

장교가 강경하게 나오자 별동대들이 꼬리를 내렸다.

"절대 칼을 돌려주면 안 됩니다."

만약의 사태가 벌어지면 칼은 놈들에게 빼앗아 쓸 수도 있었다. 문탁은 칼 끈을 풀어 칼집 째 별동대 장교에게 던졌다.

"잘 간수하고 있거라. 칼날이란 햇빛을 보면 피를 뽑는 법이다."

별동대 장교가 찝찝한 표정을 지으며 칼을 받았다. 호위대 장교들이 앞뒤로 엄호하면서 문탁을 어전 회의장으로 데려갔다.

대왕의 얼굴은 잔뜩 일그러져 있었다. 대왕 옆에서 치달이 만면에 득의의 웃음을 숨기지 못하고 있었다. 옥좌 아래 술진공이 붓을 든 채 종이를 펼쳐 놓고 있었다.

"불러 계시옵니까?"

문탁이 군례를 올리며 무릎을 꿇었다. 문탁을 보더니 대왕의 얼굴이 조금 펴졌다.

"문탁아. 어서 오너라. 졸지에 아비를 잃었으니 상심이 얼마나 크냐. 과인도 두 팔이 다 떨어져 나간 듯하구나."

문탁이 어릴 때부터 보아왔던 대왕이었다. 대왕이 후왕으로 있던 시절 신라와 백제의 군대가 변경에서 소란을 일으킬 때마다 아버지와 대왕은 함께 군사를 이끌고 출전했었다. 그때 문탁도 아버지를 따랐다. 전투에 참여할 만한 나이는 아니었지만, 장수가 되려면 군진의 상황을 알아둬야 한다며 아버지는 출전을 허락했다. 그때는 문탁의 두 형도 살아 있었다. 함께 전사한 두 형의 시신을 거두면서 대왕은 아버지에게 다짐했었다.

"문탁, 이놈의 목숨만은 내가 꼭 지켜주겠네."

그런 대왕이 지금 문탁을 위로하고 있었다. 옥좌에서 몸을 일으키려던 대왕이 치달이 기침을 하자 치달을 보면서 자리에 다시 앉았다. 치달이 문탁을 내려다보면서 말했다.

"문탁장군은 무슨 연유로 호출을 받았는지 아는가?"

문탁이 치달을 올려보았다. 육중한 비계 덩어리가 그를 꼬나보고 있었다. 검붉은 얼굴이 역겨웠다. 문탁은 가래침을 뱉듯 쏘아붙였다.

"모르오이다. 대왕께서 부르셔서 왔을 뿐이오."

치달이 코를 킁킁거렸다.

"그렇다면 알려줘야겠구나. 대장군께서 신라의 척후에게 피살당한 일은 참으로 가슴 아픈 일이었다. 그런데 대장군이 과연 신라의 척후에게 죽임을 당했는지 전하께서는 의심스러워하신다. 나 또한 그러하다."

문탁이 눈을 치켜떴다.

"무슨 말씀이시오?"

치달이 또 코를 씰룩거렸다.

"우리 다라에는 적군과 아군의 동태를 감시하는 첩보 병력이 있지. 그런데 얼마 전부터 대장군 휘하의 일부 장교들이 불미한 일을 꾸미고 있다는 첩보가 감지되었다. 대왕과 대장군의 지휘 통솔에 불만을 품고 모반을 획책하고 있다고 말이야. 그런데 놀랍게도 문탁 네가 그 모반의 수괴라는군."

문탁의 눈이 번쩍 뜨였다. 치달이 자신을 죽이지 못하자 모반의 올가미를 뒤집어씌우려는 흉수를 도모하는 것이었다.

"터무니없는 소리요. 내가 무엇 때문에 대왕 전하와 대장군에게 반기를 든단 말이요?"

"자리 때문이겠지. 불충하게도 옥좌를 노리거나 아니면 대장군 깃발을 탐낸 것이 아니더냐?"

"수장께서는 아무 증거도 없이 망발을 삼가시오. 권좌를 노리는 자가 누구인지 하늘은 알 것이요."

허점을 찔린 치달이 얼굴에 노기를 가득 품었다.

"증거라 하던가? 어제 내가 보낸 별동대를 살육한 것이 그 증거가 아니냐? 그곳에서 장군이 쓰던 표창과 투구가 발견되었다. 이래도 거짓이라고 우길 것인가?"

문탁이 발끈했다.

"그자들이 수장의 수하라는 것은 인정하시는구려. 그자들은 나를 죽이려고 했소. 더구나 대장군까지도 해칠 작정이라고 말했소이다."

치달의 얼굴이 붉어졌다. 당황한 흔적이 전혀 없었다고

할 수 없을 만큼 살찐 얼굴이 떨렸다. 대왕도 의아한 표정으로 치달을 돌아보았다.

"이런! 모반의 죄를 피하려고 별 수작을 다 부리는구나. 나는 장군의 죄상을 확인하고자 데려오라고 별동대를 보낸 것이야. 그런 자들을 이유도 없이 학살해 놓고 이제 와 발뺌을 하려는 것이더냐?"

문탁이 코웃음을 쳤다.

"이보시오. 수장. 대장군께서 피살당한 현장에 제일 먼저 도착한 것이 바로 납니다. 그자들의 말을 듣지 못했다면 네가 어떻게 대장군이 위험하다는 것을 알고 북다라산으로 달려갔겠소."

말을 마친 문탁이 대왕을 보고 엎드리며 말했다.

"대왕 전하. 수장의 말은 스스로도 모순을 드러내고 있사옵니다. 대장군과 소장의 충성심은 대왕께서 더 잘 아실 것입니다. 소장이 어찌 불충한 생각을 털끝만큼이라도 품으리까?"

대왕은 옥좌의 손잡이를 쓰다듬으며 아무 말도 하지 않았다. 그 침묵은 치달보다는 문탁을 옹호하고 있었다. 궁지에 몰린 치달이 강경한 어조로 대왕을 밀어붙였다.

"전하. 문탁장군은 역심을 품고서 이를 실행하려다 실패하자 상황을 미뤄 짐작하고 빠져나갈 구멍을 찾고 있는 것이옵니다. 이는 잡아들여 문초를 하면 백일하에 드러날 일이옵니다. 문탁장군을 체포해 문초하도록 윤허해 주시옵소서."

그러나 대왕의 말은 치달의 기대를 저버렸다.

"아니 되오. 과인은 실수를 두 번 반복하고 싶지 않소. 대장군의 집안은 대대로 우리 다라에 충성을 다했던 사람들이오. 대장군의 두 아들은 모두 다라를 위해 싸우다 전사했소. 과인이 직접 그들의 시신을 거두었소. 경위가 확실하지도 않은데, 세신(世臣)의 혈육을 해칠 수는 없소. 더구나 문탁장군은 공주의 목숨을 살린 은인이기도 하오. 수장의 의심이 그리 확고하다면 좀 더 조사를 해 보시오. 내가 수긍할 만하면 그때 허락하리다."

대왕이 이렇게 나오자 치달로서도 더 이상 다그칠 명분이 없어졌다. 대왕의 속내를 읽은 치달이 몸을 숙이며 두 손을 다소곳이 모으면서 말했다.

"대왕께서 신하를 아끼시는 마음을 소신이 어찌 모르리까? 좀 더 조사해 보고 확실한 물증이 나오면 그때 다시 아뢰겠사옵니다."

치달은 쳐다보지도 않고 무릎 꿇고 있는 문탁을 보면서 대왕이 말했다.

"아비를 잃은 자식이 되어 얼마나 가슴이 저리겠느냐? 내전에 너의 두 형제가 전사했을 때 몹시 상심했다만 대장군의 망명(亡明)의 슬픔을 알지는 못했다. 그러나 후왕이 전사하고 나니 대장군이 얼마나 고통스러웠을지 뼈저리게 느꼈노라. 대장군은 복도 많아 이제 저승에서 두 아들을 만났겠구나. 과인은 언제나 후왕을 만날꼬. 돌아가 대장군의 죽음을 애도하고, 성대한 장례를 준비하도록 하라. 다라국 역사 이래 최고 수준의 군장(軍葬)을 치를 것이니라."

문탁이 두 번 절하고 일어서며 치달을 싸늘한 눈빛으로 노려보고 뒷걸음으로 어전을 물러났다. 밖으로 나오자 어전의 동태를 살피던 호위대 장교들이 문탁에게로 우르르 몰려들었다.

"어찌 되었습니까?"

문탁이 궁전 뜰을 걸으며 한마디 했다.

"무엇을 염려했느냐? 전하께서는 충신이 누구고 역적이 누군지 잘 알고 계시다."

궁성 정문에 이르러 문탁은 어색하게 장검을 들고 있던 별동대 장교에게서 칼을 받아들었다. 칼을 받은 문탁이 날랜 솜씨로 칼집에서 칼을 뽑았다. 시퍼렇게 날이 선 칼날이 장교의 어깨 양편을 순식간에 휘몰며 지나갔다. 얼이 빠진 장교가 정신을 수습하기도 전에 칼은 제 집으로 돌아갔다.

"내 칼날을 다시 보지 않길 바라야 할 게다."

이를 드러내고 웃으며 문탁이 쏘아붙였다.

멀리서 치달이 그 광경을 지켜보고 있었다. 치달의 호위 장교가 옆구리에 바짝 붙으면서 말했다.

"그냥 보내시면 안 됩니다. 다시없는 기회입니다."

치달이 쓴웃음을 지으면서 대꾸했다.

"기다려라. 어차피 놈은 독안에 든 쥐다. 오늘은 대왕이 대장군의 죽음 때문에 흔들렸지만 그리 오래 가지는 않을 게다. 더구나 궁 안에는 대장군 휘하의 병력이 많아. 섣불리

해쳤다가는 호위대 장교들이 반기를 들고 나올 수도 있어."

그러더니 싸늘한 표정으로 호위 장교의 얼굴을 쳐다보면서 말을 이었다.

"죽을 때 죽더라도 입은 가볍게 놀려서는 안 된다. 알겠나? 멍청한 것들!"


3

다라의 왕궁 안에 미인의 눈썹 같은 초승달이 떠올랐다. 엷은 구름이 낀 하늘에서 초승달의 자취를 찾기는 쉽지 않았다. 오히려 궁성의 뜰에 피워놓은 횃불이 더 밝았다. 미려의 주검이 안치된 후원은 그나마 횃불도 없이 더욱 을씨년스러웠다. 그렇게 미려의 시신은 조금씩 썩어 들고 있었다.

궁성을 밝힌 횃불은 다라 사람들의 고달픈 삶은 감싸주지 못했다. 불빛은 궁성의 담을 넘지 못하고 사위었고, 그만큼 어둠의 깊이는 심연처럼 아득했다. 눈 뜬 장님처럼 사람들은 밤길을 더듬으며 도성의 골목을 조심조심 걸어 다녔다. 이따금 궁성을 보며 손가락질 했지만 누가 볼까 싶어 금방 뒤꽁무니로 숨겼다.

그 손가락질 때문이었을까? 대왕은 저녁이 들자 명치끝이 당기더니 심한 두통이 올라왔다. 의관이 들어와 침으로 사혈(瀉血)했지만 들러붙은 통증은 가시지 않았다.

미려의 죽음에 이어 대장군의 느닷없는 피살은 대왕의 마음을 심하게 흔들었다. 술진공과 자주 의견을 나누면서 이단

288

이나 사술(邪術)에 대한 불신의 말을 익히 들은 대왕은 미려의 능력에는 크게 괘념치 않았다. 그녀의 기도가 다라의 미래에 도움이 된다면 그것으로 만족했다. 그러나 대장군의 죽음이 준 충격은 강도가 달랐다.

대장군은 대왕과 생사고락을 같이 한 문경지우(刎頸之友)와 같은 존재였다. 대장군은 강하면서도 부드러운 양면을 가지고 있었다. 대왕 앞에서는 충실한 신하였지만, 적군을 만나면 들짐승처럼 포악해졌다. 말은 신중했어도 말문이 터지면 걷잡을 수 없었다. 대장군의 신념에 대왕은 많이 의지했었다.

그런데 이제 대장군은 세상에 없었다. 군영에 가 대장군의 주검을 마주하면서 대왕은 자신을 지탱해주던 세계 한 곳이 무너졌음을 느꼈다. 왕실의 위엄을 상징하는 환두대도를 석관 위에 올렸다가 의전관(儀典官)이 난감해 함으로 하는 수 없이 거두었다. 차가운 대장군의 손에는 대왕과 나눌 온기가 없었다. 그가 가버린 곳을 대왕은 따라갈 수 없었다.

대왕은 허탈한 마음을 가눌 길 없어 경화를 불렀다. 마음이 스산해져 호위병도 물렀다.

간단한 주안상을 들고 경화가 황강이 훤히 보이는 누대 위로 올라왔다. 바람에 촛불이 흔들렸다. 대왕은 난간에 몸을 기댔다. 황강은 멀었지만 물결 소리가 가까워 강물이 지척에 있는 듯했다. 대왕이 고배에 담긴 술잔을 비웠다. 물을 마신 것처럼 술에서는 아무런 감흥도 일지 않았다. 경화가

다가와 다시 잔을 채워주었다. 물러서려는 경화를 손짓으로
불러 앉혔다.

"황강의 물은 흘러가면 바다에 닿을 터인데, 과인은 흘러
가면 어디에 닿을지 모르겠구나."

난간 너머를 바라보며 대왕이 중얼거렸다.

"전하. 심기를 편히 가지세요. 바람이 아무리 세다 한들
촛불은 끌 수 있어도 횃불은 끄지 못합니다."

대왕이 쓸쓸하게 미소를 지으며 말했다.

"경화, 너는 꼭 죽은 왕후처럼 말하는구나."

"황공하옵니다."

경화가 머리를 숙이며 사죄했다.

"아니야. 아니야. 내 그래서 너를 부른 게 아니었더냐. 명
색이 왕이라면 미래를 내다봐야 하는데, 매사 과거에 매달려
있으니 내 꼴이 민망하구나."

경화가 안타까운 눈빛으로 대왕을 바라보았다. 이마가 훤
히 넓었다. 상흔처럼 깊은 골짜기가 골 이마에 패어 있었다.
백발이 되어버린 머리카락 몇 올이 이마 위로 흘러내렸다.
경화는 손을 들어 머리카락을 올려주고 싶은 충동에 사로잡
혔다.

"전하는 훌륭하게 다라를 다스리고 계시옵니다. 자책하지
마시옵소서."

"고맙구나. 후왕이 살아 있고 왕후가 정정했을 때는 과인
도 의욕이 넘쳤지. 후왕이야 전장에서 목숨을 잃었으니 제

구실을 하고 죽었다지만, 역병으로 그리 허망하게 불귀의 객이 되다니. 평소 왕후를 따뜻하게 대해주지 못한 것이 못내 한스럽구나."

"왕후께서도 늘 전하를 그리워하셨사옵니다."

"그랬으리라. 왕후는 잔정이 많은 사람이었으니까."

다시 한 잔 술이 대왕의 목구멍으로 넘어갔다. 조금씩 술기운이 올라오자 가을밤의 한기도 저만치 물러갔다. 대왕은 누대 바닥에 깔린 호피 가죽을 손으로 쓸었다. 후왕이 북다라산에 사냥을 갔을 때 잡아온 호랑이로 만든 털 깔개였다. 대왕의 뇌리 속으로 다시 과거가 비집고 들어오려 했다. 대왕은 가볍게 머리를 흔들었다.

고배가 비자 경화가 술을 채웠다. 손가락에 낀 옥가락지가 촛불의 불빛을 받아 어른거렸다. 두 개의 옥가락지가 사이좋게 가는 손가락 마디를 덮고 있었다. 남녀가 정분을 잊지 않기 위해 나눠 가진다는 쌍가락지. 문득 대왕은 경화의 과거가 궁금해졌다.

"네가 궁에 들어온 게 언제였더냐?"

대왕의 눈이 옥가락지를 유심히 보고 있는 것을 알아채고 경화가 서둘러 손을 거둬들였다.

"어릴 때라 언제인지도 기억나지 않나이다. 철없던 시절이었지요. 궁궐의 예법이 서툴러 혼도 많이 났었답니다."

경화의 눈가로 아련한 그리움이 흘렀다.

"돌아가신 태황후께서는 참으로 엄한 분이셨지. 너도 곤욕이 적지 않았으리라."

"동생과 함께 굴뚝 아래 숨어 울기도 여러 차례였지요."

"동생이 있었더냐?"

"예."

"어허! 내가 시중들라 불러놓고 너무 무심했구나. 동생이 있었음도 몰랐다니. 그래, 동생은 궁 어디에 있느냐?"

경화의 표정이 어두워졌다.

"지금은 궁에 없사옵니다."

"그래? 출궁한 모양이구나.

경화가 조금 주저하더니 대답했다.

"예."

"도성에 살고 있는 게냐?"

"아니옵니다."

대왕이 의심쩍은 표정을 지으며 물었다.

"다라를 떠난 게냐?"

"그렇지는 않사옵니다."

대왕은 조급증이 일었다.

"어허! 궁녀였다면 도성 밖을 나갈 수 없을 터인데, 다라 안에 있으면서 도성엔 없다면 어디 있다는 말이냐?"

경화가 고개를 떨어드렸다. 잊고 싶은 기억이 사무쳐 미음을 수습하기가 어려웠다. 대왕의 채근에 경화는 어렵게 입을 열었다.

"옥전에 있사옵니다."

대왕의 고개가 살짝 옆으로 기울었다.

"옥전? 옥전이라니? 거기는 왕실과 귀족들의 무덤이 있는 곳 아니더냐. 산 사람이 있을 곳이 아니거늘 거긴 왜…… 아뿔싸!"

그제야 상황을 깨달은 대왕이 눈 둘 곳을 몰라 허둥거렸다.

"그럼 전번 후왕의 장례 때?"

경화의 눈에서 굵은 눈물방울이 뚝 떨어졌다. 경화는 대답은 못하고 고개만 끄덕였다. 대왕이 머리를 들더니 길게 한숨을 내쉬었다.

"그때 후왕 처소의 궁녀와 시종들이 순장되었었지."

대왕이 눈을 떠 경화를 물끄러미 바라보았다. 경화의 좁은 어깨가 보일 듯 말듯 떨렸다.

"과인을 많이 원망했겠구나."

경화가 머리를 세차게 흔들었다.

"아니옵니다. 결단코 아니옵니다. 동생은 기쁘게 순장을 받아들였어요. 누구보다 후왕의 훙거를 슬퍼했거든요. 나중에 저승에서 만나자며 정표로 옥가락지를 제게 남겼지요. 지금도 마지막 웃는 모습이 사무치게 기억납니다."

대왕이 경화의 손을 잡으며 애처롭게 말했다. 경화가 고개를 옆으로 돌렸다.

"어찌 잊혀 지겠느냐? 그땐 수장의 말이 옳은 듯해 따르고 말았는데, 나중엔 무척 후회했었지. 정신을 차리고 보니 이미 일은 저질러졌고……. 너를 볼 낯이 없구나."

경화가 마음에 결심이 선 듯 대왕을 마주보았다. 그녀의
눈빛은 동생의 죽음을 슬퍼하던 그것과는 달랐다.

"전하. 미천한 것이 감히 무슨 말씀을 아뢰리까. 하오나
군왕은 만 개의 귀를 가져야 한다고 합니다. 그래야 만백성
의 말을 들을 수 있다지요. 전하 부디 그 가운데 한 귀만
열어 소첩의 말을 들어주십시오."

"오냐. 내 귀가 하나뿐이라 한들 어찌 네 말을 소홀히 하겠
느냐. 죽은 동생을 되살릴 수만 있다면 내 그리하고 싶은
심정이구나."

경화의 입술이 가볍게 떨렸다.

"전하. 부디 애원하오니 치달 수장을 멀리하십시오. 치달
수장은 결코 가까이 둘 만한 사람이 아니옵니다."

애달픈 표정을 지으며 듣던 대왕의 얼굴이 일순간 굳어졌
다. 경화를 잡았던 손이 스르르 풀렸다.

"네가 지금 과인의 정치에 간섭하려는 게냐?"

"그렇지 않습니다. 수장의 혹정이 백성들을 짓누르고 있습
니다. 북다라산의 공사를 무리하게 강행해 하루에도 여러
명의 백성들이 다치거나 죽고 있사옵니다. 세금이며 부역도
백성들이 견디기에 벅찹니다. 그 원성이 치달 수장이 아니라
전하에게로 향하고 있사옵니다."

대왕이 몸을 홱 돌리며 경화의 손길을 뿌리쳤다. 대왕의
얼굴로 분노와 결기가 차올랐다.

"듣기 싫다. 궁성에만 틀어박힌 네가 뭘 안다고 말을 함부

로 하는 게야. 수장은 우리 다라의 마지막 희망이니라. 다라의 미래를 든든히 하려다 부인까지 잃지 않았느냐? 그런 수장을 두고 모함을 하려 들다니. 동생을 순장으로 잃었으니 치달 수장에 대해 좋은 감정이 아닐 것은 알겠다만, 궁성에 몸을 담았으니 공사는 구별해야지."

"공사를 알기에 드리는 말씀이옵니다. 정 의심스러우시면 전하께서 진심으로 믿는 사람을 불러 조용히 하문해 보시옵소서. 결코 제 말과 다르지 않을 것이옵니다."

"그만 두어라. 누가 뭐라 해도 치달을 믿는 내 마음에는 변함이 없을 것이야."

대왕이 자리에서 벌떡 일어섰다. 그 바람에 술상이 흔들려 고배가 바닥에 떨어졌다. 굽다리가 부러졌고, 술은 호피 안으로 스며들었다. 경화가 황급히 수습을 하는데, 대왕은 뒤도 돌아보지 않고 자리를 떠버렸다.

몸체와 굽다리가 떨어진 고배를 잡은 채 경화는 멀어지는 대왕의 뒷모습을 좇았다.

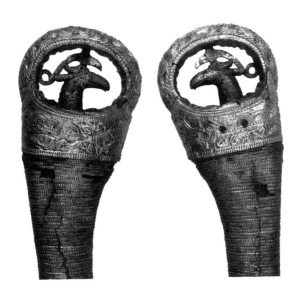

봉황문양고리자루큰칼(鳳凰文環頭大刀)

Sword with ring handle of a design of phoenix
길이 113.1cm
옥전 M3호분 〈국립김해박물관〉

# 선인을 위한 낙원은 있는가

1

송이가 병졸과 사내들에게 끌려간 곳은 관아 안에 있는 감옥이 아니었다. 텃밭에서 송이를 끌고 내려오더니 그들은 송이를 사방이 다 막힌 소달구지 안에 태웠다. 창문도 없었고 문도 닫아버려 밖을 내다볼 수 없었다.

생전 감옥이란 데를 가본 적이 없는 송이는 불안했지만 큰일은 아닐 것이라고 위로했다. 텃밭에서 기른 푸성귀가 많은 양도 아니었고, 굳이 세금을 내야 한다면 부모님이 어떻게든 해결해 줄 것이라 믿었다. 가야금을 가지고 트집을 잡은 것이 마음에 걸리긴 했다. 하지만 그것도 니문 오라비가 빌려준 것이라 떳떳했다. 니문 오라비가 귀찮아지긴 하겠지만, 대왕의 초빙을 받아 온 사람이니 봉변을 당하지는 않을 것이었다.

대문이 열렸다 닫히는 소리가 나더니 소달구지가 멈추었다. 문이 열리고 험상궂은 인상의 남자가 내리라는 손짓을 했다. 햇살이 눈부셔 송이는 제대로 눈을 뜰 수 없었다. 손으로 눈을 가리며 달구지에서 내렸다.

주변에 사람은 아무도 없었다. 사방을 빙 둘러 높은 담이 쳐있어 어딘지도 분간이 가지 않았다. 한쪽 벽에 집이 한 채 있었는데, 헛간처럼 보였다.

"그럼 난 가 보겠소."

병졸이 영 탐탁찮은 표정을 지으면서 물러갈 기색을 보였다. 그러자 족제비 상을 한 남자가 병졸의 앞을 막았다.

"어허! 가긴 어디 가나. 이 계집애를 감시해야지."

병졸이 송이를 흘낏 보더니 대꾸했다.

"감시는 두 분이 하시면 되지 않소. 난 관아에 묶여 있는 사람이오."

덩치 큰 남자가 병졸의 어깨를 치더니 빈정거리며 말했다.

"우리가 그렇게 한가한 사람으로 보이나? 내 윗분들에게는 잘 말해 놓으리다. 궁성에서 일손이 부족해 불려갔다 하면 군말은 없을 거요."

병졸이 창을 바꿔 쥐더니 투덜거렸다.

"이 아이가 말 그대로 죄를 졌다면 관아로 데려가 세금을 내게 하든가 옥살이를 시키면 될 일 아니오? 달아날 아이 같지도 않은데, 무슨 감시까지 딸려 붙인단 말입니까?"

병졸이 계속 어깃장을 놓자 덩치 큰 남자가 우악스럽게

나왔다.

"이봐. 자네 공사판으로 자릴 옮기고 싶어 그러나? 여기서 며칠 계집애나 지키고 있으면 얼마나 편한가 말이야. 돈푼깨나 얻을 텐데 고맙다곤 못할망정, 투덜대지 말고 얌전히 시키는 대로 하라고."

남자의 기세가 거세지자 병졸이 움츠러들었다.

"알았수다. 아이는 어디다 가둬둘 거요?"

족제비 상의 남자가 고개 짓으로 헛간을 가리켰다. 병졸은 구시렁거리면서도 순순히 송이를 헛간으로 끌고 갔다.

"여기 들어가 있어. 죄가 크진 않으니 곧 풀려날 게다."

목소리를 죽이며 병졸이 말했다. 정말 옥에 갇힌다고 생각하자 눈물이 찔끔 났다. 집에서는 이 사실을 아무도 모를 텐데 그게 걱정이었다.

"아재비. 전 중다라산 뒤편 야로에 살아요. 아비가 대장장이 망치라 합니다. 해지도록 돌아오지 않으면 걱정하실 테니 집에 기별을 좀 넣어 주세요."

송이가 울상을 지으며 병졸의 소매를 잡고 말했다. 소달구지를 부리고 있는 두 사내를 곁눈질하더니 병졸이 조용히 속삭였다.

"알겠다. 내 틈을 봐서 알리도록 하마. 제길! 이런 얄궂은 일을 겪다니. 너도 일진이 꼬였나 보다."

헛간이라고 생각했던 집은 텅 비어 있다시피 했다. 바닥에는 볏짚이 깔려 있고, 굵게 패놓은 장작이 쌓여 벽 한편을 차지하고 있었다. 창이 높아 밖을 볼 수는 없었다. 안을 둘러보던 병졸이 휘파람을 불었다.

"이런 데서 사람이 어떻게 지내라는 거야? 금방 내보낼 심산인가? 이부자리라도 가져오라 할 테니 우선은 좀 참아라."

그나마 병졸이 마음씨가 좋아 안심이었다. 길어봐야 하루 잡혀 있으면 내일 아침이면 집에 가려니 하고 송이는 생각했다.

병졸이 문을 걸어 잠그고 나갔다. 창문이 높아 헛간 안은 해라도 진 것처럼 어두워졌다. 송이는 더럭 겁이 났다. 문틈으로 밖을 기웃거렸지만 병졸도 사내들도 보이지 않았다. 문을 쿵쿵 두드려보았다. 아무 기척도 없었다. 병졸이 이부자리라도 챙기러 간 모양이었다. 볏짚을 벽으로 몰아 두툼하게 쌓은 뒤 등을 기대고 앉았다.

그렇게 송이는 헛간에서 꼬박 밤을 새웠다. 그런 곳에서 잠이 올 리 없었다. 밤이 들자 외풍이 심해 한기가 헛간을 맴돌았다. 낮에는 날이 더워 얇은 옷을 입고 나온 송이는 밤추위 때문에 몸을 덜덜 떨었다. 완전히 캄캄한 데다 혼자 있다는 무서움까지 더해져 송이는 두 눈을 동그랗게 뜨고 어둠만 응시했다. 워낙 어두워 제 손도 제대로 보이지 않았다.

'아버지, 어머니가 얼마나 걱정하실까? 병졸 아재비는 집에 기별을 보냈을까? 니문 오라비는 어떻게 지내고 있누?'

별별 생각이 다 스치고 지나갔다. 뒤척이다 설핏 잠이 들었지만 기억도 나지 않는 악몽이 연이어졌다. 잠이 들까봐 무서웠다. 송이는 니문이 들려주었던 노랫가락을 흥얼거려 보았다.

종다리 날아가는 하늘가에
흰 구름 한 점 둥실 떴구나.
농군은 격양가 부르며 밭을 갈고
초동은 어깨를 들썩이며 산길을 가네.
물 길어 집으로 가는 저 아가씨.
오늘 처음 보았지만 내일 만나면 구면이라오.
내 가야금 소리가 마음에 드셨다면
곁에서 북 장단이라도 쿵더쿵 쳐 주시오.
에헤라디여 쿵더쿵, 좋은 시절에 우리 만났네.
에헤라디여 쿵더쿵, 좋은 시절에 우리 만났네.

밝고 흥겨운 노래였는데, 혼자 읊자니 이상할 정도로 처량하게 들렸다. 그래도 노래를 부르자니 니문이 옆에 있는 듯 느껴져 위안이 되었다. 얼마나 노래를 불렀을까? 송이는 제 노래에 취해 잠에 빠져들었다.

새소리가 들리기에 눈을 떴다. 높게 걸린 창문이 조금씩 흰해졌다. 날이 밝으려는 모양이었다. 몸은 뻣뻣하게 굳어 있었고, 저녁부터 굶어 배가 몹시 고팠다. 목도 말랐다. 너무 서러워 펑펑 목 놓아 울고 싶었다.

그때 문이 삐걱거리며 열렸다. 억지로 고개를 들어 문 쪽

**301**

을 보았다. 문은 열렸지만 사람이 들어올 기척은 없었다. 혹시 아비가 송이를 찾아온 게 아닐까 싶었다. 기어서라도 문가로 가려고 몸을 뒤채는데, 누군가 얼굴을 불쑥 내밀었다.

"잘 잤느냐?"

아비의 목소리가 아니었다. 병졸도, 사내들도 아니었다. 처음 들어본 능글맞은 목소리였다. 어둠이 가시지 않는 헛간에서 머리만 불쑥 튀어나와 산발한 귀신 대가리처럼 보였다. 송이는 두 다리를 꼭 감싸고 벽 쪽으로 몸을 잔뜩 웅크렸다.

이윽고 한 사내가 헛간으로 들어왔다.

"놀라지 마라. 나 나쁜 사람 아니야."

사내는 작은 소반을 들고 있었다. 쪼그려 앉더니 소반을 송이 앞에 놓았다. 밥과 국, 반찬 몇 가지가 놓여 있었다. 음식 냄새가 굶은 코끝을 자극했다. 송이는 경계를 늦추지 않은 채 소반과 사내의 얼굴을 번갈아 보았다.

"어서 먹어. 밤새 굶었을 테니 오죽이나 시장하겠니."

말이 떨어지기 무섭게 송이의 손이 소반으로 향했다. 뜨거운 국물을 마시니 입에서 헛기침이 나왔다. 사래가 들려 캑캑거리자 사내가 토기 잔에 든 물을 건넸다.

"서둘 거 없다. 누가 잡아가지 않으니 천천히 먹어도 된단다."

한밤을 꼬박 어둠과 악몽에 시달린 데다 빈속에 밥이 들어가니 누군지도 알 수 없는 사내가 너무나 고마웠다.

"고맙습니다. 잘 먹을 게요."

사내가 고개를 끄덕였다. 그제야 자세히 보니 얼굴이 험상 궂진 않았지만 정감 있게 생기지도 않았다. 웃을 때 입을 쩍 벌리는데, 이빨이 몇 개 보이지 않았다. 노인넨가 싶어 보면 아주 늙은 상은 아니었다. 콧구멍을 벌름거리고 두 눈을 계속 꼼작거려, 골목을 돌아다니며 남들이 버린 먹이나 주워 먹는 떠돌이 개를 연상시켰다.

그런 어수선한 생각을 하면서도 송이는 열심히 음식을 입으로 가져갔다. 집에서는 먹어보지 못한 것들이었다. 쌀밥에 고깃국, 재료가 뭔지도 모를 반찬들은 고소하면서 들쩍지근했다.

마침내 밥을 한 그릇 다 비웠다. 국도 바닥까지 핥아먹었다. 배가 불러 몸은 노곤해졌지만 남 앞에서 게걸스럽게 음식을 먹어댄 자기 모습이 부끄러웠다. 사내가 그런 송이의 모습을 삼켜먹을 듯 지켜보고 있었다.

"어지간히 배가 고팠나 보구나. 하긴 한창 무르익을 나이의 계집이니 먹성도 좋겠지."

송이는 입가에 묻은 국물자국을 소매로 닦으면서 고개를 돌렸다.

"그나저나, 너 큰일 났다. 어쩌려고 남의 눈을 피해 농사를 지었단 말이냐?"

사내가 갑자기 심각한 표정을 짓자 송이는 제 처지가 상기되어 울상을 지었다.

"그것이 그렇게 큰 잘못인가요? 요즘 다들 그렇게 푸성귀를 가꿔 먹는 걸요. 산에 덫을 놓아 노루나 사슴, 토끼를 잡는 사람들도 있어요."

사내가 혀를 끌끌 찼다.

"네가 참 물정을 모르는구나. 근자에 궁실은 몰래 농사를 지어먹는 백성들 때문에 아주 골머리를 앓고 있단다. 안 그래도 대축전 준비 때문에 경비가 많이 들어가는데 세금을 떼어먹으니 창고가 텅텅 비었어. 무단으로 농사짓는 사람들을 적발해 내려고 관아가 혈안이 되어 있거든. 그런데 네가 떡하니 걸린 게 아니냐."

들어보니 뭔가 단단히 올가미에 쓰인 것 같았다. 먹은 밥이 체한 듯 속이 울렁거렸다. 감옥에 들어가 몇 년 동안 가둬버린다면 부모도 보지 못하고, 겨레도 보지 못하고, 무엇보다 니문 오라비는 신라로 가버릴 것이었다. 그럼 누구에게 가야금을 배울까? 니문 오라비가 신라로 갈 때 자신도 데려간다고 약조하지 않았던가? 갑자기 땅이 꺼지는 기분이 들었다.

송이의 표정이 사색이 되어가는 것을 엿보던 사내가 또 엄포를 놓았다.

"보아하니 너 아직 나이가 어리구나. 그렇다면 네 부모도 혼찌검이 나야 할 게야. 딸아이를 잘 가르치지 못한 책임도 있고, 딸을 시켜 몰래 농사를 짓도록 사주했다면 죄는 훨씬 커지지. 네 아비는 어디서 뭘 하는 사람이냐?"

송이는 차마 입이 떨어지지 않았다. 아비와 어미가 옥에 잡혀가고 죄인이 되어 북다라산 공사장에서 강제 노역이라도 한다면 어린 겨레 혼자 무슨 재주로 살아갈까? 이 모든 불행이 자기 때문에 빚어졌다고 생각하니, 어미가 염려했던 것처럼 호랑이에게 물려가지 않은 게 원통할 지경이었다.

'내가 공연한 짓을 해서 악운을 자초했구나. 나야 옥에 갇혀도 좋아. 하지만 겨레와 부모님은 아무 잘못도 없는데, 이를 어쩌면 좋누?'

저승사자가 눈앞에서 어른거리는 기분이었다. 송이는 앞에 앉아 있는 이 사내가 천지신명이 보낸 구원자로 보였다. 어떻게 하든 이 남자의 도움을 얻어야 했다. 송이는 남자의 바지춤을 붙잡으며 외쳤다.

"아재비. 아니 어르신. 제가 잘못했어요. 저는 매를 맞아도 좋고 노역을 하라면 할 수 있어요. 부모님에게 화가 미치는 일만은 막아 주세요. 무슨 짓이든 다 할게요!"

사내가 뱀에게라도 물린 것처럼 놀라 엉덩방아를 찧으며 말했다.

"에구! 내가 무슨 힘이 있다고 널 돕겠냐? 나는 그저 심부름꾼일 뿐이야. 너를 돕는다고 나섰다간 나까지 경을 치지. 네 처지는 딱하다만 나도 별 수는 없다. 그러니 처음부터 죄를 짓지 말았어야지."

"아니에요. 여기까지 오신 걸 보면 빠져나갈 길도 아실 거예요. 저를 살려달란 게 아니잖아요. 부모님만이라도 재앙에서 피하게만 해 주세요. 그 은혜는 죽어도 잊지 않을게요. 어르신, 제 부모님 좀 살려주세요."

울먹이느라 말도 제대로 나오지 않았다. 송이의 눈에서 눈물이 하염없이 뚝뚝 떨어졌다. 그 모습을 보던 사내가 길게 한숨을 내쉬었다.

"네 효성이 참으로 갸륵하구나. 허긴 너도 무슨 죄겠냐? 그저 세상이 흉흉하다 보니 목구멍에 풀칠이라도 하려고 한 짓이지. 흠! 그래 알았다. 내가 별 힘은 없다만 네 효심을 보니 모른 척한다면 사람이 아니겠구나. 윗분들에게 넌지시 말해보마. 대신 너도 여기서 얌전히 있어야 한다. 부모님에게 알리지도 말고. 이런 일은 모르는 게 약이야."

그제야 송이는 조금 안심이 되었다. 눈물을 닦으면서 고개를 끄덕였다.

"예, 어르신. 아무 말도 않고 얌전히 있을 게요."

어제 병졸에게 집에 기별을 넣어달라고 부탁한 일이 떠올랐다. 혹시라도 그가 집에 알렸다면 큰일이었다. 어쩌면 좋아!

"사실 어제 병졸 아재비에게 아비에게 소식을 전해 달라 했어요. 밖에 계시면 그러지 말아 달라고 말씀 좀 해주세요."

남자의 표정이 심각하게 변했다.

"어허! 그거 큰일인 걸. 이거 말도 꺼내보기 전에 일이 수포로 돌아가겠구나. 알았다. 그놈에게 내 말해보마. 때가 늦지 않았으면 좋으련만. 거참!"

서둘러 소반을 들고 사내가 밖으로 나갔다. 다시 문이 닫혔다. 이제 송이는 다른 걱정 때문에 아무 생각도 할 수 없게 되었다.

## 2

"뭐라고! 말도 안 돼! 할아비께서 망령이라도 드신 게야?"

소정공주의 입에서 비명이 터져 나왔다. 무단히 황강을 건넜다가 신라의 척후들에게 큰 봉변을 당할 뻔했던 소정공주는 대왕의 엄명으로 궁성에 갇히는 근신 처분을 받았다. 공주도 당시 충격이 컸기 때문에 후유증으로 한동안 처소에서 꼼짝도 하지 못했다. 며칠 동안 자리보전을 하면서 된통 앓아 겨우 미음만 홀짝이며 건강을 추슬러야 했다.

침실에 누워 혼곤히 잠든 소정공주를 본 대왕이 분노를 참지 못하고 유모를 다그쳤다.

"대체 너는 무슨 작정으로 공주를 삼형제봉까지 모셔 갔더란 말이냐? 문탁장군이 요행으로 지나갔기에 망정이지, 생각만 해도 끔찍하구나. 당장 목을 쳐서 일벌백계로 다스리고 싶다만, 공주가 몸져누웠으니 처분은 뒤로 미루겠다. 공주의 신상에 변고라도 생긴다면 내 결단코 너를 용서치 않으리라."

유모가 벌벌 몸을 떨면서 바닥에 코를 박았다.

"소첩이 죽을죄를 졌사옵니다. 무슨 처벌이든 달게 받겠사옵니다."

그러나 대왕은 불쾌한 표정을 거두지 않았다.

"죽을죄만으로 끝날 인인가? 하루도 거르지 말고 아침저녁으로 공주의 동태를 전하도록 하라."

잠에서 깨 대왕이 다녀간 소식을 들은 공주가 뽀로통해 혀를 날름거렸다.

"호통을 치시려면 내게 쳐야지 유모가 무슨 잘못이 있다고 그러신다더냐? 내가 깨어 있었다면 가만있지 않았을 건데."

"공주마마. 제발 딴 소리 마세요. 쇤네는 지금 혀를 깨물어 죽고 싶은 심정이랍니다."

공주는 그 일보다 문탁장군의 신들린 무술에 정신이 팔려 있었다.

"문탁장군의 검술은 그야말로 귀신의 솜씨더구나. 넋이 반쯤 나가 있었지만 장군이 몸을 날리며 척후 놈들을 베어버리는 모습은 똑똑히 봤어. 손 한 번 못 써보고 나가떨어지는 꼴이라니. 대대로 대장군이 나온 집안이라더니, 정말 핏줄은 못 속이나봐. 어떻게 이 은혜를 갚아야 하지. 유모?"

유모가 질급을 하며 손사래를 쳤다.

"그 끔찍한 모습을 어찌 보셨던 말이에요. 쇤네야말로 혼절해 있었기에 망정이지 마마처럼 다 봤다면 심장이 멎어지레 죽었을 것입니다. 피 칠갑을 한 장군을 보곤 또 혼절할 뻔했지 뭡니까. 공주마마를 돌봐야 한다는 일념으로 버틴 것이지요."

공주가 유모를 손가락질 하며 흉을 보았다.

"그렇게 담이 약해서야 어디 쓰겠어. 우리 다라에 그런 장수가 있다니, 이보다 든든한 일이 어디 있을까. 대왕께 중용하라고 꼭 말씀드려야지."

"대왕께서 어련히 그러시지 않을까요. 말씀이 씩씩하신 걸 보니 이제 경기는 다 가셨나 봅니다."

"응. 그래. 문탁장군을 생각하니 힘이 절로 나는구나."

그렇게 소정공주는 자리를 털고 일어났었다.

미려가 살해당하고 대장군이 피살되었다는 소식을 접했을 때 공주는 두 주먹을 불끈 쥐었다.

"아아! 다라의 큰 별이 떨어졌구나. 문탁장군은 또 얼마나 상심이 클까? 신라의 척후들이 제 집 드나들 듯하고 있는데, 대체 다라의 군대는 뭘 하고 있는 것이야?"

유모가 주위를 살피며 말했다.

"치달 수장께서 대장군의 병사를 공사장으로 다 빼돌렸다 하옵니다. 호위대 병사가 턱없이 부족해서 눈먼 개라도 변경을 무상출입할 것이라 말들이 많사옵니다."

공주도 입을 삐죽거렸다.

"북다라산 신전 공사를 두고 다들 수군거린다지? 스스로 힘을 길러 나라를 지킬 생각을 해야지. 다라의 물력을 그런 일에 낭비하다니, 아무리 천지신명이라도 대신 칼과 창을 들고 싸워주지는 못할 거야. 대왕께서는 어찌 그런 당연한 사실을 모르신단 말이냐?"

소정공주는 주변의 만류도 뿌리치고 군영으로 가 대장군의 영전 앞에 애도를 표했다. 문탁장군은 군례를 갖춘 채 우울한 표정으로 공주를 맞았다.

"장군. 지난번 일은 너무나 고마웠어요. 미처 사례의 말도 전하지 못했는데, 이런 망극한 일을 당하시다니. 마음을 굳게 가지세요. 대장군의 충정과 위용은 우리 다라가 영원히 기억할 것입니다. 부디 힘내세요. 대장군께서도 떠나시고 장군마저 실의에 빠진다면 누가 다라를 지키고 왕실을 돕겠습니까?"

문탁장군이 오래 머리를 숙이며 감사의 뜻을 표했다.

"대장군은 제게도 아비와 같은 분이셨습니다. 제가 어렸을 때 혼자 후원 뜰을 걷다가 대장군을 뵌 적이 있었습니다. 철없던 저는 대장군에게 업어달라고 했지요. 대장군은 황감해 하시면서도 저를 업어 뜰을 거닐어 주셨답니다. 그때 대장군의 등과 어깨가 어찌나 넓고 듬직했는지, 저는 나중에 크면 대장군의 며느리가 되겠다고 말했지요. 그때도 절 업어달라고요. 대장군께서는 껄껄 웃으시면서 꼭 그러시겠다고 하셨답니다.

대장군의 인자한 얼굴을 다신 뵐 수 없다 생각하니 억장이 무너지는 것 같아요. 다라의 백성들 모두 깊이 슬퍼하고 있습니다. 장군께서도 용기를 잃지 마시고 대장군의 유지를 받들도록 하세요."

"공주마마의 말씀을 듣잡기 민망하옵니다. 소장은 대장군의 뜻을 이어 다라의 왕실과 백성을 위해 신명을 바치겠사옵니다."

공주가 눈물을 머금은 눈으로 문탁장군의 손을 잡으며 말했다. 문탁장군의 손은 거칠었지만 열정으로 뜨거웠다.

"그러셔야지요. 혹시라도 어려운 일이 있으면 언제라도 저를 찾아주세요. 힘이 자라는 대로 장군을 돕겠어요."

그런 일이 있고 며칠 지나지 않아 공주에게는 청천벽력과
도 같은 왕명이 떨어졌다. 왕궁의 의전관이 오더니 대왕의
명령을 전했다.

"오는 10월 15일 보름날 대축전 행사가 끝나는 대로 길일
을 잡아 치달 수장과 소정공주의 혼례식을 거행할 터이니
한 치의 소홀함이 없도록 채비를 갖추어라."

하늘이 무너지고 땅이 꺼질 왕명이었다.

"수장의 부인이 비명횡사한 지 얼마나 지났다고 혼례를 운
운한단 말이냐? 그자는 아직 온기도 식지 않은 미려의 혼령
앞에 부끄럽지도 않은 모양이구나. 게다가 나와의 혼례라니.
오, 맙소사. 이건 있을 수 없는 일이야. 궁성의 신료들은 대
체 뭘 하고 있었더란 말이냐?"

유모 역시 참담한 얼굴로 안절부절못했다.

"대왕의 명령이 워낙 지엄하여 아무도 반대하지 못했답니
다. 외려 다라를 위한 일이라며 경하했다 합니다."

공주가 자리에서 벌떡 일어나 치를 떨었다.

"경하라니! 경하라니! 그러고도 그자들이 다라의 신하란
말이냐? 대왕의 의중이 잘못 되었으면 바로잡는 신하가 되
어야지 허물을 조장하는 일에나 가담하다니."

"치달 수장의 서슬에 다들 꿀 먹은 벙어리라지 않습니까."

공주가 싸늘한 목소리로 말했다.

"꿀이 아깝구나. 꿀이 아까워."

제 자리에 가만히 있지 못하고 내실을 오가고 있는데, 치달 수장이 공주궁으로 온다는 전갈이 왔다. 공주의 얼굴이 대낮에 괴한을 만난 사람처럼 하얗게 질려버렸다.

"그자가 왜 온다는 거야?"

"안부 인사차 온다 하옵니다."

"어이가 없구나. 안 보는 것이 내 안부에 도움이 된다고 전해!"

흥분한 공주를 유모가 나서서 말렸다.

"공주마마. 어쨌거나 다라 귀족회의의 수장이고, 대왕께서 정한 배필이옵니다. 예의에 어긋나는 언행은 삼가세요. 오히려 책을 잡힐 수도 있습니다."

공주가 숨을 들이마시며 마음을 가다듬었다. 그러나 견딜 수 없었는지 침실로 몸을 돌리며 말했다.

"몸이 불편해 만나지 못하겠다고 전해줘."

치달은 그런 말에 물러갈 사람이 아니었다. 침실에서라도 문안 인사를 하겠다고 우기자 하는 수 없이 공주가 내실로 나왔다. 공주의 불편한 기색을 보더니 치달이 빙긋 웃으며 허리를 숙였다.

"공주마마. 환후가 깊으시다니 소신 걱정이 크옵니다."

공주가 치달을 외면하면서 대꾸했다.

"수장께서 어인 걸음이십니까. 부인의 빈소를 비우셔도 되는가 싶습니다."

빈정거리는 말투에도 치달의 웃음은 거둬지지 않았다.

"십수 년을 함께 한 부인이 불의의 사고로 세상을 떠났으니 어찌 가슴이 아프지 않겠습니까? 하오나 귀족회의의 수장으로서 공주마마의 안위가 더 시급한 사안이지요. 더구나 전하의 하해와 같은 은혜로 미래의 반려가 될 몸이지 않습니까? 미려도 이해할 것입니다."

공주가 발끈하며 자리에서 일어났다.

"누구 마음대로 반려란 말씀을 하십니까? 왕실의 혼사가 그리 쉽게 결정날 수는 없습니다."

"전하의 명령이옵니다. 누가 감히 거역하오리까?"

치달이 살이 오른 거무죽죽한 손을 내밀며 한 걸음 앞으로 나왔다. 치달이 다가오자 공주가 기겁을 하며 소리쳤다.

"가까이 오지 말아요. 뒤로 물러서요! 무엄하구나."

공주가 자지러지며 경악하자 치달의 얼굴에서도 웃음이 가셨다. 두꺼비 같은 눈을 끔뻑거리더니 관복의 소맷자락을 거칠게 거두어들였다.

"공주마마. 소신이 비록 다라의 충복이오나 자존심까지 버리고 사는 것은 아닙니다. 앞으로 평생을 같이 살아야 할 사람인데, 박대하여 무슨 도움이 있겠습니까? 첫날밤부터 소박을 맞기 싫으시다면 지금보다는 나긋나긋해지셔야 할 거외다."

치달의 눈빛이 싸늘했다. 사람의 뼛속까지 얼어붙게 만드는 눈빛이었다. 소정공주가 두 손으로 자신의 옷깃을 여몄다.

"지금 날 겁박하시는 겁니까?"

"겁박이라니요. 현실을 받아들이라는 충고지요."

사람을 무시하는 태도에 진저리가 쳐졌다. 공주가 자리에서 내려와 유모를 찾았다.

"유모. 너무 피곤해 그만 들어가 쉬고 싶구나. 수장께서도 공무에 바쁘실 터이니 그만 가셔야 할 듯하고. 궁문까지 잘 배웅해 드려요."

공주가 의자 등을 잡으며 치달을 쏘아보았다. 유모가 내실로 들더니 치달 곁에 서서 허리를 숙였다. 유모를 아니꼬운 눈초리로 꼬나보던 치달이 표정을 고치면서 공주에게로 눈길을 돌렸다.

"마마의 환후도 다 나으신 듯하니 안심하고 물러가겠습니다. 내달 보름달이 뜨면 다라 대축전의 서막이 열릴 것이옵니다. 축전이 끝나면 어느 날인들 길일이 아니리까? 더욱 성대한 축전이 있을 것이오니 몸단장이나 잘 하시옵소서. 소신은 그날을 손꼽아 기다립지요. 흐흐흐!"

멧돼지 같은 거구를 거들먹거리며 치달이 공주궁을 빠져나갔다. 공주는 더러운 버러지를 쳐다보듯 치달의 뒷모습을 뚫어져라 쏘아보았다. 웃음소리가 그대로 남아 여전히 대들보 사이를 울리고 있는 것 같았다. 치달이 사라지자 공주는 뒤도 돌아보지 않고 침실로 들어갔다. 배웅을 하고 돌아온 유모가 침실로 들어가야 할지 말아야 할지 몰라 내실 안을 서성거렸다.

잠시 후 소정공주가 침실 문을 밀고 나왔다. 유모를 보고 다가와 귀에 입을 대더니 소곤거렸다.

"유모. 날이 저물거든 문탁장군이 계신 군영을 다녀와요. 내가 조용히 만나 뵙고 긴히 상의할 일이 있으니, 사람들 눈을 피해 오셨으면 좋겠다고 전해줘. 한밤중이라도 좋고 새벽이라도 괜찮다고. 알았지?"

### 3

애도 기간이 끝났다. 대장군의 시신을 깨끗하게 씻기고 예복으로 갈아입힐 때가 왔다. 다라의 관습에 따라 의전관과 혈육인 문탁장군만 이 의례에 참여했다.

석관에서 나온 대장군의 시신은 생시와 다를 바 없었다. 무뚝뚝하게 감긴 두 눈만이 대장군의 죽음을 말해주고 있었다. 결코 평안한 죽음이 아니었을 텐데 표정은 어두워 보이지 않았다. 평생을 전쟁터를 전전하고 주군을 섬기는 일만하고 살다 비로소 자기만의 시간을 가지면서 해방된 탓인지도 몰랐다.

힘이 빠진 대장군의 수염에 의전관이 기름을 발랐다. 기름을 흡수한 수염이 생기를 되찾았다. 얼굴에 분까지 바르니 피부에서는 탄력까지 느껴졌다. 잘려진 목을 봉합한 부분은 비단 천을 감아 가렸다. 얇은 금박을 미늘 모양으로 오려 엮은 갑주가 수십 개의 촛불 빛을 받아 휘황했다.

"장군께서 몸을 씻겨 드리시지요."

의전관이 대장군의 수의를 벗겼다. 등을 뚫고 들어와 배로 관통했던 상처가 흉하게 모습을 드러냈다. 삼베로 상처를 막았지만 피딱지가 검붉게 앉은 배는 대장군의 마지막이 얼마나 비참했는지 말하고 싶어 하는 듯했다. 문탁은 이를 지그시 깨물었다.

수건에 맑은 물을 흠뻑 적셔 대장군의 몸 곳곳을 닦아냈다. 어릴 때를 빼곤 대장군의 알몸을 문탁은 본 적이 없었다. 규율을 엄수하고 진법을 중시했던 아버지는 나이 든 아들은 고사하고 어머니 앞에서조차 쉽게 옷을 벗지 않았다. 이제야 보게 된 아버지의 알몸은 생각보다 여의었다. 갑주와 투구가 주는 부피감이 아버지를 더 크게 보이도록 만들었나 싶었다.

몸을 닦은 다음 두 다리를 닦고 등을 씻겼다. 기름에 약물을 개면서 의전관이 문탁의 행동을 눈으로 따라왔다. 팔만 남았다. 팔에는 유난히 털이 많았다. 전투를 치르면서 남은 크고 작은 상처들이 팔에 얼룩을 남겼다. 굳게 쥐고 있는 주먹을 풀어야 했다. 경직은 풀렸지만 뭘 다 가져가지 못했는지 대장군의 주먹은 완강하게 닫혀 있었다. 칼을 쥐지 못하고 맨주먹으로 죽어야 했던 장수의 원한이 그렇게 표현된 것인지도 몰랐다.

"굳이 주먹을 펴야 합니까?"

아버지가 마지막까지 지키고자 했던 명예가 못내 가슴에 저려 의전관을 돌아보며 물었다. 가슴에 기름칠을 하던 의전관이 대장군의 주먹을 보았다.

"그냥 둬도 괜찮겠지요. 고인의 뜻이 그러하다면."

그래서 주먹을 쥔 그대로 수건을 댔다. 그런데 무슨 조화인지 수건을 대자 대장군의 주먹이 스르르 풀렸다. 수건이 다가와 주기를 기다리기라도 한 것처럼 너무나 자연스러웠다. 문탁과 의전관의 눈이 마주쳤다. 의전관이 눈을 위로 추어올리며 어깨를 으쓱거렸다.

손바닥은 굳은살이 옹이처럼 박여 있었다. 굵은 손마디 사이도 굳은살이 팽팽하게 올랐다. 젊은 병졸과 팔씨름을 해도 진 적이 없던 대장군이었다. 대장군을 이긴 병졸이 딱 한 명 있었다. 그때 대장군은 손목을 손바닥으로 감싸 비비더니 그 자리에서 병졸에게 대장군 칼을 내주었다.

"부지런히 무예를 연마해 나중에 대장군이 되어야 한다. 너는 그럴 자격이 있구나."

병졸은 극구 사양했지만 대장군의 의지는 분명했다. 그 병졸은 장교가 되었고, 대장군을 호위하다 함께 죽었다.

손바닥을 뒤집자 손등이 나왔다. 손등을 보호하던 갑주 자국이 선명했다. 갑옷은 그대로 대장군의 몸이 되었던 것이다. 문탁은 손가락 하나하나를 정성들여 닦아냈다. 중지 손톱 밑에 검은 이물질이 끼어 있었다. 흙이 묻었나 싶어 바늘로 긁어내는데, 자세히 보니 살점이었다.

왜 손톱 밑에 실점이 들러붙어 있는 걸까?

바늘 끝에 묻은 실점을 눈앞에 대고 살피자니 문득 떠오르는 얼굴이 있었다. 대장군의 시신을 모신 막사 앞에서 궁성으로 가려는 문탁을 가로막던 장교의 얼굴이었다. 대장군 휘하의 장교가 아니었던 그는 제법 적의를 드러내며 문탁을 가로막았다. 횃불에 번뜩이던 뺨을 가로지르며 그어져 있던 상처. 문탁은 직감적으로 뺨의 상처와 대장군 손톱 밑의 살점이 대장군의 죽음과 닿아있음을 느꼈다.

막사 밖으로 나왔다. 군영 안을 샅샅이 뒤졌지만 놈은 눈에 띄지 않았다.


시신에 금빛 갑주를 입혀 석관에 안장한 뒤 문탁은 집으로 돌아왔다. 몹시 피곤했다. 종아리를 무거운 덩이쇠로 두른 듯했다. 어머니의 처소에 들어 문안 인사를 올렸다. 잠깐 눈을 마주친 어머니는 바로 문을 닫았다. 어머니는 어머니 나름대로 지아비를 떠나보내고 계셨다.

방에 들어 갑주를 벗자마자 문탁은 혼곤하게 잠에 빠져들었다. 식은땀이 온몸을 적셨다. 아버지 손톱에 묻은 살점이 부풀어 올랐고, 놈이 아가리를 벌리며 문탁을 잡아먹을 듯 달려들었다. 두 손이 결박당한 문탁은 고개를 저어 뿌리치려 했지만 물속에서 몸을 움직이는 것처럼 동작은 둔하기만 했다. 놈의 아가리는 기어이 문탁을 집어삼켰다.

악!

비명을 지르며 문탁이 벌떡 몸을 일으켰다. 바람이 부는지 문짝이 심하게 덜컹거렸다. 방안이 남의 집인 것처럼 낯설었다.

"도련님, 도련님!"

집사의 목소리가 다급했다.

"뭐냐?"

"별일 없으십니까?"

"괜찮다."

집사가 잠시 뜸을 들였다.

"저…… 누가 도련님을 뵙자고 하십니다."

문탁은 방안을 휘둘러보았다. 어두웠다. 밤이 어디쯤 지나가는지 알 수 없지만 사람이 찾아올 시간은 아니었다.

"누구더냐?"

"모르겠습니다. 젊은 여인넵니다."

"젊은 여인?"

집사가 난처한지 입맛을 쩝쩝 다셨다.

"내일 오라는 데도 막무가냅니다. 오늘 아니면 뵐 시간이 없답니다."

문탁의 육감이 만나라고 다그쳤다.

"빈관으로 모셔라. 곧 나가마."

땀에 젖은 옷을 갈아입었다. 문갑 위에 칼이 놓여 있었다. 여인이라지만 시절이 뒤숭숭한 때였다. 겉옷을 입고 옷고름을 묶은 뒤 칼을 한 손에 들었다.

촛불을 앞에 두고 다소곳이 앉은 여인은 집사의 말처럼 젊어보이지는 않았다. 피부가 눈처럼 하얘 집사의 눈엔 젊어보였던 듯했다.

한 손에 칼을 든 문탁을 보더니 여인이 엷게 미소를 지었다.

"칼을 쓰실 일은 없으실 테니 안심하소서."

여인의 손에는 먹이 쥐어져 있었고, 앞에는 붓이 얹힌 벼루와 중원에서 온 질 좋은 선지(宣紙)[2] 한 장이 펼쳐져 있었다. 복식도 다라 여인의 것이 아니었다. 화려한 무늬가 들어간 넓은 소매의 웃옷과 무릎을 꿇고 앉은 품새는 왜국 여인들의 행색에 더 가까웠다.

"누구시오?"

머리를 꼿꼿하게 든 여인은 긴말은 하고 싶지 않은 듯했다. 잠시 더 먹을 갈더니 손끝으로 먹물의 농도를 확인했다.

먹을 내려놓은 여인이 문탁을 빤히 바라다보며 웃옷을 벗기 시작했다.

"지금 뭐하는 짓이요?"

당황한 문탁이 엉거주춤 몸을 일으키며 여인을 제지하려고 했다. 하지만 여인의 눈빛이 뜨거워 몸이 마음대로 움직여지지 않았다.

소매 긴 윗옷이 몸에서 미끄러지듯 흘러내렸다. 여인의 눈이 별빛처럼 초롱초롱 빛났다. 하얀 피부에 솟아오른 풍만한 젖가슴이 촛불 아래 요염하게 꿈틀거렸다. 군살이 하나 없는 눈부신 몸매였다. 분홍빛 유두가 문탁의 숨을 멎게 만

---

2  중국 종이의 일종. 청단(靑檀)의 수피를 석회수에 담갔다가 절구로 찧어 섬유를 정선하고 가는 채로 걸러 만든다. 매끄러운 표면과 치밀한 재질이 특색이고 서화용지로 사용된다. 선지라는 이름은 산지인 선주(안휘성 선성)에서 유래했고, 주산지는 같은 지방의 경현이 유명하다.

들었다. 오해를 할까 봐 집사를 부를 수도 없었다.

상체를 다 드러낸 여인이 엉덩이를 들썩였다. 치마까지 벗을 기세였다. 만류하든가 방을 뛰쳐나가든가 결단을 내려야 했다. 방문으로 눈을 돌리려는데 여인이 몸을 돌리면서 등을 보였다.

"옮겨 적으십시오."

여인의 등에는 세로로 일곱 자씩 네 행의 글이 적혀 있었다. 문식이 짧은 문탁이었지만, 그것이 칠언시임은 알아보았다.

山上凡鳥合凹凸(산상범조합요철)
金匣方柄角穴徹(금갑방예각혈철)
旣望前夜殿崩時(기망전야전붕시)
跋扈將軍四肢缺(발호장군사지결)

"이것이 뭐요?"

등을 진 여인이 얼굴을 반쯤 틀면서 문탁에게 말했다.

"미려 마님께서 장군님께 남기는 유시(遺詩)이옵니다. 땀에 절어 번지기 전에 어서 적으십시오."

아닌 게 아니라 우윳빛 등이 조금씩 번들거리기 시작했다. 검은 글자가 땀을 머금으며 등골을 타고 흘러내렸다. 문탁은 급히 붓을 잡아 한지와 등을 오가면서 시구를 옮겨 적었다. 대의는 파악되었지만 정확한 의미는 다가오지 않았다.

"다 쓰셨습니까?"

마지막 글자를 적는 것과 동시에 땀으로 얼룩진 등은 글자를 완전히 지워버렸다. 검은 물이 등골을 타고 흘러 여인의 엉덩이 골 사이로 스며들었다.

"종이를 접어 갈무리하시지요."

문탁은 아이가 어미의 말을 따르듯 선지를 접어 품안에 넣었다.

"글귀가 지워질까 소녀 항상 조심했사옵니다. 이제는 지워야겠지요."

몸을 되돌리더니 여인은 다시 윗옷을 걸쳤다. 하얀 젖가슴과 분홍빛 유두가 화려한 채색의 옷깃 사이로 숨어들어 갔다.

옷고름을 단정하게 맨 여인이 문탁을 향해 머리를 조아리고 절을 올렸다.

"저는 미려 마님께서 왜국에서 건너오실 때 따라온 시녀입니다. 마님께서 돌아가시기 얼마 전 쉰네를 부르시더니 등에 뭔가를 써 주셨습니다. 마님은 자신이 죽거든 저더러 왜국으로 돌아가라 이르시면서, 그 전에 문탁장군을 뵙고 등을 보여주시라 하셨지요. 지필묵을 준비해 받아 옮기시도록 한 뒤에요. 등에 무엇이 적혀 있는지는 저도 모르오니, 내용이야 마님과 장군님만 아실 뿐입니다."

"미려가 무슨 의중으로 네게 이런 일을 시켰더란 말이냐?"

피를 칠한 듯 붉은 여인의 입술은 더 이상 열리지 않았다. 여인이 고개를 가로젓더니 몸을 일으켰다.

"밤늦은 시간에 찾아뵈어 송구합니다. 남의 눈을 피해 다라를 떠나려니 피치 못할 사정이었습니다. 그럼 내내 강녕하시옵소서."

스르르 몸을 일으킨 여인이 문을 열고 소리도 없이 방을 빠져나갔다.

문탁은 귀신에 홀린 기분이었다.

판갑옷(板甲)

Plate armour
높이 42.8cm
옥전 68호분 〈경상대학교 박물관〉

# 시련의 눈동자

1

나흘 만에 송이는 집으로 돌아왔다. 그러나 돌아온 송이는
예전의 그녀가 아니었다. 맑고 순박한 미소는 사라졌고, 얼
굴은 몰라보게 여위었다. 눈동자는 초점이 사라져 어디를
보고 있는지 알 수 없었다. 무늬가 화려한 비단옷을 입고
있었지만 초췌한 외모 때문에 조금도 돋보이지 않았다.

첫날 딸아이가 귀가하지 않자 망치는 공들이던 작업도 내
팽개치고 송이를 찾아 나섰다. 도성 어디에서도 송이를 봤다
는 사람은 없었다. 해가 저물자 도성 근처 산이나 숲을 뒤졌
다. 횃불을 들고 미친 듯이 골짜기를 헤맸다. 애타게 딸아이
의 이름을 불렀지만 돌아오는 것은 메아리뿐이었다. 경비를
서던 병졸에게 붙잡혀 미친놈이란 소리까지 들었다.

다음날 아침에는 송이가 일구었다는 텃밭에도 가보았다.

밭이랑은 누군가 마구 짓밟아 엉망이 되었고, 움막은 쓰러져 있었다. 딸아이를 밟고 지나간 흔적처럼 보여 소름이 끼쳤다. 궁성 객관으로 니문을 찾았다. 니문은 며칠째 객관을 찾아오지 않았다면서 무슨 일이냐고 물었다. 아이가 귀가하지 않았다면 공연한 오해를 살 것 같아 적당히 둘러대고 발길을 돌렸다.

"도대체 애가 어딜 간 게야?"

피가 마르는 기분이었다. 애꿎은 마누라에게만 소리를 질러댔다.

"집구석에 처박혀 애를 어떻게 단속한 게야! 온다간다 말도 없이 사라질 애가 아니잖아!"

"말만한 애가 돌아다니는 걸 낸들 무슨 재주로 막아요. 가야금을 배우러 간다기에 그런 줄만 알았죠."

어미는 울상이 되어 가슴을 쥐어짰다.

겨레도 겨레대로 누이를 찾아 나섰다. 술진공 어른과 꽃네네 집에 가 누이의 행방을 물었다. 다들 알지 못했다. 술진공은 도성을 경비하는 병졸들에게 물어보겠다며 유건을 쓰고 궁성 쪽으로 달려갔다. 꽃네는 왜 다라에 불행한 일만 생기느냐며 초초해 했다.

겨레는 누이의 또래 동무들 집에도 가보았지만 누이를 본 사람은 없었다.

"요즘 걔 텃밭 가꾸랴 가야금 배우랴 바빠 우린 본 척도 않던 걸. 걔 많이 변했더라."

누이의 친구들은 서운했던 속내를 드러내며 가재미눈을 떴다.

사흘째가 되자 망치는 속으로 마음을 접었다. 북다라산 호랑이에게 물려가지 않고서는 이렇게 감쪽같이 사라질 수는 없었다. 무슨 재주로 그 넓은 북다라산을 다 뒤진단 말인가? 그저 병사들에게 딸아이의 인상착의를 알려주며 도움을 청했을 뿐이었다.

그렇게 애간장을 태우던 중에 송이가 불쑥 돌아온 것이었다. 망치는 기쁨보다는 부아부터 치올랐다.

"이 미친년아! 어딜 싸돌아다니다 들어온 게냐! 네년이 우릴 말려죽일 작정이냐?"

그러나 송이는 넋이 빠져나간 듯했다. 퀭한 눈으로 망치를 흘낏 보더니 방 안으로 들어가 버렸다. 혼찌검을 낼 요량으로 싸릿대를 꺾는데, 아내가 손목을 잡았다.

"송이가 이상해진 것 같아요."

송이가 돌아온 것만 보았지 정작 행색은 눈에 들어오지 않았던 망치는 그제야 딸아이의 낌새가 수상하다는 사실을 눈치 챘다. 얼굴은 반쪽이 되었고, 복식도 평소 차림이 아니었다.

"아무 것도 묻지 말아요."

아내가 두려움을 떨치지 못한 표정으로 입막음했다. 망치를 밖에 두고 아내가 방안으로 들어갔다. 송이는 주섬주섬 제 소지품을 챙기고 있었다.

"뭘 하는 거니?"

어미를 돌아보며 송이가 억지웃음을 지었다. 다시 다그치자 송이가 기진맥진한 듯 풀썩 주저앉으며 말했다.

"엄니. 나 오늘부터 궁 안에 들어가 살게 됐어."

"궁 안엔 갑자기 왜?"

"높은 분이 힘을 써줘서 대왕 전하를 모시게 됐어. 그냥 그렇게만 알아둬요."

그러더니 품에서 삼베 주머니를 꺼내 어미 앞에 내려놓았다. 열어보니 적지 않은 금붙이가 들어 있었다.

"이건 또 뭐니?"

"전하를 모시는 품삯으로 받은 거야. 살림에 보태 써. 이정도면 몇 달 동안 아무 걱정 없이 세 식구 먹고 살 수 있을 거야."

어미가 어이가 없어 주머니를 내팽개쳤다.

"이것아. 누가 너더러 돈 벌어 오랬더냐? 네 아비가 갖다주는 돈으로도 살림은 넉넉해. 자초지종이나 알자꾸나."

"자꾸 묻지 마. 다 잘 될 거야."

짐을 다 꾸리자 송이가 아비와 어미, 겨레를 방으로 불렀다.

"당분간 집엔 못 올 것 같아요. 궁에 들어가면 배워야 할 것도 많고 일도 많아. 난 잘 지낼 테니까 아무 걱정 말고 살아요. 나중에 시간이 나면 들를게."

따져 물어도 딸아이가 속 시원한 대답을 할 것 같진 않았다. 그나마 궁으로 들어간다니 조금 안심은 되었다. 호랑이에게 물려가지 않은 것만도 어디인가.

"그 옷은 궁에서 받은 것이란 말이냐?"

송이는 더러운 것이라도 묻은 듯 손으로 세차게 옷자락을 털었다.

"응. 궁에는 없는 게 없어요. 호의호식하면서 살 수 있어."

송이가 눈을 꾹 감았다. 전혀 기쁜 표정이 아니었다. 감은 두 눈 사이로 눈물이 방울방울 맺혀 떨어졌다.

"네가 가기 싫다면 굳이 안 가도 된다. 이 아비가 가서 얘기하마."

불길하고 불안해 망치는 말을 더듬거렸다. 입술 끝이 떨렸다. 딸의 신상에 분명 나쁜 일이 생긴 것이다. 아니 나쁜 정도가 아니라 끔찍한 일일 것 같았다. 망치는 더 상상하고 싶지도 않아 고개를 획획 저었다

짐이 든 보자기를 들고 마당으로 나가니, 사립문 밖에 말이 끄는 가마 한 대가 서 있었다. 송이가 올 때는 보지 못한 가마였다. 험상궂게 얼굴이 일그러진 사내와 족제비 상을 한 사내 둘이 가마 앞뒤에 서서 흘낏거리며 집안을 엿보고 있었다.

"댁들은 궁에서 온 사람들이요?"

망치가 미심쩍어 밖으로 나가 물었다. 행색이나 인상이 아무리 봐도 궁에서 일하는 사람 같지 않았다. 둘은 멋쩍은 표정을 지으며 고개를 끄덕였다.

"따님께 복이 넝쿨째 굴러 왔습니다. 허허, 감축드리오."

능글맞게 웃으며 족제비 상이 말했다. 멱살이라도 붙잡고 캐묻고 싶었지만, 송이에게 해가 될까 차마 그럴 수 없었다.

"우리 애 잘 좀 부탁합니다."

고작 건넬 수 있는 말이라곤 이것밖에 없었다.

송이가 가마에 오르자 두 사람은 재빨리 말을 몰아 골목을 빠져 나갔다. 제대로 배웅도 못하고 딸아이가 다시는 돌아오지 못할 곳을 가버린 것 같아 망치는 하염없이 가마가 사라진 골목만 바라보았다.

골목을 돌자 집은 사라졌다. 보자기를 품에 안은 채 송이는 자꾸만 멀어지는 집에서 눈을 떼지 못했다. 입궁하는 것은 사실이었지만, 광영이나 보람 따위와는 거리가 먼 일이었다. 어디서부터 일이 잘못 되었는지 송이는 짐작도 할 수 없었다.

앞니 빠진 사내가 헛간을 나갈 때만 해도 송이는 희망에 부풀어 있었다. 자신이 할 수 있는 일이 많지는 않았지만 죄과가 무겁진 않으니 큰 문제는 없어 보였다. 부모와 겨레에게 화가 미치지 않게 된 것만으로 송이는 가슴을 쓸어 내렸다.

얼마나 시간이 지났을까? 햇볕의 방향이 바뀐 것으로 보아 저녁이 가까울 시간이었다. 다시 나타난 사내는 송이를 소달구지에 태웠다. 송이가 타고 왔던 그 달구지였다.

달구지가 덜커덩거리는 것으로 보아 산길을 가는 듯했다.

사내들이 투덜거리는 소리가 이따금 들렸지만, 달구지가 멈출 기미는 없었다. 이윽고 달구지는 멈추었고, 내려 보니 숲속이었다. 담장 너머로 집이 보였다. 작은 뒷문이 담장 끝에 나 있었다.

"이리 오너라."

이빨 빠진 사내가 재촉했다. 사내는 달구지를 몰고 온 남자에게 돈을 집어주며 돌려보냈다. 남자들은 달구지를 끌고 낄낄 웃으며 숲길을 내려갔다.

"우리도 창기들하고 재미나 보세."

음흉한 웃음소리가 귓가를 떠나지 않고 맴돌았다.

집에는 아무도 없었지만 부엌에는 뜨거운 물과 옷가지가 준비되어 있었다. 김이 잔뜩 서려 있어 부엌은 안개 속에 들어와 있는 것 같았다. 사내가 검은 입구멍을 드러내며 다짐하듯 일렀다.

"몸을 깨끗이 씻고, 저 옷으로 갈아입어라. 그 옷은 버려. 땟국이 좔좔 흘러 바구미가 살림 차리자며 덤벼들겠다. 방에 들어가 얌전히 기다리고 있으면 너를 도와줄 분이 오실 게다. 뭘 요구하든 다 들어줘야 한다. 네 부모와 어린 동생만 생각해라. 알았지?"

사내는 으름장을 놓은 뒤 송이를 아래위로 쓱 훑어보더니 부엌을 나갔다. 아궁이에 걸린 솥에서는 물이 펄펄 끓고 있었다. 김이 서려 부엌 안은 뿌옇게 변했다.

어찌하면 좋을지 몰라 송이는 오도카니 서서 끓고 있는

물만 쳐다보았다. 누가 날 도와주러 온다는 것일까? 나더러 뭘 하라는 것일까? 불안한 마음이 가셔지지 않았다.

무작정 서 있을 수만은 없어 송이는 옷을 벗었다. 보는 사람은 아무도 없었지만 부끄러웠다. 집에서는 뜨거운 물로 목간을 하는 호사를 누린 적이 한 번도 없었다. 그저 개울가로 가 몸을 감는 게 고작이었다.

치마를 내리고 속옷을 벗자 사타구니 사이에 두른 개짐이 나왔다. 달거리가 끝난 지는 좀 지났지만, 혹시 몰라 차고 있던 것이었다. 일을 하다보면 몸 안에 남아 있던 피가 흘러 치마를 붉게 적실 때가 있었다. 처음 달거리를 했을 때 놀라 우는 송이를 어미가 꼭 껴안으며 달래 주었다.

"이제 너도 어엿한 계집이 되었구나. 몸 간수도 잘 하고 조신하게 행동해야 한다."

어미가 눈물을 글썽이며 일러 주었지만 그 뜻을 송이는 잘 알아듣진 못했다. 그날 저녁에 고깃국이 나왔다. 아비는 연신 기침만 해대며 입을 열지 않았고, 겨레는 오랜만에 보는 고깃국에 눈이 뒤집혀 신바람이 났다.

"겨레, 넌 맛만 봐. 오늘 고깃국은 누나를 위한 것이니까."

염치도 없이 송이의 국까지 탐내는 겨레를 보며 어미가 꿀밤을 주었다. 겨레가 징징댔다.

"엄니는 누나만 생각해. 우리 집을 이끌어 갈 사람은 나라고. 아들을 구박하다니, 나중에 단단히 후회하게 만들어주겠어."

철없던 겨레도 이젠 부쩍 자라 제법 사람 구실을 했다. 단란했던 그 시절이 이제는 영영 돌아올 것 같지 않아 송이의 목구멍으로 울컥 울음이 터져 오르려고 했다. 잡념을 지우려고 송이는 개짐을 푼 뒤 목간 통 속으로 몸을 집어넣었다. 뜨거운 물이 온몸을 감쌌다. 어제와 오늘 어깨를 짓눌렀던 근심과 피로가 저만치 씻겨나가는 기분이었다.

통 옆에 가루분이 있었다. 손으로 떠 냄새를 맡으니 향기가 좋았다. 몸에 바르자 거품이 일었다. 송이는 몸 구석구석 가루분을 바르고 뜨거운 물을 부어 때를 벗겼다. 기분이 너무나 좋아졌다. 나중에 식구들이 다 모이면 뜨거운 물로 목간을 시키리라. 그리고 이 가루분을 듬뿍 바르게 해야지.

이런 생각을 하니 앞으로 일어날 일도 나쁘지 않을 것 같았다.

방안에 이렇다 할 가구는 없었다. 누가 펴 놓았는지 이부자리가 단아하게 방 가운데를 차지하고 있었다. 이불 양편으로 청동 촛대가 서 있고, 굵은 초가 각각 세 심지씩 타올랐다. 방안은 대낮처럼 훤했다. 불을 잘 지핀 방은 후끈할 정도로 온기가 넘쳤다.

그때 문밖에서 인기척이 들렸다. 송이는 깜짝 놀라 몸을 움츠렸다. 문 너머에서 목소리가 들려왔다. 누군지는 알 수 없지만 다정한 목소리였다.

"몸을 뒤로 돌리고 앉거라. 눈은 감고."

송이는 거부감을 느끼지 않고 말대로 움직였다. 원하는

대로 해주지 않으면 부모와 겨레가 다칠 것이었다.

잠시 후 문이 열리고 닫히더니 누군가 송이에게로 접근했다. 손이 송이의 어깨로 올라왔다. 뭔가 뭉클하고 끈적거리는 느낌이 들었다. 눈을 뜨려고 하는데, 손이 송이의 얼굴을 가렸다. 무척 큰 손이었다. 물기인지 기름기인지 손바닥이 축축했다. 눈을 가렸던 손바닥은 조금씩 아래로 내려가 입술에 닿았고 목을 더듬었다. 목이 조여 왔다.

그제야 송이는 이 남자가 무슨 짓을 하려는지 알아챘다. 남자는 송이의 몸을 원하는 것이었다. 온몸에 소름이 돋으면서 남자의 손아귀에서 벗어나야 한다는 생각이 번쩍 들었다. 몸을 빼려고 했지만, 남자의 아귀힘이 송이를 가만 두지 않았다.

"움직이지 말래도. 내 말대로 하면 아무 일 없을 거다."

욕망에 젖은 남자의 목소리가 송이의 귓가를 떠돌았다. 동시에 뜨거운 입김이 뺨을 휘감았다. 소리를 지르려고 했지만, 목이 조여와 숨조차 쉴 수 없었다.

남자의 우악스런 손길이 송이가 입고 있는 옷을 거칠게 벗겼다. 상체가 금방 알몸이 되었다. 더운 방안에서 송이의 온몸이 바들바들 떨렸다.

"안 돼요!"

송이가 간신히 소리치자 남자의 손길은 더욱 거칠어졌다.

"안 돼? 네 년도 내게 반항하는 거냐? 내게 반항하면 재미없어!"

남자가 송이의 몸을 제 편으로 휙 돌렸다. 얼마나 완강했는지 송이는 자신의 몸이 벽에 부딪치는 줄 알았다.

　정면에서 본 남자는 발가벗고 있었다. 사람이 아니라 곰 같았다. 몸은 온통 시커멓고 물 먹은 솜처럼 부풀어 올라 있었다. 욕정에 불타는 눈만이 빨갛게 빛났다. 물동이 같은 배는 터질 듯 불룩했는데, 가쁘게 숨을 내쉬어 살아 있는 것처럼 꿈틀거렸다. 그 아래 잔뜩 약이 올라 솟구친 남자의 성기가 송이를 노려보고 있었다.

　송이는 하얗게 질렸다.

　남자는 송이가 입고 있는 치마를 벗겨 내렸다. 송이의 부끄러운 몸을 가려줄 것은 이제 아무 것도 없었다. 남자가 만족스러운지 게걸스럽게 웃었다.

　"역시 내가 상상했던 그대로로구나."

　남자의 몸이 송이 위로 올라왔다. 숨조차 쉴 수 없을 만큼 거대했다. 두 팔이 어깨를 눌렀고, 두 다리가 송이의 가랑이를 양쪽으로 밀어냈다. 남자의 몸은 무두질이 안 된 짐승 가죽처럼 털북숭이였고 꺼끌꺼끌했다. 남자의 몸이 송이의 부드러운 피부를 비비며 들어왔다.

　송이는 까무러쳤다.

　"눈을 떠라! 눈을 떠! 열락에 빠져 몸부림치는 네 눈을 보고 싶구나. 눈을 뜨라니까!"

　그것이 송이가 마지막으로 들은 남자의 목소리였다.

　정신을 차려보니 남자는 저 만치서 등을 돌린 채 뭔가를 마시고 있었다. 촛불을 받은 몸이 땀으로 번들거렸다. 송이가 꿈틀거리자 남자가 눈을 돌렸다. 야수처럼 붉게 이글거리는 눈빛이었다. 온몸에 다시 소름이 돋았다. 남자는 짐승처럼 네 발로 엉금엉금 기어서 송이에게 왔다. 이젠 물러설 기운도 없었다.

"내 말만 들으면 네가 원하는 것은 뭐든 가질 수 있다. 난 고분고분한 계집이 좋거든. 날 거역한 년들은 모두 죽여 버릴 것이야! 알겠느냐? 알겠냐니까?"

남자가 송이의 어깨를 잡고 미친 듯이 흔들었다. 무서워서 아픔을 느낄 수도 없었다. 이 끔찍한 방에서 한시라도 빨리 벗어나려면 남자의 말을 따라야 했다. 송이는 눈을 감고 정신없이 고개를 끄덕였다.

"그래. 그래. 네 몸에서 나는 냄새가 아주 좋구나. 가을에 갓 피어난 구절초 꽃향기야. 가까이 와라. 네 몸 냄새를 맡고 싶구나."

땀에 전 남자의 몸이 송이를 껴안았다. 송이의 눈에서 하염없이 눈물이 쏟아져 나왔다. 자기에게 잘해 주었던 사람들의 얼굴이 하나둘 스쳐 지나갔다. 그들은 이제 자기를 보고도 웃지 않을 것이었다.

남자가 송이를 내팽개치듯 이불 위에 던졌다. 남자의 몸이 송이의 몸을 더듬었다. 샅아구니 사이로 찢어질 듯한 고통이 밀려들어왔다. 송이는 끝내 혼절하고 말았다.

2

문탁은 통나무로 얼기설기 만들어진 책상 위에 구겨진 선지를 펼쳐 놓았다. 스물여덟 자의 글자가 적혀 있었다. 아무리 읽어도 그 뜻을 헤아릴 수 없었다. 어릴 때부터 대장군에게 병법서를 배운 터라 문의가 무엇인지 모르지는 않았다. 시의 내용이 무엇을 말하자는 것인지, 미려는 왜 자신이 죽은 뒤에 이 글을 자신에게 보여주라고 했는지 그 까닭을 알 수 없었다.

미려는 자신이 죽을 줄 어떻게 알았을까? 문탁이 듣기로 미려는 금붙이를 탐낸 괴한에게 당했다고 했다. 우발적인 살인이었다. 예지 능력이 있으니 자신이 그렇게 죽을 줄 알았단 말인가? 아니, 그것을 알았다면 왜 대처하지 못하고 죽었을까?

미려의 죽음 뒤에는 뭔가 다른 진실이 숨어 있는 것 같았다. 칼로 겨루는 일이 아닌 이런 일이 문탁에게는 버거웠다. 아무리 뚫어지게 시 구절을 읽고 또 읽어도 철옹성처럼 시는 문탁에게 성문을 열려고 하지 않았다.

그때 술진공이 기침을 하면서 막사 안으로 들어왔다. 문탁은 얼른 선지를 걷어 군사 지도 밑으로 쑤셔 넣었다. 기색을 본 술진공이 어색한 표정으로 책상 위와 문탁을 번갈아 보았다.

"이 경황에 연서(戀書)라도 받은 게요?"

문탁이 머쓱해 하면서 두 손으로 마른세수를 했다.

"농담도 과하십니다. 어쩐 일로 오셨습니까?"

술진공은 지도 밑에 숨긴 물건의 정체가 못내 궁금하다는 듯 눈길을 거두지 못했다. 그러나 곧 개인적인 궁금증은 나중에 풀자고 생각을 고쳐먹었다.

"허참! 오랄 때는 언제고 그런 소릴 하시오. 정신이 딴 데가 있구먼. 오늘 밤 대장군을 매장한다지 않았소? 그 문제를 상의할까 해서 왔소이다."

어제 입관이 끝났으니 당연히 뒤따르는 절차였다. 대장군은 다라의 귀족이니 옥전에 묻혀야 마땅했다. 대장군이라면 대왕과 수장에 이어 서열 3위의 직위였다. 비록 전사한 것은 아니지만 순시 중에 피살되었으니 순직임은 틀림없었다. 대왕을 비롯해 다라의 모든 귀족과 신료들이 대장군의 마지막 길을 전송하는 것이 관례였다.

그런데 치달 수장이 트집을 잡고 나섰다. 머지않아 대축전이 있는데, 상서롭지 못한 행사에 다라의 신민이 동원되는 것은 볼썽사납다는 주장이었다. 대왕은 떨떠름해 하면서도 옹호하는 눈치였고, 신료들 사이에서는 군말이 나오지 않았다. 성대한 장례를 치러주겠다는 처음 약속은 온데간데없었다. 다라의 왕령은 이제 대왕 머리 위에 앉은 치달의 입에서 나오고 있었다.

논란을 벌이는 것도 역겨워 조촐하게 가족장으로 치르겠다 말하고 문탁은 어전회의를 박차고 나왔다. 아무도 그를 막지 않았다. 궁정 뜰에서 분을 참고 있는데, 술진공이 나와 어깨에 손을 얹었다.

"나라꼴이 점점 엉망이 되어 가는구먼."

문탁은 아무 대꾸도 하지 않았다.

"아침에 치달이 와서 대왕께 수작을 걸기에 난 반대했었소. 평생을 대장군으로 봉직한 사람에 대한 예의가 아니라고 말이요. 허나 대왕은 요지부동이더구먼. 뭐에 화가 나셨는지 잔뜩 심통만 부리시지 뭐요. 어전회의에서는 체면을 차리느라 말씀을 돌리셨지만 이미 뜻은 확고하시오. 힘이 못 되어 미안하구려."

넌덜머리가 났지만, 차라리 잘 됐다는 생각도 들었다. 대장군도 저런 비열한 인간들의 전송을 받으면서 이승의 마지막 길을 떠나고 싶지는 않으리라. 더구나 치달은 대장군의 죽음을 사주한 놈이었다.

"시간이 좀 지나면 대왕께서도 생각이 바뀌실 게요. 매장을 서둘 것은 없지 않겠소? 가족장이라니, 그래서는 안 됩니다."

문탁이 몸을 돌렸다.

"아닙니다. 대축전을 앞두고 불필요한 잡음은 일으키고 싶지 않습니다. 가례에 맞춰 오늘 밤 황강 상류 봉산 반계제 구릉에 있는 가족 묘역에 매장하겠습니다. 다만 저희 집안이 군무에만 종사했던 터라 매장 의식에 밝지 못합니다. 절차나 격식에 대해서 조언을 해 주시지요. 부탁드립니다."

술진공은 아무 대꾸 없이 문탁의 얼굴을 응시했다. 결심을 꺾기 어렵다 판단했는지 술진공이 고개를 끄덕였다.

"알았소이다. 시간을 봐서 군영으로 찾아가리다."

낮에 그런 약속을 해놓고 깜박 잊고 말았다. 문탁이 고개를 숙이며 사죄했다.

"송구합니다. 어려운 걸음을 하셨는데, 제가 큰 결례를 범했습니다."

술진공이 문탁의 어깨를 가볍게 쳤다.

"별 말을 다 하시오. 대장군의 영전 앞에 내 얼굴을 내밀 면목도 없소. 굳이 가족장을 치르겠다니 말리진 않겠지만, 너무나 속상한 일이요. 다라에 망조가 들어도 단단히 들었소이다."

술진공이 행낭에서 몇 장의 접힌 선화지(仙花紙)[3]를 꺼냈다.

"매장이라지만 그리 간단한 일이 아니요. 준비하는 데만도 며칠이 걸리는데, 오늘 밤 매장이라니. 가능하기는 하오?"

"이미 집에는 기별을 해 놓았습니다. 지금쯤 집사가 아랫것들을 데리고 반계로 갔을 겁니다. 거기 마을 사람들하고 친분이 있으니, 십시일반 도우면 자시(子時, 밤 11~1시) 무렵 매장하는 일은 어렵지 않겠지요. 석관은 부하들에게 달구지에 실어 옮기라고 지시해 놓겠습니다."

술진공이 눈동자를 묘하게 돌리면서 문탁을 쳐다보았다.

"그 일에 장군은 마치 없는 것 같소이다? 어디 다녀라도 올 요량이시오?"

---

3 닥나무를 원료로 하여 만든, 두껍고 질기며 색깔이 누런 종이.

문탁이 열없게 웃었다.

"저도 자식으로서 부하 장수로서 해야 할 구실을 해야겠지요. 여하간 매장에 차질은 없을 겁니다."

그러려니 하는 표정을 지으며 술진공이 다시 선화지 위로 시선을 옮겼다.

"종이쪽에 쓰인 그림이나 글귀만 보고 의식을 다 알긴 어려운 법이요. 괜찮다면 나도 매장 의식에 참여하고 싶구려."

문탁이 단호하게 고개를 저었다.

"그러시지 않아도 됩니다. 가족장이니 가족들끼리만 조용히 치르겠습니다."

"그럼 그러시든가. 이걸 좀 보시구려."

술진공이 펼친 종이에는 매장 때 갖추어야 할 의전들이 그림으로 그려져 있었다. 가신(假臣)들의 배치며 음식의 배열, 매장까지의 절차 등이 알기 쉽게 순서대로 그려진 것이었다. 술진공이 겸연쩍은 듯 웃으며 설명했다.

"급히 그려본 것이라 이해가 잘 될지 모르겠소. 뭐 여기 적힌 순서대로만 진행하면 고인도 편안하게 흠향하고 귀천(歸天)할 것이요. 그리고 마지막으로 석관을 넣고 부장품을 채운 뒤 이 글을 읊으면 끝납니다."

그림이 그려진 선화지를 치우자 글자가 정연하게 쓰인 종이가 나왔다.

"이건 뭡니까?"

"제문(祭文)이요. 대장군의 매장이니 장중하고 엄숙한 내용을 담아 짓고 만백성이 듣는 앞에서 읊어야 옳겠지요. 허나 가족 분들끼리 고인을 추모한다면 번거로울 절차일 뿐이요. 그래서 내가 대신 오언으로 시를 지었소. 만시(輓詩)라 부르지요. 내용이야 장군도 알 것이니, 석관 앞에서 읽어나가면 되오."

문탁은 찬찬히 글을 살펴보았다. 시행은 더 길었지만 미려가 그에게 준 한시와 형식은 닮아 있었다. 문득 문탁은 속내를 알 길 없는 미려의 한시에 숨겨진 비밀을 술진공은 풀 수 있을지도 모른다는 생각이 들었다. 그러나 과연 그것이 현명한 일일까?

문탁은 잠시 고민에 빠졌다.

"뭘 그리 골똘히 보시오. 내용이 그리 어렵지는 않소이다. 평소 내가 생각했던 대장군의 인품과 위업을 아뢰고 명복을 비는 게 다요. 『문선(文選)』에 올릴 만큼 명문은 못 되니, 그리 숙독하면 면구스럽소이다. 그만 가보겠소. 일 잘 마치시구려."

술진공이 행낭을 챙기면서 말을 던졌다. 더 이상 사세를 살피며 머뭇거릴 시간이 없었다. 문탁은 마음을 굳혔다.

"실은 공께 보여드릴 게 있습니다."

술진공이 지도 밑을 흘낏 보면서 말했다.

"저 지도 밑에 숨어 있는 것이겠구려."

문탁이 고개를 끄덕였다.

"나도 웬 보물단진가 싶어 궁금하던 참이었소. 대체 뭐기에 그리 주저하시오."

문탁은 선지를 지도 밑에서 꺼내 술진공 앞에 펼쳐 놓았다.

"칠언시구려. 연서가 아니라 연시(戀詩)였소?"

한눈에 알아본 술진공이 시행을 따라 눈동자를 옮겼다. 처음에는 장난기가 어렸던 얼굴이 곧 굳어졌다. 술진공은 몇 차례 시를 거듭 읽었다. 마침내 시에서 눈을 뗀 술진공이 의혹에 가득 찬 눈으로 문탁을 보았다.

"이건 누가 쓴 거요?"

이미 시위를 떠난 화살이었다. 굳이 숨길 이유는 없었다.

"미려가 쓴 것입니다."

"미려? 죽은 국무 말이요?"

"그렇습니다."

"아니, 언제?"

"죽기 직전에 썼다는군요."

"그걸 어째서 장군이 가지고 있는 게요?"

"제게 남긴 겁니다."

문탁은 간단히 어젯밤에 있었던 일을 말해 주었다.

"어허! 별 해괴한 일도 다 있구먼. 미려가 요물인 줄은 알았지만 이런 괴언까지 남길 줄은 몰랐소그려."

문탁이 갑갑증이 일어 따져 물었다.

"이게 대체 무슨 소립니까? 왜 제게 이걸 남겼을까요?"

술진공의 얼굴에 당혹감이 떠올랐다.

"나도 다 안다고는 말 못하겠소. 그러나 전고(典故)가 꽤 복잡하게 얽혀 있긴 하구려."

"전고라 하셨습니까?"

"음. 시나 글을 지을 때 박식을 자랑하려고 쓰는 요령이오. 미려가 그래도 책권 꽤나 읽은 모양이구려. 이럴 줄 알았으면 살아생전 얘기나 좀 나눠보는 건데 그랬소. 치달이란 인간이 하도 망종이라 마누란들 상종할 가치가 없다고 여겼었소. 하긴 미려도 웃으면서 빰치는 계집이긴 했지."

문탁의 인내심에도 한계가 왔다.

"그렇게 변죽만 울리지 말고 풀이를 좀 해 주십시오."

"그럽시다. 우선 시의 대의는 파악하셨지요?"

문탁이 즉답을 못하고 말을 더듬었다.

"알겠소. 먼저 시를 문면대로 풀이하면 이렇소."

술진공이 낭랑한 목소리로 시를 읊었다.


산 위에 이름 모를 새가 올록볼록 합쳤는데
금상자의 네모진 고리가 각진 구멍을 뚫었구나.
기망 오기 전날 밤 궁전이 무너져 내릴 때
발호하던 장군의 사지가 갈가리 찢기리라.


시 읊는 소리를 듣고 나더니 문탁이 실없이 헛웃음을 띠었다.

"시란 게 참 어렵군요. 소장은 무슨 소린지 하나도 모르겠습니다."

**344**

술진공도 빙그레 미소를 지었다.

"전고를 모르고 들으면 당연한 일이지요."

"먼저 '이름 모를 새'로 풀이한 범조(凡鳥)에는 이런 전고가 있소. 중원 송나라 때 문인 유의경(劉義慶, 403~444)이란 사람이 지은 책『세설신어(世說新語)』〈간오(簡傲)편〉에 나오는 이야기지요. 진(晉)나라 때 사람 여안(呂安, ?~263)이 어느 날 친구인 혜강(嵇康, 223~262?)을 찾아갔더랬소. 그런데 마침 혜강은 집에 없고 그의 형 혜희(嵇喜)가 있어 여안을 맞았소. 한눈에 혜희가 사람됨이 하찮은 것을 알아보고 돌아나오면서 대문에 '봉(鳳)'자를 써놓았답니다. 이것을 본 혜희는 자신을 봉황이라 불러주었다면서 기뻐했지. 그러나 사실 '봉'자를 파자(破字)해보면 '범조(凡鳥)'가 된다 이 말씀이야. 그러니까 여안은 혜희가 봉황이 아니라 범조, 즉 평범하고 용렬한 사람이라 풍자한 것이지요."

문탁이 고개를 끄덕였다.

"그러니까 이 시에서 '범조'는 용렬한 사람을 가리킨다는 뜻입니까?"

"전고로 보면 그렇지요."

"그게 누굴까요?"

"글쎄. 세상에 용렬한 인간이 어디 한둘이오. 당장 머릿속에 한 사람 떠오르긴 하지만, 미려가 굳이 그 자를 가리켰을까?"

"치달 말씀입니까? 치달이라면 용렬한 정도를 넘어서지

요. 배우자에게까지 그런 취급을 당했다니, 미려도 사람 보는 눈은 있었나 봅니다."

"하여간 지금은 그 정도에서 그칩시다."

"예. 또 어떤 전고가 이 시에는 있습니까?"

"다음은 '네모진 자루'라 한 방예(方枘)이오이다. 원래는 네 자로 된 성어지요. '방예원조'라 해서 한자로는 '方枘圓鑿' 또는 '方枘圓鑿'로 씁니다. 사마천의 『사기(史記)』 권74 〈맹자순경열전(孟子荀卿列傳)〉에 처음 나오는데, 모난 장루에 둥근 구멍이란 뜻이지요. 모난 장루는 둥근 구멍에는 끼울 수 없다는 말로, 사물이 서로 맞지 않는 것을 일컫는 말입니다."

"금 상자 안에 든 것이 서로 어긋난다는 말이 됩니까? 금 상자는 무엇이고, 어긋난다는 것은 또 무엇일까요?"

"나로서도 짐작이 가지 않는군요."

문탁의 얼굴에 슬쩍 실망하는 빛이 스치고 지나갔다. 표정을 눈치 챈 술진공이 머쓱해 하면서 웃었다.

"이런 시는 어떤 정황을 염두에 두면서 만든 것입니다. 정황을 모른다면 진실이 뭔지도 알긴 어렵지요."

문탁이 수긍한다는 듯 고개를 끄덕였다.

"또 어떤 전고가 있습니까?"

"세 번째 구절에는 굳이 전고랄 게 없군요. 아니 상당히 구체적입니다. 장군도 짐작하겠지만, '기망전야'는 바로 보름날 밤을 말하는 듯합니다."

"보름날 밤이라…. 대축전이 있는 날 밤이로군요."

문탁이 턱을 어루만지며 중얼거렸다.

"그렇소. '전'이라면 보통 궁전을 말하지만 여기서는 신전이 아닐까 싶소. 대축전이 열리는 신전을 말하겠지. 보름달이 뜨니 훤하게 밝을 터인데, 무너져 내린다니 이게 무슨 소린지 모르겠구려."

"그 튼튼하게 지은 신전이 무너질 턱이 없을 텐데, 어쨌거나 그날 가보면 알겠지요."

"흠! 그래도 불길하긴 하오. 마지막으로 '발호장군'이 있소. 보통 발호장군하면 동한(東漢, 후한) 때의 권신인 양기(梁冀, ?~159)를 말합니다. 양상(梁商)의 아들인데, 두 누이동생을 순제(順帝)와 환제(桓帝)의 비로 바쳐 권력을 쥐었지요. 여동생인 양태후(梁太后)와 함께 황제를 마음대로 폐위하고 옹립했는데, 한안(漢安) 3년인 갑신년(144년)에 충제(沖帝)가 죽자 질제(質帝)를 세웠습니다. 8살 나이로 황제가 된 질제는 그를 몹시 미워해서 '제멋대로 횡포를 부리는 장군'이라 해서 '발호장군'이라 불렀지요. 이 말을 들은 양기가 질제를 독살하고 환제를 세웠습니다. 충신이었던 이고(李固)와 두교(杜喬)까지 죽이자 세상 사람들이 모두 두려워했지요."

문탁이 결기를 참지 못하고 주먹을 불끈 쥐었다.

"영락없는 치달이군요. 사지가 갈기갈기 찢겨 죽는다니, 미려가 제 서방의 죽음을 예언한 모양입니다."

"그렇기는 한 듯하나, 나는 새도 떨어뜨릴 권력을 쥔 치달이 열흘 남짓 남은 보름날 갑자기 거열형(車裂形)을 당한다고 보기는 어렵지 않습니까? 또 누가 그를 죽인다는 걸까요? 대왕께서 대오각성하여 치달을 처형하신다는 말인가? 그렇다 해도 대축전 날 밤에 처형이라니, 아무래도 앞뒤가 맞지 않는구려."

술진공이 심각한 표정으로 의문점을 혼잣말처럼 중얼거렸다. 술진공의 말은 계속 이어졌다.

"첫 구의 '합요철'도 뜻이 모호하기는 마찬가집니다. 둘째 구의 '각혈철'도 그렇고요. 이 시는 뒷부분보다 앞부분이 핵심인 듯합니다. 그런데 풀리지 않는 수수께끼는 다 앞부분에 있구려. 미려는 대체 장군에게 뭘 알려주려고 이런 시를 지었을꼬?"

지력이라면 술진공을 따라가기 어려운 문탁으로서는 깊은 고민에 빠질 이유가 없었다.

"그게 무슨 대수겠습니까. 여하간 대축전 날 상서로운 일이 생길 모양입니다. 미려가 죽으면서도 다라를 위해 좋은 예언을 남겼군요. 무작정 미워할 여자는 아니었나 봅니다. 대축전 날 밤 저와 함께 현장엘 가보시지요. 치달이 처형당한다면 이보다 더 볼 만한 구경거리가 또 어디 있겠습니까."

술진공의 얼굴에서는 미심쩍은 표정이 사라지지 않았다.

"예. 그러지요. 그나저나 미려가 이 시구를 하필이면 다른 이도 아닌 장군에게 남겼는지 그 까닭도 의문입니다. 경위를 들어보니 미려가 제가 죽을 줄 알았다는 것인데, 왜 죽음을 피하려고 하지 않고 목숨을 던졌을까요? 구차하게 사느니

깨끗하게 죽는 쪽을 택한 걸까요? 문득 미려의 죽음이 단순히 도둑에 의한 살인이 아니었다는 의심이 듭니다. 장군은 그렇지 않소?"

"저도 그런 생각을 하지 않은 것은 아닙니다. 그러나 그것을 알아낸다 한들 죽은 자가 살아 돌아올 리 없지요. 산 자는 죽은 자를 위해 설원(雪冤)을 할 뿐입니다."

문탁의 말이 엉뚱한 방향을 향하자 술진공이 고개를 돌려 문탁을 바라보았다.

"대장군의 죽음이 억울한 만큼 미려의 죽음도 억울할 수 있습니다. 어찌 세상에 억울하지 않은 죽음이 있겠습니까? 미려의 죽음을 조사해 봐야겠어요."

문탁은 그 말을 귀담아 듣지 않았다.

"술진공. 죽어 마땅한 죽음도 있습니다. 공께서 주신 매장 의식에 관한 문건은 오늘 밤 요긴하게 쓰겠습니다. 저는 긴한 약속이 있어 지금 나가봐야 합니다. 이 은혜는 나중에 갚겠습니다."

문탁이 서두르자 술진공도 계속 앉아 의문점을 되새기고만 있을 수는 없었다.

"그러십시오. 무슨 약속인지는 모르나, 매장 시간을 어기는 것은 좋지 않습니다."

"저도 잘 알고 있습니다."

문탁은 투구를 쓰면서 칼을 한 손에 들었다. 품에 표창까지 끼어 넣었다. 시가 쓰인 선지를 챙기는 것도 잊지 않았다.

그것을 보며 술진공은 인중을 손으로 지그시 누르면서 얼굴을 찡그렸다.

### 3

다라의 밤과 낮은 가을이 들면서 표변했다. 낮에는 더웠다가 밤이면 싸늘했다. 군불이 그리운 계절이 되었다. 황강의 밤도 가을과 함께 깊어가고 있었다. 초승달이 제법 굵어졌지만, 구름이 많이 끼어 강변의 밤은 어두웠다. 바람까지 휘몰아쳐 물결이 꽤 높았다.

치달 수장의 저택을 지키는 병사들이 밤이 되자 삼삼오오 모여 모닥불을 밝혀 놓고 불을 쬐었다. 지나가다 눈길만 주어도 체포되어 심문을 받는 상황이라 낮도 아닌 밤에 저택 주변을 어슬렁거리는 사람은 아무도 없었다. 그것을 잘 아는 병사들도 경비에 크게 신경을 쓰지 않았다. 그저 제때 나오지 않는 군량에 대해 투덜거리거나 올 겨울은 어떻게 날지 걱정하면서 장작에서 뿜어져 나오는 화기를 맞으며 꾸벅꾸벅 졸았다.

도성 큰길로 난 방향의 허술한 경비만큼이나 강변 쪽으로 이어지는 저택의 후면도 상황은 별 다를 게 없었다. 치달 수장은 궁성에서 철야하거나 중다라산 별장에서 밤을 지새우는 날이 많아졌다. 미려가 죽고 시녀들도 뿔뿔이 흩어져 덩그렇게 큰 저택은 빈집이나 다름없었다. 경비는 말 그대로 모양새만 갖춘 것이었다.

도성 방향 경비병들의 나태한 자세를 대차게 꾸짖던 한 장교가 돌계단을 걸어 강변으로 내려왔다. 오늘 밤에는 치달 수장이 궁성에서 지낸다는 연락이 와 강변의 경비 병력은 철수시켰다. 그러니 강변 쪽은 경비의 취약 지역이었다.

치달 수장의 부재는 경비병들조차 모르니 침입자들이 알 리 없었다. 변경에서 신라군이 근래 들어 자주 기동 훈련을 벌였다. 훈련 장소가 변경에서 꽤 멀리 떨어진 곳이었고 동태도 한눈에 파악되었지만, 척후들이 기습하지 말란 법은 없었다. 하긴 저 거센 황강의 물결을 헤엄쳐 건너 올 척후는 없을 것이다.

저택의 강변에는 벼랑을 따라 가시나무가 심어져 있었다. 가시가 굵고 날카로워 스치기만 해도 핏물이 번졌다. 장교는 한 손으로 장검을 잡고 다른 손으로는 이제는 거의 아문 뺨의 상처를 어루만졌다. 한때 곪아 보통 성가신 게 아니었다.

대장군 휘하에 있을 때 그는 찬밥 신세였다. 무술은 남들도 다 알아주었지만 부하를 혹독하게 다루는 바람에 대장군의 눈 밖에 나고 말았다. 게다가 군량과 병기를 빼돌리다 발각되어 징계를 먹기도 했다. 대장군 아래서 출세하기는 다 틀렸다. 그래서 치달 수장 밑으로 들어왔다.

치달 수장은 품성보다는 충성도를 더 중시했다. 배반만 하지 않는다면 무슨 짓을 해도 용납해 주었다. 부하를 잔혹하게 다뤄도, 상인이나 농민을 닦달해 뇌물을 받아 챙겨도 자신의 명령에 복종하면 크게 문제 삼지 않았다. 덕분에 돈

푼깨나 챙겼다.

머지않아 치달 수장이 왕위에 오를 터였다. 대왕은 늙었고, 공주는 어렸다. 대왕의 사위로 공인을 받았으니 즉위를 미룰 까닭은 없어졌다. 어느 날 갑자기 궁성에서 대왕이 절명한 채 발견된다 해도 의심할 이는 많지 않았다. 그만큼 대왕은 고령이었다.

수장이 왕위를 넘볼 수 있을 만큼 영향력을 쌓은 데는 충성심 높은 장교들의 힘이 컸다. 정적을 제거하거나 위협할 때 장교들은 누구보다 앞장 서 궂은일을 도맡았다. 그중에서도 가장 질 나쁜 일을 맡은 이가 그였다. 누가 감히 대장군을 시해하는 일을 서슴지 않고 자행하겠는가?

수장이 왕이 되었을 때 수장이 그의 공을 잊지는 않을 것이다. 대장군까지는 아니더라도 다라 군대의 요직에 오를 수 있으리라. 홀몸으로 외아들을 키우느라 고생한 어머니도 호사를 누리며 여생을 보내게 될 것이었다. 귀족의 딸 가운데 하나 골라 결혼해 어머니를 봉양하게 하리라. 그런 생각을 하자니 기분 나쁘게 부는 강변의 돌풍이나 쌀쌀한 날씨도 견딜 만했다.

길이 어두워 강변 돌 위에서 미끄러졌다. 한쪽 발이 물에 젖었다. 강물은 생각보다 차가워 얼음장 같았다. 물기를 털어내면서 횃불이라도 하나 들고 올 걸 그랬다는 아쉬움이 들었다. 발길을 돌리려는데 벼랑 바위 뒤편으로 횃불을 든 병사 하나가 나타났다. 그래도 제대로 경비를 서는 인간이 한 명쯤은 있는 모양이었다.

"어이, 이리 와!"

관등을 확인해 칭찬을 해줄 요량으로 병사를 불렀다. 불빛이 앞서고 있어 얼굴이나 복장을 확인할 수 없었다. 병졸인지 하급 장교인지 알 순 없었지만, 자신의 부하일 것은 틀림없었다. 병사는 천천히 그에게로 걸어왔다.

"노고가 많구나. 어디 소속 누구냐?"

불빛이 눈부셔 손으로 눈을 가렸다. 횃불이 너무 가까웠다.

"저리 치워라. 뜨겁구나."

그러나 병졸은 접근을 멈추지 않았다. 분명히 내가 누군지 확인했을 텐데 이런 짓을 하다니. 괘씸했다. 상관이라면 이런 조잡한 행동을 하지는 않을 것이었다. 칼을 뽑을 일도 아니어서 칼집으로 횃불을 쳐버리려는데, 놈이 횃불을 재빨리 뒤로 빼버렸다. 꼭지가 확 돌았다.

"너, 지금 뭐 하자는 거야? 내가 누군지 모르겠나?"

자신의 부하라면 감히 이렇게 나오지는 못하리라. 문득 이상한 생각이 들었다. 강변의 경비 병력은 다 철수시켰는데, 이자는 누구란 말인가?

장교가 칼을 뽑아들었다.

"뭐 하는 놈이냐? 죽기 싫으면 관등을 밝혀라!"

그러자 놈이 횃불을 장교 쪽으로 홱 던졌다. 급히 피하긴 했지만 횃불은 어깨를 치고 떨어졌다. 잔 불티가 튀면서 갑주를 파고들었다. 뜨거웠다. 손을 들어 불티를 털려는데, 주먹이

**353**

날아왔다. 꼼짝 못하고 관자놀이를 얻어맞은 장교는 뒤로 벌렁 자빠졌다. 칼을 놓쳐 저만치서 철렁거리는 소리가 들렸다.

"이 자식. 단단히 미친놈이로구나."

횃불은 물결 속으로 들어가 꺼져버렸다. 사방이 더욱 어두워졌다. 두리번거렸지만 칼은 눈에 띠지 않았다. 구름은 짙었고, 달빛은 없었다.

어둡기는 저 놈도 마찬가지라는 생각에 발길질로 놈을 쓰러뜨리려 했다. 그러나 놈의 다리는 걸리지 않고 대신 돌부리에 발이 부딪쳤다. 바위에 정통으로 받혔는지 복사뼈가 부서질 듯 아파왔다. 신음을 삼키며 발목을 끌어 앉았다.

"뭐 하는 놈이냐. 싸우려면 정정당당하게 겨루자!"

말이 끝나기 무섭게 칼끝이 장교의 목을 겨누고 들어왔다.

"움직여라. 목구멍에 박아 넣을 테니."

비로소 놈의 목소리를 들었는데, 밤공기만큼이나 싸늘했다. 장난이나 치자는 목소리가 아니었다. 옴짝달싹 못하게 생겼다.

신라의 척후인가? 놈도 혼자인 것은 분명했다. 저항을 해보려고 해도 칼끝이 목에 닿아 있으니 도리가 없었다. 등 뒤는 바위였다. 앞으로 나갈 수도 뒤로 물러설 수도 없었다.

"빌어먹을, 비겁하다고 생각지 않나? 난 칼도 없다."

칼끝이 조금 더 목으로 들어왔다. 목이 베였는지 비릿한 피 냄새가 났다.

"칼 없는 장수를 죽인 적이 없진 않을 텐데?"

무엇 하자는 수작인가? 자신도 무예를 아는 무장이었다. 전장에서 적들과 여러 번 대치했지만 칼 없는 자를 해치지는 않았다. 단 한 번. 그때를 제외하고는…… 으잉!?

칼을 손에서 놓은 대장군의 목을 자신이 쳤다.

"너, 뭐 하는 자식이야?"

목소리가 갈라져 나왔다. 그제야 장교는 어둠 속 목소리의 주인공이 누군지 짐작이 갔다. 대장군의 주검이 안치된 막사 앞에서 들은 게 마지막이었지만, 목소리는 바로 그 놈, 대장군 문성장군의 아들 부장군 문탁장군의 것이었다.

판세를 깨달은 장교가 목소리를 부드럽게 깔았다.

"부장군 아니십니까? 이거 농이 지나치십니다. 칼 좀 치워 주시죠. 자칫 목이 날아가겠습니다."

그러나 칼끝은 미동도 하지 않았다.

"대장군 앞에서 네 칼끝은 거둬졌더냐?"

뭔가 낌새를 잡은 것이 분명했지만 지금은 시치미를 떼는 게 상수였다. 제가 옆에서 보지 않고서야 나인 줄 알 리는 없었다. 어떤 놈이 발설했을 수도 있지만, 죽을 작정이 아니라면 그럴 놈은 없었다.

"무슨 말씀인지 전혀 모르겠습니다. 대장군께서는 신라의 척후에게 당하시지 않으셨습니까?"

"토설하고 용서를 빌어라. 그러면 네 놈 목만 따고 끝낼 것이다."

이건 또 무슨 소린가? 그날 가담했던 놈들이 모두 체포된 것인가? 저녁까지도 그런 기미는 보이지 않았다. 군 병력 전체와 첩보대가 치달 수장의 지휘 아래 있는데 발각될 리 없었다. 그냥 넘겨짚는 것이겠지.

"부장군께서 뭔가 단단히 오해를 하신 모양입니다. 나중에 후회하시지 말고 칼을 치우시지요."

잠시 침묵이 흘렀다. 얼마 뒤 어둠 속에서 문탁의 목소리가 음울하게 울려 퍼졌다.

"정 그렇다면 할 수 없지. 봉산에 사는 네 어미의 명줄도 함께 따주마."

숨이 컥 하고 넘어갔다. 이자가 어머니에게까지 마수를 뻗친 것인가?

"무슨 개소리냐?"

"내 부하가 지금쯤 네 어미의 목에 칼을 들이밀고 있을 것이다. 네 놈이 자백하고 순순히 목을 내놓으면 살려 주겠지만, 기어이 발뺌한다면 네 어미도 함께 저승길을 걸을 것이다."

봉산 집에는 밭갈이를 거드는 하인이 몇 있었다. 문탁이 부하를 보냈다면 하인쯤 제압하기는 어렵지 않을 것이었다. 영문도 모르고 목에 칼을 받은 채 떨고 있는 어머니의 모습이 눈에 어른거렸다.

"무슨 짓인가? 어미는 아무 죄도 없다. 명색이 다라의 부장군이란 자가 죄 없는 백성을 해칠 작정인가?"

목소리가 떨려 나왔다. 어떻게 하든 여길 빠져나가 어머니를 구해야 했다. 아니 이미 늦었는지도 모를 일이었다.

"대장군은 무슨 죄가 있어 네가 죽였더냐? 사사로이 네놈은 내 아비를 죽였다. 그런 놈의 어미를 죽이는 게 무슨 허물이더냐?"

더 할 말이 없었다. 이놈은 이미 작정을 하고 온 것이다. 어떻게 알아냈는지는 모르나, 자신이 주동했음을 간파하고 있었다. 어차피 구걸해서 목숨을 건지기는 틀렸다. 어머니라도 살리자. 하지만 비굴하게 죽지는 않겠다.

"그렇다. 내가 대장군을 죽였다. 하지만 나도 명령을 따랐을 뿐이다. 군인이 명령을 받았으면 수행하는 것은 당연한 이치. 피할 길 없는 일이었다."

어둠이 눈에 익으면서 문탁의 모습이 희미하게 드러났다. 눈빛이 분노와 증오로 이글거렸다.

"다라의 군인은 모두 대장군 휘하의 병력이다. 대장군이 아니라면 누구에게서 명령을 받았더란 말이냐?"

배후를 밝히라는 소리였다. 치달의 죄상을 숨기고 죽는다고 치달이 홀로 남을 어미를 돌봐줄까? 그자는 야수의 본성밖에는 가진 것이 없는 자다. 은혜니 의리니 하는 따위를 알지 못하는, 양심이 없는 자다. 내가 봐도 구역질나는 꼴을 어디 한두 번 저질렀나? 의리를 지키며 죽은 부하를 갸륵하게 생각할 리 없다. 돌아서면 잊어버리겠지. 장교는 무릎을 꿇었다.

"배후를 대겠소. 대신 내 부탁도 들어주시오."

"목숨을 구걸하는 부탁이라면 소용없다."

"그럴 만큼 철면피는 아니외다. 대장군을 시해한 것은 죽어 마땅한 죄니 죄 값은 달게 치르겠소. 하지만 어미는 살려 주시오. 평생 나만 바라보고 살아오신 분이오. 부장군께도 어미가 있을 터. 부디 불쌍하게 여겨 주시오."

칼끝이 조금 뒤로 물러갔다.

"알았다. 어미는 죽이지 않으마. 이제 배후를 대라."

"치달 수장의 명령이었소. 대장군을 총애하는 대왕의 마음에 변함이 없자 바른 말을 하는 대장군을 살해하라고 했소. 신라의 척후에 의해 살해되었다고 꾸미라 하더이다. 그래서 병사들도 다 죽여야 했소."

"그 병사들에게도 어미와 아비가 있었다."

"나도 알고 있었소. 그러나 어쩌겠소. 치달의 명령이 그랬던 것을. 죽어 황천에 가면 그들에게 용서를 빌리다."

칼이 목에서 사라졌다.

"너는 군인답게 살지 못했다. 군인답게 죽지 못한다 하여 원망은 말아라."

장교가 두 손을 번쩍 들었다.

"잠깐! 한 가지 더 부탁이 있소."

"구차하구나."

"아오. 하지만 내가 죽으면 어미는 살아갈 길이 막막해지오. 도성 안 덩이쇠 거간꾼의 창고에 내가 그동안 빼돌린 물품과 금붙이가 보관되어 있소. 아무도 모르니 내가 죽으면 흔적도 없이 사라질 거요. 부디 장군께서 그것을 찾아 내 어미에게 전해주시오. 어미의 여생을 부탁하외다. 비열한 짓을 하다 죽었다 말하지 말고 전장에서 용감하게 다라를 위해 싸우다 죽었다고 전해주시오. 죽어서도 그 은혜는 잊지 않으리다. 장군. 진심으로 부탁드리오."

고개를 떨어뜨리고 허리를 굽혔다. 그러나 아무런 대꾸도 없었다. 이자가 부탁을 들어주지 않는다면 어미는 괴로움과 그리움 속에서 병들어 앓다 죽을 것이었다. 돌봐줄 이 아무도 없는 어미가 홀로 산과 들을 떠돌 것을 생각하니 회한의 눈물이 쏟아져 나왔다. 어미는 우리 다라를 지키는 장수가 내 아들이라며 항상 자랑하고 다니셨다. 눈물이 복받쳐 울음이 터져 나왔다.

문탁이 말했다.

"악인이지만 효심은 남아 있구나. 열쇠는 어디 있느냐?"

장교가 고개를 들어 문탁을 찾았다.

"정말 그래 주시겠소?"

"장수는 한 입으로 두 말 하지 않는다. 내 어미의 명예를 걸고 네 뜻대로 해주마. 네 어미는 아들이 장렬하게 전사했다고 믿고 사실 게다. 여생이 힘들지 않도록 내가 돌봐드리마."

"고맙소. 정말 고맙소. 열쇠는 갑주 안 허리춤에 있소이다."

"알았다. 이제 죄 값을 받아라."

"치시오."

"잘 가거라."

문탁의 칼이 허공을 갈랐고, 장교의 목은 네 길 밖 강변에 나가 떨어졌다.

자시가 조금 지났다.

대장군의 석관이 반계제 구릉에 도착한지도 오래였다. 묘혈은 충분히 깊게 파였고, 부장품도 채비가 끝났다. 그러나 대장군의 가족들은 아직 매장 의식을 거행하지 못하고 있었다. 아들 문탁이 나타나지 않았다.

문탁의 어미가 멀리 황강을 쳐다보며 문탁을 찾았다. 다행히 구름이 걷혀 달빛이 희미하게 사위를 비추었다. 횃불도 일렁거리며 타올랐다.

"마님. 도련님께서 웬일이실까요?"

집사가 걱정스런 표정으로 어미를 돌아보았다.

"걱정 말게. 시간에 맞춰 올 걸세."

말이 끝나기도 전에 언덕 아래에서 문탁이 걸어 올라왔다. 손에 뭔가 담긴 보자기가 들려 있었다.

"의식을 거행하게나."

어미가 집사에게 말했다.

"잠깐만요. 어머니."

문탁이 석관이 놓인 묘혈 앞으로 갔다. 부장품이 놓인 맨 위에 문탁이 보자기 꾸러미를 내려놓았다.

몸을 일으켜 집사에게 온 문탁이 품에서 접혀진 선화지를 꺼내 펼쳤다.

"여기 있는 대로 진행하면 될 것이네."

집사가 선화지를 받아들고 내용을 눈으로 읽었다.

"알겠습니다."

보름으로 향해가는 달빛 아래 반계제 구릉에서 대장군의 매장 의식은 시작되었다.

네가닥창(四枝槍)

Four pronged spear
길이 31.5cm
옥전 M3호분 〈경상대학교 박물관〉

# 길은 갈라져도 다시 만난다

1

송이의 궁성 생활은 시작부터 평탄할 수 없었다. 치달의 지시에 따라 대왕의 동태를 감시해야 했던 데다가 걸핏하면 송이를 별장으로 불러내 제 욕정을 채웠다. 송이의 몸과 마음은 숫돌이 갈리듯 매일 깎여나갔다. 사정을 잘 알지 못하는 대왕은 여위어 가는 송이를 보며 걱정했다.

"어린 나이에 부모와 떨어져 궁정에서 지내니 힘들 테지. 무리하지 말거라. 과인보다 네가 먼저 쓰러질 것 같구나."

치달은 교활하게도 송이에게 대왕의 총애를 받을 것도 요구했다.

"경화란 년이 대왕 곁에 달라붙어 있어 거치적거리는구나. 네가 대왕의 마음을 앗아야 돼. 알겠지? 혹시 아느냐. 대왕의 씨라도 수태하면 왕후가 될지 말이다. 그게 대왕의 씨일지 내 씨일지야 알겠냐마는, 흐흐흐!"

치달은 송이의 몸을 탐하면서도 천연덕스럽게 그런 주문을 했다. 송이는 몸보다는 마음이 더욱 말라갔다.

천성이 착하고 밝은 송이는 남들과 다툼을 벌이는 일을 싫어했다. 대왕궁의 경화나 시녀들이 딱히 송이를 멀리하거나 시샘하지는 않았다. 경화는 어린 동생을 대하듯 송이를 보듬어 주었다. 침실의 침구를 펴고 개는 방법부터 음식상을 차리거나 거둬들이는 절차까지 세심하게 신경을 써서 가르쳤다.

치달 수장의 암 사냥개 한 마리가 들어왔다고 뒤에서 쑥덕거리는 시녀도 더러 있었다. 송이는 칭찬하든 손가락질하든 아무 흥미도 없었다. 그저 빨리 죽고 싶었다. 죽는다면 치달도 부모와 겨레에게 해코지는 하지 않을 것이었다. 목을 매달고 싶었지만 치달은 이미 그런 의중까지도 훑어보고 있었다.

"자진할 생각일랑 아예 않는 게 좋을 게다. 네 식구들이 무사하겠느냐?"

후환이 두려워 몇 번이나 대들보에 명주 끈을 걸었다가 풀었다. 한밤중 명주 끈을 끌어안고 송이는 숨죽여 울었다.

궁성에 온 지 며칠 되지 않은 어느 날 저물녘이었다. 대왕의 자리끼를 들고 궁성 뜰을 가로질러 가는데 누군가 송이를 불렀다. 돌아보니 니문이었다. 송이는 놀라 고배가 들린 소반을 떨어뜨렸다. 물은 다 쏟아졌고, 고배는 산산조각이 났다.

"왜 그렇게 놀라니? 나야, 니문."

니문이 놀라 당황하며 송이에게 다가왔다. 송이는 자신도 모르게 옷깃을 여미며 몸을 도사렸다. 세상의 모든 남정네가 다 무서웠다.

니문은 수척해진 송이의 얼굴을 외면하면서 소반과 고배 조각을 주웠다.

"네가 궁성에 들어왔단 소식을 듣고 얼마나 놀랐는지 몰라. 전번에 망치 아재비가 찾아와 네 행방에 대해 묻기에 많이 걱정했거든. 그런데 궁성이라니 참. 객관이 바로 옆인데 한 번 찾아라도 오지. 섭섭하더라."

니문의 다정한 말을 듣자 눈에 눈물이 글썽거렸다. 하지만 얼른 눈물을 거두었다. 이미 쏟아진 물을 어떻게 다시 고배에 담을까? 니문에게 더 이상 고통을 안겨주면 안될 터였다.

"오라비. 미안해요. 아침에 저녁 일을 모른다는 게 사람살이잖아. 나도 정신을 차려보니까 궁성에 와 있지 뭐야. 궁성의 예의범절을 익히느라 오라비에게 인사도 못 갔어. 앞으론 자주 찾도록 할게."

송이는 억지웃음을 지으며 니문의 얼굴을 보았다. 송이의 피폐해진 몸과는 달리 니문의 얼굴은 활기에 차 있었다. 그것이 더욱 송이의 가슴을 아리게 만들었다.

니문이 짐짓 과장된 기쁨을 띠며 따스한 눈길로 송이를 바라보았다.

"그렇지. 사람 일을 어떻게 알겠니. 그런데 가야금은 이제 안 배울 거니?"

그 말을 들으니 니문이 준 가야금이 수중에 없다는 데 생각이 미쳤다. 움막이 뜯겨나가던 날 두 사내가 송이의 가야금을 들고 갔었다. 오라비가 몸보다 소중히 여기는 가야금이었다.

"오라비. 정말 미안해. 지금 가야금을 어디 뒀는지 모르겠어."

니문의 얼굴에 잠깐 실망한 빛이 떠올랐지만, 곧 표정을 고쳤다.

"괜찮아. 네가 무사한 게 중요하지 그게 뭐 대수겠니. 가야금은 여러 대 있어. 넌 재주가 남다르니까 포기하지 마. 궁성 일이 바쁘겠지만, 언제라도 오렴."

헛간에 갇혔을 때도 가야금 가락을 흥얼거리며 무서움을 달랬었다. 이제 송이에게 남은 것이라고는 가야금밖에 없었다.

그날 밤 치달이 별장으로 송이를 불렀다. 치달은 눈알을 부라리며 송이의 옷을 벗기려고 했다.

"한 가지 소청이 있어요."

송이는 옷고름을 꼭 쥐고 몸을 틀었다.

"뭐냐? 난 성가신 일은 딱 질색이다."

욕정을 채우는 일이 방해를 받자 치달이 짜증을 내며 송이를 쏘아보았다.

"전부터 가야금을 배웠어요. 그것만은 계속 하게 해 주세요."

치달이 몸을 물리며 송이를 흘겨보았다.

"궁성에서 무슨 가야금이야!"

"객관에 신라에서 온 니문이란 분이 있어요. 같은 동네에서 자란 오라비라 배우게 됐어요. 원하는 대로 다 할 테니 가야금은 배우게 해줘요."

치달은 불쾌한 심사를 감추지 않았다.

"왜? 늙은이들 몸 수발을 들자니 젊은 사내 몸이 그리운 게냐? 하긴 그 사내 예쁘장하게 생긴 게 계집 마음깨나 흔들겠더구먼."

송이가 고개를 저었다.

"그런 건 아니에요. 가야금을 배우고 싶은 것뿐이에요."

송이의 몸을 핥듯이 노려보며 치달이 말했다.

"네가 오늘 밤 날 즐겁게 해주는 꼴을 보고 결정하마."

수치심이 온몸으로 저며 오는 것을 참으며 송이는 치달의 몸을 받아냈다. 송이는 오직 니문이 들려주던 가야금 가락만 머릿속에 떠올리며 치욕을 견뎌냈다.

악대의 연습이 끝난 저녁 객관에서 니문과 송이는 가야금을 무릎에 앉히고 마주 앉았다. 한동안 가야금을 손에서 놓았던 송이의 손끝은 다소 무뎌져 있었다. 그러나 몇 번 줄을 고르자 곧 예전의 손놀림이 나왔다.

"송이, 너는 정말 타고 났구나. 네 몸과 가야금이 하나가 된 것 같아. 퉁기고 뜯는 솜씨가 너처럼 부드러운 사람은 처음 봤어."

송이는 니문이 지은 악곡에 자신이 쓴 가사를 올려 가야금을 퉁겼다.

님과 소첩은 지난봄 황강 강가에서 만났지요.
조약돌 주워 강물에 던지며 님의 손을 잡았어요.
이 가을에 강물은 출렁이고 돛배 한 척 지나갑니다.
님은 곁에 있는데 소첩의 마음은 떠났네요.
님이여, 님이여, 저를 어여삐 여겨주오.
님의 마음 잡기에 소첩이 너무 멀리 왔어요.
다라산의 사슴과 천둥오리가 제 벗이랍니다.
향기로운 풀 아래 누워 님의 마음을 좇습니다.
소첩을 보지 못한다 해도 님은 슬퍼 마소서.

가사를 들은 니문이 얼굴을 찡그렸다.
"가사가 너무 슬프구나. 곡조와는 잘 맞지만 듣는 사람의 상심이 클 것 같아. 공자는 음악이란 '낙이불음 애이불상(樂而不淫 哀而不傷)'해야 한다 했는데, 너의 노래는 슬픈 데다 아프기까지 하구나."

송이가 제 속내를 들킨 것 같아 변명의 말을 늘어놓았다.
"궁정 여인네의 슬픔을 담아본 거예요. 평생 한 남자의 총애만 바라보다가 지쳐버린 늙은 궁녀의 정한이랄까, 그런 게 요즘 마음에 많이 와 닿거든요."

**368**

니문이 의외라는 표정을 지으며 말했다.

"요즘 너를 보면 며칠 만에 아주 성숙해진 것 같아. 어린 계집애가 왜 그런 우울한 생각을 하니. 좀 더 밝은 생각을 많이 해라. 넌 아직 젊어."

송이가 쓸쓸하게 웃었다.

"오라비. 난 한 오십 년은 산 것 같아."

송이는 가야금에 손을 얹고 이런저런 가락을 퉁겨냈다. 가만히 옆에 서서 음률을 듣던 니문이 감탄하며 말했다.

"스승님께서 네 연주를 들으셨으면 얼마나 기뻐하실까. 스승님이 곁에 없는 게 참 아쉽구나."

"스승님도 오라비처럼 꾸중만 하시겠지. 젊은 처자 몸속에 늙은 할망구가 들었다고."

니문이 낄낄거리며 웃었다.

"그러실지도 모르겠지만, 분명 칭찬을 아끼지 않으실 거야."

문득 생각난 듯 송이가 니문을 보며 물었다.

"오라비는 언제 돌아가누?"

밝았던 니문의 표정이 어두워졌다.

"대축전이 끝나도 며칠 더 머물 작정이었는데, 어려울 것 같아. 신라에서 사람이 왔는데, 행사를 마치자마자 바로 귀국하라고 하네. 아예 먼저 돌아와도 좋대. 스승님도 편지를 보내 귀국을 독촉하시고. 네 말대로 사람 일 뜻대로 안 되는구나."

송이는 가슴 한 구석이 뻥 뚫린 기분을 가눌 수 없었다.

"그렇구나. 오라비는 해야 할 일이 많으니까."

니문이 주저하면서 물었다.

"송이야. 너 전에 그랬잖아. 축전이 끝나면 함께 신라로 가자고. 지금도 그 마음은 변함이 없는 거야?"

가슴이 몹시 아파왔다. 이제 그 꿈은 거울처럼 깨져버린 것을 송이는 잘 알았다. 아, 오라비와 함께 신라로 갈 수만 있다면 얼마나 좋을까! 송이에게 다라는 이제 지옥이었다.

"글쎄, 궁정에 든 몸이니 마음대로 될지 모르겠네. 어렵겠지."

니문이 바깥 동정을 살피더니 송이에게 몸을 가까이 옮겼다. 그리고 귓속말로 나직이 말했다.

"너만 좋다면 둘이 몰래 떠날 수도 있어. 너만 좋다면 말이야."

송이의 가슴에 희망이 샘솟았다.

"정말 그 일이 가능할까?"

"축전이 끝나기 전에 빠져나올 수만 있다면 안 될 것도 없지. 지름길로 가면 해 뜨기 전에 변경에 닿을 테니까."

송이는 갈피가 서지 않았다.

"그럼 다시는 다라로 돌아오지 못하겠지?"

니문이 말없이 고개를 끄덕였다.

"어미와 아비, 겨레를 영원히 보지 못하겠구나."

니문이 다짐하듯 못을 박으며 말했다.

"아재비와 아주머니, 겨레도 네가 그러길 바라실 거야."

송이가 가야금을 무릎에서 내려놓았다. 어지럼증이 일었다.

"오라비. 그 일은 차츰 생각해보자. 지금은 너무 머리가 아파."

"그래. 내가 너무 어려운 숙제를 내줬구나."

니문은 송이를 꼭 껴안았다. 송이는 낭떠러지로 몸을 던지듯 니문의 품에 안겼다.


2

저쪽 구석에 오남이 보였다. 역시 녀석은 혼자였다. 남을 험담해야 제가 돋보인다고 여기는 녀석인지라 함께 자리할 술친구 하나 없었다. 오늘도 녀석은 이곳저곳을 흘낏거리면서 씹어줄 놈은 없는지 제 자랑을 받아줄 치는 없는지 열심히 염탐 중이었다.

"이거 오남이 아닌가?"

술진공은 지나치다 우연히 만난 것처럼 아는 척했다. 다리를 꼬고 앉아 술잔에 술을 치던 오남이 뭐야? 하는 표정으로 술진공을 올려다보았다.

"술진공 아니쇼? 웬일이요? 공이 술집엘 다 행차하시고. 내일은 해가 서쪽에서 뜨려나?"

반쯤 취한 눈은 벌써 헬렐레 풀려 있었다. 꺼칠한 수염이 덥수룩했고 반쯤 얽은 얼굴은 불콰했다. 겁 없이 왈짜패에게 시비를 걸다 정통으로 안면을 강타당해 앞 이빨이 몇 개 남지 않은 입을 쩍 벌리며 제 나름대로 반갑다는 시늉을 했다.

"요즘 꿈자리가 뒤숭숭해서 말일세. 술 한 잔 마시고 자면 나을까 싶어 와 봤지."

오남은 별 관심 없다는 투였다.

"개꿈 꿔놓고 티 좀 어지간히 내쇼. 꿈이라면 말이야, 내가 어제 기가 막힌 꿈을 꿨지."

역시 예상대로 제 자랑으로 화제가 넘어갔다. 아무한테나 해라 투의 반말 짓거리로 대거리하며 눙치는 오남은 술진공 앞이라고 예외일 순 없었다.

언젠가 오남이 붓글씨를 배우겠다고 설쳐댄 적이 있었다. 술진공이 마을 아이들을 불러놓고 글을 가르치는 걸 지나가다 본 게 계기였다. 그때 술진공은 통나무 판을 오목하게 파내 고운 모래를 얇게 뿌리고 맨 붓으로 글씨 쓰는 법을 익히게 하고 있었다. 재주는 없으면서 호기심은 충만한 놈은 발길을 멈추고 아이들이 글씨 연습하는 걸 유심히 보았다. 아이들의 글씨가 삐뚤빼뚤 엉망으로 돌아가자 참지 못하고 판에 끼어들었다.

"이런 밥벌레 같으니라구. 그걸 글씨라고 쓰는 게냐. 대체 어디서 배워먹은 필법이냐? 기초부터 글러먹었구먼."

"아재빈 갈 길이나 가시지."

동네 애들도 대놓고 오남을 괄시했다. 입으로는 못 하는 게 없지만 정작 몸치였던 데다 꼴값 떨기에만 능란한 것을 아이들도 일찍이 간파했다. 따돌림을 당하면서도 입이 근질근질한 오남은 좀체 제 본색을 버리지 못했다.

"붓은 그렇게 쥐는 게 아냐. 붓 대롱 깨먹을 일 있냐? 그렇게 세게 쥐게. 잡아당기면 빠져나올 정도로 부드럽게 쥐어야지."

입담으로는 어디도 지지 않는 오남이었다. 그럴 듯한 언변으로 붓의 유래부터 종류, 쥐는 법에 대해 주절대자 아이들도 솔깃해서 주변으로 모여들었다. 더욱 신이 난 오남이 눈치를 주는 술진공은 쳐다보지도 않고 제 지식을 자랑하기에 열을 올렸다.

"자네 붓글씨 좀 배워 본 모양일세."

추켜세워야 자리를 뜰 것 같아 술진공이 한마디 추임새를 넣어주었다.

"아, 내가 소시 적에 고구려엘 간 적이 있는데, 내친 김에 중원 땅까지 밟아보지 않았소. 낙양이란 곳엘 갔더니 중원 땅 명필이란 명필은 다 모였더라고. 뒷자리에서 몇 번 눈동냥 좀 했지. 거 보니 별 것도 아니더구먼. 서첩 몇 권 읽고 붓을 잡아 일필휘지 갈겼지. 명필이란 자가 내 앞에서 깜빡 죽더군. 어디서 왔냐대? 가야 땅에서 왔다고 했지. 떠날 때 명필이 뭐랬는줄 아쇼? '내 서법이 이제 동방으로 가는구나.' 하더라고. 어때, 나 대단하지 않소?"

하도 어이가 없어서 술진공이 대꾸도 못하고 멍하니 오남을 쳐다보았다. 그 눈빛을 존경의 의미로 받아들였는지 더욱 기가 살아 시시덕거렸다.

"술진공 글씨도 아직 멀었어. 시필서영(始筆書永)이란 말 들어보셨나? 필세를 고르게 하고 운필법에 따라 영(永)자를 십만 번은 써 봐야 비로소 글씨에 대한 눈이 열리는 법인데, 술진공은 만 번 정도 써 봤겠구먼. 기운생동(氣韻生動)은 화법에만 해당하는 게 아니지. 서법도 마찬가지야."

술진공이 오남에게 가르쳐준 말이었다. 오남은 누구에게 들었는지도 기억하지 못하고 제 것인 양 앵무새처럼 나불거렸다. 옆에서 입을 삐죽 내민 채 듣고 있던 아이놈 하나가 쏘아붙였다.

"아따, 신필 났구나. 어디 한번 써 보시지."

또 한 놈이 잽싸게 붓과 벼루, 누런 종이 한 장을 들고 왔다. 오남은 헛기침을 연신하면서 붓을 받아들었다.

"내 특별히 시범을 보일 테니 잘 따라 해라. 어험!"

오남은 운필(運筆)은 고사하고 붓을 잡는 데 골몰하다 시간을 다 보냈다. 꼴을 보던 아이가 씨부렁거렸다.

"애 밴 년 손자 보겠네. 글은 언제 쓰려오? 눈 내리고 봄바람 불면 쓰려나."

결국 오남은 붓만 만지작거리다 돌아가고 말았다. 그런 망신을 당하고도 오남은 지나갈 때마다 붓글씨 타령을 늘어놓았다.

운을 떼 놓았으니 또 장황한 꿈 얘기가 이어질 판이었다. 노란 싹은 일찌감치 잘라버리는 게 수였다.

"자네 꿈이야 물론 황제몽이겠지. 내가 꾼 게 개꿈인지 모르겠으나, 개 대신 사람이 나타났으니 해괴하다는 거 아닌가. 그것도 죽은 여자가 말이야."

말이 그쯤에 이르자 오남의 호기심이 발동했다.

"죽은 여자라 했소? 누군데?"

술진공이 좌우를 살피며 말하기에 꺼림칙하다는 몸짓을 지었다.

"아무래도 발설하면 경을 칠 일일 것 같아 관두려네. 자네 꿈 얘긴 나중에 듣기로 함세."

자리를 뜨려고 엉덩이를 들썩이니 오남이 두 팔을 들어 술진공을 잡았다.

"에이. 왜 그러슈. 오랜만에 만났는데 술도 한 잔 않고 가면 섭섭하지. 내 잔 얼른 받으시고, 그 꿈 얘기나 들어봅시다."

못 이기는 체 앉으며 술잔을 받았다. 몇 순배 돌아갈 때까지 술진공은 말을 아끼며 오남의 약을 올렸다.

"아니, 그렇다고 술만 마시쇼? 술은 마셔야 맛이고 말은 해야 맛 아니겠소. 그래 꿈에 누가 나타났기에?"

불콰했던 눈이 샛별처럼 반짝거렸다.

그제야 술진공이 목소리를 낮추며 말을 꺼냈다.

"이거 딴 데 가서는 일절 발설해서는 안 되네. 아 글쎄 치달 수장의 부인 미려가 나타났다는 거 아닌가? 입에 피를 줄줄 흘리고, 오랏줄을 목에 걸고서 말이야. 아이고, 생각만 해도 소름이 끼치네."

오남의 얼굴에서 핏기가 싹 가셨다. 입술이 파르르 떨렸다. 확실히 뭔가 켕기는 구석이 있었다.

"미려라 했소? 지금?"

"그래. 꿈이 영락없이 생시 같더라니까. 놀라 달아나려고 버둥거렸지. 근데 이 계집이 이리 가도 앞에 있고 저리 가도 앞에 있는 게야. 나중엔 오금이 저려서 주저앉고 말았네."

술진공은 목이 타는 듯 짐짓 고배에 담긴 술을 쭉 들이켜고 오이짠지를 집어 와싹 씹어 먹었다. 오남의 반사팔 눈이 뱅글뱅글 돌아갔다.

"그랬더니 해코지를 하던가요?"

"나도 그럴 줄 알았지. 헌데 내 앞에 둥둥 떠서 하는 말이 가관이야. 자긴 억울하게 죽었다나 뭐라나."

오남이 침을 꿀꺽 삼켰다. 그러거나 말거나 술진공이 말을 계속 이어갔다.

"도둑놈에게 목 졸려 죽었으니 누군들 억울하지 않겠냐고 했더니, 고개를 설레설레 젓대. 도둑놈은 허수아비일 뿐이고, 자길 죽이라고 사주한 놈은 따로 있다는 게야."

단순한 오남은 기겁을 했다. 도둑이 제 발 저린다고 묻지도 않았는데 오남이 속내를 토설했다.

"그게 누구라는 게요? 나래?"

술진공이 눈을 게슴츠레 뜨며 오남을 쳐다보았다.

"자네라니? 자네가 미려의 죽음과 뭔 관련이 있기에?"

얼결에 속내를 놀린 걸 깨달은 오남이 부리나케 손사래를 쳤다.

"거 무슨 벼락을 맞을 소리요! 난 그때 다라 땅에 있지도 않았는걸."

술진공이 고개를 끄덕이며 술잔을 기울였다.

"아무렴. 자네야 치달 수장의 심복이 아닌가? 그런 사람이 미려를 해칠 리 없지. 여하간 미려가 마지막으로 한 말이 흉측했어. 자길 죽인 놈에게 저주를 내렸다는 게 아닌가. 절대 피해가지 못할 거라나 뭐라나……. 휴! 또 꿈에 나타날까 잠도 오질 않네그려."

오남이 필사적으로 술진공에게 달려들었다.

"무슨 저주를 내렸다는 게요? 나도 좀 압시다."

술진공이 말하기가 개운치 않다는 표정으로 얼굴을 찡그렸다.

"안 돼. 미려가 말하면 동티가 내게도 튈 거라고 했거든. 사주했다는 그놈이 누군진 모르겠으나, 그자 목숨 살리겠다고 내가 죽을 순 없지. 미려의 저주가 무섭다는 건 나보다 자네가 더 잘 알잖나."

술진공이 부르르 치를 떨었다. 잔뜩 몸이 단 오남이 바짓가랑이라도 잡을 기세로 술진공에게 매달렸다.

"그게 무슨 소리요. 학식 깨나 있다는 분이 남의 목숨을 가볍게 여기다니. 살신성인이라 하지 않았소. 제발 덕분에 한 목숨 건집시다. 대체 미려가 무슨 저주를 내렸소, 엉?"

확실히 입은 살아 둘러대기는 잘 둘러대는 놈이었다.

"허, 그렇게 말하니 부끄럽긴 하네. 미려 말이 자길 죽이라고 사주한 놈은 하나가 아니라 둘이라더군. 진짜 그런가?"

"둘이든 셋이든 백이든 다른 놈은 관심 없소. 빨리 저주가 뭔지나 말해요!"

오남의 언성이 커지자 주변의 술꾼들이 다들 오남을 쳐다보았다. 이미 혼이 반쯤 나간 오남은 이를 알아채지도 못했다.

"알았네. 알았네. 거 목소리 좀 낮추게. 세상 사람들에게 다 까발릴 일 있나?"

그제야 주변의 심상찮은 분위기를 눈치 챈 오남이 헛기침을 큼큼 거렸다.

"그런가? 내가 좀 흥분했구먼."

오남은 죽어도 제 입으로 미안하단 말은 하지 않는 위인이었다.

"귀 좀 빌려주게나. 이 말 절대 발설하면 안 되네. 알겠나?"

오남이 다람쥐처럼 쪼르르 자리를 옮기더니 술진공에게 찰싹 달라붙었다.

"미려 말이 자기가 저주한 놈은 금붙이를 몸에 칭칭 둘러차고 다닌다더군. 자신이 죽은 시각에 맞춰 귀신 바위 아래다 금붙이를 묻어두지 않으면 놈의 사지가 찢겨지면서 온몸이 불덩이가 되어 타 죽을 거라던데. 자네 귀신 바위가 어디 있는지 아나?"

얼굴이 하얗게 질린 오남이 턱을 덜덜 떨면서 고개를 저었다.

"내가 그걸 어찌 아오? 미친년의 헛소리겠지. 죽은 년이 무슨 저주는 얼어 죽을 저주⋯⋯."

오남은 자기 생각에 골똘히 빠져 거듭 술잔만 비워댔다. 앞에 술진공이 있다는 것도 잊어버린 눈치였다. 볼일을 다본 술진공이 자리에서 일어섰다.

"그럼 난 가보려네. 다시 한 번 당부하네만 절대 발설하면 안 되네."

오남이 눈동자를 뱅뱅 굴리면서 술진공을 본체만체 했다.

주점을 나온 술진공이 찬웃음을 흘리며 속으로 혼잣말을 삼켰다.

"깨알만한 식견이라도 있는 놈이라면 내 술수에 말려들었다는 것쯤은 깨닫겠지. 하지만 겁에 질려 내 말대로 할지도 모를 일. 그렇다면 자복한 것이나 진배없으렷다. 문탁장군에게 날랜 군사 하나를 오남에게 붙여두라 해야겠군."

시끌벅적한 술꾼들의 소리에 끌린 똥개 한 마리가 꼬리를 치며 문 앞을 서성거리고 있었다.


다음 날 아침 술진공이 문탁장군을 찾았다.

어젯밤에 있었던 일을 전하고 난 뒤 말했다.

"오남이 정상적인 사고를 하는 자라면 내 말이 터무니없음을 알 것이오. 허나 사람 눈에 망령이 씌면 순리를 잊게 되는 법이지. 늦은 밤이든 새벽이든 귀신 바위 아래 금붙이를 묻으러 올지도 모르오. 믿을 만한 자를 한 사람 오남 꽁무니에 붙이시구려. 어디 한 번 확인해 봅시다."

문탁장군이 반신반의하면서 물었다.

"오남이 정말 실행한다면 어쩔까요?"

"그 자리에서 베어버리라 하시오. 숨 쉴 자격도 없는 쥐새끼니까. 금붙이는 걷어 들여 빈민들에게 나눠주면 될 게고. 어차피 그들의 것이었으니까."

술진공의 표정은 냉엄했다.


## 3

망치가 궁성을 들어와 본 것은 이번이 처음이었다. 중다라산의 울창한 숲과 야로의 대장간 풍경에 익숙한 망치의 눈에 궁성은 화려함이 극치를 이룬 별세계였다. 딸 송이가 머물고 있는 궁성. 그 위용을 보면서 망치는 송이가 잘 지내고 있을 거라는 기대와 희망으로 얼마간 마음이 가벼워졌다.

망치의 어깨에는 비단으로 싼 긴 나무 상자가 들려 있었다. 부드러운 솜이 앉혀지고 은으로 만든 고정대가 갖추어진 오동나무 상자는 묵직했다. 자신의 필생의 역작이 그 안에 들었다고 생각하니 망치는 자부심으로 가슴이 뿌듯해졌다.

환두대도 세 자루가 완성되었다고 치달에게 알렸을 때 중다라산 별장으로 가져오라는 명령이 떨어졌다. 대장간에서 멀지 않았지만 낯선 곳이었다. 덩이쇠를 녹일 화력 좋은 장작을 구하러 중다라산에 오를 때도 망치는 될 수 있으면 별장이 모여 있는 언덕을 외면했다. 가서도 안 되고 갈 수도 없는 곳에 대한 위화감을 떨치기 위해서였다. 그래서 그 별장에 처음으로 발을 딛게 되자 망치에게는 묘한 불안감이 몰려들었다. 인적도 드문데다 금단의 땅이 자신에게 위험을 안기리라는 막연한 공포 때문이었다.

망치는 명령을 전달하러 온 자에게 궁성에서 만났으면 좋겠다고 말했다. 산길을 가는 것도 불안하고, 요즘 신라 척후들이 자주 출몰해 어떤 일이 생길지 모른다며 까닭을 성명했다. 당연히 대장간에서 받아갈 줄 알았더니, 그렇다면 궁성으로 가져오라는 지시가 다시 내렸다. 운이 따르면 송이를 만날지도 모른다는 생각으로 그러마고 했다.

치달 수장의 집무실로 가는 길은 경계가 삼엄했다. 곳곳에 무장한 병사들이 망치의 움직임을 감시했고, 몸을 수색했다. 마치 대왕을 시해하려는 사람을 대하듯 했다. 그러나 누구도 어깨에 둘린 상자를 열어보라는 요구는 하지 않았다.

집무실 문이 열렸다. 방 반대편 무게가 육중해 보이는 탁자 뒤에 치달은 앉아 있었다. 금빛 출(出)자 문양이 박힌 관모에다 오색 비단 실이 수놓인 관복을 입고 있었다. 등 뒤 벽에는 다라를 상징하는 용과 봉황, 거북이 서로 뒤엉켜 있는 문양 그림이 걸려 있었다.

출자관(出字冠)을 쓴 대왕의 행차를 본 기억이 떠올랐다. 신하들이 좌우에 협시하고 있다면 가히 대왕의 거처라 불러도 좋을 만큼 화려한 치장이었다. 망치는 치달을 바로보지 못하고 바로 고개를 깊숙이 숙였다.

"가까이 오라."

치달이 손짓을 하며 망치를 불렀다. 망치는 공손히 발소리를 죽여 앞으로 나갔다.

"보자꾸나."

망치가 등을 두른 비단 끈을 풀고 상자를 탁자 위에 놓았다. 비단 보자기를 끌렀다. 상자 위로 나무를 파낸 뒤 금편을 상감해 넣은 '다라대보(多羅大寶)'란 글자가 뚜렷하게 드러났다. 눈으로 글자를 읽어가면서 치달의 살찐 얼굴에 미소가 떠오르기 시작했다.

"너의 정성과 솜씨를 명문(銘文)만 읽고도 알겠구나."

치달은 만족스러운지 손으로 글자를 한자 한자 쓸어내렸다. 그러더니 지나가는 말처럼 물었다.

"네 딸년은 만나보았느냐?"

검문을 당하면서 곁눈질로 궁성 안을 열심히 더듬었다. 혹시나 지나가는 송이라도 볼 수 있을까 싶어서였다. 하지만 병졸과 장교 외에 시종조차 보지 못했다. 대왕의 거처와 시종의 집무실은 구역이 다를 거라 짐작했다.

"보지 못했사옵니다. 지존 어른."

치달이 고개를 끄덕였다. 치달이 큰 선심을 쓰는 듯 말했다.

"그랬겠지. 네 노고를 생각해 이리 오라 했다. 곧 만날 수 있을게다."

감읍한 망치가 더욱 고개를 조아렸다.

"은혜가 하해와 같사옵니다."

대꾸도 않고 치달이 상자의 뚜껑을 열었다. 곧 하얀 솜에 감싸인 환두대도가 장엄한 자태를 드러냈다. 순도 높은 금과 붉고 푸른빛의 산호로 장식된 환두대도를 본 치달의 눈이 환희로 빛났다. 망치는 침을 꿀꺽 삼켰다. 미려 마님이 죽기 전 지시한 대로 환두대도 손잡이 쪽에 깊은 구멍을 파 은빛 금속 상자를 삽입해 넣었다.

나무를 파내고 금속 상자를 넣었으니 무게가 조금 달라졌지만, 치달이 그 차이를 알아낼 리는 없었다. 그래도 사람의 마음을 읽을 듯이 빛나는 치달의 눈빛 때문에 가슴이 조마조마했다.

"과연 명기(名器)로구나."

창문이 없어 촛불로 실내를 밝힌 집무실 안은 조금 어두웠다. 칼집과 손잡이 표면에는 어둠 속에서도 빛을 내도록 발광 물질이 칠해져 있었다. 때문에 환두대도는 물결 위에서 반짝이는 햇빛처럼 더욱 눈부신 존재감을 자랑했다. 치달이 가운데 놓인 환두대도를 꺼내 두 손으로 받혀 올렸다.

세 자루의 환두대도는 겉으로 보아서는 모양을 구별하기 어려울 만큼 닮았다. 들인 정성과 노력이 자식 못지않았던 망치에게는 송이와 겨레처럼 세 자루가 각기 다른 품격과 숨결을 지니고 있었지만, 여느 사람의 눈에 그것이 보일 리 없었다. 치달이 손을 대자 망치는 자기 자식을 악한의 손에 넘긴 것처럼 가슴이 저며 들었다. 치달이 환두대도에 담긴 장인의 혼을 이해할 것 같진 않았다.

치달은 한 자루 한 자루 환두대도를 꺼내 들었다. 칼집 상단에 칼집을 잡기 편하도록 금실로 엮은 장식을 오른손에 쥔 채 치달이 칼을 뽑았다. 환두대도는 살상용이 아니므로 오른손으로 칼을 잡기 편하도록 우현 편수(偏手) 형식으로 제작되었다. 그래서 코등이4가 높지 않았다. 하지만 칼 몸은 덩이쇠를 여러 편 덧입혀 두드려 만들었기 때문에 어떤 칼보다도 예리했고 강인했다.

치달이 칼을 위로 치켜들자 만물을 빨아들일 듯 강렬한 검광(劍光)이 뿜어져 나왔다. 허공을 가르자 칼끝의 울림이 방안에 진동했다. 울림은 사람의 피를 찾아 울부짖는 야수의 포효 같았다.

"기대 이상이야. 정말 잘 만들었구나. 망치, 너야말로 우리 다라의 최고 명공(名工)이로다."

치달이 감탄하면서 망치에게로 눈길을 돌렸다. 기분이 나쁘지는 않았지만 왠지 치달이 그 칼로 자기를 찌를 것 같아 망치는 오금이 저렸다. 망치는 자기도 모르게 한 걸음 뒤로 물러섰다.

"어찌 미천한 놈의 재주라 하겠습니까. 지존께서 지원을 아끼지 않은 덕분이옵니다. 이 칼과 함께 다라와 지존께 광영과 복록이 영원하기를 바랄뿐이옵니다."

---

4 칼에서 툭 튀어나온 부분 즉, 칼의 콧등. 상대를 칼로 찔렀을 때 공격자의 손이 앞으로 밀려가 자기 칼에 손이 다치는 것을 방지하는 기능을 한다.

치달이 손잡이 쪽을 훑어보면서 미소를 지었다.

"말솜씨가 제법 기특하구나."

손잡이 끝에는 금제의 굵은 고리가 동그랗게 붙어 있었다. 고리 안에는 환두대도의 고귀한 위엄과 신령한 능력을 상징하는 신수(神獸)의 머리 조각이 박혔다. 용의 머리를 앉힌 것과 봉황의 머리를 앉힌 것, 용과 봉황의 머리를 같이 앉힌 것으로 나뉘어졌다. 신수의 머리 조각을 유심히 보던 치달이 지나가는 말처럼 중얼거렸다.

"이 신수의 머리 조각이 좀 튀어나온 것 같지 않느냐?"

망치의 머리카락이 쭈뼛 솟았다. 조각을 끼워 넣은 뒤 여러 차례 살펴보았지만 그런 낌새는 느끼지 못했다. 미려 마님의 지시가 발각된 것이 아닌가 싶어 머릿속이 어지러웠다. 뭔가 빨리 변명을 마련해야 했다.

"여느 조각보다 금을 더 넣어 조금 크게 만들었습니다. 기왕의 환두대도 조각과 크기가 같아서야 되겠사옵니까."

둘러댄다고 말했지만, 과연 먹힐지 의심스러웠다. 그러나 치달은 수긍이 갔는지 고개를 끄덕였다.

"흠. 나도 생각지 못한 일이로군. 역시 명공의 안목이야. 잘 했구나."

다행히 무사히 위기를 넘겼다.

그때 밖에서 인기척이 들렸다.

"뭐냐?"

"대왕 궁의 궁녀가 왔습니다."

누군가 문밖에서 아뢰었다.

"들라 하라. 때 맞춰 왔구먼."

치달은 천천히 세 자루의 환두대도를 상자에 넣고 뚜껑을 닫은 뒤 밀봉했다. 상자는 비단 보자기에 싸였다. 이제 다시는 환두대도를 보지도 만지지도 못할 터였다. 망치의 눈에서 눈물이 찔끔 솟았다.

문이 열리고 송이가 들어왔다. 머리를 숙이고 있어 송이는 아비가 있는지 알지 못했다. 큰소리로 부르고 싶었지만 참았다.

"부르셨사옵니까?"

여전히 고개를 숙이고 송이가 말했다. 피죽도 못 먹은 사람처럼 힘없는 목소리였다. 더구나 두려움으로 가득했다.

"그래. 오늘 귀한 손님이 오셔서 오라 했다. 너도 반가운 사람일 테니 인사나 나누어라."

송이가 성의 없는 몸짓으로 망치 쪽으로 고개를 돌렸다. 거기서 아비 망치를 발견하자 눈이 동그랗게 떠졌다. 통통하고 볼살이 많았던 송이는 고생 탓인지 더욱 핼쑥해졌다. 얼굴은 창백했고, 보지 못했던 광대뼈까지 돋아나 있었다. 그냥 보았더라면 잘 알아보지 못할 정도였다.

"아비……?"

송이도 믿기지 않는 듯 한마디 말만 던지고 멍한 눈으로 망치를 보았다.

"그래. 나다. 우리 딸이 궁성에서 고생이 많은가 보구나.

어찌 이렇게 여위었니?"

송이보다 먼저 울음이 복받쳐 나올 것 같아 억지로 숨을 참으며 망치가 더듬더듬 말을 이었다. 송이의 커다란 눈에서 눈물이 한 줄기 흘러 내렸다.

"여기 어쩐… 일이세요?"

송이가 치달의 눈치를 살피더니 더 말을 잇지 못했다. 망치가 달려가 송이의 손을 잡고 어루만졌다. 햇볕에 탄 건강했던 얼굴이 뽀애졌지만, 병이라도 든 사람처럼 기운도 탄력도 없었다. 예전의 그 밝고 명랑했던 딸 송이는 보이지 않았다.

"응. 너 만나 보려고 왔지. 지낼 만하니?"

송이는 눈물을 뚝뚝 흘리면서 말도 못하고 고개만 끄덕였다.

"어미는? 겨레는?"

"그래. 다 잘 있다. 다들 네가 궁성에서 호의호식하고 사는 줄 알고 있어."

망치는 송이를 안심시키려고 없는 말을 지어냈다. 어미는 송이 걱정에 하루도 한숨을 내쉬지 않는 적이 없었다. 겨레 역시 누나가 없어 너무 심심하다며 짜증 섞인 푸념으로 그리운 감정을 대신했다.

"예. 저도 잘 지내요. 일이 서툴러 힘은 조금 들지만, 궁성에 계신 분들이 잘 대해 주셔서 걱정은 없어요."

송이는 제법 어른스럽게 말했다. 예전에 어리광을 부리며 아비를 못 살게 굴던 딸은 사라졌다. 더 할 말이 없어 망치가 화제를 바꾸었다.

"니문은 잘 지내느냐? 개도 궁성에 있다고 하던데?"

송이의 눈에 살짝 생기가 돌았다.

"오라비는 객관에 있어요. 대축전 준비로 바쁘지만, 제게 가야금을 가르쳐 주고 있어요."

그 생기가 그간 송이의 마음고생이 얼마나 컸는지 대변하고 있었다.

"저런. 나도 우리 송이가 연주하는 가야금 가락을 한 번 들어봤으면 좋겠구나."

"언젠가 집에 가면 들려드릴게요."

얘기가 길어지자 치달이 말을 끊었다.

"그만. 회포를 풀 일은 또 있을 테니, 송이는 돌아가거라."

무뚝뚝하게 치달이 말하자 송이가 몸을 부르르 떨더니 얼른 허리를 숙였다.

"그럼 물러가겠사옵니다."

송이가 아비에게서 눈을 떼지 못하고 뒷걸음질 쳐 집무실을 나갔다. 망치도 눈으로 송이를 좇았다.

"대축전이 끝난 뒤 집에 한 번 들르게 하겠네. 이처럼 훌륭한 환두대도를 내게 주었으니 달포 푹 쉬다 오도록 조처하지."

치달이 큰 선심이라도 쓰는 듯 뻐기며 말했다. 망치는 바닥에 머리를 박고 사례했다. 지금 송이의 명줄을 쥐고 있는 사람이 치달인 것은 분명했다.

"지존의 은혜는 평생 잊지 않겠습니다요."

"그래야 될 게야. 그만 가보게. 그리고 잘 알겠지만, 환두대도를 내게 바쳤다는 말은 뻥끗도 해서는 안 될 게야. 대축전 전에 소문이 돌면 다시는 송이를 보지 못할 것이야."

그 협박을 하기 위해 치달이 궁성으로 저를 불렀는가 보았다.

"혀를 깨물고 죽는 일이 있어도 발설치 않겠습니다요."

집무실 밖으로 나오자 하늘이 노랗게 보였다. 너무 긴장한 탓인지 여윈 송이를 본 충격 때문인지 아니 둘 다인지 머리가 어질어질해서 발걸음도 제대로 짚지 못했다.

궁성 문까지 오는데도 망치를 검문하는 이는 아무도 없었다. 아무리 두리번거려도 송이의 모습은 보이지 않았다.


4

맑고 푸른 가을날이었다. 비가 오지 않아 농군들은 걱정이 태산이었고. 황강의 수량이 뚝 떨어져 배가 모래톱에 얹힐 때면 배꾼이나 선원들도 눈살을 찌푸렸다. 그러거나 말거나 들놀이 나가기엔 더할 나위 없이 좋은 계절이었다.

공기가 시원한 아침, 술진공은 나들이 나갈 준비를 했다. 홀로 사는 처지에 따로 채비를 해줄 사람이 없었다. 전 같으면 꽃네에게 슬쩍 떠맡겼을 것이다. 그러나 아직 아들 잃은 슬픔을 완전히 떨어내지 못한 꽃네에게 무리한 일을 시키고 싶지 않았다. 요즘은 겨레도 풀이 많이 죽어 있었다.

"누이는 뭐가 좋다고 궁성에 들어가 사는지 알다가도 모르겠어요. 우리가 보고 싶지도 않나 봐. 짐 싸가지고 휙 가버리더니 코빼기도 안 비춰요. 엄마도 매일 한숨뿐이고, 정말 세상사는 게 재미 하나 없어요."

송이가 집에 들렀냐고 물었더니 겨레가 단단히 토라져서 샐쭉거렸다.

"허허! 송인들 어찌 식구들이 보고 싶지 않겠느냐. 궁성 일이란 게 워낙 바쁘단다."

가끔 궁성엘 드나드는 술진공도 송이를 보진 못했다. 어디에 그리 콕 틀어박혀 있는지, 지나가던 시종이나 궁녀에게 슬쩍 물어봐도 모른다거나 궁성 안에 지금 없다는 대답만 돌아왔다.

"아 참, 스승님은 만나셨겠네요. 누이 보면요, 제발 집에 좀 들르라 해 주세요. 이 겨레가 밤잠도 못 이루고 기다린다고요."

겨레가 기대감에 차서 술진공의 옷자락을 잡고 칭얼거렸다.

"알았다. 때가 되면 어련히 찾지 않겠느냐. 넌 글공부에나 매진하거라. 그게 누이를 위한 길이야."

"말도 안 돼. 글하고 누이하고 무슨 상관이라고."

겨레가 분이 안 풀렸는지 여전히 투덜거렸다.

그런 판이라 술진공은 겨레 어미에게 무엇을 부탁하기도 뭐했다.

술진공은 밤과 잡곡을 넣어 밥을 지었다. 북다라산의 명물 더덕에 간장을 발라 굽고 산나물을 삶고 데쳐 소금을 넣어 짭짤한 맛을 더했다. 궁성 주부(廚婦)에게 산적이며 생선구 이를 부탁해 받아왔다. 술을 좋아하지는 않지만, 들놀이에 빠질 수는 없는지라 약주를 따로 병에 담았다.

대나무 바구니에 올망졸망 담긴 음식들을 보면서 술진공 은 흐뭇한 마음으로 웃었다. 꽃네의 식성이 어떤지는 모르겠 지만, 이 정도면 만족하리라 믿었다.

꽃네의 주막에 가보니 벌써 겨레가 와서 방정을 떨고 있었 다. 무슨 얘기를 했는지 꽃네가 입을 가리며 환하게 웃었다. 오랜만에 보는 꽃네의 웃음이었다.

"호랑이도 제 말 하면 온다더니 스승님께서 딱 맞춰 오시 네요."

겨레가 술진공을 보더니 싱글벙글거리며 말했다.

"네 이놈, 내 흉을 보았구나."

술진공이 공연히 겸연쩍어 인상을 썼다.

"스승님 흉을 보려면 하룻밤도 모자란 걸요."

겨레가 혀를 쑥 내밀었다.

"흉은 무슨 흉이에요. 겨레가 술진공께서 얼마나 훌륭한 분인지 침이 마르도록 칭찬했어요."

꽃네가 얼굴을 붉히며 변명했다. 둘만 가자면 거절할까 싶어 겨레 핑계를 댔더니 녀석이 오히려 주인 행세를 했다.

"그랬소? 가을 해가 짧소. 슬슬 나가봅시다."

들놀이 장소인 다라 평원으로 가자면 황강을 건너야 했다. 포구로 가 문탁장군을 찾았다. 마침 포구 군영에 있었다.

사정을 말하고 쪽배 한 척을 부탁했다. 문탁장군이 꽃네와 겨레를 흘깃 보고는 빙그레 웃었다.

"경치가 좋으십니다. 어지간하면 소장도 가고 싶으나 때가 좋지 않군요."

그러면서 사령을 부르더니 노꾼을 불러오라고 명령했다. 사령이 포구 쪽으로 달려가자 문탁장군이 눈짓으로 술진공을 불렀다.

"무슨 일이 있소?"

"잠깐 군막으로 드시지요?"

표정이 심상찮았다. 겨레에게 대나무 바구니를 넘겨주며 노꾼이 올 때까지 꽃네와 함께 포구 구경이나 하라 시키고 군막으로 들었다.

"술진공 말씀이 맞더군요."

군막의 휘장을 닫더니 문탁장군이 말했다.

"뭐가?"

"제 휘하의 자객 하나를 오남에게 붙였습니다. 똥줄이 탔는지 말씀하신 날 밤에 금붙이를 챙겨들고 삼형제봉 귀신바위로 갔다더군요. 바위 아래에 닿아 흙 굴을 파더랍니다."

술진공이 침통하게 눈을 감았다.

"그래도 혹시나 했는데……. 어찌 인간이 그리 미욱한가."

문탁장군의 표정은 비정했다.

"명령한 대로 그 자리에서 베어버렸답니다. 금붙이는 모두 수거해 가져왔습니다."

"자객은 믿을 만한 사람이요?"

"저와 함께 죽을 고비를 수도 없이 넘긴 사람입니다. 물욕에 어둡지도 않지요."

즐거운 마음으로 나서야 할 들놀이 날, 한 사람의 죽음 소식을 듣는 것은 어쨌거나 불편한 일이었다. 더구나 자신이 부탁했으니 손만 빌렸을 뿐 저가 죽인 것이나 마찬가지였다. 지은 업보는 어딜 가지 않는다. 술진공은 자신의 말로도 편치 못할 것임을 예감했다.

"잘 하셨소. 한 사람의 죽음으로 백 사람의 죽음을 막았다고 생각합시다."

문탁장군이 고개를 끄덕였다.

"금붙이는 어찌 할까요? 드리리까?"

빈민들에게 나눠주란 소릴 한 기억이 났다. 악업이 쌓여 자초한 죽음이지만 금붙이가 어려운 이에게 돌아가면 조금은 해원이 되리라.

"주시오."

문탁장군은 아무 대꾸도 없이 나무함을 열더니 주머니 하나를 꺼냈다. 제법 묵직해 보였다. 문탁장군이 술진공에게 주머니를 내밀었다. 받아들었다.

"그만 가보시지요. 꽃네가 기다리겠습니다.

나가다가 뒤돌아 문탁장군을 보며 물었다.

"어디 쓸 거냐고 묻지도 않소?"

문탁장군이 피식 웃었다.

"금옥(金屋)이라도 지으시렵니까?"

술진공도 따라 쓴웃음을 지었다.

"금옥이라? 하긴 금옥을 짓는다는 게 맞는지도 모르겠구려. 가보리다."

포구에 닿으니 벌써 겨레가 종종걸음을 치며 술진공을 기다리고 있었다. 눈썰미가 좋은 겨레가 손에 든 주머니를 보더니 캐물었다.

"그건 뭐예요?"

"문탁장군이 가는 길에 전해달라는 물건이다. 얼른 타자꾸나."

가을바람이 선선했다. 멀리 먹구름이 몰려오는 게 보였다. 다라의 하늘까지 오려면 족히 며칠은 걸릴 먹구름이었다. 대축전까지 이제 한 달도 남지 않았다.

황강을 건너 다라 평원으로 가는 길목에 대암산이 있었다. 북다라산 같은 준령은 아니지만 꽤 높았고 골도 깊은 산이었다. 산적 떼가 출몰해 평소에는 사람들이 무리를 지어야 지나갈 수 있었다.

"스승님. 우리 셋만 괜찮을까요? 호위병도 없는데?"

겨레가 얼굴빛이 변하며 술진공의 옷깃을 잡았다. 꽃네도 표정이 살짝 어두워졌다.

"걱정하지 마라. 내게 다 방책이 있으니."

언덕을 오르자 멀리 다라 평원이 한눈에 들어왔다. 술진공은 언덕 초입부터 그들을 뒤쫓는 눈길을 느끼고 있었다.

"겨레야. 내 잠깐 물건을 전하고 갈 테니 꽃네 아줌마와 함께 쉬엄쉬엄 내려가거라."

황금물결이 출렁이는 다라 평원을 보더니 좀 전의 근심은 다 잊고 겨레가 신바람을 냈다. 꽃네의 손을 잡더니 재촉했다.

"예. 아줌마. 누가 빨리 내려가나 내기해요."

겨레가 달음질을 쳤고, 꽃네가 술진공을 흘낏 보고는 겨레의 뒤를 따랐다.


두 사람의 모습이 나무숲에 가려지자 한 무리의 사람들이 모습을 드러냈다. 손마다 창이며 칼, 쇠스랑에 낫까지 들고 있었다. 옷차림이 거칠고 꾀죄죄했다.

"술진공 아니시오. 어딜 가시니이까?"

구레나룻과 살쩍이 짙은 사내 하나가 무리 사이에서 나오더니 물었다.

"장쇠. 오랜만일세. 잘 지내나?"

장쇠가 가래침을 뱉었다. 장쇠는 농민이긴 했지만 한 때 술진공 밑에서 글 공부를 하기도 했었다. 담력과 함께 세상 물정에도 눈을 뜬 인물이었다.

"잘 지낼 까닭이 있소. 치달 그 개만도 못한 자식의 등쌀 때문에 산적 짓거리를 하고 삽니다만, 요즘 사람들 형편도 바닥 아닙니까. 보름 넘게 백암산 언덕을 넘는 사람도 없었소. 다들 배를 타고 다라 평원으로 가니 죽을 맛입니다."

술진공이 들고 있던 주머니를 장쇠에게 던졌다.

"이게 뭡니까?"

주머니를 흔들어보더니 의아한 눈빛으로 물었다.

"알다시피 금붙이일세."

"그건 알겠는데, 왜 주시냐는 거죠?"

"내달 보름에 북다라산에서 대축전이 열리네."

"그런데요? 저희들도 그때 한 밑천 잡을까 궁리를 짜내는 중입니다만 경계가 오죽 심하겠습니까?"

장쇠의 심중을 읽은 술진공이 고개를 저었다.

"위험한 짓은 아예 말게. 아까운 목숨이나 잃을 테니. 그것으로 무기와 군마, 식량, 그리고 튼튼한 배 몇 척을 구해놓게. 그날 아무래도 무슨 변고가 일어날 것 같아. 대축전 장소에서 멀찌감치 숨어 있다가 내가 신호를 하면 나를 돕게. 목에 푸른 수건을 두르고 있을 터, 수건을 푸는 것이 신호일세."

장쇠가 주머니 끈을 풀어 안을 들여다보았다.

"이 정도면 넉넉하겠군요. 수건을 풀지 않으면 어찌 하리까?"

"그럼 다행이지. 별 일 없으면 길을 돌려 배를 타고 다라를 떠나게. 자네들은 수배된 인물이라 여기서 살긴 어려워. 바다를 건너 왜국 다라방으로 가게. 거기서 새 출발들 하시게나."

장쇠의 얼굴로 감동의 눈빛이 떠올랐다.

"왜 저희들에게 이런 호의를 베푸시는 겁니까?"

술진공은 금붙이가 든 주머니를 물끄러미 바라보다가 말했다.

"한 사람의 죄를 씻는 길이라 그러네. 변고가 생기면 돕는 걸 잊지는 말게."

장쇠가 주머니를 품에 넣더니 다짐하듯 고개를 숙였다.

"알겠소이다. 술진공께서도 몸조심하십쇼. 보름날 밤에 뵙겠습니다."

"안 보는 게 더 좋지."

술진공이 등을 돌려 언덕을 내려가자 사람들도 재빨리 숲속으로 몸을 감추었다.


논둑이 시작되는 길목에서 꽃네와 겨레가 술진공을 기다리고 있었다. 여기저기서 가을걷이를 하는 사람들이 제법 눈에 띄었다. 경계병과 장교들이 두셋씩 패를 지어 가을걷이를 감시하고 있었다. 치달 휘하 군사였다. 산적을 막는다는 구실이지만, 세금 명목으로 나락을 쓸어가기 위해서였다.

"목 빠지는 줄 알았네. 산적들에게 잡혀가신 줄 알았어요. 어떻게 구해내나 걱정했는데."

술진공이 겨레의 뒤통수를 슬쩍 쳤다.

"녀석하고는. 자 저기 황강이 보이는 언덕으로 가자꾸나."

논길을 따라 북쪽으로 걸어 구릉을 넘으니 황강이 한눈에 들어왔다. 앞으로는 황강의 푸른 물결이 넘실거렸고, 뒤로는 다라 평원의 누런 물결이 출렁거렸다. 겨레가 앞뒤를 둘러보며 탄성을 내질렀다.

"야, 멋지다. 역시 다라 평원은 '다라팔경(多羅八景)' 가운데 하나로 손꼽힐 만해요."

술진공과 꽃네가 고개를 갸우뚱하며 겨레를 보았다.

"다라 팔경이라니. 금시초문이로구나."

겨레가 머리를 긁적이며 대답했다.

"스승님. 제가 정한 거랍니다. 우리 다라에서 제일 경치가 좋은 여덟 곳을 제가 골라봤거든요. 그걸 저는 다라팔경이라 불러요."

술진공이 기특한 듯 웃으며 물었다.

"그래, 무엇 무엇이더냐?"

겨레가 손가락을 하나씩 꼽으며 대답했다.

"제1경은 북다라산(가야산)이고, 제2경은 남산제일봉, 제3경은 홍류동계곡, 제4경은 황계폭포, 제5경은 황매산 모산재, 제6경이 바로 다라 평원, 제7경은 황강 포구, 제8경은 다라국 궁성이에요.5 어떠하옵니까? 스승님."

겨레는 허리를 굽히며 큰절을 하는 시늉을 했다.

술진공이 박수를 치며 감탄했다.

"대단하구나. 역시 겨레는 시인이 될 자질이 충분해."

꽃네도 한마디 거들었다.

---

5 현재의 합천팔경은 앞의 다섯 군데까지다. 소설 속의 세 군데는 필자가 임의로 넣은 것이다. 나머지 세 군데는 해인사(海印寺)와 함벽루(涵碧樓), 백리 벚꽃길이다.

"겨레에게 그런 재치가 있는 줄 몰랐구나."

겨레가 으쓱해 하면서 말했다.

"나중에 이 팔경에 맞춰 시를 지을 작정이랍니다."

"그래. 그래. 빨리 읽고 싶구나."

술진공과 꽃네가 파안대소하며 겨레의 등을 두드려 주었다.

언덕에 앉아 대나무 바구니에 든 음식을 꺼내 펼쳤다. 음식을 맛있게 먹으면서도 겨레는 지청구를 빠뜨리지 않았다.

"역시 음식은 여자 손길이 가야 해. 홀아비 냄새가 나서 저는 더 이상 못 먹겠사옵니다."

"예끼. 이놈. 먹을 땐 게 눈 감추듯 하더니 배부르니까 딴소리냐!"

술진공이 주먹을 쥐고 꿀밤을 먹이려 하자 겨레가 재빨리 달아났다.

"스승님 꿀밤은 굼벵이도 안 맞는답니다."

겨레가 깔깔 웃으며 언덕을 넘어 황강 쪽으로 달려갔다.

언덕에는 술진공과 꽃네 둘만 남았다. 갑자기 사방이 조용해지자 술진공은 할 말을 찾지 못했다. 꽃네도 쑥스러운지 가을 들풀만 꺾으며 딴전을 부렸다. 어색한 분위기를 깨려고 술진공이 병뚜껑을 열고 고배에 술을 따랐다.

"제가 권할 게요."

꽃네가 술병을 들더니 두 손을 받히고 술을 부었다.

"고맙구려."

술진공이 어색한 표정을 감추지 못하면서 술을 받았다. 그렇게 술이 몇 잔 들어가자 조금 용기가 생겼다.

빈 고배에 꽃네가 술을 따르려 할 때 술진공이 모르는 체하며 꽃네의 손목을 잡았다. 잠깐 놀란 표정이었지만 꽃네도 거절하지는 않았다.

"꽃네. 내 오늘 당신에게 할 말이 있소."

꽃네가 고개를 돌렸다.

"무, 무슨 말씀이세요."

긴장한데다 취기 때문에 혀가 꼬여 말이 술술 나오지 않았다.

"내 다라의 궁성 일을 살피고 역사를 정리한답시고 정신이 팔려 좋은 시절을 다 놓치고 이렇게 늙어버렸소. 돌아보니 사는 게 이처럼 허전할 수 없구려."

"무슨 말씀을요. 술진공처럼 큰일을 많이 하신 분은 다라에 또 없습니다."

"아니요. 때가 되면 짝을 맞아 아이를 낳아 기르면서 사는게 조물주께서 사람을 낳은 뜻이요. 내가 정작 사람구실은 하지 못하고 엉뚱한 일에만 매달렸으니 뭐가 훌륭하다 하겠소. 참으로 남부끄러운 삶이었소."

"아닙니다. 다라 사람 모두 공을 깊이 사랑하고 존경하고 있어요."

"그렇소? 허나 이제는 한 사람의 사랑만 받고 싶구려."

"한 사람이라면?"

"내 스스로 말하기 낯 뜨거우나 꽃네의 사랑을 받고 싶소."

꽃네의 얼굴이 발갛게 달아올랐다.

"갑자기 그러시니 당황스럽습니다."

술진공은 내친 김에 더욱 용기를 냈다. 그의 팔이 꽃네의 허리를 감았다. 꽃네의 따뜻한 몸이 술진공에게 안겨들었다.

"꽃네. 무생을 잃고 난 뒤 마음의 상처가 컸을 거요. 허나 무생도 어미가 슬픔에 젖어있기만 바라지는 않을 거요. 앞으로는 나만 믿고 따라와 주시겠소?"

꽃네는 대답은 않고 두 눈을 감은 채 고개만 숙이고 있었다.

술진공은 꽃네의 고개를 손으로 들어올렸다. 그리고 그녀의 입술에 자신의 입술을 살며시 포갰다. 다 늙은 나이에 이 무슨 망발이냐는 생각이 들었다. 그러나 술진공은 자신의 감정에 충실하기로 작정했다. 손이 꽃네의 옷고름 사이를 파고들었다. 아담한 젖무덤이 한 손에 잡혔다. 꽃네가 가볍게 신음했다.

멀리서 가을걷이를 하는 농군들의 노랫소리가 아련히 들려왔다.

미늘쇠(有刺利器)

Saw knife
길이 34.1cm
옥전 35호분 〈경상대학교 박물관〉

# 낙원을 뒤덮는 먹구름

1

북다라산 경비 막사를 훑어보고 오는 길에 문탁은 공주궁을 찾았다. 유모로부터 긴히 만나자는 전갈이 왔을 때 지난번 황계폭포 때의 일로 사례하려는 뜻이라 짐작했다.

"다라의 장수가 되어 공주마마를 위기에서 구하는 일은 당연하오. 너무 마음을 쓰지 않으셔도 된다고 전해 주시오."

문탁도 대왕이 치달과 공주의 혼사를 선언했다는 소식은 들었다. 그때 가장 먼저 어머니의 얼굴이 떠올랐다. 어머니는 공주를 무척 마음에 들어 했다. 후왕비, 즉 공주의 어머니는 돌림병으로 죽기 전 자주 문탁의 어머니를 궁성으로 초청했다. 후왕과 대장군이 전장에서 우의를 다졌다면 후왕비와 어머니는 궁성에서 정의를 두텁게 했다. 그때 공주가 후왕비와 함께 나와서 어머니에게 바느질이며 음식 만드는 일 따위를 소상하게 물었다.

"궁 안에는 솜씨 좋은 시녀들이 많사옵니다. 여염집 아녀자가 어찌 따르리까."

궁에 다녀올 때마다 어머니는 공주를 칭찬했다. 슬하의 세 형제 가운데 위로 두 형이 전사하고 문탁만 남아 있어, 어머니는 문탁이 좋은 여자를 만나 어서 빨리 손자를 안겨주었으면 하고 바랐다. 감히 입 밖에 내지는 못했지만, 어머니는 내심 공주를 며느리 감으로 점찍어 놓고 있었다. 후왕이 전사하지 않고 후왕비가 병사하지 않았더라면 어머니의 꿈은 이뤄졌을지도 몰랐다.

공주와 치달이 정략결혼을 한다는 소식을 어머니가 듣는다면 얼마나 충격을 받았을까? 그러나 집에 가도 어머니는 표정이 여일했다. 늘 단아했고 말수가 적은 어머니라 내면에 인 변화를 알아채기는 어려웠다.

왕실과 귀족 사이의 결혼이란 게 항상 정치적 이해관계나 득실이 개입되는 것쯤은 문탁도 잘 알고 있었다. 현재 문탁 집안과 왕실은 그런 끈이 전혀 없었다. 우연히 공주를 구해내긴 했지만, 그것이 빌미가 되어 왕실과의 관계가 두터워질 리 없었다.

근래 북다라산 일대에서 신라군의 훈련이 빈번해졌다는 말은 진즉에 들었다. 군영에서는 통상적인 수준 이상의 것이 아니라면서 가볍게 여긴다는 사실도 알았다. 그러나 문탁의 귀에 그 소식은 심상치 않았다. 문성장군이 살아계셨다면 당장 비상령이 내려졌을 터였다.

달려가 동정을 살피고 싶었지만 이제는 관할이 아니라서 함부로 가보기도 꺼려졌다. 대장군이 죽은 뒤 휘하 병력은 고스란히 치달의 수중으로 들어갔다. 그런데 치달로부터 선단이 보관하고 있는 덩이쇠 전량을 북다라산 신전 공사장으로 옮기라는 명령이 내려왔다. 평소 같았으면 부하를 시켰겠지만 직접 나섰다. 풍문으로 들은 사실을 확인할 수 있는 기회였다.

과연 신라군의 훈련은 이상 징후로 보이지는 않았다. 숲속 개활지를 따라 소규모 군사들이 말을 타고 이동했지만, 화살 한 발 쏘지 않았다. 병력이 흩어져 움직여 숫자가 들쭉날쭉하다는 점만 빼면 단조롭고 일상적인 훈련이었다.

시간이 없어 그들의 훈련을 끝까지 지켜볼 수는 없었다. 덩이쇠를 다 부렸다고 전령이 알려와 돌아가야 했다. 도리 없이 자리를 뜨려는데, 장교 한 사람이 다가왔다. 한때 대장군 휘하였다가 치달에게 차출된 장교였다. 대장군의 신임이 두터워 문탁과도 안면이 있었다.

"어떻게 보셨소?"

장교의 표정에서 우려의 빛을 읽었다.

"훈련치고는 좀 산만하구려."

"그렇지요? 꼭 우리더러 보라는 듯이 움직여요."

문탁이 놓친 부분을 장교는 간파하고 있었다. 아무리 훈련이라지만 자신을 적에게 노출시키지 않는 게 정상이었다.

뭔가 의도를 호도하려는 목적이 숨어있을 수 있었다.

"언제부터 저랬소?"

"좀 되긴 했답니다. 늙은 병사 말로는 신라군이 저러는 것은 자신도 처음 본다더군요."

점점 의혹이 짙어졌다.

"한 번 도발해보지 그랬소?"

장교가 어깨를 으쓱했다.

"저쪽은 다라의 영역이 아니오. 낌새를 살피러 병력을 내보냈더니 떡과 술을 잔뜩 얻어먹고 오더군요. 다라군의 기강이 말이 아니오. 적에게 술을 얻어먹다니. 엄하게 꾸짖었더니 다른 진지에서도 다들 그런다면서 되려 나를 이상하게 보더이다. 어이가 없어서."

군량이 부족한 군사들에게 떡과 술을 안기는 신라군은 고마운 존재처럼 여겨질 법했다. 그러나 태평성대도 아니고 신라왕은 가야와 다라를 삼키려 군침을 흘리고 있는 상황이었다. 상부의 지시 없이 신라군이 그렇게 행동할 리 없었다.

"군영에 보고는 했소?"

장교가 코웃음을 쳤다.

"했더랬지. 할 일이 없으면 낮잠이나 자든가 공사장에 와서 짐이라도 나르라 하더이다. 이게 군대요? 꽃놀이패요?"

장교의 불만은 고조되어 있었다. 더 할 말이 없었다.

"수고하시오. 대왕을 뵙게 되면 말해 보리다."

악수를 하고 돌아서려는데, 장교가 물었다.

"후임 대장군 임명은 언제나 한답니까? 치달 수장이 겸임하고 있다 보니 지휘 체계가 엉망이요. 부장군 가운데 발탁해야 하는 거 아닙니까?"

장교가 문탁의 얼굴을 똑바로 바라보며 말했다. 문탁 집안에서 대대로 대장군이 배출된 것은 군영이 다 아는 사실이었다. 나이는 어리지만 당신이 대장군이 되어야 하지 않느냐는 투였다.

"왕궁에서도 생각이 있겠지요. 자기 위치에서 최선을 다합시다."

그렇게 한마디 남기고 진지를 내려왔다.


공주궁에 도착하니 해가 많이 기울어 있었다. 한동안 맑은 날만 이어졌는데, 구름이 짙어 석양이 아름다웠다. 유모가 맞이하며 딱한 표정을 지었다.

"어찌 이제야 오십니까? 공주마마께서 목 빠지게 기다리셨습니다."

너무 반기는 터라 머쓱해졌다.

내실로 들어가니 공주는 의자에 앉아 차분한 태도로 문탁을 맞았다. 많이 기다렸다는 유모의 말이 무색했다.

"어서 오세요. 대장군의 장례는 가족장으로 치르셨다지요. 국장이 마땅하거늘, 왕실의 한 사람으로서 너무나 송구합니다."

"아닙니다. 공주마마. 그간 무강하셨습니까? 명령을 받자

와 찾아뵈었습니다."

의례적인 인사가 오갔다.

"앉으세요. 유모, 다과 준비해서 와요."

공주가 눈을 꿈쩍이자 유모가 허리를 숙이며 물러갔다. 시간이 꽤 흘렀지만 다과는 나오지 않았다. 그제야 공주의 얼굴에 초조감이 일었다.

"문탁장군. 궁성에는 눈도 많고 귀도 많아 말을 꺼내기가 쉽지 않답니다. 치달 수장이 여기까지 심복을 심어놨다고 해요. 유모에게 시녀 아이들을 물리치라고 일러놨으니 이제는 편하게 말하겠어요."

그제야 문탁도 공주 신변에 긴급한 일이 발생했음을 느꼈다.

"황공합니다. 무슨 하명이신지요?"

공주가 말을 꺼내기가 민망한 듯 한동안 뜸을 들였다.

"문탁장군도 들었겠지요. 대왕께서 축전이 끝난 뒤 치달 수장과 저를······."

공주가 차마 말을 마치지 못했다. 얼굴로 수치심과 분노가 한꺼번에 밀려올라 왔다.

"예. 들었사옵니다. 감축드리옵니다."

그 말을 듣더니 공주의 얼굴이 붉게 끓어올랐다.

"장군까지 그렇게 말씀하십니까? 치달 수장의 목적은 대왕의 손녀사위가 아니에요. 왕위를 넘보는 것이지."

말이 노골적으로 나오자 문탁도 당황스러웠다.

"대왕께서 정정하신데 그럴 리 있겠습니까?"

대답하는 문탁도 스스로 한심했다. 문탁의 처지를 이해했는지 공주가 표정을 누그러뜨렸다.

"장군은 궁성 밖에 계시니 소문은 더 많이 들으셨을 겁니다. 치달 수장이 백성들에게 터무니없는 세금을 거둬들이고, 공사 물품을 빼돌려 인명 사고가 빈발한다면서요?"

"백성들의 형편이 예전만 못한 것은 사실이옵니다."

"그 세금과 물품이 다 어디로 간다고 생각하십니까?"

적당하게 대꾸할 말이 떠오르지 않았다. 좋든 싫든 치달과 혼인을 맺으면 그의 부인이 될 공주였다. 자신의 말이 나중에 치달에게 어떻게 전달될지 갈피를 잡기 어려웠다. 그렇지 않아도 치달은 문탁을 제거하려고 혈안이었다. 대답이 없자 공주가 바락 화를 내며 말했다.

"장군. 치달이 저와 혼인하려는 것은 왕위를 찬탈하기 위한 징검다리를 쌓는 일에 지나지 않아요. 백성들에게서 약탈한 곡식과 물품들은 자신이 왕위에 오를 때 생길 잡음을 없애려고 귀족들의 입을 막고 이웃 나라에 뇌물로 다 나간답니다. 북다라산 신전 공사도 다라의 위세를 축원하기 위해서가 아니라 자신의 즉위식을 거행할 장소로 마련한 것이란 소문이 파다해요. 장군도 아시지요?"

대답을 추궁하니 벙어리 행세를 할 수는 없었다.

"그런 과장된 소문이 있다고 들었사옵니다."

공주가 참지 못하고 의자에서 몸을 일으키더니 창문가로

갔다.

"과장이 아니라 다 사실입니다. 치달이 왕이 되어 다라가 태평성세를 맞는다면 제 한 몸 어떻게 된들 대수겠습니까? 하지만 왕이 되기도 전에 이렇게 가렴주구를 일삼고 부정부패가 만연하고 있는데, 왕이 되면 어떻겠습니까? 대왕께서 강녕하게 왕위에 계시면 치달이 끔찍한 짓을 저지르지나 않을까 걱정입니다. 국무 미려의 죽음이나 대장군의 피살도 치달의 마수가 뻗친 것이라니, 이 사람이 무슨 짓인들 못하겠어요?"

공주는 문탁보다 훨씬 더 정확하고 구체적인 정보를 가지고 있었다.

"소장으로서는 처음 듣는 이야깁니다."

공주가 측은한 표정을 지으며 문탁에게로 다가왔다.

"대장군의 죽음에 얼마나 상심이 크셨겠습니까? 장군의 심기를 생각지 못하고 제가 말을 함부로 했군요. 그러나 치달의 횡포를 아신다며 대장군께서도 지하에서 눈을 편히 감지 못하실 겁니다."

말이 점점 요령부득으로 빠지고 있었다. 문탁은 공주가 자신에게 뭘 원하는지 알 길이 없어 답답했다.

"하명하실 일은 무엇이온지요?"

그제야 공주도 너무 흥분했다는 사실을 깨달았다. 기침을 몇 번 하더니 공주가 다시 의자에 앉았다.

"제가 미력하고 우둔하지만 다라의 공주로서 치달의 폭주를 마냥 지켜볼 수만은 없습니다. 그래서 장군의 힘을 빌리고자 합니다."

"제 힘을 빌리신다면?"

공주가 침을 꿀꺽 삼켰다. 그러나 표정은 단호했다.

"다라의 안녕을 지키고 백성들을 폭압에서 구할 수 있는 길을 찾아야지요. 더 이상 일이 수습할 수 없는 지경에 빠지기 전에 손을 써야 합니다."

말은 돌리고 있지만 공주의 의사는 분명했다. 이것은 역모인가? 모반인가? 아니면 의거인가?

"손을 쓴다 하심은?"

"보름날 대축전 때 치달을 제거하세요. 치달의 수족이 많다지만 오합지졸입니다. 치달의 목이 떨어지면 낙엽처럼 흩어질 거예요. 더구나 대부분 돌아가신 대장군 휘하였고, 장교들 가운데는 의분을 참고 있는 이들이 많답니다. 대왕께는 거사가 끝난 뒤 사정을 말씀드리겠어요. 장군. 저를 도와주세요. 군영의 많은 사람들도 장군에게 기대가 크다고 알고 있습니다. 그 사람들의 염원을 저버려서는 안 됩니다."

의외로 공주는 뚝심이 센 인물이었다. 그러나 그 대답을 여기서 어떻게 바로 하겠는가. 대장군이 한 말이 떠올랐다.

"때를 놓친 사람이 어리석은 게 아니다. 때가 온 줄 모르는 사람이 어리석은 것이다."

지금 그 때가 온 것일까? 그러나 2백 남짓한 군사를 이끌고 치달을 공격하기란 만만한 일이 아니었다. 더구나 대축전

날이라면 치달에 대한 경호도 삼엄할 터였다. 개방된 공간에서 공격하다가는 치달의 몸에 칼끝이 닿기도 전에 몰살할지도 몰랐다. 오히려 축전이 있기 전이 유리했다. 공주는 일을 너무 쉽게 생각하고 있었다.

그 점을 공주도 떠올렸는지 고개를 숙이며 덧붙였다.

"궁성 안 여자의 소박한 궁리입니다. 상세한 처분은 장군께 맡기겠어요."

그때 유모가 불안한 걸음으로 거실로 들어왔다.

"마마. 낌새가 좋지 않습니다. 장군은 그만 돌아가시는 게 좋겠사옵니다."

공주가 문탁을 보며 다짐하듯 말했다.

"모든 것은 장군께 맡기겠습니다. 결심이 서시면 저를 찾아주세요. 기다리지요."

뭔가를 더 말하려 하는데 유모가 다가와 재촉했다.

"장군. 그만 일어나세요. 시간은 많습니다."

하릴없이 유모의 손에 이끌려 후문으로 발길을 돌렸다. 그새 저녁 어스름이 짙게 깔렸다. 후문이 소리 없이 닫혔다.

언덕을 내려오면서 문탁은 손에 쥔 칼이 피에 굶주린 듯 전율하는 것을 느꼈다.


2

진흥왕의 밀지를 전해 받은 이사부는 기만 전술을 착착 진행시켜 나갔다. 백제군이 양동작전에 말려 중원으로 병력을 이동시킨 지금 다라는 고립무원의 처지였다. 다라의 군세가 신라에 비해 턱없이 열세인 것은 분명하지만, 궁지에 몰리면 쥐도 고양이를 무는 법이었다. 그런 점에서 진흥왕의 허허실실 전법은 아군의 손실을 극소화하고 적군의 예봉을 꺾는 탁월한 술수였다. 신라군을 소규모 부대로 분산시키는 한편 이사부는 척후들을 대량 다라 내부로 잠입시켰다.

"어떤 경우라도 자신을 노출시키지 말라. 다라의 민심과 병력 이동 상황을 파악해 전달하는 것이 너희들의 임무다. 불필요한 살상은 다라의 경계심을 강화시킬 뿐이다."

그들은 다라의 평민 복장을 입고 활동하거나 이웃 가야 제국의 상인으로 위장했다. 심지어 무기도 소지하지 못하게 했다. 유사시에 필요하다면 다라군의 병기고를 약탈하도록 지시했다.

척후를 잠입시킨 효과는 금방 나타났다. 북다라산 신전 건축에 과도한 물자를 투입한 결과 다라의 민심은 대나무 쪼개지듯 이반하고 있었다. 치달 수장이 빼돌린 재화가 밀장(密藏)된 위치도 구체적으로 파악했다. 다라군의 병기고는 경비 상태가 엉망이었다. 신전 건축을 위해 투입된 병력은 벌목과 석재 채굴에 지쳐 사기는 땅에 떨어져 있었다.

장교들 사이에 비리가 만연해 군량은 모래주머니나 마찬가지였다. 문탁장군의 정예병이 위협적이었지만 무시해도 좋을 정도의 병력이었다. 주(紂)임금의 폭정에 허덕여 무왕(武王)의 출현을 환영했던 것처럼 다라의 백성들은 변화와

개혁을 절실히 원하고 있었다.

이사부는 보름날 공격력을 집중할 장소로 대축전이 열리는 북다라산을 지목했다. 대부분의 병력이 축전에 참여할 것이니, 그들을 흔들어놓으면 둑이 무너지듯 와해될 터였다. 축전 현장과 도성까지 길도 잘 닦여져 있어 주력을 궤멸시키면 궁성을 점령하는 일은 식은 죽 먹기였다.

축전이 고조될 때 전격적으로 공격해 다라 왕을 체포하거나 살해하고, 다라 권력의 핵심인 치달을 결박한다면 전투랄 것이 없을지도 몰랐다. 신라가 자신의 즉위를 지지한다고 철석같이 믿는 치달은 신라의 공격은 상상도 못할 것이었다.

진흥왕의 지시 이후 신라군은 북다라산 일대 다라군의 참호와 진지에 접근해 기마 훈련을 빈번하게 실시했다. 처음에 다라군은 공격으로 생각해 방어 태세를 갖추었다. 그러나 요란하게 말발굽 소리만 울리다가 물러가자 예상대로 긴장의 끈을 풀어버렸다. 때로 다라군은 위수지를 이탈해 신라군의 훈련을 멀뚱멀뚱 구경하기까지 했다.

"어이. 변경을 지키느라 수고가 많네. 와서 술 한 잔 하고 가시게나."

신라군 주위를 빈둥거리는 다라군의 병졸과 장교를 불러 떡과 술을 먹이기도 했다. 가뜩이나 굶주린 병졸들은 신라군이 자주 훈련에 나오기를 바랐다. 거나하게 술이 취해 비틀거리는 다라군은 더 이상 군인이 아니었다.

문성장군이 살아 있었다면 이런 전술의 내막을 간파했을

것이다. 이미 여러 차례 신라군과 전투를 치른 경험이 있는 문성장군이었다면 군기가 그렇게 해이해지는 것을 방관할 리 없었다. 치달이 문성장군을 살해한 것은 꺼져가는 장작불에 물을 부운 꼴이었다.

보름을 사흘 앞둔 새벽에 이사부가 최전방의 지휘관들을 조용히 소집했다.

"적정은 어떤가?"

한 장교가 심드렁하게 대답했다.

"적정이랄 것도 없습니다. 우리 군의 훈련에 관심을 두는 병사조차 없습니다. 떡과 술을 끊어버리니 쳐다보지도 않더군요."

다른 장교들의 의견도 대동소이했다. 이사부가 작전 지도를 펼쳤다.

"좋아. 대왕께서 공격 시점을 보름날 밤으로 정하셨다. 술시(밤 7~9시)가 해시(밤 9~11시)로 바뀌는 때 일시에 사방에서 타격해 들어간다. 야음을 틈타고 대축전이 절정에 이를 시간이니 경비는 더욱 허술해지겠지만 방심은 금물이다. 오늘부터 평소처럼 훈련하되 철수할 때 병력의 반은 현지에 매복시킨다. 공격 시 행군 거리를 줄여줄 것이다. 시간을 엄수해야 한다. 저항하지 않는 적이나 백성들은 살상하지 말라. 대왕께서는 다라를 우리 신라의 영토로 만들 생각이시다. 굳이 원한을 살 필요는 없다."

진영별로 공격할 진로와 군호를 확인한 지휘관들은 올 때와 마찬가지로 조용히 자신의 군영으로 돌아갔다.

동쪽에서 떠오르는 아침 해를 보면서 이사부는 여느 때와는 다른 흥분을 느꼈다. 군선을 타고 우산국을 정벌하러 갈 때와는 기분이 달랐다. 파도와 싸우며 해안까지 닿는 일이 어려웠지 우산국 궁성을 항복시키기는 쉬웠다. 나무로 만든 사자 떼를 본 우산국 사람들은 공포에 질렸다. 우산국에서 볼 수 있는 덩치 큰 들짐승은 노루나 멧돼지가 고작이었다. 사자를 보고 항복한 그들은 아둔하기보다는 현명했다.

우산국이 저항했다면 신라군의 피해도 적지 않았겠지만, 우산국은 몰살했을 것이다. 우산국은 금관가야 권력층이 투항한 덕분에 신라에서 안전과 부귀를 보장받은 사실을 잘 기억하고 있었다. 그런 점에서 법흥왕은 현명했고, 뒤를 이은 진흥왕 역시 지략에서 선왕의 장점을 이어받고 있었다.

사다함이 군장을 갖추고 막사 앞에 나타났다. 내물왕의 7대손이자 급찬 구리지(仇梨知)의 아들인 사다함은 이제 나이 15살의 소년이었다. 진흥왕이 화랑의 편제를 군사조직으로 바꾸면서 발탁한 지휘관이기도 했다. 어린 나이였지만 비상한 통찰력과 남다른 감수성을 갖춘 사다함은 이번 다라국과 대가야 공격에서 특별한 역할을 맡아야 했다.

"대장군. 부르셨습니까?"

이사부가 돌아서며 사다함을 쳐다보았다. 갑주와 투구로 무장했지만 어린 티를 숨길 수는 없었다. 이사부는 문득 어린 시절 자신의 모습이 떠올랐다. 그의 기억에 자신에게 저런 귀염성은 있지 않았다. 무술을 연마한다고 산과 들을 누벼 얼굴은 검게 탔고 피부는 거칠었다. 그런데 지금 사다함은 막 목간을 마치고 나온 소녀처럼 보였다. 이런 변화에 이사부는 내심 당혹스러웠다.

"무관랑(武官郞)6은 군영에 도착했느냐?"

"예. 정예 화랑을 인솔하고 어제 도착했습니다."

무관랑은 사다함의 죽마고우였다. 무술보다 문예에 재주가 있던 두 사람은 칼 대신 붓을 들고 다니며 신라의 자연풍광을 화폭에 옮겼다. 그들이 그렸다는 그림을 이사부도 본 적이 있었다. 사내란 칼을 들고 적진을 돌파하는 것이 본분이라 여겼던 이사부는 그림이 아름답긴 했지만 탐탁지는 않았다. 이런 유약한 사다함의 어디를 보고 진흥왕이 화랑의 지휘관으로 발탁했는지 의아했었다. 더구나 사다함과 무관랑의 행동에서 이사부는 친구 이상의 애정을 느꼈다. 그런 관습이 신라에서 색다른 것은 아니었지만, 이사부에게는 역겨운 일이었다.

그러나 지금은 그런 감상에 젖을 때가 아니었다.

사다함 수하의 화랑은 천여 명에 이르렀지만, 이번 정벌에 동원된 병력은 소수였다. 진흥왕은 이번 전투에서 화랑들의 손실을 염려했다. 그들은 미래에 있을 삼국 통일의 첨병이

---

6 ?~562. 신라 진흥왕 때의 화랑. 어려서부터 사다함과 우정을 맺고 사우(死友)를 결의했다. 562년 무관랑이 병사했다는 소식을 듣고 사다함은 이레 동안 통곡하다가 신의를 지켜 자결했다.

되어야 했다. 때문에 가야 정벌에서 그들이 맡은 역할은 전투 과정을 견습하는 수준이었다. 후방에 머물며 전체적인 전투 진행 상황을 지켜보게 하라는 것이 진흥왕의 명령이었다.

이사부의 생각은 조금 달랐다. 전군이 목숨을 걸고 전투에 임하는데 안전한 후방에서 무엇을 배울 수 있단 말인가? 전 장에서 희생은 불가피한 일이었다. 대왕의 지시를 거역할 순 없지만, 그들이 손발을 놓고 빈둥거리는 것을 지켜보고 싶지는 않았다.

"너에게 특별한 임무를 부여하고자 불렀다. 보름날 밤에 다라를 공격하는 사실은 알고 있겠지?"

사다함의 입장에서도 이 늙은 맹장(猛將)의 존재가 조금은 불편했다. 자신을 흘겨보는 눈빛에는 경멸감이랄까 얕잡아 보는 기미가 완연했다. 특히 무관랑과의 관계를 지켜보는 태도에서는 적의까지 느껴졌다. 성가신 일이었지만 드러내 놓고 따질 수는 없었다.

"예. 대왕께서 저희들은 전투는 피하고 참관만 하라 하명 하셨다지요?"

목소리에 불만의 기운이 묻어 있었다. 그런 점은 마음에 들었다.

"대왕께서는 어린 너희들이 큰일을 하기 전에 희생될까 염 려하시는 것이다."

"저희들은 어리지도 않고 희생되지도 않을 것입니다."

말하는 투가 의외로 다부졌다. 이사부가 빙그레 웃으며

사다함에게로 한 걸음 다가갔다.

"그 기백은 가상하구나. 그러나 왕명은 거역할 수 없는 것이다. 그래서 대신 임무를 하나 맡기고 싶구나."

사다함의 얼굴에 생기가 돌았다.

"무엇입니까? 선봉을 맡는 겁니까?"

"진중하거라. 너희들은 공격 대오의 후면에서 다라로 진입한다. 접전이 벌어지더라도 전면에 나서면 안 된다. 다만
……."

사다함이 애가 타는지 말을 재촉했다.

"다만, 무엇이오니까?"

"지금 다라에는 우리 신라의 인재 한 사람이 파견되어 나가 있다."

"신라의 인재라 하셨습니까? 소장은 듣지 못한 일이옵니다."

"군사 작전이 아니니 알 리 없지. 그는 가야금 연희자다. 대왕께서 몹시 아끼시는 인물이지. 이름은 니문이다."

사다함이 깜짝 놀란 표정을 지었다.

"니문이요? 그가 다라에 왔다는 말은 듣지 못했습니다. 엉뚱한 곳에서 만나게 되는군요."

"아는 사인가?"

"예. 무관랑과 함께 그분에게서 가야금을 배웠습니다."

이사부는 속으로 혀를 끌끌 찼다.

'이거 사내놈들이 뭐 하는 짓들인가!'

"그래. 안면이 있다니 더 잘 됐군. 대왕께서는 니문이 전투 중에 다칠지도 몰라 염려가 크시다. 축전 전에 귀환시키려고 했는데, 여의치 않았지."

사다함이 고개를 끄덕였다.

"당연하지요. 우륵 스승님은 노쇠하셨고, 니문은 젊으십니다. 그분이 다치면 신라에서 다시는 가야금 소리를 듣지 못할 수도 있습니다."

이사부는 점점 밸이 뒤틀렸다.

"그렇겠군. 너희 화랑들은 니문을 현장에서 보호해 안전하게 후방으로 구출하는 임무를 맡을 것이다. 얼굴을 안다니 금상첨화로군."

사다함의 얼굴이 상기되었다. 군례를 올리며 사다함이 힘차게 대답했다.

"하자 없이 임무를 수행하겠습니다."

"니문이 현장 어디에 있을지는 확인이 되지 않고 있다. 작전 당일에 알려 줄 터이니 만반의 준비를 갖추도록 하라. 그만 가보도록."

사다함이 등을 돌리고 군막 앞을 떠났다. 어깨춤이라도 출 것처럼 사다함은 흥분하고 있었다. 그 모습을 지켜보면서 이사부가 씁쓸하게 한마디 내뱉었다.

"외유내강이라지만 저건 아니지. 가야금 줄이나 튕기던 자들이 칼이나 제대로 휘두를지 원!"

이사부는 떠오르는 해를 좀 더 지켜보다 막사 안으로 들어갔다.


3

달거리가 없어졌다.

이 달이 오기 며칠 전에는 사타구니에 핏물이 보였다. 그런데 며칠 동안 아무런 기색도 느껴지지 않았다.

송이는 하늘이 무너져 내리는 어지럼증을 느꼈다. 누구에게 물어볼 사람도 없었다. 아이가 들어섰다면 이게 누구의 핏줄일까? 대답을 떠올리기도 싫어 송이는 머리를 세차게 흔들었다. 목숨을 끊는 한이 있어도 뱃속의 아이를 낳을 수는 없었다.

'내가 뭘 잘못했기에 하늘은 이런 시련을 내리시는 걸까?'

절망감으로 몸부림쳤다. 신당에 들어 천지신명에게 자신이 가야 할 길을 알려달라고 갈구했다. 그러나 아무런 대답도 들려오지 않았다.

"송이야? 무슨 근심이라도 있는 게야? 얼굴이 백짓장처럼 희구나."

안색을 보더니 대왕마저 걱정스럽게 물었다. 송이는 대답도 제대로 못하고 궁전에서 물러났다. 그날 밤 송이는 한숨도 자지 못했다. 치달이 별장으로 불러내지 않은 것이 다행이었다.

다음 날 무거운 몸을 이끌고 객관으로 갔다. 유일한 낙인 가야금 배우기를 멈출 수는 없었다.

"실력이 느는 것만큼 몸이 축나나 보구나."

사정을 알 리 없는 니문이 가야금 줄을 고르면서 한마디 건넸다. 저도 모르게 이상한 말이 입에서 튀어나왔다.

"어머니가 보고 싶어요."

줄을 고르던 니문의 손이 멈추었다. 가야금을 무릎에서 내려놓은 니문이 송이의 뺨을 어루만졌다. 니문은 송이의 말을 다르게 풀이했다.

"대축전 날이 며칠 남지 않았군. 식구들과 헤어질 생각을 하니 마음이 아프겠지. 송이야. 신라로 간다고 식구들과 영원히 헤어지는 건 아니야. 아무 때나 오긴 어렵겠지만 신라와 다라 사이에 사정이 좋아지면 네가 다녀갈 수도 있고 식구들이 올 수도 있어. 사실 신라로 가면 스승님과 상의해 네 식구들을 신라로 데려올 방법을 상의할 생각이야."

식구가 오고 같이 산다고 해도 뱃속의 아이는 어떻게 한단 말인가? 송이는 희망을 잃지 않으려고 짐짓 표정을 꾸미면서 물었다.

니문은 가야금을 가르치면서도 송이를 가지려고 하지 않았다. 객관이라 남의 눈도 있지만, 마음만 먹으면 불가능할 것도 없었다. 그러나 니문은 소중한 물건을 다루듯 송이를 대했다. 지금 생각하니 자신이 적극 유혹하지 않은 것이 후회스러웠다. 니문의 품에 안겼더라면 지금 이 아이를 그의 아이라고 위안 삼을 수도 있으련만.

"그게 되겠어요?"

니문이 어깨에 힘을 주었다.

"나 이래 뵈도 신라에 가면 무시 못할 사람이야. 신라왕도 그렇지만 화랑 중에도 내게 가야금을 배우는 이들이 여럿 있어."

"화랑?"

"응. 신라에서 귀족 자제들을 선발해 만든 군사 조직이지. 송이 너보다 어린 아이들인데, 무술도 연마하지만 음률에도 관심이 많아. 어딘가 징글맞은 구석도 없진 않지만 실력자들의 자제들이라 도움을 청하면 송이 식구들 데려오는 일쯤은 여반장(如反掌)일지도 모르지."

니문이 꿈에 부풀어 송이를 다독거렸다. 그런 니문의 희망이 송이를 더욱 나락으로 몰아갔다.

'치달의 아이를 가진 걸 알고도 오라비는 이처럼 다정하게 나를 대할까?'

이런 생각을 하니 당장 황강 벼랑으로 달려가 몸을 던지고 싶었다.

그날은 어떻게 가야금을 배웠는지도 모른 채 궁성으로 돌아왔다. 그러나 몸을 편히 누울 겨를도 없이 치달이 별장으로 송이를 불렀다. 가지 않을 수 없었다. 무슨 변명을 늘어놓아도 치달은 제 욕망을 채워야 직성이 풀렸다. 그는 점점 더 무서울 게 없는 존재가 되어 가고 있었다.

송이는 옷장을 열어 작은 상자를 꺼냈다. 송이가 처음 달거리를 하고 며칠이 지난 뒤 아비 망치가 송이에게 준 물건이 있었다. 비수였다.

"이제 송이도 어른이 되었으니 제 몸은 제가 지켜야 해. 잘 간직했다가 위험이 닥쳤을 때 쓰거라."

정말 이 칼을 쓸 날이 올 줄 몰랐다. 비수는 오랫동안 칼집에만 있던 탓인지 조금 녹이 슬어 있었다. 송이는 삼베 헝겊으로 칼날을 닦았다.

'죽자. 저 마귀도 죽이고 나도 죽자.'

결심은 그렇게 해도 칼을 든 손은 부들부들 떨렸다. 입을 앙 다물며 송이는 자신의 결심이 흔들리지 않기를 빌었다.

별장으로 가는 길에 소달구지가 유난히 더 흔들렸다.

"날이 흐려 그런가? 이놈의 소가 왜 이리 갈지자걸음이야?"

족제비 상의 사내 목소리가 벽을 타고 들어왔다.

"이런 날에도 지존께서는 하초가 서시는 모양이야. 매일 산삼 뿌리를 삶아 드시나? 밤마다 계집을 갈아치우시잖아."

덩치 큰 사내의 대꾸였다. 치달이 욕보이는 여자가 송이만은 아닌 모양이었다. 그 다른 여자들에게는 무슨 비참한 사연이 있을까? 자기의 희생으로 그들을 구할 수 있다고 생각하니 힘이 솟았다.

"미려 마님 떠나고 더 색을 밝히시는구먼. 자네 그 얘기 들었나?"

"뭔 얘기?"

족제비 상의 사내 목소리가 가늘어졌다.

"미려 마님이 그냥 도둑에게 당한 게 아니란 소문 말이야?"

"엉? 도둑이 아니라면?"

"지존께서 공주와의 혼인에 방해가 된다며 없앴다던데?"

"설마?"

"설마가 사람 잡는다고."

"햐! 이거 목이 뜨끔한데. 미려 마님 저주가 보통 매서웠나?"

"죽었는데 무슨 저주. 참!"

"좌우간 이 짓도 그만 둬야지. 요즘 부쩍 나 하는 짓이 무서워. 이러다 마른하늘에서 벼락이라도 떨어지지 않을까 하고 말이야."

말이 떨어지기 무섭게 하늘에서 번개가 번쩍였다. 가까운 곳에 떨어졌는지 바로 이어 엄청난 굉음의 천둥소리가 지축을 울렸다.

"아이고, 어머니!"

두 사람이 화들짝 놀라는 기색이 달구지 안에서도 느껴졌다. 소도 놀라 허둥거렸다.

"사람은 죄 짓고 못 사는 법이여."

두 사람은 별장에 송이를 떨어뜨려 놓더니 소달구지를 끌고 부리나케 사라졌다. 새벽에 와 송장 두 구를 발견하면 저자들은 어떤 표정을 지을까?

방 안에서 치달은 겉옷만 덜렁 걸친 채 송이를 기다리고 있었다.

"오는 길이 무서웠더냐? 벼락이 치고, 날씨 한 번 고약하

**425**

구나."

치달은 취기가 잔뜩 올라 있었다. 송이는 비수를 어디에 뒀는지 다시 상기했다. 옷을 벗으면서 이부자리 밑에 감추어 둘 작정이었다.

"벗어라. 벼락 치는 날 교접도 색다른 경험이겠다."

촛불 아래 치달의 입가는 침으로 번들거렸다. 게슴츠레 뜬 눈과 음식찌꺼기가 묻은 아가리가 흉측했다. 두꺼비처럼 튀어나온 배를 한 손으로 긁어댔다.

옷을 벗으면서 비수를 베갯머리에 숨겼다. 오늘로 이 짓도 끝이었다. 내일 아침이면 저승길을 밟고 있겠지. 이런 생각을 하니 송이는 너무나 슬퍼졌다. 사람들에게 제대로 인사도 못 하고 이승을 떠나야 했다. 어미도 아비도 겨레도 니문도 술진 공도 꽃네 아줌마도, 이제 다시는 못 볼 얼굴이 될 터였다.

"오늘따라 네 등이 쓸쓸해 보이는구나. 슬퍼해라. 그만큼 열락의 기쁨도 커질 터. 흐흐흐!"

저 더러운 아가리에 비수를 꽂으리라. 피를 철철 흘리며 죽어가는 꼴을 내 꼭 보리라.

그렇게 결심이 서자 교접에서도 적극적이 되었다. 그의 뿌리를 몸 속 깊이 받아들였다. 송이의 허리돌림에 치달이 신음을 토해내며 허덕거렸다.

"웬일이냐? 이제 사내의 몸에 눈을 뜬 게로구나."

혼곤히 잠에 빠뜨리려고 송이는 거듭 치달의 몸을 받아들였다. 치달의 몸이 더욱 부풀어 올랐다. 욕정의 끝에 이르자 치달이 입에 거품을 물며 옆으로 쓰러졌다.

"앞으로 네 년을 자주 불러야겠구나. 호호호!"

말을 마치지도 못하고 치달은 곯아떨어졌다. 경비병이 물러가기를 기다렸다.

구름이 멀어졌는지 천둥소리가 아득하게 들렸다. 갈증이 심했다. 송이는 몸을 일으켜 고배에 든 자리끼를 마셨다. 이불 밑을 더듬어 비수를 찾았다.

구렁이 한 마리가 든 것 같은 치달의 배가 숨을 쉴 때마다 팽창했다. 터럭이 잔뜩 난 배는 거대한 기름덩어리였다. 오늘 저 배 위에 무덤을 올리리라.

칼을 치켜들었다. 이 한 많은 세상과도 이제 결별이었다. 치달은 입맛을 다시며 세상모르게 잠들었다. 개기름이 번들거리는 얼굴은 짐승의 탈을 쓰고 있었다. 저 짐승의 탈에 비수를 꽂아 넣으리라.

손목에 최후의 힘을 주려는 순간 치달이 눈을 번쩍 떴다. 송이는 얼어붙은 듯 꼼짝도 할 수 없었다. 치달의 눈은 송이의 얼굴과 칼을 쥔 손을 번갈아 보았다.

치달이 송이를 밀치고 몸을 일으켰다. 넘어지면서 비수가 방바닥에 떨어졌다.

"어쩐지 잔뜩 달아올랐다더니. 이런 가당찮은 짓이나 하려고 그랬더냐?"

송이가 참았던 울음을 터뜨렸다. 마귀는 죽이지 못하고 가지만 여한은 없었다.

"어서 죽여요."

치달이 비수를 집더니 말했다.

"죽여야지. 사지를 쫙쫙 찢어 죽여주마."

송이가 처절하게 부르짖었다.

"사는 게 지겨워. 당신도 지겨워. 뱃속에 든 아이도 지겨워. 빨리 끝내줘요."

비수를 거머쥐던 치달의 손이 멈추었다.

"뱃속의 아이라고?"

흐느낌 속에 넋이 나간 송이는 아무 대꾸도 하지 않았다. 치달이 고배를 들더니 턱을 치켜들고 물을 마셨다.

"그래서 날 죽이려고 한 게냐? 이런 미친년!"

치달에게는 아이가 없었다. 몸이 찬 미려는 석녀(石女)였다. 대왕이 되어도 자식이 없으면 허사였다. 죽으면 누가 자신의 주검을 보호할 것인가? 후사를 두어야 했다. 계집을 닥치는 대로 껴안은 것에는 그런 까닭도 있었다.

"미친년!"

칼을 내팽개친 치달이 벌거벗은 몸으로 방문을 열었다.

그때 거대한 벼락이 치달의 코앞에 떨어졌다. 섬광 앞에 선 치달의 몸이 요동쳤다.

"으하하하하!"

뭐가 좋은지 치달은 숲이 떠나가라 웃어댔다.

폭풍우가 시작된 밤이었다.

투구(冑)

War helmet
높이 27cm
옥전 8호분 〈경상대학교 박물관〉

# 폭풍우 속의 다라

1

비는 한 번 쏟아지자 긴 가을 가뭄을 벌충하려는 듯 걷잡을 수 없이 퍼부었다. 먹구름이 하늘을 완전히 가려버려 한낮에도 촛불을 켜야 할 만큼 어두웠다. 가을걷이는 거의 끝나 논에는 벼가 남아있진 않았지만, 가을 푸성귀를 심은 밭에는 피해가 점점 커졌다.

픽픽하게 말라 있던 밭은 무섭게 비를 빨아들였다. 그러나 밭이 흡수할 수 있는 비의 양은 한계가 있었다. 땅이 완전히 젖어버리자 이번에는 빗물이 흙을 쓸며 개울로 흘러들었다. 골짜기마다 흙탕물이 넘쳐났다. 애써 가꾼 작물들이 화살에 맞은 병사들처럼 쓰러졌다.

그 와중에 한 포기의 푸성귀라도 구해보겠다고 밭으로 뛰어든 농군들이 흙탕물에 휩쓸려가는 불상사까지 벌어졌다.

다라는 순식간에 재앙의 중심에 서고 말았다. 지반이 약한 언덕에 세워진 가옥들부터 기둥이 기울면서 맥없이 쓰러졌다. 사람들은 옷 하나만 걸친 채 높은 곳으로 피신했다.

낮은 지역에 있는 도성이 비 피해를 가장 혹독하게 입었다. 골목마다 물바다였고, 집으로 흘러든 빗물을 퍼내느라 사람들은 아우성이었다. 가을비는 차갑기까지 해 다들 물에 흠뻑 젖어 벌벌 떨었다. 도성에서 유일하게 무사태평인 장소는 치달의 집무실뿐이었다. 치달은 창문 밖으로 쏟아지는 비를 보며 초초하게 무엇인가를 기다리고 있었다.

경호 장교가 집무실로 들어왔다. 그 역시 비에 젖어 있었다.

"지존. 북다라산 신전이 완공되었답니다. 마지막 돌기둥이 막 올라갔답니다."

치달의 입이 쩍 벌어졌다.

"누가 화불단행이라 했지. 이 비가 내게 행운만 가져다주지 않느냐."

장교의 표정은 밝지 않았다.

"빗줄기가 너무 거셉니다. 이래서야 대축전이 제때 진행될지 걱정입니다."

"그깟 쭉정이들 없으면 어떠냐. 예정대로 보름날 밤에 대축전은 엄수되어야 한다고 알려라. 아니, 아니 내가 직접 가겠다. 수레를 준비하라."

신전으로 가기 전에 치달은 집무실 옆에 마련된 방부터

들렸다. 송이가 감금되어 있는 방이었다. 경비 병사 둘이 문 앞을 지키고 있었다. 문을 열고 들어가니, 송이가 재갈이 물린 채 묶여 있었다.

"힘들겠구나. 조금만 참아라. 내 귀한 자식을 가졌는데 허튼 짓을 하면 안 되지 않겠느냐. 자식만 낳아다오. 천만 금을 달라면 가져다 줄 테니."

자식에 대한 치달의 집착은 의외로 집요했다.

"다라에서 가장 맛있는 음식을 줘라. 달아나거나 자진할 기휠 주면 절대로 안 된다."

경비 병졸과 장교에게 단단히 이른 뒤 치달은 수레를 탔다. 궁성을 막 빠져나가려는데 대왕이 궁문 안으로 들어왔다. 시중이 큰 우산을 받쳤지만, 대왕의 모습은 물에 빠진 생쥐 꼴이었다.

"치달 수장. 비가 너무 쏟아지지 않소? 전에 없었던 폭우요. 백성들의 안위가 걱정이구려. 수장도 살피러 나가는 길이오?"

치달이 대왕의 손을 잡으며 말했다.

"전하, 비는 곧 그칠 것입니다. 그것보다 기쁜 소식이 있습니다. 고대하던 북다라산 신전이 완성되었다는 전언입니다. 객관에도 신라와 백제, 가야 제국, 왜국, 서주(西周)의 축하 사절들이 속속 들어오고 있답니다. 이깟 비는 신경 쓰지 마시고 내일 밤 있을 대축전 준비에만 집중하십시오."

걱정으로 얼룩졌던 대왕의 얼굴 주름살이 펴졌다.

"정말이요? 비 때문에 차질이 빚어지지나 않나 걱정했더니 그거 다행이구려. 지금 어딜 가는 게요?"

"대축전 준비에 문제는 없는지 살펴보려 나가던 참입니다."

대왕이 치달의 등을 떠밀었다.

"어서 다녀오시오. 신전에 영험이 있다면 이 비도 그쳐 주시겠지."

수레가 도성에서 북다라산까지 잘 닦인 도로를 거침없이 달렸다. 배수 공사가 잘 되어 있어 도로 위에 물은 고여 있지 않았다. 그러나 군데군데 백성들이 가재도구를 부려놓고 있었다. 지붕이 내려앉자 물이 잘 빠지는 길 위로 물건들을 옮겨 놓았던 것이다.

"저것들은 다 뭐냐? 당장 치우도록 하라!"

호위병들이 물건을 걷어차며 호령했지만, 아무도 귀를 기울이지 않았다.

"이 길이 저네들 잡동사니나 쌓아 두라고 만들었던 게냐? 멍청한 것들. 채찍을 휘둘러라."

채찍이 등을 치자 혼비백산한 백성들이 이리 뛰고 저리 굴렀다. 늙은이 하나가 수레 난간을 붙잡더니 애걸했다.

"백성 있고 길이 있지, 백성들은 어디로 가라고 채찍질이시오."

치달의 눈에 불똥이 튀었다.

"무엇이 어째? 이 늙은이가 망령이 났나 보구나. 당장 길을 비켜라."

"차라리 날 깔아뭉개고 지나가시오."

마부가 고삐를 당겨 말들이 전진하지 못하고 길게 울음을 내질렀다. 치달이 마부에게 눈을 부라리며 속도를 늦추지 말라고 외쳤다.

"달리면 노인네가 깔립니다!"

"무슨 상관이냐. 어서 달려라. 멈추면 네 목을 칠 것이다."

치달이 칼을 뽑아들었다. 공포에 질린 마부가 말에게 채찍을 휘둘렀다. 그 바람에 균형을 잃은 늙은이가 바퀴 밑으로 쓸려 들어갔다. 늙은이의 비명은 빗소리에 묻혀 들리지도 않았다. 한 번 덜컹 거린 수레가 길을 달렸다. 폭우와 격정이 치달을 광란으로 몰아넣었다.

"앞길을 막는 놈이 있거든 목을 베어도 좋다. 어서 길을 열어라."

호위병들이 칼을 뽑아 휘두르자 사람들이 선불을 맞은 노루 떼처럼 퍼덕거렸다. 미처 칼날을 피하지 못한 몇몇이 가슴을 움켜쥐고 길 밖으로 나가떨어졌다. 붉은 피가 빗물을 따라 흘렀다. 지옥도가 따로 없었지만 치달은 눈도 꿈쩍하지 않았다.

"군사들을 동원해 지저분한 물건들을 다 치우도록 해라. 내일 축하 사신들이 이 길을 지날 터인데 저 꼴을 보이려느냐?"

그때 말을 타고 장교 하나가 치달의 수레를 따라잡았다.

"급보이옵니다."

"뭐냐?"

"삼형제봉 귀신 바위 아래서 오남의 시체가 발견되었다 하옵니다."

"오남의 시체가?"

한동안 오남이 보이지 않아 의아하긴 했었다. 놈은 자신의 비밀을 너무 많이 알고 있었다. 의리는 약에 쓰려고 해도 없고 오로지 금붙이만 밝히는 놈이었다. 대축전 전에 없애려고 했는데, 죽어버렸다니 속이 후련했다. 그나저나 귀신 바위는 미려의 신당이 있는 곳이었다.

생각이 거기까지 미치자 대축전 날 미려의 장례까지 같이 치르겠다는 대왕의 말이 떠올랐다. 자신의 미래를 축원하는 날 미려의 주검이 얼쩡거리는 것이 마음에 걸렸다. 외국에서 축하 사절까지 오는 날이었다. 적당히 핑계를 대 시신을 치우자고 결심했다.

"그놈이 귀신 바위엔 왜 갔단 말이냐?"

"모르겠습니다. 신당에 있는 제의 용품을 가지러 간 병사들이 목이 잘린 채 죽어 있는 오남을 찾았답니다. 바위 밑이 파진 것으로 보아 뭔가를 묻으려 한 것 같다는 보고입니다."

직감적으로 금붙이라는 판단이 들었다.

"뭘 파묻어?"

"아무 것도 없어 알 수 없답니다. 어찌 할까요? 관원을 보내리까?"

놈을 조사하면 생각지도 못한 비리까지 딸려올 염려가 있었다. 기왕 황천길을 간 놈이었다. 죽은 경위를 따질 필요는 없었다.

"그냥 적당히 묻어버리라 해라. 보나마나 원한을 사 벼락을 맞은 거겠지."

"예."

"아, 그리고. 대왕께서는 나를 생각하셔서 미려의 장례를 대축전 때 거행한다고 했다만, 역시 상서롭지 못한 일이다. 대왕께는 내가 아뢸 테니 오늘 밤 적당한 시간에 가서 미려의 시신을 집으로 옮기도록 해라. 알겠느냐?"

장교가 께름칙한 표정으로 군례를 올리더니 말머리를 돌려 궁성 쪽으로 달려갔다.

앓던 이가 빠진 기분이었다. 치달은 빗물을 털어내며 수레에 기댔다. 오남과 치달은 태어난 곳이 같았다. 어릴 때부터 치졸한 짓만 골라서 하던 작자였다. 천신만고 끝에 다라로 돌아오니, 그래도 같은 마을 출신이라고 먼저 달려와 하례했다.

그때부터 궂은일은 그에게 맡겨 처리했다. 안하무인에 단순했지만, 시킨 일은 군소리 없이 잘 처리했다. 대왕이 되면 그런 사냥개는 쓸모가 없었다. 양심도 없는 치달이지만 그를 제 손으로 제거했다면 조금은 켕겼을 것이다. 자신의 앞길에 거추장스러웠을 장애물들이 하나둘 제거되는 느낌이었다. 눈을 감고 잠시 회상에 잠겼던 치달이 곧 눈을 떴다.

"아직 멀었느냐?"

치달의 목소리에는 활기가 넘쳤다.

폭우 때문에 시야가 좁고 어두워 선명하지 않았지만, 신전의 웅장한 위용에 흠집을 낼 수는 없었다. 신단의 중앙에는 『주역』의 팔괘를 본떠 여덟 개의 돌기둥이 세워졌고, 그 아래로 규모가 조금 작은 예순네 개의 돌기둥이 큰 원을 그리며 솟아있었다. 불꽃을 상징하는 조각이 신단 정상을 장식했고, 길고 긴 계단이 바닥에서 정상까지 이어졌다. 계단이 끝나는 바닥 양쪽으로 악대와 노래패가 배치되어 축전의 흥을 돋울 것이었다.

신전으로 올라가는 계단이 있는 쪽 반대편으로 대왕과 소정공주, 귀족들과 신료들, 각국에서 온 축하 사절들이 앉을 좌석이 마련되어 있었다. 폭우가 쏟아질 것을 예상하지 못해 천막이 쳐 있지는 않았다.

"오늘, 밤을 새는 한이 있더라도 신전과 악대, 사절들이 앉을 자리에는 천막을 치도록 하라."

장교가 바람에 투구가 날릴까 한 손으로 누른 채 대답했다.

"바람이 너무 거셉니다. 천막이 날아갈지도 모릅니다."

치달이 신전 입구에 야적되어 있는 석재더미를 가리키며 외쳤다.

"저 석재는 어디다 쓰려느냐? 버팀목이 든든하고 기둥이 굵으면 이 정도 바람은 막아낼 것이다."

장교가 무슨 말을 하려다가 치달의 성화를 듣고는 입을 닫았다.

신전 뒤편으로 돌아가자 하늘을 뚫을 듯 치솟은 지붕을

인 건물들이 나타났다. 아름드리 석재와 목재를 쓴 건물은 다라의 천년 영화를 상징하는 건축물답게 위압적이었다. 왕궁이 이전할 곳이었다. 요소마다 경비병들이 창을 들고 도열해 있었다.

"그만 돌아가시지요. 비에 관복이 다 젖겠습니다."

폭우가 거세 신전 광장에 오래 서 있기가 힘들었다. 아쉽지만 발길을 돌려야 했다.

"내일 대축전 행사에 앞서 신전 완공에 공이 큰 사람들에게 상급(賞級)을 내릴 것이다. 한 사람도 빠짐없이 나오라고 일러라. 군사들과 백성들에게 고루 상급이 돌아갈 것이니라. 다라에 천지개벽이 있는 날이다. 소와 돼지를 아낌없이 잡아라. 궁성에 보관된 술도 한 통 남기지 말고 옮겨 놓도록 하라. 이 날 쓰지 않으면 언제 쓰겠느냐."

우산이 바람에 날려갔다. 흥분에 사로잡힌 치달은 빗물을 얼굴에 뒤집어쓰고도 얼굴을 웃음으로 채우며 목청을 높였다. 세상이 자신의 손아귀에 들어오기 직전이었다. 거구의 몸체를 뒤뚱거리며 치달은 다시 한 번 신전을 올려보았다. 신전이 가슴을 벌려 자신을 맞이하고 있었다.


2

하늘이 무너진 듯했다. 다라에서 태어나 다라에서 자란 술진공으로서도 가을에 이처럼 강력한 폭풍우를 본 적은 없었다. 폭우가 할퀴고 지나가는 도성의 풍경은 거대한 메뚜기 떼의 습격을 받은 가을들판 같았다. 술진공의 얼굴에는 수심이 가득했다. 책력을 꺼내 별자리의 위치와 풍향의 향방을 살폈다. 이런 악천후가 몰려왔던 때가 희미하게 기억 속에 떠올랐다.

'금관가야가 신라에 멸망하던 그때와 같구나.'

서른 해 전의 일이었다. 그때 술진공은 혈기왕성한 젊은이였다. 신라군이 동강을 따라 대거 병력을 이동시킨다는 소식에 가야 제국 전체가 들썩거렸다. 대가야가 패권을 쥔 서부의 가야 제국들에게 군 총동원령을 내린 상태였다. 술진공도 붓을 던지고 칼을 쥐었다. 다행히 신라군의 주력은 동강을 따라 하류로 남진해서 서부 가야 제국은 안도했다. 그러나 창칼의 예봉을 피한 대신 엄청난 비바람이 서부 가야 제국을 덮쳤다.

그해 서부 가야 제국은 최악의 흉년을 기록했다. 보름 동안 쏟아진 비로 수확을 앞둔 농작물뿐만 아니라 가옥이며, 가축, 인명 등 땅에 발을 디디고 있는 모든 것들이 떠내려갔다. 산성이 무너져 병사들이 깔려죽었고, 궁성마저 피해를 입어 한동안 복구는 엄두도 못 낼 정도였다. 그 재앙이 서른 해만에 반복될 조짐을 보이고 있었다.

처마에서 떨어지는 빗물은 낙숫물이 아니었다. 눈앞에 유리 주렴을 펼쳐놓은 것 같았다. 긴목항아리에 물을 담아 한꺼번에 들이붓는다 해도 이렇지는 않으리라. 더구나 빗줄기는 가늘어질 기미를 전혀 보이지 않았다. 검은 먹구름이 세상을 빨아들일 듯 더 무겁게 짙어져 갔다.

짚으로 만든 도롱이를 뒤집어썼다. 비를 가리는 데 아무런 쓸모도 없었지만, 그대로 비를 맞을 수는 없었다. 곡괭이를 손에 쥐고 마당으로 나섰다. 물도랑을 파야 했다. 지대가 높아 물이 잘 빠지는 곳에 있는 집이었지만, 지금은 사정이 달랐다. 마당은 고인 물로 흥건했다. 이런 기세라면 뒤편 서고도 침수될 위험이 있었다.

곡괭이로 마당 앞을 파나갔다. 사립문을 지나 멀리 길가까지 힘을 다해 도랑을 팠다. 불이 마른 볏짚을 태워나가듯 물은 도랑을 삽시간에 채웠다. 어쨌거나 마당에 고였던 물은 빠져 나갔다.

잠시 허리를 펴 물이 흘러가는 길을 바라보는데 누군가 억수같은 비를 헤치며 오고 있었다. 빗물 때문에 형상이 흐릿했다. 몸집이 작았다.

"꽃네! 여긴 웬일이오?"

비에 젖은 옷이 몸에 달라붙어 속살이 다 비쳤다. 손을 펴 비를 피하는 시늉을 하면서도 꽃네는 웃고 있었다.

"별일 없나 해서요."

"꽃네야말로 별일 없소? 안 그래도 가보려던 참이었소."

도롱이를 벌려 꽃네를 감쌌다. 뛰어왔는지 몸에서 김이 올랐다.

"빗물이 차갑소. 이러다 고뿔에 걸리리다. 어서 집으로 들어갑시다."

440

마른 수건을 가져와 꽃네의 몸을 닦았다. 젖은 옷을 벗겨야 했지만 차마 손을 댈 수 없었다. 건넌방에서 옷을 갈아입게 했다. 술진공의 옷을 입은 꽃네는 어른 옷을 입은 아이 같았다. 물기가 남은 머릿결이 윤기로 빛났다. 수건으로 머리를 닦는데, 옷이 흘러 어깨선이 그대로 드러났다. 술진공 자신도 모르게 욕정이 솟았다.

"뭘 그리 쳐다보세요?"

두 팔을 들어 머리카락을 묶는 꽃네의 모습이 요염했다. 입에서 생각도 못한 말이 튀어나왔다.

"당신 참 아름답구려."

다라 평원의 언덕에서 꽃네의 젖가슴을 만졌을 때 느꼈던 감촉이 되살아났다. 때맞춰 겨레가 나타나지 않았다면 무슨 일이 벌어졌을지 몰랐다.

"당신도 참. 이 경황에도 음심이 동하세요."

꽃네도 싫지 않은지 살짝 이마를 찌푸리며 얼굴을 돌렸다. 술진공이 머리를 흔들었다.

"이불을 덮고 있구려. 군불을 좀 지피리다."

부엌에는 물에 젖지 않은 장작이 쌓여 있었다. 어젯밤 천둥 번개가 몰아치는 것을 보고 가장 먼저 한 일이 마당에 있는 장작을 부엌으로 옮기는 것이었다. 별 것도 아닌 선견지명에 술진공은 기분이 으쓱해졌다.

삭정이를 꺾어 불쏘시개로 쓰자 장작에도 곧 불이 붙었다. 쇠솥에 물을 부었다. 부지깽이로 장작을 들쑤셔 바람이 잘

통하게 거들었다. 부엌 뒷문을 열어 서고 쪽 형편을 살펴보았다. 비교적 튼튼하게 지은 서고는 벽의 아랫부분이 빗물에 젖어 있었지만, 한동안 견뎌낼 듯 보였다.

다시 아궁이로 돌아와 불기운을 다스리는데, 꽃네가 건넌방으로 통하는 쪽문을 열고 얼굴을 내밀었다.

"그냥 있구려. 나도 곧 들어가리다."

"그게 아니라, 손님이 오셨어요."

손님이라니? 이 폭우를 뚫고 찾아올 이가 누가 있을까? 머리에 떠오르는 사람이 없었다. 궁성에서도 이 난리 통에 자신을 찾을 것 같지는 않았다. 마당 쪽 문을 열어 밖을 내다보았다. 갑주와 투구를 쓴 문탁장군이 석상처럼 비를 맞은 채 서 있었다. 그의 군마가 마당 안 나무 아래 묶여 있었다.

"장군이 여긴 어인 일이시오?"

문탁이 민망한 표정을 지으며 술진공을 보았다.

"드릴 말씀이 있어 찾았습니다. 괜찮으신지요?"

꽃네를 보았을 테니 문탁으로서도 방에 들기가 어색할 터였다. 폭우를 뚫고 군영에서 여기까지 왔다면 심상한 일은 아닐 것이다.

아직도 쪽문으로 얼굴을 내밀고 있는 꽃네를 방으로 들여보냈다.

"문탁장군이 할 말이 있는가 보구려. 방에서 기다려요. 곧 방이 더워지리다."

꽃네가 고개를 끄덕이더니 쪽문을 닫았다.

"서고로 갑시다."

서고 안은 서늘했다. 작은 화덕은 식어 있었다. 부엌에서 불붙은 장작 몇 개를 꺼내와 불길을 살렸다. 헝겊 조각으로 갑주의 물기를 닦아내면서 문탁이 물었다.

"아예 살림을 차리신 겁니까?"

무인답게 직설적인 질문이었다.

"당치 않소! 비를 피해 잠시 온 거요."

필요 이상으로 목소리가 커졌다. 나쁜 짓을 저지른 것도 아닌데, 숫기 없고 데퉁스러운 자신이 한심했다. 문탁도 그리 느꼈는지 씩 웃었다.

"뭘 그리 흥분하십니까? 잘 어울리시는데요."

화제를 돌렸다.

"내 살림 형편 보자고 오신 건 아니겠지요?"

문탁이 웃음을 거두고 정색했다.

"얼마 전에 소정공주께서 저를 찾기에 가서 만나 뵈었습니다. 치달 수장의 횡포를 더 이상 좌시해서는 안 된다는 분부였습니다. 어떻게 생각하십니까?"

뺨이라도 한 대 맞은 듯 정신이 번쩍 들었다.

"좌시하지 않는다 함은 힘으로 꺾자는 말씀이시오?"

문탁이 묵묵히 고개를 끄덕였다. 짧은 순간 수많은 생각이 술진공의 뇌리를 스쳤다. 안 그래도 문탁장군과 상의하고 싶은 일이었다. 백암산에서 장쇠를 만나 채비를 갖추라 한 것도 그런 뜻이 없진 않았다.

"내일 밤이 대축전 날이요. 시간이 너무 촉박하지 않소?"

"폭우가 달갑지 않긴 합니다."

"아니요, 폭우가 외려 도움이 될 게요. 빗줄기에 신경 쓰느라 치달도 방심하고 있을 테니 기습하기에는 적절하지요. 다만 하루 만에 병력을 소리 소문 없이 옮길 수 있을지 걱정이구려."

"폭우를 구실로 휘하 병사들을 전원 소집해 놓았습니다. 행군에 무리가 없진 않겠지만. 발각될 염려도 그만큼 줄어들지요. 잘 훈련된 병사들이니 산길을 돌아간다 해도 병력 배치에는 문제가 없습니다."

"병력은 얼마나 되오?"

"2백 명 남짓입니다. 군영을 완전히 비울 수는 없으니 150명 정도 이동이 가능합니다. 개중에 장교가 십여 명 되지요."

술진공이 한숨을 쉬었다.

"치달의 군사가 허약하다고는 하나 2천여 명에 이르니, 중과부적이구려."

"접전이 벌어지면 우리 편에 가담할 군사도 꽤 됩니다. 명령이라 따르긴 했지만 대장군 휘하에서 충성을 맹세한 자들도 적지 않습니다."

"기별은 넣어 보았소?"

"아직요. 술진공과 상의한 뒤에 행동할 작정입니다."

"이런 일은 기밀이 가장 중요하오. 심복 외에는 모르는 게 좋지요."

술진공은 속으로 장쇠가 거느린 사람의 머릿수를 헤아려 보았다. 줄잡아 서른 명은 될 것이었다. 병력을 쪼갠다면 네 방향에서 기습이 가능했다. 현장의 지형지물을 숙지할 필요가 있었다.

"신전에는 가 보셨소?"

"얼마 전에 덩이쇠를 전하러 갔다 살펴 두었습니다. 대강 그림으로 그려봤습니다만."

문탁이 갑주 속에서 선화지를 꺼냈다. 붓으로 신전 일대의 건물 배치와 산세의 흐름이 그려져 있었다. 정밀하지는 않지만, 형세를 파악하기에는 무난했다.

광장 한가운데 신전이 있고, 남측에 귀빈석이 마련되어 있었다. 광장 북측은 숲까지 거리가 꽤 되어 보였다. 치달이 당일 날 어디에 있을지 요량이 서지 않았다.

"나서서 과시길 좋아하는 치달이니 신전 위에 있을 소지가 커요. 우선 대왕과 공주를 보호해야 하니, 귀빈석 양편에서 기습해 들어갑시다. 장군께는 말하지 않았지만 대암산에서 횡행하는 산적 우두머리인 장쇠에게도 무리를 데려오라 일러두었습니다. 장쇠가 기습해 진영을 뒤흔들면 동요가 더 심해지겠지요. 장군은 휘하 병력을 세 패로 나누시구려. 한 패는 장군이 지휘하고, 나머지 두 패는 양 측면으로 해서 신전을 점령하는 것으로 합시다. 어느 패가 먼저 당도하든 치달의 목부터 베어야 합니다."

"대암산 산적패라, 용의주도하시군요. 허나 치달이 신단에 오르지 않을 경우에는 어쩌지요?"

"그럴 리는 없지만 그때는 귀빈석에 있겠지요. 나와 장군도 대왕 주변에 있게 될 터. 치달은 내게 맡기고 장군은 치달의 호위 장교를 베어 주시오."

문탁이 걱정스런 표정으로 술진공에게 물었다.

"힘으로 공이 치달을 당해내겠습니까? 비대하기는 하나 거구입니다."

"내 힘을 쓰지는 않을 거요. 원한에 찬 장쇠에게 맡기리다. 장군은 병력을 측면 양편과 귀빈석 동쪽에 매복시키세요."

"서쪽은 어쩌게요?"

"내가 글을 써줄 테니 날랜 병사에게 들려 대암산 장쇠에게 보내시오. 글을 읽고 장쇠가 알아서 맡을 거외다."

문탁이 신중한 목소리로 물었다.

"그자들과 그 정도까지 선이 닿아 있는 겁니까?"

"그들도 다라의 가여운 백성들이요. 장군이 준 오남의 금붙이가 유용하게 쓰였소."

문탁이 고개를 끄덕였다.

"알겠습니다. 거사 시간은 언제가 좋을까요?"

"축전이 절정에 다다랐을 때로 합시다. 저들도 긴장이 고조될 테니 방심했을 때가 적기겠지요. 치달이 신단에서 내려와 계단 아래 닿았을 때 동시에 공격합시다. 반드시 치달의 목부터 베어야 합니다. 놈의 목만 따면 일은 성사된 것이나 마찬가집니다."

문탁이 입술을 굳게 깨물면서 고개를 끄덕였다.

"잠시 기다리시오. 장쇠에게 보낼 글을 써 주리다."

곁눈으로 술진공의 글을 읽던 문탁이 감탄했다.

"그런 일까지 준비해 두셨습니까? 대단하시군요."

"여북하면 나 혼자라도 처치할 작정이었소. 공주마마와 문탁장군까지 힘을 합친다니 대세는 우리 쪽으로 넘어왔습니다."

"공이야말로 제갈공명이십니다."

술진공이 선화지를 접어 봉투에 넣고 문탁에게 건네주었다.

"조만간 귀빈석 배치도가 작성될 거요. 미리 입수하는 게 가능하면 나도 볼 수 있게 해 주시오."

"힘써 보겠습니다."

봉투를 받아든 문탁이 서고 밖으로 나섰다. 군마에 올라탄 문탁이 거친 숨소리를 내뿜으며 말에 박차를 가했다. 문탁도 군마도 비에 가려 곧 자취를 감추었다. 술진공이 그 모습을 우두커니 지켜보았다.

마루로 올라가니 꽃네가 불안한 표정을 지으며 방에서 나왔다.

"무슨 일인가요?"

"별일 아니오. 자 안으로 들어갑시다."

문이 닫혔다. 그새 꽃네가 밥상을 차려 놓았다. 두 사람 분이었다.

"문탁장군도 같이 드실 줄 알았어요."

꽃네를 앉히며 술진공이 말했다.

"문탁장군은 지금 밥을 먹지 않아도 배가 부를 거요."

수저를 든 술진공은 조심스럽게 밥을 푸는 꽃네를 말없이 지켜보았다.


3

대축전의 아침이 밝았다. 그러나 폭우 때문에 날이 흐려 세상은 여전히 흉흉하게 보였다.

꽃네를 집에 있게 한 뒤 술진공은 망치네 집으로 갔다. 다들 집에 있었다.

"오늘은 산막에 가지 않는 모양이지?"

망치가 손을 비비며 하릴없는 표정을 지었다.

"큰 작업을 마쳤더니 일이 손에 잡혀야 말입죠. 더구나 빗발도 장난이 아니라 집에 있기로 했습니다."

"잘 했네. 아침은 드셨는가?"

"예. 대축전이 끝나면 송이도 며칠 집에 보내준다니, 방이나 치울 요량입니다."

송이가 궁성에 머물고 있는 것이 좋은지 어떤지 판단이 서질 않았다. 어쨌든 지금 송이를 데려올 수는 없는 일이었다. 술진공은 망치만 밖으로 불러냈다. 마당이 작업장을 겸하고 있는 터라 처마가 길었다.

"방은 천천히 치우고 내 말부터 듣게. 날이 저물거든 세 식구 모두 도성으로 내려가게. 포구 군영 뒤편 골목을 돌아 들어가면 빈집이 한 채 있네. 대문이 반쯤 뜯긴 데다, 상서롭다는 뜻의 '상(祥)'자가 크게 붙어있을 테니 찾긴 어렵지 않을 거야. 거기서 내가 기별할 때까지 꼼짝 말고 있게. 꽃네도 함께 부탁하네."

망치의 머릿속에 집에 있으라는 미려 마님의 말이 떠올랐다. 송이를 두고 가라는 당부도 기억났다.

"꽃네는 알겠습니다만, 집에 있으면 안 될까요? 비가 이렇게 퍼붓는데, 도성은 위험해 보입니다요."

"아니야. 네 말을 따르게. 망치 자네가 꼭 붙어 있어야 하네. 필요할지도 모르니 병장기도 준비해 두게."

망치의 얼굴이 일순 긴장감으로 굳어졌다.

"병장기는 왜요?"

"빈 집에 있으니 걱정스러워 하는 말일세."

망치가 난색을 표했다.

"그렇지요. 그런데 소인은 신전에 가봐야 합니다. 치달 수장께서 공로자들에게 상급을 내린다는데, 저도 포함이 되어서요."

낭패였다. 만일의 경우 다라를 떠야 한다면 망치의 완력이 필요할 터였다.

"꼭 가야 하는가?"

"송이가 궁성에 있는데, 치달 수장의 심기를 건드리고 싶진 않습니다요."

그럴 법한 소리였다.

"알겠네. 나도 거기 있긴 할 게야. 다만 상급을 받는 대로 바로 달려와 식구들과 함께 있게."

"그새 송이가 집에 오면 어쩌지요?"

"걱정 말게. 송이는 내가 데리고 오지."

망치가 안심하는 기색을 보였다.

"그러시다면 공만 믿겠습니다요."

"그리고, 만의 하나 내 기별을 받지 못하면 자네가 적당히 상황을 봐서 포구 선단이 있는 곳으로 가게. 가보면 다 알게 될 걸세."

문을 나서면서 술진공은 세 사람을 찬찬히 둘러보았다. 망치는 염려스런 빛을 지우지 못했고, 송이 어미는 쏟아지는 빗줄기를 원망스럽게 쳐다보았다. 겨레만 신이 나 있었다.

"스승님. 저 대축전 장에 가도 되나요? 볼 만한 구경거릴 텐데요."

술진공이 엄한 눈빛으로 고개를 저었다.

"아니. 넌 어미를 지켜야지. 꽃네 아줌마도 같이 있을 테니. 네 책임이 무겁구나."

겨레가 한쪽 눈을 찔끔 감았다 떴다.

"꽃네 아줌마는 스승님과 함께 있어야 되는 거 아닌가요?"

망치가 겨레의 어깨를 툭 쳤다.

"이놈아, 넌 말조심하는 것부터 배워야겠구나."

"왜 때려요. 제가 틀린 말 했나요."

사위스런 마음을 접으면서 술진공은 집으로 향했다.


"어딜 다녀오셔요?"

꽃네가 처마 끝에 서서 술진공을 기다리고 있었다.

"망치네 집엘 다녀왔소."

"잘 있던가요? 거긴 골짜기가 가까워 위험할 텐데."

"그래서 도성 안으로 내려가라 했소. 점심 지나면 이곳으로 올 거요. 꽃네도 함께 내려가도록 하구려."

"당신은 어쩌시려고요?"

"난 축전장엘 가봐야 하오."

"이 빗속에서도 대축전을 여는가 봐요?"

"치달이라면 땅이 꺼진다 해도 포기하지 않을 게요."

"관복을 입으셔야지요?"

그 생각은 미처 하지 못했다. 다라 전체가 움직이는 행사니 관복을 입고 가야 했다. 거추장스럽기는 하겠지만 몸에 쇠붙이를 숨길 수 있으니 잘 된 일이었다. 움직이기 편한 옷을 입고 겉에 관복을 입기로 했다.

"그렇구려."

"제가 준비해 두겠어요."

꽃네가 옷장을 열더니 관복을 찾아 꺼냈다.

"구겨졌네. 다려야겠어요. 숯불 다리미가 있으려나?"

"부엌에 있을 거요."

부엌으로 나간 꽃네가 다리미에 벌겋게 단 숯불을 얹어

들어왔다. 이불을 펴고 그 위에 관복을 펼쳐 놓았다. 꽃네의 손길이 가자 주름졌던 관복이 거짓말처럼 펴졌다. 손재주가 서툰 술진공이 다릴 때는 선이 제멋대로 흘러 맵시가 나지 않았었다.

"당신 솜씨가 훌륭하구려. 천의무봉이 따로 없소."

아직도 술진공의 옷을 입고 있는 꽃네가 거동이 불편한지 소매를 걷어 올리며 웃었다.

"무생이 옷을 만들어 줄 때가 생각나네요. 아주 마침맞았는데."

술진공도 감개에 젖어 말했다.

"나중에 내 옷도 부탁해야겠구려."

"그래요. 당신은 몸이 날씬해 옷이 잘 어울릴 거예요."

다 다린 관복을 꽃네가 횃대에 걸었다. 저 옷을 나갈 때는 입고 가지만 돌아올 때는 뭘 입고 있을지, 마음이 갑자기 불안해졌다. 어제 둘이 한 이불을 덮고 자면서도 술진공은 꽃네를 품에 안지 않았다. 꽃네도 몸을 뒤척이며 안아주기를 바라는 눈치였다.

문탁장군이 오지 않았다면 그대로 품었을 것이다. 혼자 대축전의 현장을 필마단기로 뛰어들기로 결심을 굳혔다. 성공하든 실패하든 살아 돌아오기 어렵다는 것을 술진공은 알았다. 죽기 전에 자신의 사랑을 꽃네에게 전하고 싶었다.

그러나 문탁장군이 가세하고 소정공주까지 가담했을 때 술진공의 마음자세는 달라졌다. 성공 확률이 높아졌다. 또 살아남을 가능성도 커졌다. 머릿속이 복잡해지니 몸이 마음대로 움직여지지 않았다. 밤잠을 거의 자지 못하고 새벽까지 뜬눈으로 보냈다. 날이 밝아 망치네 집을 다녀오니 마음이 다소 가뿐해졌다.

관복이 눈에 들어왔다. 꽃네의 정성과 마음이 담긴 옷이었다. 그 마음과 정성을 외면하기가 점점 힘겨워졌다. 꽃네가 다리미를 들고 부엌으로 나갔다. 방으로 들어왔을 때 꽃네는 묶은 머리를 풀고 있었다. 나이는 들었어도 꽃네의 머릿결은 삼단처럼 가지런하고 검었다. 저 머릿결 속에 얼굴을 묻고 싶었다.

이불을 개려고 꽃네가 등을 돌렸다. 옷이 접히며 꽃네의 탐스런 엉덩이가 드러났다. 몸속에 큰 불덩이가 솟구쳐 올랐다. 술진공은 꽃네에게로 다가가 등을 껴안았다. 꽃네는 놀라지 않고 기다렸다는 듯 몸을 돌렸다.

두 사람의 입술이 포개졌다. 꽃네의 헐거운 옷은 금방 벗겨졌다. 술진공이 서둘러 제 옷의 고름을 끌렀다. 손가락이 걸려 풀리지 않았다. 누운 꽃네가 입으로 옷고름을 물었다. 고름은 거짓말처럼 풀렸다. 곧 두 사람은 알몸이 되었다. 밖에서는 비바람이 세차게 몰아쳤다. 이따금 만물을 깨우듯 천둥 번개가 몸부림쳤다.

꽃네의 뜨거운 입술이 술진공의 가슴을 훑고 지나갔다. 쾌감 때문에 몸이 부르르 떨렸다. 꽃네의 젖무덤 위로 얼굴을 묻었다. 자극을 받은 침샘에서 침이 흘러나와 꽃네의 젖무덤을 촉촉하게 적셨다. 집요하고 섬세한 애무가 꽃네의 알몸 전체를 달구었다. 꽃네의 허리가 꿈틀거렸다.

"그만, 들어와요."

술진공의 손이 꽃네의 사타구니로 내려갔다. 해면동물 같은 꽃네의 아랫입술이 술진공의 손가락을 빨아들였다. 술진공의 성기가 불끈 솟구치면서 거웃으로 덮인 두덩을 지나 음순을 가르고 들어갔다. 두 사람의 허리가 춤을 추듯 율동을 이루었다.

꽃네의 몸은 한없이 깊었다. 참을 수 없는 흥분이 빗줄기처럼 술진공의 살갗 위로 휘몰아쳤다. 꽃네가 두 다리를 들어 올리며 술진공의 진입을 도왔다. 꽃네의 숨소리가 거칠어지면 신음이 여울을 타듯 오르내렸다. 두 사람은 그렇게 오랫동안 서로의 몸을 즐겼다.

마침내 폭포수처럼 술진공의 액체가 꽃네의 몸 안으로 흘러들었다. 시작도 없고 끝도 없는 열락의 향연이었다.

술진공이 꽃네의 몸 위에서 내려왔다. 꽃네는 눈을 감은 채 술진공의 움직임을 기억하려고 했다. 눈밭 위에 핀 연꽃처럼 붉은 유두 두 개가 젖무덤 위에서 널을 뛰었다. 눈을 뜬 꽃네가 술진공의 가슴에 얼굴을 묻었다.

"행복했나요?"

술진공은 대답 대신 꽃네를 포근히 안았다. 자궁에서 잠자는 태아모습을 한 꽃네의 귀가 연분홍빛으로 달아올라 있었다. 술진공이 혀를 내밀어 귀를 핥았다. 간지러운지 꽃네가

몸을 떨었다. 꽃네의 입술이 뺨을 타고 올라와 술진공의 귓
가에 머물렀다.

"살아 돌아오셔야 해요."

술진공의 혀가 멈추었다.

"들었었소?"

"응. 살아올 거죠?"

목소리에 간절함이 녹아 있었다. 술진공은 꽃네의 머릿결
을 두 손으로 감쌌다.

"걱정하지 마시오. 반드시 살아오리다."

꽃네가 애벌레처럼 술진공의 품속으로 파고들었다.

목걸이(頸飾)

Necklace
옥전 M2호분 〈국립김해박물관〉

# 대축전의 밤

### 1

밤이 되어도 폭우는 그치지 않았다. 세상을 다 쓸어버릴 듯 기세는 더욱 거세졌다. 검은 먹구름은 흩어질 듯하다가도 다시 몰려들었다. 궁성 앞으로 다라의 백성들이 하나둘 모여들었다. 부모를 잃은 자식처럼 그들은 대왕을 찾았다. 그러나 궁성문은 그들을 위해 열리지 않았다. 호위병들이 창과 칼을 휘두르며 백성들의 접근을 막았다.

"다들 집으로 돌아가시오. 내일 대왕께서 직접 납시어서 백성들을 위한 대책을 반포할 것이오!"

호위 장교가 목 놓아 외쳤지만 백성들의 귀에는 들어오지 않았다.

"집과 사람들이 다 떠내려가고 있소. 내일이 어디 있단 말이요?"

한 사내가 큰소리로 외치면서 궁성을 향해 돌진했다. 문루에서 화살이 날아와 가슴에 박혔다. 사내는 피를 토하며 궁성 문 앞에서 쓰러졌다. 그 장면을 본 백성들이 웅성거렸다. 그러자 화살이 군중들을 향해 날아왔다.

비명 소리가 터지면서 군중들이 흩어졌다.

밖의 아수라장에는 아랑곳 않고 궁성 안에는 대축전 현장으로 가려는 사람들로 북적였다. 대왕은 출자관을 쓰고 화려한 의복을 갖춘 채 쏟아지는 빗줄기를 불안하게 올려다보았다.

"치달 수장은 어디 갔느냐?"

"지금 오시고 있는 중입니다."

대왕 곁에 소정공주와 경화가 서 있었다. 소정공주가 분노한 얼굴로 장교를 꾸짖었다.

"사태가 이 지경이 되었는데 수장이란 자는 어디에 있단 말이냐?"

장교가 당혹스런 표정을 감추지 못하며 대답했다.

"대축전 신전에 계시다가 지금 환궁하는 중이라 들었습니다."

소정공주가 발끈했다.

"아직도 수장은 대축전에 미련을 갖고 있는 것이더냐? 백성들이 지금 살아보겠다고 아우성이지 않느냐? 대왕 전하, 당장 대축전을 중단해야 하옵니다. 왕명을 내리소서."

소정공주가 대왕을 돌아보며 간청했다. 그러나 대왕은 결

458

심을 못한 채 발만 동동 굴렀다. 대왕이 궁성 문을 바라보며 말했다.

"치달 수장이 오고 있다지 않느냐. 수장의 말을 들어보고 결정해도 늦지 않을 것이야."

귀족들과 신료들 누구도 의견을 내놓지 않았다. 폭풍우는 언젠가 지나갈 것이었다. 지금 꺼낸 한마디가 어떤 독약이 되어 자신의 목숨을 앗아갈지 몰랐다. 그들은 서로 눈치만 보면서 누군가 먼저 말을 꺼내기만 기다렸다.

신라의 축하 사절이 앞으로 나섰다.

"우리 대왕께서 저희 사절을 보낸 것은 신전의 완공을 경하하고 대왕의 만수무강을 기원하기 위해서이옵니다. 중단하다니, 말도 안 되는 일이라 여겨집니다."

신라왕의 밀명을 받은 사절은 다라의 지도층들이 북다라 산 신전으로 가야 한다고 주장했다. 그러자 귀족과 신료들도 부화뇌동했다.

"신라 사절의 말이 옳습니다. 몇 년 동안 준비한 행사이옵니다. 비 때문에 중단하다니요. 있을 수 없는 일입니다."

소정공주가 어이가 없는 표정을 지으며 쏘아붙였다.

"이게 그냥 비입니까? 하늘이 노하고 땅이 노하고 백성들이 노했습니다. 당장 중단하고 백성들과 천지신명께 사죄해야 합니다."

소정공주가 주변을 둘러보자 몇몇 신료들이 고개를 끄덕였다.

그러나 그때 치달 수장이 모습을 드러냈다. 호위병이 비단 보자기에 든 상자를 어깨에 지고 있었다.

"전하. 오래 기다리셨지요. 치달이 왔습니다. 곧 출발할 터이니 잠시만 기다려 주옵소서."

대왕의 얼굴이 밝아졌다.

"아! 치달 수장. 어찌 된 영문인지 몰라 걱정했었소."

"불충이 크옵니다. 궁성 문은 폭우 때문에 수레가 움직이기 어렵습니다. 후문으로 나가시면 수레가 대기하고 있을 것이옵니다. 여기 계신 분들 모두 넉넉히 타고 갈만큼 여유가 있으니 조금만 불편을 참아 주시기 바랍니다."

빗물에 젖어 헝클어진 살쩍을 씻어내며 치달이 외쳤다. 호위병들이 길을 인도했다. 대왕을 선두로 해서 공주와 경화, 시종들이 선두에 섰다. 뒤따라 각국에서 온 축하 사절들과 귀족들, 신료들이 꼬리를 물고 움직였다.

대축전 현장인 신전으로 가는 길에는 군사들이 적당한 거리를 둔 채 배치되어 있었다. 치달이 황금 장식으로 치장한 백마를 타고 앞장섰다. 붉은 비단과 금실, 은실로 수놓은 관복을 입은 치달은 비바람도 피하지 않고 꿋꿋이 앞으로 나아갔다.

"역시 치달은 수장으로서 자격이 있구나. 폭우를 마주하고도 흔들림이 없지 않느냐? 공주 너도 잘 봐두어라."

대왕이 얼굴로 흐르는 빗물을 닦아내며 대견한 표정으로 공주에게 말했다.

소정공주는 문탁장군이 보이지 않아 내심 초조해 하고 있었다. 어제 밤에 공주궁에 들른 문탁장군은 만반의 준비를 갖추었으니 안심하라고 보고했다. 시간이 되면 궁성에 오겠지만, 여의치 못하면 신전에서 뵙겠다고 했다.

"대왕 곁에서 한시도 떨어지지 마시옵소서."

그것이 문탁장군이 마지막 남긴 당부였다. 무슨 일이 벌어질지 몰라 공주는 치마 속에 칼날이 긴 중검(中劍) 하나를 숨겼다. 유모더러 먼저 가서 상황을 살피라고 일러두었다. 문탁장군을 만나거든 궁성의 동태를 전하라 했다.

빗줄기를 헤치고 대왕 일행은 조금씩 신전을 향해 다가갔다.


신전의 위용을 보자 감탄하지 않는 사람이 없었다. 내심 별거 있겠나 깔보고 있던 신라 사절조차 경탄을 금치 못했다.

"허허! 태어나서 이런 장대한 건축물은 보질 못했습니다. 다라의 국위가 정말 대단하군요. 대왕 전하. 경하 드리옵니다."

대왕이 만족스런 웃음을 터뜨리며 대꾸했다.

"하하하! 과찬이구려."

"아니옵니다. 대륙에도 이런 웅장한 건축물은 없을 것이옵니다."

소정공주가 적의를 드러내며 한마디 했다.

"다라 백성의 피와 땀으로 세운 건물이니 오죽하겠습니까."

대왕이 얼굴을 붉히며 소정공주를 꾸짖었다.

"소정공주. 말조심해라. 국빈 앞에서 무례하구나."

대왕과 소정공주, 귀족들과 신료들, 사절들이 귀빈석에 모두 앉았다. 대왕 바로 뒤쪽으로 술진공의 얼굴이 보였다. 그의 목에 푸른 수건이 둘려 있는 것을 눈여겨보는 사람은 없었다.

치달의 지시대로 화강암 돌들로 받침대를 한 천막은 강풍에도 흔들리지 않았다. 귀빈석 뒷자리에서 사세를 관망하던 문탁장군이 술진공의 어깨를 두드렸다. 두 사람은 사람들이 뜸한 장소로 자리를 옮겼다.

"어디 다녀오셨습니까? 뵐질 않아 걱정했습니다."

"장쇠를 만나고 왔습니다. 글이 전달되었는지 확인했지요."

"뭐라던가요?"

"치달에 대한 원한이라면 장쇠를 따를 이가 없지요. 포구 뒤편에 배를 준비해 두었다는군요. 장군 휘하의 선단은 어떻습니까?"

"명령만 떨어지면 언제든 출항할 준비를 갖추라 일렀습니다."

"잘 됐군요."

"배가 출항하는 일은 없어야지요."

만약의 경우 치달을 제거하지 못하면 뒷일을 도모할 필요가 있었다. 대왕과 공주를 모시고 주동자의 가족들과 함께 포구를 떠나 다라방으로 피신할 예정이었다.

귀빈석이 조용해졌다.

치달이 자리에서 일어나더니 천천히 신전 앞으로 걸어갔다. 시종이 비를 막을 차양을 올렸지만, 치달이 손을 들어 거두게 했다. 비단 상자를 든 호위병이 치달의 뒤를 따라 신단 위로 올랐다. 다들 숨을 죽이고 그의 걸음을 눈길로 좇았다. 계단마다 횃불의 불길이 어둠을 사르며 빛났다.

신단의 정상에는 석재로 기둥을 올리고 지붕을 인 정자가 있었다. 정자 뒤편은 석벽으로 가려졌고, 천정 중앙에는 둥근 구멍이 뚫려 있는데, 어쩐 일인지 빗물은 떨어지지 않았다. 정자를 둘러 역시 횃불이 일렁거렸다. 빗물도 그 불길을 끄지는 못했다.

신단에서 본 신전과 광장은 거대한 원이었다. 정면에 귀빈석이 보였고, 멀리 원형의 선을 따라 경비병들과 장교, 강제로 끌려온 다라의 백성들이 줄지어 서 있었다. 병졸들과 백성들은 비를 피할 곳이 없어 대책 없이 빗물에 젖어들고 있었다.

더 먼 곳에서는 음식을 끓이고 볶는 주부(廚婦)들이 북적거렸다. 신전 아래 계단이 시작되는 양편으로 니문이 인솔한 악대와 노래패들이 악곡을 연주할 준비를 갖추고 있었다.

치달의 얼굴로 득의의 미소가 번졌다.

치달이 두 손을 들자 사위가 조용해졌다. 빗줄기는 여전히 완강했지만, 천둥과 번개는 잠시 소강상태에 들어갔다.

"대왕 전하. 소정공주님. 그리고 다라의 귀족들과 신료들, 멀리서 오신 각국의 축하 사절 여러분. 끝으로 신전을 건축하느라 노고를 다한 다라의 병사와 백성 여러분. 이제 기나긴 공사가 끝나 다라를 영원히 지켜줄 신전이 완성되었습니다. 공사를 지휘한 저로서는 감개무량합니다⋯⋯."

그 높은 곳에서 하는 말인데도, 목소리는 사방으로 울려 퍼지며 사람들의 귀에 생생하게 전달되었다. 그러나 바람에 날려 치달의 목소리가 간간히 끊어졌다. 사람들은 눈을 멀뚱히 뜨고 신전 위의 치달과 바로 옆 사람을 번갈아 보았다. 외국에서 온 사신들이 제 나라 말로 쑤군거렸다.

"저 사람 정말 거구로구먼. 이백 근은 거뜬히 나가겠소."

사절 중에도 치달에게 반감을 가진 사람은 있었다.

"내 눈엔 비계 덩어리로 보입니다. 오다 보지 못했습니까? 백성들은 피골이 상접해 있더군요."

"그 살과 피가 다 저 치 아가리로 들어갔단 말씀이오?"

"혼자만 먹었겠습니까? 자고로 나라가 썩으면 높은 자리에 있는 위인들의 배부터 부른다지 않습니까."

"허허. 저 정도 배라면 독식한 게 틀림없겠소이다."

"하긴 대왕이란 자의 풍채를 보니 대왕의 피땀도 저자가 빨아먹었나 싶더이다."

그러거나 말거나 치달이 목청을 더 높였다

"오늘 이 감격스런 순간에 저는 대왕 전하께 다라가 영원히 자랑할 네 가지 보물을 소개할까 합니다. 그 첫 번째 보물은 팔괘와 육십사괘를 본떠 돌기둥을 세운 신전이고, 두 번째는 다라의 열성조를 모신 황금 지붕을 인 사당이며, 세 번째는 광장 뒤편 숲에 마련된 다라 대왕의 옥체를 열 배 크기로 조각한 석상입니다."

귀빈석에 앉은 사람들이 다들 고개를 끄덕거렸다. 대왕이 환희에 젖은 얼굴로 먼저 손뼉을 쳤다. 그러자 주변에 있던 사람들이 일제히 환성을 지르며 호응했다. 병졸과 백성들도 신호에 맞춰 손뼉을 치고 환성을 올렸다. 악대와 노래패들이 이에 맞춰 음악을 연주하기 시작했다.

환호성이 가라앉자 치달이 신단에서 한 걸음 앞으로 걸어 나왔다.

"마지막으로 공개할 네 번째 보물은 이 모든 것과 비교도 안 될 영물입니다. 이 보배는 다라를 외적으로부터 보호할 것이고, 대라 대왕의 무병장수와 굳건한 통치를 보장해 줄 것입니다. 여러분들에게 이 네 번째 보물을 공개할 다라의 새로운 국무(國巫)를 소개하겠습니다."

치달의 말이 끝나자 저자 뒤편 석벽이 열리더니 어둠 속에서 사람이 모습을 드러냈다. 세 사람이었고, 여자들이었다. 투명하리만큼 하얀 선녀복을 입은 여인들은 아름다웠다. 횃불의 불빛이 그녀들의 속살을 그대로 보여주었다. 사람들의 입에서 감탄이 터져 나왔다.

불빛 아래로 나오자 세 여인들의 손에 금빛으로 빛나는 물건이 들려져 있는 것이 보였다. 여인들의 미모가 무색할 만큼 물건들이 광채를 뿜어냈다.

"저 금빛으로 빛나는 게 무엇인가?"

대왕이 눈을 가늘게 뜨며 신전 위를 올려다보았다. 소정공주도 뜻밖의 기이한 물건이 등장해 놀란 눈치였다.

치달이 신전 계단을 성큼성큼 올라가더니 두 팔을 들어 올리며 선언했다.

"다라의 위대한 보배, 환두대도 세 자루가 뿜어내는 찬란한 빛을 느껴보십시오."

세 여인이 치달의 외침에 맞춰 금빛 칼을 머리 위로 치켜 올렸다. 환두대도에서 뻗어나간 빛이 먹구름을 가르며 밤하늘을 밝혔다. 웅장한 광경이었다. 사람들 모두 벌린 입을 다물지 못했다.

그 순간 술진공은 그 광경에서 다른 느낌을 받았다. 우선 여인들 가운데 중앙에 선 여인의 얼굴이 눈에 익었다.

"가운데 선 여인이 혹시 송이가 아닙니까?"

술진공이 문탁장군을 쳐다보며 물었다. 환두대도의 현란한 빛에 잠시 정신을 놓았던 문탁장군이 투구의 챙을 누르며 신전 위를 쳐다보았다.

"그런 듯합니다. 저 아이가 왜 저기에 있지요? 대왕의 시녀가 아닙니까?"

"해괴한 일입니다. 시녀였던 아이가 갑자기 국무라니요? 치달의 속셈이 무엇인지 모르겠소이다."

"속셈이 뭔지가 무슨 상관입니까? 치달이 신전에서 내려와 땅을 내디디는 순간 놈은 황천길을 갈 겁니다."

그러나 치달은 좀체 계단을 내려올 생각을 하지 않았다.

사방에서 울리는 환호성에 도취해 두 손을 들고 꼼짝도 하지 않았다. 그의 눈에 대왕은 없어 보였다.

세 여인의 모습을 눈여겨보던 술진공이 가는 비명을 올렸다.

"아뿔싸! 그렇구나! 문탁장군, 미려의 시를 기억하시오?"

"미려의 시 말입니까?"

"그래요. 이제야 알겠소. 미려가 뭘 말하고자 했는지 말이요."

"무엇입니까?"

"첫 구절의 산상(山上)은 두 가지 의미를 가지고 있소. 바로 저 신전 위를 뜻하면서 세 여인을 말하는 것이었소. 산(山)자의 모양을 떠올려보시오. 세 여인의 모습이 아닙니까? 게다가 가운데 선 송이의 키가 가장 큽니다."

문탁장군이 감탄했다.

"정말 그렇군요. 미려가 놀라운 신통력을 지니긴 지녔군요. 죽은 뒤의 일을 눈으로 보듯 쓰다니."

"다음 구절 범조(凡鳥)는 이름 모를 새가 아니라 봉황(鳳)이에요. 전고의 사실을 거꾸로 뒤집은 것이지요. 환두대도의 고리에는 봉황과 용의 머리가 조각되어 있지 않습니까? 범조란 바로 봉황 머리가 조각된 환두대도를 가리키는 것이었어요."

"그 칼에 무슨 내력이 숨겨져 있는 걸까요?"

"당장은 모르겠소. 아마도 합요철(合凹凸)이란 구절에 숨어 있겠지요. 요철을 합했다는 것이 무슨 뜻일꼬?"

문탁장군이 술진공의 손목을 잡았다.

"그것은 소장이 좀 알듯 합니다. 제가 알기에 환두대도의 머리 조각은 칼 손잡이에 처음부터 고정되어 있는 것이 아닙니다. 손잡이 끝에 구멍을 내고 머리 조각을 끼워 넣은 뒤 조여 금 고리를 다는 방식입니다. 그러니까……."

술진공이 무릎을 쳤다.

"그렇구려. 손잡이와 조각이 완전히 조여지려면 요철 형태로 맞물리게 해야 튼실하겠지. 그렇다면 환두대도의 머리 조각 안에 뭔가가 있다는 말이 아니겠소."

"치달을 찢어죽일 무엇인가가 있다는 말이겠군요."

"봉황 머리를 뽑아 올리면 금갑(金匣)이 있을 게요. 이어서 네모난 고리와 네모난 구멍을 서로 뚫는다고 했지요? 이것은 금갑을 여는 방법을 적어놓은 듯하오이다."

"금갑이 어떻게 생겼기에 그렇게 설명했을까요?"

이럴 때 술진공은 머리보다는 행동으로 옮기는 데 민첩했다. 문탁장군을 돌아보며 술진공이 물었다.

"장군. 혹시 단검을 가지고 계시오?"

"단검 말입니까? 단검은 없사오나 표창은 있습니다."

"잘 됐구려. 네게 하나 주시오."

품에서 단검을 빼 전하면서 문탁장군이 물었다.

"어찌시려고요?"

"봉황 머리 장식이 된 저 환두대도를 열어 봐야지요. 피를 흘리지 않고도 치달을 제거할 수 있다면 그 길이 최선입니다."

"저놈이 순순히 내주겠습니까?"

"내주지 않으면 빼앗아야지요."

표창을 손에 쥔 술진공이 자리를 박차고 일어났다. 대왕 앞으로 나간 술진공이 허리를 숙이고 대왕에게 말했다.

"전하. 소신은 오십 평생을 전하를 뫼시며 살았습니다."

술진공의 갑작스런 출현에 놀란 대왕이 말을 더듬었다.

"그, 그렇지요. 헌데, 무슨 일이요?"

"지금부터 소신이 외람된 행동을 할 것이옵니다. 전하께서 소신을 믿으신다면 소신이 그 행동을 끝까지 완수하도록 윤허해 주시옵소서."

당황한 얼굴로 즉답을 하지 못하고 대왕이 소정공주를 쳐다보았다.

"전하. 그렇게 하도록 해주세요. 술진공이 허튼 일을 할 분이 아니란 것은 대왕께서도 잘 아시잖아요."

소정공주의 말을 들은 대왕이 어설프게 고개를 끄덕였다.

"공이 무엇을 할 작정인지 알 수 없으나, 과인은 공을 믿고 끝까지 지켜보리다."

큰절을 올린 술진공이 일어나더니 귀빈석을 내려갔다. 광장을 지나 신단으로 오르는 계단에 발을 내디뎠다. 이 광경을 본 사람들이 웅성거렸고, 치달도 뜨악한 표정으로 술진공을 내려다보았다. 경비병들이 창으로 술진공의 앞길을 가로막았다. 악대와 노래패들도 연주를 멈추었다. 니문이 의아

한 눈빛으로 술진공을 쳐다보았다.

술진공이 대왕을 돌아보며 말했다.

"전하. 소신으로 하여금 신전 정상까지 오르도록 윤허해 주시옵소서."

이미 한 말이 있던 터라 대왕이 선뜻 허락했다.

"경비병들은 길을 터주어라. 대왕의 명령이다."

경비병도 치달도 술진공의 발걸음을 막지 못했다. 힘차게 한 계단 한 계단을 밟아 아흔 아홉 걸음을 옮겼다. 치달이 집어삼킬 듯 얼굴을 일그러뜨리며 술진공을 노려보았다. 때맞추어 빗줄기가 가늘어졌다.

"지금 뭐하자는 수작인가? 제 명에 죽기 싫은 모양이구나."

"죽는 순간이 제 명에 죽는 것이외다."

술진공이 숨을 고르며 송이에게로 다가갔다.

"송이야. 네가 어찌 여기에 있는 게냐?"

넋을 잃고 땅만 바라보고 있던 송이가 그제야 고개를 들었다. 술진공의 얼굴을 본 송이가 놀란 눈을 커다랗게 떴다.

"술진공 어른……."

송이가 더 이상 말을 잇지 못했다.

"당장 그 칼을 내게 주고 여기서 내려가거라. 저 아래 네 아비가 너를 기다리고 있어."

"아비가요?"

"그래. 어서!"

그러자 치달이 두 사람 사이를 비집고 들어왔다.

"술진공. 당장 물러서시오. 대왕의 윤허가 있다고 하나 여긴 신성한 장소요. 잡인이 출입할 곳이 아니외다."

술진공이 치달을 꼬나보며 대꾸했다.

"누가 잡인인지는 곧 알게 될 거요."

송이에게서 환두대도를 빼앗은 술진공이 앞으로 걸음을 옮겼다.

"전하. 이것은 치달 수장이 다라의 보배라면서 자랑한 그 칼이옵니다. 그러나 이 신성한 칼에는 이미 더러운 피가 묻어 있사옵니다. 그 더러운 피를 묻힌 자가 바로 치달 수장이옵니다."

치달의 얼굴이 파르르 떨렸다. 대왕의 얼굴에도 당혹의 빛이 어렸다.

"전하. 이 자가 미쳤나 봅니다. 당장 궁성의 옥에 가두라 명령해 주시옵소서."

치달의 목소리는 심하게 흔들렸다. 술진공이 치달을 밀쳤다. 덩치는 컸지만 하체가 부실한 치달이 휘청거렸다.

"전하. 제 소임을 다하도록 해 주십시오. 이제 곧 진실을 보시게 될 겁니다."

대왕은 머뭇거리며 입을 떼지 못했다. 다급해진 소정공주가 대왕을 재촉했다.

"전하. 믿음을 잃으시면 안 됩니다."

하는 수 없다는 듯 대왕이 고개를 끄덕였다.

그 움직임에 맞춰 환두대도를 들더니 품에서 표창을 뽑아

들었다. 다시 환성이 터져 나왔다.

숙진공은 한시도 지체하지 않고 표창 끝으로 봉황 머리 조각 아래를 찔렀다. 날카로운 칼끝이 금판을 뚫고 들어갔다. 손등을 지렛대 삼아 칼끝을 들어 올리자 금 고리와 봉황 머리 조각이 한꺼번에 떨어져 나갔다. 금 고리와 조각상이 화강암 바닥에 떨어졌다.

"뭐 하는 짓이냐!"

치달이 주먹을 쥐고 달려들었다. 그러나 숙진공의 움직임이 더 빨랐다. 칼집에서 칼을 뽑아든 숙진공이 치달의 목을 겨누었다. 칼날이 잔혹한 빛을 발했다.

"움직이면 당장 목을 베어버릴 거요. 피를 보긴 싫으니 얌전히 있으시오."

칼끝을 하늘로 치켜세우자 손잡이 끝에서 뭔가가 흘러나와 바닥에 떨어졌다. 미려가 말한 금갑이었다. 금갑을 집어든 숙진공이 치달의 눈앞에서 금갑을 흔들었다.

"이게 뭔지 아시오?"

"내가 어찌 알겠는가."

"네가 사주하여 살해한 미려가 네 놈의 멱을 따려고 남겨 놓은 금갑이다."

치달이 코웃음을 쳤다.

"멱을 따? 미려가? 그깟 금갑으로? 웃기는구나. 그래 멱을 따보려무나."

숙진공이 당황할 차례였다. 금갑은 찾아냈지만, 금갑을

어떻게 열지는 알지 못했던 것이다. 금갑의 양 끝으로 네모난 고리와 네모난 구멍이 뚫려 있었다. 네모 자루를 잡아당겼지만 빠지지 않았다.

치달이 한껏 비웃으며 대왕을 보더니 말했다.

"술진공은 호언장담을 늘어놓았지만, 보여준 것은 고작 금갑일 뿐입니다. 전하. 이 자의 대왕을 희롱하고 다라의 보배인 환두대도를 파손한 죄로 당장 목을 베도록 윤허해 주십시오."

문탁장군이 칼을 쥐었다. 만약 대왕의 윤허가 떨어진다면 바로 거사에 들어가야 했다. 칼을 뽑아들면 숲에 숨어 있는 병사들이 뛰쳐나올 터였다.

술진공은 금갑과 환두대도로 눈길을 번갈아 옮겼지만, 해답은 나오지 않았다.

'무엇이 빠졌는가?'

환도대도를 흔들어보았으나 더 이상 떨어지는 것은 없었다. 그때 이런 시구가 떠올랐다. 언젠가 미려가 굿을 하면서 부르던 노래구절이었다.

봉황이 따르는 곳에 용머리 또한 깃드는도다.
(鳳凰隨處 龍頭棲之)

대왕의 손이 올라가려는 찰나 술진공이 몸을 돌려 두 여인이 품에 있는 환두대도를 빼앗았다. 여인들이 자지러지며 뒷걸음질 쳤다. 두 자루를 함께 쥔 술진공이 차례로 고리 아래를 표창으로 뚫었다. 치달이 악을 쓰며 달려들었다.

"네 놈이 정녕 미쳤구나."

술진공은 재빨리 몸을 돌리고 치달의 다리를 걸었다. 균형을 잃은 치달이 저쪽 구석으로 나동그라졌다.

과연 안에서 두 개의 금갑이 떨어졌다. 앞뒤로 금갑의 고리를 끼워 넣자 과연 금갑의 뚜껑이 열렸다. 금갑 안에는 둘둘 말린 비단이 들어 있었다. 금갑을 내던지고 술진공이 비단을 펼쳤다. 비단을 횃불에 비춰 본 술진공이 고개를 들어 말했다.

"여기에 국무 미려가 남긴 글이 적혀 있습니다."

술진공의 외침 소리가 신전의 광장을 메아리쳤다.

대왕이 자리에서 일어나더니 술진공에게 명령했다.

"읽어보라."

고꾸라져 신음하는 치달을 굽어본 뒤 술진공이 글을 읽어 내려갔다.


이 글이 읽혀진다면 다라국의 대왕과 백성들이 모두 신전에 모여 있을 때이겠지요. 내 시의 비밀을 알아낸 분께 존경을 표합니다. 저 이국 땅 왜국에서 치달의 목숨을 구하고 그를 다라의 수장으로 만들고자 저는 십여 년 동안 수고를 아끼지 않았습니다.

그런데 치달은 이제 다라의 국왕이 되겠다면서 나더러 목숨을 내놓으랍니다. 단호하게 거절했으나 욕망에 눈이 먼 치달은 제 목숨을 앗아가겠지요. 피할 수도 있지만, 저는 떳떳하게 죽음을 택하겠습니다. 나를 죽여 자신의 목숨까지도 빼앗았음을 분명히 알게 하겠어요.

8월 그믐날 새벽에 치달은 괴한을 시켜 내 목숨을 끊을 것입니다. 대왕이시여. 들으시오. 치달의 더러운 흉계에 속지 마시옵소서. 치달은 대왕의 손녀사위로 만족하지 않고 대왕의 목숨까지 노릴 것입니다. 제가 바로 그렇게 하라 지시한 탓이지요. 야망에 눈이 먼 치달은 그저 보잘 것 없는 범조일 뿐입니다.

자신을 봉황으로 아는 범조의 말로를 똑똑히 보여주세요. 그것이 죽어가는 저의 작은 소원이옵니다.

대왕이시여. 아시옵소서. 다라는 멸망할 것이옵니다. 잊지 마시옵소서. 다라는 이 세상에서 사라져 다시는 해와 달을 보지 못할 것이옵니다.


마지막 구절에 이르자 술진공의 목소리가 떨렸다. 그 내막을 술진공도 알 수 없었다. 간신 치달이 없어지면 다라의 미래는 밝게 열려야 했다. 그런데 멸망이라니, 이 무슨 해괴한 소리인가?

그때 어디선가 북소리가 울려 퍼졌다.

"이 무슨 소리요? 어디서 북소리가 나는가?"

대왕이 좌우를 살피며 물었다. 아무도 대답하지 못했다. 대답은 엉뚱한 곳에서 나왔다.

신라군의 공격이 시작되었던 것이다. 신전 사방에서 신라군의 함성이 땅을 울리고 하늘을 가를 듯 터져 나왔다. 함성과 함께 신전 일대는 아수라장으로 변했다.

2

아무도 예상하지 못한 급변이었다. 신라군의 공격을 대축전의 한 과정으로 오인한 사람들은 손뼉을 치며 그들의 등장을 환영했다. 그러나 환성은 곧 비명으로 바뀌었다. 방어 자세를 갖추지 못했던 치달의 경비병들이 신라군의 칼을 맞고 하나둘 쓰러졌다. 그제야 사람들은 무슨 일이 벌어지고 있는지 깨달았다.

문탁장군이 칼을 뽑아들고 대왕과 소정공주가 있는 연단으로 달려갔다. 술진공 역시 벌린 입을 다물지 못했다. 문탁장군의 움직임에 맞춰 휘하의 매복군들이 응전에 나섰다. 매복군과 신라군이 침투했던 길목이 달라 서로 상대의 존재를 몰랐다. 먼저 움직인 신라군의 숫자가 압도적이었지만, 매복군은 기습의 효과를 극대화할 수 있었다.

신라군의 허리 부분을 찌르고 들어가자 전열이 반 도막났다. 경비병들에게만 예봉을 세우고 있던 신라군은 느닷없이 들이닥친 매복군의 칼을 맞고 맥없이 쓰러졌다. 매복군 일부가 활을 쏘았다. 숲에서 벌떼처럼 화살이 날아와 신라군의 머리 위로 쏟아졌다. 빗줄기는 약해졌지만 어두운 하늘은 화살의 존재도 방향도 모호하게 만들었다. 화살이 바닥나자 매복군이 함성을 지르며 신라군의 후미를 쪼갰다.

장쇠의 산적 무리는 아직 움직임이 없었다. 그들은 치달이 계단에서 내려오기만 기다리고 있었다. 그에 맞춰 술진공도 신호를 보낼 터였다. 그러나 신라군이 물밀듯 쳐들어오자 당황하기는 마찬가지였다. 산적패는 장쇠의 손끝을 주시했다. 뜻밖의 상황에 장쇠는 주저했다. 신라군인가? 치달의 경비병인가? 어느 쪽을 쳐야 할지 갈피를 잡을 수 없었다.

"일단 기다려라. 술진공의 푸른 수건은 아직 목에 둘려 있어."

산적패 한 사람이 물었다.

"어느 쪽을 공격해야 합니까?"

장쇠도 답답한지 제 머리를 부서져라 두드렸다.

"제길! 술진공에게 물어볼 수도 없고. 미치겠네. 우리의 목표는 치달이다. 신라군이 치달을 죽여주면 좋고, 호위병들이 치달을 엄호하면 그놈들을 공격해야지. 개미 떼 같은 신라군을 대적할 순 없어. 치달을 죽이면 우리는 바로 철수한다. 술진공을 모시고 빠져나가자. 꼴을 보아하니 다라는 이제 끝장이야. 비열한 신라 새끼들. 남의 잔치에 똥물을 뿌리는구나."

군마들이 놀라 고삐를 흔들며 미친 듯 울어댔다.

경악하기는 치달도 마찬가지였다. 술진공의 발에 걸려 고꾸라진 치달의 몰골은 말이 아니었다. 코뼈가 부러져 코에서 피가 줄줄 흘러내렸다. 검고 뒤룩뒤룩 살찐 얼굴에 붉은 피가 범벅이 되어 영락없이 도살장에 끌려와 백정의 도끼를 맞은 돼지 꼴이었다.

신라군이 밀물처럼 밀려드는 것을 본 술진공은 급한 마음에 계단을 내려가려고 했다. 그러다 송이가 생각났다. 송이를 구해야 했다. 다시 올라와 보니 송이도 치달도 보이지 않았다. 두 여인만 주저앉아 하얗게 질려 귀를 막은 채 비명을 지르고 있었다.

"송이는 어디 갔느냐? 치달은?"

여인들은 말도 못하고 고개만 저었다. 정자 뒤 석벽이 의심스러웠다. 환두대도 한 자루를 집어 들고 석벽으로 돌아들었다. 텅 비어 있었다. 몸을 숨길 곳은 이곳밖에 없는데, 어디로 간 것인가?

정자 반대편으로 나왔다. 신단 위에는 아무도 없었다. 계단으로 달려갔다. 횃불로 이어진 계단은 지하세계로 내려가는 동굴 같았다. 그 동굴 길을 네 사람이 허겁지겁 내려가고 있었다. 송이의 손목을 잡아끌고 있는 치달, 그 뒤를 두 여인이 쫓았다.

"쥐새끼 같은 놈!"

환두대도를 거머쥔 술진공이 계단을 달렸다. 계단의 중간참에서 발을 헛디뎠다. 엄청난 통증이 밀려왔다. 발목을 겹질린 모양이었다. 칼을 땅에 박고 일어났지만 걸음은 무뎌졌다.

광장에 닿은 치달이 경비병들을 불렀다. 몇몇 경비병과

장교가 달려왔다.

"길을 열어라. 여길 빠져나가야 해. 수레는 어디 있느냐?"

경비병들의 충성도는 이미 땅에 떨어진 뒤였다. 더구나 제 코가 석 자였다. 달려드는 신라군의 칼을 피하기에 바빴다. 장교가 신라군 몇을 베고 길을 텄다. 그러나 또 한 무리의 신라군이 몰려오고 있었다.

치달이 격살당하기 직전이었다. 송이도 함께 다칠 판국이었다. 정신이 번쩍 든 술진공이 목에 두른 수건을 풀었다. 이를 신호로 장쇠의 산적패가 숲에서 뛰쳐나왔다. 술진공의 손이 신라군으로 향하자 산적패가 지체하지 않고 공격에 나섰다. 졸지에 뒤통수를 얻어맞은 신라군이 우왕좌왕했다. 틈을 놓치지 않고 치달이 송이를 끌며 귀빈석 쪽으로 방향을 틀었다. 신라군의 목을 베기에 정신이 팔린 산적패는 치달의 위치를 잃어버렸다.

다리를 절룩거리며 술진공이 둘의 뒤를 쫓았다. 귀빈석으로 올라가는 나무 계단이 주저앉아 버려 치달이 걸음을 멈추었다.

"꼼짝 마라. 송이를 풀어줘라."

술진공이 환두대도를 치달에게 겨누며 소리쳤다. 뒤돌아본 치달이 술진공밖에 없다는 것을 알고 품에서 비수를 뽑았다. 송이의 목에 비수를 겨눈 치달이 외쳤다.

"한 발자국이라도 움직이면 이 년의 목숨은 없다."

술진공이 걸음을 멈추었다. 피로 칠갑한 치달의 칼끝이

위태로웠다. 술진공이 환두대도를 버렸다.

"송이가 무슨 죄냐? 풀어주고 나를 붙잡아라."

치달이 피로 물든 이빨을 드러내며 비웃었다.

"네깐 놈이 대수냐. 송이는 내 여자다. 이 년의 뱃속에 내 아이가 자라고 있어. 꺼져라."

술진공의 얼굴에서 핏기가 가셨다. 그제야 송이가 처한 처지가 눈에 들어왔다.

"더러운 놈! 그러고도 네가 사람이냐!"

치달이 낄낄거렸다.

"사람이 아니지. 나는 다라국의 왕이 될 몸이다. 이 년이 낳은 자식이 내 뒤를 이을 게고. 나를 도와라. 부귀영화를 보장해주마."

헛웃음이 나왔다. 이미 풍비박산이 났는데, 이놈은 아직도 망상에서 벗어나지 못하고 있었다.

"어리석은 인간아! 정신 차리고 살펴봐라. 네가 왕이 될 나라가 어디 있더냐?"

치달이 눈을 들어 좌우를 살폈다. 신라군과 산적패, 경비병들이 뒤섞여 난전을 벌이고 있었다. 호위 장교가 신라군의 칼 세례를 맞고 피를 토한 채 쓰러졌다. 아직 숨이 끊어지지 않은 장교의 등으로 신라군의 칼이 꽂혔다. 장교의 입에서 단말마의 비명이 터져 나왔다. 이 세상에 다라는 없었다.

그 틈을 타 술진공이 치달을 덮치려고 했다. 그러나 한 발 앞선 사람이 있었다. 치달의 머리로 가야금이 날아와 명중했다. 헉! 하는 소리와 함께 치달이 주저앉았다. 니문이 송이에게로 달려왔다. 쓰러진 송이를 일으키며 니문이 외쳤다.

"송이냐! 나야. 니문이야. 정신 차려."

송이는 깨어나지 못한 채 고개를 떨어뜨렸다. 술진공이 달려가 송이의 손목을 쥐고 맥을 짚었다.

"혼절했을 뿐일세. 빨리 피신시키게."

니문이 송이를 가슴에 안았다. 그러나 몇 걸음 떼기도 전에 한 떼의 경비병들이 몰려왔다. 무기도 없는 세 사람이 감당할 수 있는 적이 아니었다. 꼼짝없이 죽는 것인가? 환두대도는 쓰러져 있는 치달 옆에서 나뒹굴었다.

술진공이 니문과 송이를 지키려고 몸을 돌렸다. 그가 할 수 있는 마지막 몸부림이었다. 먹잇감을 본 독수리 떼처럼 경비병들이 달려들었다. 끝장이구나. 술진공은 눈을 감았다. 꼭 살아 돌아오라는 꽃네의 얼굴이 떠올랐다.

'미안하구려. 꽃네, 행복하게 사시오.'

그때 경비병의 옆구리를 치고 들어오는 무리들이 있었다. 사다함이 이끄는 화랑들이었다. 불의의 일격을 받은 경비병들이 볏단처럼 쓰러졌다. 화랑들이 세 사람을 둘러쌌다. 사다함이 외쳤다.

"니문 스승. 여길 빠져나가야 합니다. 저희들을 뒤따르십시오."

니문이 술진공을 보았다.

"송이를 데리고 여길 떠나게."

"술진공도 같이 갑시다."

술진공이 고개를 저었다.

"난 다라의 신할세. 운명을 함께 해야 할 곳이 있다면 바로 이곳이야."

"하지만 그건 개죽음입니다."

"사내라면 죽을 장소를 가려야지. 자네가 알아두어야 할 게 있네. 송이는 홀몸이 아닐세. 이제 송이에게는 자네밖에 없어. 송이를 부탁하네."

니문이 안고 있는 송이를 내려다보았다. 눈물이 흘러내렸다.

"어쩐지, 그런 일이 있었군요. 걱정 마십시오. 제가 잘 돌보겠습니다."

그때 송이가 눈을 떴다.

"오라비. 술진공 어른."

"오. 깨어났구나. 니문과 함께 신라로 가거라. 아비와 어미는 걱정 말고."

송이가 니문을 껴안았다.

"술진공 어른. 식솔들을 부탁합니다. 겨레를 지켜주세요."

"그래. 가서 잘 살아라."

헤어지면 다시는 못 볼 터였다. 송이의 눈에서도 술진공의 눈에서도 눈물이 그치지 않았다.

경비병들이 다시 들이닥쳤다. 숫자가 만만치 않았다. 사다함이 외쳤다.

"지체할 시간이 없소."

술진공이 니문의 등을 밀었다.

"어서 가. 가라니까!"

니문을 호위하며 사다함의 화랑이 빠져나가자 경비병들도 그쪽으로 칼끝을 움직였다. 술진공이 허망한 표정으로 그들을 배웅했다. 그러나 뒤쳐진 경비 장교 하나가 술진공을 발견했다. 뽑아든 칼이 술진공을 겨냥했다. 결국 죽음은 피할 수 없는 것인가?

장교의 칼이 술진공의 목을 치려는 순간 문탁장군이 나타났다. 문탁장군의 칼이 장교의 칼끝을 막았다. 비틀거리며 뒷걸음질 치는 장교의 가슴에 문탁장군의 칼이 박혔다.

"큰일 날 뻔했습니다. 저를 따라 오십시오."

두 사람은 귀빈석 뒤편으로 몸을 숨겼다.

"다리를 다치셨습니까?"

문탁장군이 술진공의 신발을 벗겼다. 발목을 주무르자 살을 후벼 파는 듯한 통증이 몰려왔다. 숨 가쁜 비명이 흘러나왔다.

"부러지진 않았습니다. 응급처치를 하죠."

술진공의 비명에 아랑곳 않고 문탁장군이 발목 여기저기를 누르고 당겼다. 통증이 조금 가시는 듯했다. 신발을 신기고 문탁장군이 옆에 앉았다. 귀빈석 뒤편은 사각지대였다. 아무도 보이지 않았고, 아무도 오지 않았다.

"신라 놈들이 오늘을 공격 날짜로 잡았던 겁니다. 다라의 주력이 모두 모였을 때니 시기는 제대로 잡았군요."

문탁장군이 감탄인지 비아냥거림인지 알 수 없는 웃음을 흘렸다.

"나도 예상치 못한 일이었소."

술진공이 탄식을 내뱉었다. 알았다 한들 무슨 도움이 되었을까?

"공도 모르는 일이 있군요. 치달은 어떻게 되었습니까?"

"옆에 쓰러져 있었는데, 보지 못했소?"

"없었습니다."

"목숨이 질긴 놈이군. 달아난 모양이구려."

문탁장군이 칼끝으로 땅을 쑤시며 말했다.

"다라는 이제 희망이 없습니다. 어쩌지요?"

술진공이 발목을 문지르며 말했다.

"이곳 다라는 신라의 수중에 떨어지겠지만, 우리에게는 아직 바다 건너 다라방이 있소. 장쇠의 배와 장군의 선단이 건재하니 대왕과 공주를 모시고 바다로 나갑시다. 그곳에서 힘을 모으고 전열을 정비해 새로운 다라를 세웁시다. 왜국에 '대다라국'을 건설하는 거요."

문탁장군이 고개를 끄덕였다.

"그런 방책이 있군요."

"대왕과 공주는 어디 계시오?"

"군사를 붙여 궁성으로 모셨습니다. 발 빠르게 움직이면 신라군보다 먼저 닿을 겁니다. 빌어먹을. 결국 치달의 목을

**484**

베지 못하고 떠나겠군요."

술진공이 고개를 저었다.

"아직 만사가 결판나지는 않았소."

문탁장군이 술진공을 돌아보았다.

"놈을 찾을 시간이 없습니다."

"미려의 시가 있잖소. 앞의 두 구에 담긴 예언은 이뤄졌지만, 뒤 두 구의 예언은 아직 실현되지 않았거든."

"신전이 무너지고 치달이 갈기갈기 찢겨 죽는다는 거 말입니까?"

"그렇소. 미려는 무서운 여자요. 그것이 허튼소리일 것 같진 않구려."

"이미 실현된 거 아닐까요? 신라가 다라를 차지하면 신전을 그냥 둘 리 없고, 치달이 사로잡힌다 해도 살아남지 못할 겁니다."

술진공이 고개를 저었다.

"아니에요. 신전은 신라의 광영을 밝히는 별이 될 것이고, 다라를 통치하자면 치달 같은 더러운 인간이 필요합니다. 신라왕은 바보가 아니에요. 오늘 일을 보고도 모르시겠소?"

문탁장군이 주먹을 쥐더니 땅을 내리쳤다.

"빌어먹을! 그렇겠군요. 죽 쒀 개 주는 겁니까?"

"아직 모릅니다. 그래서 나는 미려의 예언을 믿는 거요. 틀림없이 신전은 무너지고, 치달은 몸이 찢겨 죽을 겁니다."

술진공의 말을 들으면서도 문탁장군의 얼굴은 밝아지지

않았다.


3

돌아온 궁성은 텅 비어 있었다. 비는 그쳤어도 하늘은 언제든 폭우를 쏟겠다는 듯 먹구름을 다그치고 있었다. 다라의 미래는 먹구름 속에 갇혀 버렸다.

폭우에 쓸려나간 궁성 뜰은 곳곳이 빗물로 가득했다. 주인 잃은 고양이 한 마리가 빗물을 털어내려고 부르르 몸을 떨고 있었다. 신라군의 공격 소식이 이곳까지는 아직 전해지지 않았는지 궁성 밖의 동정은 조용했다. 다라의 많은 백성들이 대축전에 동원되었다. 그들이 곧 몰려올 것은 말할 필요도 없었다.

비에 젖은 대왕은 탈진한 상태였다. 육체적인 고갈이라기보다 정신적으로 너무나 큰 충격을 받았다. 치달이 대왕의 자리를 노렸을 뿐만 아니라 자신까지 해칠 계획이었다는 미려의 고발은 대왕을 나락으로 몰아넣었다. 문탁장군이 수레에 태우려고 안간힘을 쓸 때도 대왕은 칼을 뽑아 들며 외쳤다.

"나를 두고 가라. 나는 여기서 죽겠다. 치달의 목을 베고 죽겠다."

소정공주와 경화의 힘으로 대왕을 만류하기는 힘들었다. 유모는 어디로 갔는지 보이지 않았다. 세상을 잡아먹을 듯 고래고래 고함을 지르던 대왕이 일순간 칼을 떨어뜨리고 쓰러졌다. 호위병이 달려와 대왕을 부축해 수레에 태웠다.

"다라가 이렇게 끝나는 것이냐? 내가 다라를 망쳤구나. 놓아라. 내가 살아 무엇 하겠느냐."

실신한 상태에서도 대왕은 헛소리를 토해냈다. 출자관은 벗겨져 보이지 않았다. 화려한 의상은 빗물에 씻기고 진흙탕에 절어 대왕을 더욱 초라하게 만들었다. 공주와 경화가 대왕의 옷을 벗기고 수건으로 몸을 닦아냈다. 갈아입힐 옷이 없었다. 바닥에 깐 융단을 뜯어 대왕의 몸을 감쌌다.

경화가 하염없이 눈물을 흘렸다. 소정공주는 수레의 난간을 두 손으로 잡은 채 바깥만 내다보았다. 다라는 폭우에 젖어 쓸려가는 중이었다. 바다로 가버린 강물처럼 다라는 되돌아오지 않을 것이었다. 허망하게 무너져버린 다라를 지켜보면서 공주는 눈물도 나오지 않았다.

대왕과 공주, 경화를 궁성에 내려놓은 호위 장교가 말했다.

"저희들은 북다라산으로 다시 가야 합니다. 문탁장군께서 몸을 추스르시면 황강 포구로 가라 이르셨습니다. 포구에 배와 병졸들이 대기 중입니다. 병사 몇을 남겨둘 테니 필요한 물품을 챙겨 떠나십시오."

소정공주가 장교의 손을 잡았다.

"너무 고맙소. 대왕께서 진즉에 충신을 알아보셨더라면 이런 낭패는 없었을 것을. 대왕께서 공의 충성을 잊지 않으실 겁니다."

맥락도 기대도 없는 말이었다. 장교는 공주의 손목을 잠시 굽어보더니 군례를 올리고 길을 나섰다.

무엇을 챙겨간단 말인가? 금은보화가 다라를 되살려주진 않는다. 백성들을 잃었으면 모든 것을 잃은 것이다. 이제 백성들을 무슨 얼굴로 대할까? 그제야 공주의 눈에서 눈물이 솟았다.

경화가 궁 안에 들어가 대왕이 입을 의복을 가져왔다. 융복(戎服)이었다. 기력을 소진한 대왕이 칼을 들고 전장으로 나설 수는 없었다. 경화의 몸짓에는 사력을 다하려는 사람의 의지가 담겨 있었다.

"대왕이 건재하심을 보여줘야 합니다. 끝까지 희망을 잃으시면 안 돼요."

고마운 말이었지만, 대왕은 아직도 깨어나지 못했다. 다시 궁 안에 들어간 경화가 고배에 약물을 담아 왔다. 대왕의 입을 벌려 약물을 부어 넣었다. 대왕이 희미하게 눈을 떴다.

"환기산(還氣散)입니다. 어서 마시세요."

공주가 대왕의 팔다리를 주물렀다. 약물을 다 마신 대왕이 눈을 떴다.

"여기가 어디냐?"

사방을 둘러보며 대왕이 물었다.

"궁성입니다. 전하. 정신이 드시옵니까?"

경화가 울먹이면서 대답했다.

"내가 왜 여기 있느냐? 무슨 면목으로 궁성에 내가 있겠느냐? 나가 싸워야지. 백성들의 통곡소리가 들리지 않느냐?"

그예 울음을 참지 못하고 경화가 대왕의 몸 위로 엎어졌다.

"백성들은 용감하게 싸우고 있습니다. 머지않아 신라군은 물러날 것이옵니다. 대왕 전하. 의연한 모습을 보이셔야 합니다."

대왕이 하늘을 우러러보며 비탄을 토해냈다.

"백성들을 사지에 몰아넣고 내가 어찌 살기를 바라겠느냐? 하늘이 우리 다라를 버리시는구나. 하늘이 이 못난 왕에게 천벌을 내리시는구나."

대왕이 몸을 일으켰다. 소정공주가 대왕을 부축하면서 말했다.

"전하. 문탁장군의 선단이 포구에서 전하를 기다리고 있습니다. 우선 몸을 피하십시오. 변경을 지키는 우리 군사들이 곧 전열을 정비해 반격할 것입니다. 용기를 잃지 마세요."

"문탁장군. 문성장군. 내가 충신을 버렸어. 이제 와 그들의 충성을 바란다면 그게 사람이 할 구실이더냐."

"아무도 대왕을 원망하지 않습니다. 고정하세요."

소정공주의 말도 경화의 위로도 대왕의 귀에는 들리지 않았다. 몸을 일으킨 대왕이 경화가 들고 있는 환두대도를 받아들었다.

"이 칼이 정녕 나를 용서하지 않으리라."

대왕이 궁성 뒤편으로 걸어갔다.

"전하. 어딜 가십니까? 어서 빨리 포구로 가야 합니다."

대왕이 돌아서더니 웃음을 지으며 말했다.

"그래. 떠나더라도 열성조에게 이 사태를 고하고 가야 하지 않겠느냐. 너희들은 떠날 채비를 하거라. 내 곧 돌아오마. 이제 떠나면 언제 다시 열성조를 뵙겠느냐."

경화가 뒤따르려고 했지만, 대왕이 손을 저어 물리쳤다. 두 사람은 망연히 대왕의 모습을 지켜보았다. 소정공주가 경화를 보고 일렀다.

"경화는 대왕께서 입을 의복과 물품을 챙겨 나오세요. 나는 대왕을 기다리겠어요."

경화가 사당 쪽을 안타깝게 쳐다보다 소정공주의 말을 따랐다. 경화가 사라진 것을 본 소정공주가 치마폭을 열어 칼을 꺼냈다. 거사가 실패했을 때 치달을 죽이고 자진하고자 준비한 칼이었다. 다라를 지키려고 일으킨 거사였는데, 다라는 신라의 수중으로 넘어가 버렸다. 대축전 현장에서 신라군의 칼에 죽어가던 다라의 군사와 백성들의 모습이 머리에서 지워지지 않았다.

그들이 무슨 죄인가? 군주를 잘못 만난 죄밖에 더 있는가? 누군가 그들에게 속죄해야 한다면 그것은 자기 몫이라고 소정공주는 생각했다. 다행히 대왕은 무사하고, 문탁장군이 살아 있으니 다라의 재건을 기대할 수 있었다. 백성들의 분노를 달래야 했다. 다라를 위해서라면 백 번 죽어도 두렵지 않았다.

칼을 들어 심장을 겨눴다. 짧은 일생이었지만 후회는 없었다. 훌륭한 부모를 만났고 할아비인 대왕 역시 공주를 아껴주었다. 치달이라는 끔찍한 인간을 보지 않았다면 좋았겠지만, 그것도 운명이라고 여겼다. 대장군과 약속했던, 며느리가 되겠다는 말을 지키지 못하고 떠나는 것이 가슴 아팠다. 이제 저승에 가면 만나겠지. 소정공주는 눈을 감았다. 그때 귀에 누군가 자기를 부르는 소리가 들렸다. 벌써 저승 문턱까지 온 것일까?

"공주마마! 공주마마!"

유모의 목소리였다. 눈을 떴다. 유모가 궁성 뜰을 달려오고 있었다. 유모가 소정공주의 손에서 칼을 빼앗았다.

"안 됩니다. 마마께서 돌아가시면 대왕께서 누구를 의지하시겠어요."

"말리지 마. 유모."

옥신각신하고 있는데, 경화가 머리를 산발하고 궁성 뒤에서 뛰어나왔다.

"마마! 마마! 대왕 전하께서……."

말도 마치지 못하고 경화가 섬돌 위로 엎어졌다.

"무슨 일인가?"

"대왕 전하께서 자결하셨습니다."

청천벽력 같은 소리였다.

"아무래도 전하의 낌새가 이상해 처소로 가다 사당을 들렀습니다. 문이 닫혀 있기에 흔들었지만 열리지 않았어요. 병사가 문을 부수고 들어가 보니 그만, 그만……."

소정공주가 사당 쪽으로 달렸다. 대왕은 사당 안 바닥에 엎어져 있었다. 가슴에 환두대도가 박혀 있었고, 선혈이 바닥을 적시며 흘렀다.

"맙소사. 할아비, 왜 이런……."

소정공주는 말문이 막혀 입이 열리지 않았다. 자신이 가야 할 길을 할아비가 대신 가고 만 것이었다. 하늘이 무너지고 땅이 꺼지고 있었다. 소정공주는 정신을 가다듬었다. 침착해야 했다. 할아비의 죽음을 헛되이 해서는 안 되었다.

소정공주는 울음을 거두었다. 경화와 병사에게 대왕의 시신을 거두라고 일렀다. 그러나 경화는 제 정신이 아니었다. 바닥에 앉아 서럽게 통곡했다. 유모가 대신 시신을 거두었다.

대왕의 시신을 옮기자면 수레가 있어야 했다. 유모와 병졸에게 수레를 가져오라 일렀다. 사당 밖으로 나온 소정공주는 궁성을 둘러보았다. 아름다운 추억들만 있어야 할 곳이 지금은 저주받은 땅이 되고 말았다.

병졸이 수레를 끌고 왔다. 소도 말도 궁성엔 없었다. 병졸이 끌어야 했다.

사당 안으로 들어온 세 사람은 또 한 사람의 주검을 보아야 했다. 경화가 대왕의 시신 앞에서 죽어 있었다. 가슴에 칼이 꽂혀 있었다. 한 손은 대왕의 손을 잡고 있었다. 경화는 생전의 바람대로 대왕의 주검 앞에서 순장의 길을 택했다.

두 사람의 주검을 실은 수레는 궁성 문을 나와 포구로 향했다.

다시 빗줄기가 거세지고 있었다.

## 4

대축전의 환희로 가득차야 할 북다라산은 시체가 널린 지옥으로 변하고 말았다. 살아남은 백성들은 뿔뿔이 흩어졌고, 신라군의 주력은 도성 쪽으로 진군했다. 다라군은 궤멸되었다. 패잔병들은 산으로 달아나거나 항복했다. 일부 다라군이 산발적인 싸움을 벌이고 있었다. 악대와 노래패들도 악기를 버려둔 채 사라졌다. 비에 젖은 악기들이 을씨년스러웠다.

문탁장군의 매복군과 장쇠의 산적패도 적지 않은 피해를 입었다. 광장을 빠져나온 문탁장군과 술진공은 병사들을 이끌고 숲속에 은신했다. 도성으로 철수를 서둘러야 했다. 대왕과 소정공주가 배안에서 그들을 기다리고 있을 터였다.

문탁장군이 술진공을 재촉했다.

"어서 갑시다. 시간이 없어요."

군마가 모자라 모두 말을 탈 수는 없었다. 중상을 입은 병사들부터 싣고 길을 떠나도록 했다. 숲속 길로 질러가면 신라군보다 먼저 도성에 닿을 터였다. 억수같이 퍼붓는 비가 이번에는 고마웠다. 신라군의 행군을 더디게 만들 비였다.

술진공은 이대로 떠날 수 없었다. 이 모든 사태의 원흉인 치달의 최후를 보지 않고 떠난다면 평생 한을 남길 것이었다.

순장을 강요해 뭇 사람을 죽음으로 몰아간 치달이었다. 다라 백성들의 재물과 양식을 약탈해 굶주림에 떨게 만든 장본인. 선량한 백성들로 하여금 수탈을 견디지 못해 산적떼로 만들었고, 송이를 욕보여 원치 않은 종자를 배게 한

마귀 같은 존재. 자신의 아내를 죽이고 나라를 찬탈하고 대왕까지 죽이려던 역적이 신라의 개가 되어 부귀영화를 누리게 둘 수는 없었다. 술진공은 역사의 응징이 무엇인지 보여주어야 하리라 다짐했다.

"장군은 먼저 가시오. 군마 한 필만 남겨두시오. 내 곧 뒤따라가리다."

술진공의 의중을 문탁장군이 모를 리 없었다.

"뜻은 알겠지만, 사세가 호락호락하지 않습니다. 놈도 이미 죽었을지 모릅니다."

술진공의 의지는 단호했다.

"내 눈으로 직접 봐야겠소. 놈의 심장에 칼을 꽂지 않고서는 여기서 한 걸음도 뗄 수 없어요."

굵은 빗줄기가 술진공을 적셨다. 손에 쥔 칼과 형형한 눈빛만 빗속에서 번득였다. 문탁장군은 술진공의 의지를 꺾을 수 없다는 것을 알았다.

"알겠습니다. 같이 남아 찾아봅시다. 부상을 당했으니 멀리 가진 못했을 거요."

군마 한 필을 숲에 묶어두고 병사들을 모두 출발시켰다. 귀빈석 뒤쪽으로 몸을 숨기며 광장으로 나갔다. 부상자들이 널브러져 신음하고 있었다. 팔다리가 떨어져 나가고, 창자가 다 드러난 병사들이 울부짖으며 도움을 갈구했다. 그들을 구할 방법이 두 사람에게는 없었다.

땅을 흐르는 빗물은 선혈이 섞여 벌겋게 변해 있었다. 평민들의 주검은 더욱 애처로웠다. 어디선가 아기 울음소리가 들렸다. 아기는 보이지 않았다.

"끔찍하구려."

전쟁터를 가보지 못한 술진공이 눈을 돌렸다.

"희생이 너무 큽니다."

문탁장군도 시선을 바로 두지 못했다.

"다시는 이런 전쟁이 있어서는 안 될 거요."

치달을 찾기에 광장은 너무 넓었다.

"여기서 갈라집시다. 나는 저쪽으로 갈 테니, 장군은 반대편을 뒤져 보시오."

문탁장군이 술진공을 보며 말했다.

"찾더라도 섣불리 행동하진 마십시오. 부르면 바로 달려가겠습니다."

술진공이 고개를 끄덕이더니 등을 돌렸다. 비바람이 사람들의 아귀다툼을 비웃듯 회오리치며 몰아닥쳤다. 천둥과 번개가 이어졌고, 곳곳에 벼락이 떨어졌다. 신음소리도 울음소리도 자연의 광기 앞에 다 묻혀버렸다.

신전으로 올라가는 계단 앞까지 왔다. 버려진 악기들이 뒹굴었다. 술진공은 비를 맞아 줄이 다 풀린 가야금을 집어 들었다.

'이 지옥에서 살아남는다면 가야금을 배우리라.'

석조 처마가 있는 축대에 가야금을 세워 놓았다. 이미 망가진 악기지만 비가 그치고 해가 떠서 물기가 가시면 다시 쓸 수 있을지도 몰랐다.

그때 천둥소리를 가르며 웃음소리가 들렸다. 괴기가 가득 찬 웃음이었다. 머리를 들어 위를 쳐다보았다. 계단 중간에 누군가 버티고 있었다. 빗발이 거세 알아보기 쉽지 않았다. 술진공은 계단 쪽으로 걸음을 옮겼다. 그제야 확연하게 보였다. 치달이었다.

그는 반쯤 미쳐 있는 것처럼 보였다. 관복 자락을 펄럭거리면서 쏟아지는 비를 축복인양 맞고 있었다. 번개가 먹구름을 가르며 날뛰고 있었다. 그 먹물 같은 하늘을 우러러보면서 치달이 환두대도와 금갑을 들고 있었다. 괴수가 마지막 발악을 하면서 포효하고 있었다.

술진공이 칼을 뽑아들고 계단을 올랐다. 놈도 낌새를 차렸는지 신전 정상으로 성큼성큼 올라갔다. 겹질린 발목이 다시 쑤셨다. 중간쯤 올라갔는데 치달이 정상에서 외치는 소리가 들렸다.

"미려. 네 이년! 이제 속이 시원하냐. 날 만신창이로 만드니 하늘에서 춤이라도 출 것 같으냐? 내게 모든 것을 다 줬다고? 네년이 준 게 뭐가 있냐? 자식을 줬는가? 미래를 줬는가? 몇 푼어치 동냥질을 해놓고 내 모든 것을 앗아가지 않았느냐. 하지만 나는 다시 살아난다. 네년의 도움 없이도 나는 부활할 것이야. 봐라. 지금 천하가 내 손아귀에 있다. 이 환두대도가 나의 광영을 증명하고 있다. 이깟 쇳조각으로 나를 망칠 수 있다고? 웃기지 마라. 나는 죽지 않는다! 나는 영원한 생명을 누릴 것이야!"

먹구름이 무서운 기세로 신전을 향해 몰려들었다. 멀리서 번갯불이 빠른 속도로 다가왔다. 천둥소리가 귀청을 찢을 듯이 울렸다. 우주의 기운 모두를 모으려는 듯 먹구름이 서슬 푸르게 신전으로 내달렸다.

그리고 마침내 엄청난 빛을 모은 번개가 신전에 내리꽂혔다. 환두대도와 금갑을 든 치달을 향해 거대한 불덩어리가 쏟아져 내렸다. 그리고 번개를 맞은 치달의 몸이 갈기갈기 찢어지는 것을 보았다. 환두대도가 하늘로 솟구쳤고, 치달의 몸은 가루가 되어 검은 하늘로 흩어졌다. 미려의 예언대로 치달은 온몸이 찢겨 죽었다.

천 년에 한 번 떨어질까 말까한 벼락의 위력은 무시무시했다. 땅이 뒤흔들렸다. 돌로 만든 신전이 무너졌다. 뒤이어 굉음을 내며 여덟 개의 돌기둥이 흔들리더니 쓰러지기 시작했다. 석축들이 붕괴되었고, 예순네 개의 돌기둥들도 엿가락처럼 부러졌다.

돌계단마저 산산조각이 났다. 흙덩어리와 돌덩어리들이 술진공의 머리 위로 쏟아졌다. 피할 겨를조차 없었다. 몇 발자국 계단을 내려갔지만, 더 이상은 발밑에 계단은 없었다. 허방을 헛디딘 짐승처럼 술진공은 땅으로 낙하했다. 흙구덩이에 파묻히는 기분과 함께 허리와 등으로 엄청난 통증이 밀려들었다. 술진공은 정신을 잃었다.

얼마나 시간이 지났는지 알 수 없었다. 빗방울이 얼굴을 사정없이 강타했다. 바람이 채찍처럼 얼굴을 때렸다.

"술진공! 술진공! 정신이 드십니까?"

저승사자가 자신을 깨운다고 생각했다.

'내가 지옥에 왔구나.'

숨을 제대로 쉴 수 없었다. 숨을 들이마실 때마다 가슴으로 칼날이 쑤시고 들어오는 것 같았다. 세상이 지독하게 흔들거렸다.

"다 와 갑니다. 정신을 놓으시면 안 됩니다."

문탁장군의 다급한 목소리였다. 간신히 눈을 떴다.

"여기가 어디요?"

"포구로 가는 중입니다. 한 발만 늦었어도 돌 더미에 파묻혔을 겁니다."

팔 하나가 덜렁거렸다. 어깨뼈가 부러진 모양이었다. 아픔이 사라졌다. 그와 함께 술진공도 정신을 놓았다. 자신의 몸에서 혼백이 빠져나가는 소리가 들렸다.

"꽃네, 어디 있소?"

그가 마지막으로 남긴 말이었다.


5

폭풍 속에서 배들이 병든 환자처럼 몸을 뒤틀었다. 배를 묶어둔 닻줄은 배의 움직임에 따라 팽팽해졌다가 축 쳐졌다. 빗물이 배 안에 넘쳐 병사들은 물을 퍼내기에 바빴다. 배는 물 위에 떠 있는 것이 아니라 물속에 잠겨 있었다.

배 위에서 본 도성은 짙은 안개가 낀 세상 같았다. 비안개가 중다라산 쪽에서 밀려왔다가 궁성 쪽으로 이동하는가 싶더니 포구 쪽으로 접근했다. 바람의 방향이 시도 때도 없이 변하고 있었다. 비안개의 이동에 따라 배도 요동쳤다.

황강 포구에 입항한 배는 모두 열네 척이었다. 문탁장군 휘하 선단의 배가 열 척이었고, 장쇠가 수배해 끌고 온 배가 네 척이었다. 그밖에 몇 척이 더 있었지만, 내륙을 이동하기에 적합했지 해양으로는 나갈 수 없는 크기였다.

가을 가뭄 때는 수심이 얕아져 배 밑이 강바닥에 닿을 정도였다. 그러나 며칠 동안 퍼부은 폭우로 수심이 눈에 띄게 깊어졌다. 황강 상류에서 급류가 흘러들어와 배들이 표류할까 걱정될 정도였다. 문탁장군의 명령에 따라 모든 배는 불필요한 장비나 물품은 강에 버리거나 포구에 부려놓았다. 대신 식수와 식량, 취사도구, 취침도구 따위가 빈자리를 차지했다. 아직 신라군이 도성까지 닿지 않아 백성들의 동요는 심하지 않았지만, 난민들이 배로 밀려오는 것은 시간 문제였다.

장쇠가 뱃머리에 서서 뿌옇게 흐린 시야를 넓혀 보려고 애썼다. 다라군 장교와도 연락해 난민이 밀려들 경우 최대한 수용하자고 약속했지만, 바다를 횡단하기에 수용할 수 있는 인원은 한계가 있었다. 그들을 어떻게 통제해야 할지 장쇠나 장교나 뾰족한 수가 떠오르지 않았다. 오로지 문탁장군과 술진공이 오기만 기다릴 뿐이었다.

소정공주는 다행히 이른 시간에 닿았다. 수레에 대왕과

경화의 시신이 안치되어 있는 것을 보고 충격과 혼란에 휩싸였다. 소정공주가 즉시 상황을 바로잡았다.

"대왕 전하께옵서는 책임을 통감하시고 스스로 목숨을 끊으셨다. 그러나 이것으로 어찌 용서가 되리오. 대왕 전하를 안장한 뒤 공과는 분명히 따지겠노라."

대왕의 시신은 선단 지휘선에 모셨다. 관례에 따를 처지가 아닌지라 병사들과 산적패들은 약식으로 포구에 엎드려 곡을 했다. 급히 널빤지를 엮어 목관을 만들었다.

"어찌 문탁장군이 보이지 않는가?"

소정공주가 문탁장군이 보이지 않자 불안한 표정으로 장교에게 물었다.

"장군께서는 술진공과 함께 대축전 현장에 계십니다. 곧 오실 겁니다."

"거기에 무슨 일이 남았기에 머뭇거리는가?"

대왕이 홍거한 지금 다라의 최고 수장은 소정공주였다. 소정공주는 그에 걸맞는 위엄을 갖추었다. 병사와 산적패도 명령 계통이 서게 되자 안정을 되찾았다. 시간이 꽤 지체되었는데도 두 사람은 나타나지 않았다.

"무슨 변고가 생긴 것이 아니냐?"

장교는 특별히 아뢸 말이 없었다.

"병사를 보내 볼까요?"

소정공주가 고개를 저었다.

"아니다. 그나마 부족한 병사다. 섣불리 움직여 빈틈을 보일 순 없지. 좀 더 기다려보자."

문탁장군이나 술진공보다 난민이 먼저 나타났다. 워낙 폭우가 심해 집에 있던 사람들은 밖으로 나올 엄두를 내지 못했다. 그러나 신라군의 선봉이 하나둘 도성에 모습을 드러내자 백성들이 동요했다. 대항군이 없는 다라에서 신라군의 움직임은 점점 빨라졌다. 망치가 아내와 겨레, 꽃네를 데리고 포구로 왔다. 소정공주가 망치를 알아보았다.

"너는 대장장이 망치가 아니냐? 어찌 알고 온 것이냐?"

망치가 무릎을 꿇고 절을 하며 말했다.

"술진공께서 변고가 생기면 포구로 나가라 하셨기에 왔습니다요."

"그러면 너는 계속 도성에 있었던 것이냐?"

"웬걸입쇼. 소인은 대축전 현장에 있었사옵니다. 신라군이 쳐들어 왔을 때 귀빈석 아래 있다 퇴로가 막혀 갇혀 버렸습죠. 맞서 싸울 생각도 했지만 저치들(망치가 산적패를 가리켰다.)이 우르르 몰려가지 않습니까요. 뭔 일인가 싶어 꼼짝을 못했습니다. 전투가 끝날 때쯤 광장으로 나와 보니 그런 아수라장이 없었습니다. 비는 억수같이 퍼붓고 식솔들 걱정이 되어 도성으로 돌아오려는데, 문탁장군과 술진공의 모습을 보았습니다요."

두 사람의 이름이 나오자 소정공주의 표정에 화색이 돌았다.

"두 분은 무사하시더냐?"

"아무렴요. 뭘 찾으시는지 광장을 훑고 계셨습니다요. 신전 뒤편으로 사라져 보이지 않기에 내쳐 달려와 식솔들과 함께 포구로 온 것입니다요. 올 때 보니 신전 쪽에 엄청난 벼락이 떨어진 듯했습니다. 숲에 가려 볼 순 없었지만 소리가 엄청났습죠. 소인은 귀가 머는 줄 알았습니다요."

소정공주의 얼굴이 굳어졌다.

"그런 큰 굉음이 들렸다면 무슨 변고라도 생긴 게 아니더냐?"

"신전 근처에 계셨으니 어떨지 모르겠습니다요."

망치에게서 더 들을 얘기는 없었다. 낙담한 표정으로 소정공주가 그들을 들여보냈다.

"배에 들어가 있거라."

뒤에서 아비의 말을 듣고 있던 겨레가 소정공주 앞으로 나서더니 말했다.

"문탁장군님과 스승님은 다라의 보배이십니다. 반드시 무사히 돌아오실 거예요. 공주마마, 너무 걱정하지 마십시오."

기특한 소리에 소정공주가 웃으며 머리를 쓰다듬어 주었다.

"그렇겠지? 어른들보다 네가 더 영특하구나."

그들이 들어가기 무섭게 포구 쪽으로 도성 주민들이 들이닥쳤다. 오는 순서대로 배에 태우게 했다. 대축전 광장 소식을 아는 이는 아무도 없었다. 소정공주의 입술이 바짝바짝 말라 들어갔다. 정녕 그들이 오지 않는다면 두고 갈 수밖에 없었다. 언제 신라군이 포구로 들이닥칠지 몰랐다. 배에는 점점 자리가 줄어들었다.

장교가 소정공주 앞으로 나왔다.

"저들을 다 태울 수는 없사옵니다. 어찌 할까요?"

공주가 얼굴을 붉히며 호통을 쳤다.

"한 사람도 빼놓지 말고 다 태워라. 자리가 없다면 내가 내리련다. 알겠느냐?"

찔끔한 장교가 물러섰다. 말은 그렇게 했지만, 바다를 항해하기 위해서는 무작정 사람을 실을 수는 없었다. 그렇다고 살겠다고 오는 사람들을 어찌 두고 간단 말인가?

선단의 배가 다 찼다. 이제 남은 것은 장쇠의 배였다. 거기엔 이미 산적패 가족들이 타고 있어 빈 공간이 많지 않았다. 배의 크기도 선단보다 작았다. 쏟아지는 빗속에서 포구는 섬이 되어 가고 있었다.

배 안에 있던 꽃네가 겨레 앞으로 다가가더니 말했다.

"겨레야. 아무래도 잠깐 나갔다 와야겠다."

겨레가 깜짝 놀라 물었다.

"아줌마. 무슨 말씀이세요. 스승님께서 아줌마를 따로 떼어놓지 말라고 신신당부하셨다고요."

꽃네가 빙그레 웃었다.

"기분이 이상해. 도성 빈집에 와 계신지도 모르잖니?"

"아무도 없는 줄 알면 어련히 오실까 봐요."

"그러시겠지. 그래도 술진공은 험한 데서 고초를 겪고 계

503

신데, 넋 놓고 앉아있을 수가 없구나. 여기서 멀지 않으니 잠시 다녀오마."

꽃네의 표정을 본 겨레도 무작정 만류만 할 수는 없었다.

"정 그러시면 저도 같이 갈게요."

꽃네가 정색을 하며 말했다.

"아니다. 넌 아비 어미 곁에 있어야지. 대신 부탁 하나만 들어주련?"

"뭔데요?"

"술진공이 낮에 나가시면서 내게 문서를 맡기셨단다. 돌아올 때까지 잘 보관하라 하셨는데, 이걸 들고 가기가 불안하구나. 네가 좀 맡아주렴?"

"문서요?"

"응. 술진공께서 다라의 역사와 비화에 대해 정리해둔 문서라더구나. 무겁기도 하고 움직일 때 번거로우니 네가 가지고 있으렴."

겨레의 눈이 반짝거렸다.

"그래요? 그럼 주세요. 비까지 쏟아지는데 젖으면 안 되니까."

꽃네가 품에서 두툼한 보자기를 꺼냈다.

"그럼 아줌마, 빨리 갔다 오세요. 아무도 없으면 바로 오셔야 해요."

겨레가 보자기를 받아들자 꽃네는 자리에서 일어나 포구로 내려갔다. 누군가 벗어놓은 도롱이를 뒤집어썼다. 수많은 사람들이 포구 쪽으로 몰려오는데, 꽃네 혼자만 그들을 뚫고 포구를 벗어나고 있었다. 꽃네는 곧 빗줄기에 가려 보이지 않게 되었다.

소정공주가 멀어져 가는 꽃네를 걱정스런 눈길로 바라보며 장교에게 말했다.

"다들 배를 타겠다고 야단인데, 저 여자는 누구기에 배를 떠나는 것이지?"

"모르겠사옵니다. 중요한 물건이라도 두고 온 모양이지요."

소정공주가 혼잣말처럼 중얼거렸다.

"빨리 돌아와야 할 텐데. 언제 배가 떠날지 알 수 없지 않느냐."


꽃네가 사라지고 얼마 뒤 문탁장군과 술진공이 나타났다. 두 사람은 같은 말 잔등 위에 함께 타고 있었다. 고개를 떨어뜨린 술진공은 문탁장군 뒤에 매달리다시피 앉아 있었다.

난민들 때문에 포구로 오는 길이 막혔다. 장교가 먼저 그들을 발견했다.

"공주마마. 장군께서 돌아오신 것 같습니다."

자욱한 빗줄기 속에서 멀리 문탁장군의 모습이 어른거렸다.

"그렇구나. 빨리 군사를 보내 길을 열어드려라."

한 떼의 병졸들이 포구에 내려 난민들을 창으로 위협하자 길이 열렸다. 문탁장군이 병졸에게 술진공을 부축하도록 했다.

"조심해라. 부상이 심하다."

술진공은 의식을 거의 잃은 상태였다. 그는 주문처럼 누군가의 이름을 외었다.

"꽃네. 꽃네……."

그러나 그 소리는 너무 가늘어 폭우 속에서 잘 들리지 않았다.

두 사람이 배를 탔다. 더 이상 사람이 들어서면 배가 균형을 잃을 판이었다. 장교와 선장이 함께 와 읍소했다. 배로 들어오는 출입구를 닫아야 했다.

"공주마마. 어쩔 수 없사옵니다. 더 태울 자리도 없는 데다 지금 출발하지 않으면 떠날 기회조차 놓칠지 모릅니다."

문탁장군은 술진공을 안정시키느라 여념이 없었다. 뱃전에 매달리는 백성들을 보면서 소정공주가 눈물을 흘렸다.

"또 저들을 버려야 한단 말이냐? 하늘이 나를 용서하지 않겠구나."

출입구가 닫히고 닻을 올리자 배가 움직이기 시작했다. 포구를 벗어나야 돛을 올릴 수 있지만 바람이 거세 자칫 돛이 찢어질 수 있었다. 폭우가 그칠 때까지는 노를 저어야 했다.

배가 빠져나가자 사람들이 아우성을 쳤다. 강물에 뛰어드는 사람이 있는가 하면 주저앉아 땅을 치며 통곡하는 사람도 있었다. 몇몇 사람들은 배를 향해 욕설을 퍼부으며 삿대질했다. 포구에 남았던 마지막 병졸들이 쪽배를 타고 배로 옮겨왔다.

군중들 너머로 신라군의 주력이 몰려오고 있었다.

"천지신명이시여. 천지신명이시여. 저들을 돌보소서."

소정공주는 두 손을 모으고 눈을 감은 채 같은 소리만 되풀이했다.

꽃네는 끝내 배로 돌아오지 못했다.

# 불멸의 대다라

## 1

내가 밤새 읽은 『다라춘추(多羅春秋)』는 이것으로 길고긴 사연을 끝맺었다. 짐작컨대 여기까지가 이 서책의 기술자인 술진공의 기록인 듯싶었다. 중간 중간 후세 사람의 가필인 듯한 글들이 끼어 있긴 했지만, 술진공은 치밀하면서도 냉정하게 자신이 보고 들은 기억들을 글로 옮겨놓았다.

실로 엄청난 이야기였다. 한 국가가 멸망하기 직전의 두 달여를 이처럼 생생하게 기록한 자료가 또 있을까? 놀라움보다는 감동적이었고, 충격적이라기보다는 장엄했다. '다라'라는 이름만 남기고 사라져 버린 한 국가의 실체가 고스란히 부활하는 순간이었다. 나는 온몸으로 번지는 전율을 느끼면서 눈을 감았다.

치명적인 부상을 당하고 배에 오른 술진공이 대축전의 밤에 있었던 숨 가쁜 순간들을 어떻게 기록할 수 있었을까? 부상에서 기적적으로 회복해 분노와 고통, 통한으로 얼룩진 그 밤의 기억들을 썼는지도 모를 일이다. 꽃네가 함께 오지 못했다는 사실을 알았을 때 그는 얼마나 큰 비통에 잠겼을까?

그러나 『다라춘추』를 다 읽고도 의문은 여전히 남았다. 악몽 같은 폭풍우를 뚫고 배는 무사히 바다로 나왔을까? 다라의 유민들과 문탁장군을 비롯한 사람들은 이후 어찌 되었을까? 원하던 왜국 다라방까지 무사히 왔던 것일까? 노조우미 씨의 말을 들으면 그랬을 것으로 보였다. 그러나 생생했던 종말의 기록에 비할 때 후일담은 너무 단출했다.

나는 동백나무 목궤 안을 다시 한 번 살펴보았다. 붉은 바닥 천이 깔려 있었다. 손가락으로 눌러보니 탄력이 느껴졌다. 아래 뭔가 있다는 느낌이 들었다. 나는 바닥 천을 들어냈다. 그랬더니 얇은 기록물이 하나 더 나왔다. 겉장에는 '춘추습유(春秋拾遺)'라 적혀 있었다. 낡았기는 마찬가지였지만, 종이의 재질이 조금 달랐다.

겉장을 열고 내용을 읽었다. 밤을 새운 눈이 몹시 침침했지만, 글은 나를 빨아먹을 듯 사로잡았다. 그 기록의 주인공은 겨레라는 아이였다. 나이가 들어 쓴 듯했다. 스승 술진공의 뒤를 이어 다라의 유민들이 머나먼 다라방까지 오게 된 간단한 경위와 최후의 순간들을 담담하지만 절절한 필치로 기술하고 있었다.

여기에 그 글을 읽기 편하게 다듬어 다시 싣는다.

폭풍우가 독하게 몰아치던 임오년(562년) 음력 시월 보름 날 밤, 우리들이 탄 배는 우리들의 영원한 고향 다라의 황강 포구를 떠났다. 배에 승선하지 못한 사람들의 울부짖음을 등 뒤에 두고 차마 떨어지지 않는 발길을 옮겼다. 거센 빗줄기 속에서도 신라군이 포구에 닿는 장면이 보였다. 배가 없는 신라군은 포구에서 멈추었다. 더러는 배를 향해 활을 쏘기도 했는데, 화살은 강물 위로 힘없이 떨어졌다.

　　다음 날 새벽에 우리 선단은 동강을 지나 바다로 나왔다. 폭풍우는 지나갔지만 빗줄기는 여전히 굵었다. 다행히 바람이 심하지 않아 돛을 올릴 수 있었다. 우려했던 신라군의 추격은 없었다.

　　아주 많은 시간이 지난 뒤에 들으니, 다라를 점령한 신라군이 백성들을 해치지는 않았던 모양이다. 다라를 영구적으로 지배할 생각이었으니 힘보다는 마음으로 다가갔던 것이다. 진흥왕이 현명한 군주이기는 했다.

　　다라를 무너뜨린 신라는 여세를 몰아 이웃한 가야 제국들을 하나하나 소멸시켰다. 아라가야가 당하더니 소가야 등 군소 제국들이 말 그대로 와해(瓦解)되었다. 마지막으로 운명을 다한 나라는 대가야였다. 백제의 구원병이 오지 않자 대가야는 전의를 상실하고 백기를 들어버렸다.

　　바다 한가운데서 우리는 해를 보았다. 구름이 순식간에 걷히더니 바다는 무슨 일이 있었냐는 듯 잔잔해졌다. 열네 척의 선단은 큰 피해를 입지 않았다. 장쇠의 배 가운데 한

**510**

척의 돛이 부러져 수리해야 했을 뿐 왜국까지의 항해는 순조로웠다. 고맙게도 천지신명이 우리 다라를 끝까지 버리지는 않으셨다.

황강을 출발할 때 문탁장군님은 배를 멈춰 옥전에다 대왕 전하와 경화의 시신을 묻고 오자고 제안했지만, 소정공주님께서 반대하셨다. 바다 한가운데서 우리는 대왕 전하와 경화의 장례를 치렀다. 날이 더워져 더 이상 시신을 배에 둘 수 없었다. 목관에 담겨 치러진 장례는 너무나 초라했다. 소정공주님은 하염없이 눈물을 흘리셨다. 두 사람의 시신이 든 목관은 한동안 선단을 따라 흐르다가 어느 순간 바다 밑으로 가라앉았다.

스승님께서는 배안에서 여러 차례 생사를 넘나드는 위기를 맞았다. 신열이 달아올라 몸은 불덩이였고, 돌조각에 찍힌 상처에서는 출혈이 멈추지 않았다. 늑골 여러 개가 부러졌다면서 그 자리에서 죽지 않은 것만도 기적이라고 의관이 말했다. 스승님 곁에서 물수건을 갈며 정성을 다해 간호했지만, 다라방(多羅坊)에 닿을 때까지 스승님은 깨어나지 못하셨다. 꽃네 아줌마를 지키지 못하고 배 밖으로 내보낸 것을 아시면 어떤 꾸지람을 내리실까? 볼기가 얼얼하도록 때리셔도 좋으니 제발 깨어나기를 나는 빌고 또 빌었다.

물때가 좋았고 바람도 순조로워 우리는 열흘 만에 무사히 왜국 아리아케(有明) 해변 다라방에 도착했다. 처음 바다를 나와 본 사람들 가운데 몇 명이 뱃전을 서성이다 바다로 떨어지는 불행한 사고가 있었지만, 많은 인원에 생각하면 안전한 항해였다. 도중에 식수와 식량을 얻으려고 서섬(對馬島)에 잠시 머물렀다. 눈치 빠른 서섬 사람들이 곡식 값을 호되게 불렀는데, 소정공주께서 가져온 금붙이로 해결할 수 있었다.

스승님께서 언젠가 말했던 바다 한가운데를 유유히 흐르는 검고 깊은 물길의 흐름도 목격할 수 있었다. 문탁장군은 저 흑조(黑潮)의 물길이 있어 배가 순조롭게 항해할 수 있다고 알려주었다.

다라 본국의 소식을 까맣게 모르고 있었던 다라방 사람들은 선단이 도착한 것을 보고 눈이 휘둥그레져 달려 나왔다. 항해 내내 불안한 마음을 가눌 길 없었던 사람들이 육지에 발을 디디자 약속이나 한 것처럼 얼싸안고 울음을 터뜨렸다. 뭍에 닿아서야 스승님은 간신히 기력을 회복하셨다. 눈을 뜨자마자 스승님은 꽃네 아줌마를 찾으셨다. 내가 차마 입을 열지 못하고 머뭇거리니 사태를 짐작하시고는 눈물을 흘리셨다.

"내 업보다. 내가 죽지 못해 꽃네를 잃고 말았구나."

꽃네 아줌마를 지키지 못하고 다라를 뜬 번뇌의 절망은 스승님의 뼛속까지 갉아먹었다. 내게서 문서를 받아든 스승님은 붓을 들어 다라의 마지막 밤에 대해 정리하셨다. 붓을 내려놓더니 스승님께서 나를 부르셨다.

"내가 죄가 많아 다라의 부흥을 보지 못하고 이승을 하직할 듯하구나. 겨레야. 네 꿈이 다라의 역사를 시로 노래하는 것이라 했지? 그 꿈을 꼭 이루도록 하거라. 다라가 얼마나 위대한 나라였고, 다라의 백성들이 모두 용기 있고 지혜로운 사람이었음을 세상에 널리 알리거라. 너라면 반드시 해낼 것이야."

그날 밤 스승님은 조용히 세상을 떠나셨다. 소정공주님도 우셨고, 문탁장군님도 우셨다. 다라의 유민들 모두가 위대한 한 인물의 죽음을 슬퍼했다. 다라가 보이는 언덕 양지바른 곳에 스승님을 묻었다. 넋이라도 훨훨 날아 바다를 건너 다라에 닿아 그리던 꽃네 아줌마를 만나시길 나는 간절히 기원했다.

다라의 유민들과 다라방 사람들은 큰 시련이 닥쳤지만 좌절하거나 포기하지 않았다. 본국 다라는 멸망했지만, 다라방은 건재했다. 이웃에는 가야 제국의 방(坊, 일본에 건설한 식민지)들도 있었다. 함께 힘을 모아 새로운 다라, 대다라국을 건설하자고 의기투합했다.

소정공주님은 어린 나이였음에도 왕실의 후예답게 의지가 굳으셨다. 산에서 나무를 베어 유민들이 거처할 집부터 마련하라고 명령하셨다. 언덕을 개간해 밭을 마련했고, 옷감을 짜서 입을 옷을 장만했다. 많은 숫자는 아니었지만, 유민과 병사, 다라방 주민까지 합쳐 2천여 명의 다라 사람들은 한 마음으로 일치단결해 공동체를 이루어 살아갔다.

우리들에게는 왜국과 바다 건너 대륙을 누비면서 다진 교역에 대한 지혜가 있었다. 배를 수리하고 광맥을 찾아 덩이쇠를 주조해내면, 당장은 아니더라도 대다라의 미래는 밝았다.

다라에 두고 온 송이 누이가 보고 싶었다. 스승님께서 돌아가시기 전 누이가 니문 형님과 함께 신라로 갔다는 소식을 들었다. 누이에게 닥쳤던 액운은 스승님의 글을 읽어 알았는데, 아비와 어미에게는 말하지 않았다. 니문 형님은 심성이 고운 분이니 누이의 상처를 잘 보듬어 주었으리라.

한동안 대다라국 건설의 과업은 순풍을 타는 듯했다. 그러나 뜻밖의 암초가 도사리고 있을 줄 누가 알았으랴! 가야제국이 신라군에 의해 붕괴된 소식은 왜국에도 빠르게 전해졌다. 전부터 가야방을 눈엣가시처럼 여기던 왜국의 토착 세력이 이 기회를 놓치지 않았다. 집을 짓고 밭을 일구던 사이 그들은 군사를 모아 가야방을 공격할 준비를 갖추었다. 그리고 마침내 놈들이 움직이기 시작했다.

고된 하루 일을 마치고 단잠에 든 다라방에 왜국의 군사들이 들이닥친 것은 새벽녘이었다. 아무런 대비가 없었던 사람들은 속수무책으로 저들의 칼날을 받아야 했다. 비명소리가 새벽하늘을 물들였다.

군영은 마을 위 언덕에 자리하고 있어 그나마 반격할 시간을 벌었다. 그래도 시간이 많지는 않았다. 문탁장군이 병사들을 깨워 공세를 막을 준비를 서둘렀지만, 삼면에서 밀려오는 적을 막기에는 역부족이었다. 소정공주님은 백성들과 함께 다라산 방면으로 피신했다.

병사들은 결사의 각오로 왜적을 막았다. 그러나 병사들은 하나둘 쓰러졌고, 포위망은 점점 좁혀 들어왔다. 산으로 계속 밀리면 몰살당할 수밖에 없었다. 문탁장군이 나를 잡더니 말했다.

"이웃 가야방이 구원병을 보내지 않는 한 살아남기는 틀렸다. 우리는 측면을 뚫고 해안을 돌파하겠다. 겨레야. 너는 다라산으로 올라가거라. 너 하나 빠진 것을 눈치 채지는 못할 게다. 무사히 배를 타고 해안을 빠져 나가면 기회를 봐서 다시 오마. 알겠지?"

그 눈빛에서 나는 문탁장군이 나 하나라도 살리겠다는 마음을 읽었다. 나도 칼을 들고 최후까지 싸우고 싶었다. 그러나 문탁장군은 다라의 역사를 후세에 알릴 사람을 남기고자 했다. 그 일을 맡을 사람은 나밖에 없었다. 나는 문탁장군을 꼭 껴안았다.

"알겠어요. 돌아오실 날을 기다리고 있을게요."

"그래. 나를 믿어라."

나는 스승님이 남겨놓은 문서를 들고 숲속에 숨었다. 문탁장군은 소정공주님을 호위하면서 병사들과 함께 왜군의 측면을 뚫었다. 돌파구가 열리자 사람들은 언덕을 내려갔다. 왜군들이 뒤를 쫓았다. 전투 경험이 없는 다라 사람들이 뒤처졌다. 숲속에서 나는 그들이 왜군의 칼에 속절없이 죽어가는 것을 지켜봐야 했다.

아비는 어미의 손을 꼭 잡고 칼을 들어 덤벼드는 왜적을 베었다. 쇠스랑을 들고 포효하는 장쇠의 모습도 보였다. 대오를 잃은 사람들이 뿔뿔이 흩어졌다. 고립된 사람들을 왜적은 가만 두지 않았다. 왜적의 칼날에 사람들이 낙엽처럼 흩날렸다. 그 비참한 광경은 죽을 때까지 내 기억에서 지워지지 않으리라.

살아남은 사람들은 해안 쪽으로 빠져나갔다. 왜적이 사라진 숲은 고요에 잠겼다. 시체들이 언덕을 굴러 다녔다. 그들은 말이 없었다. 산짐승들이 훼손하지 못하게 거둬주고 싶었지만, 언제 왜적들이 나타날지 몰랐다. 나는 다라산 정상을 향해 달음질쳤다. 이후 나는 다라 사람들을 다시는 만나지 못했다.

며칠 동안 암굴을 파고 산나무 열매를 따먹으며 은신했다. 해변으로 내려가고 싶은 마음은 간절했지만 그럴 수는 없었다. 나는 다라산을 돌아 반대편으로 내려갔다. 거기서 나는 또 여러 날을 보냈다. 산에 나무를 하러 온 사람이 나를 발견했다. 그는 나를 데리고 내려가 숨겨 주었다. 나는 그 사람의 의붓아들이 되었고, 뒷날 그 사람의 데릴사위가 되었다.

해안에서 있었던, 다라 사람들의 최후는 시간이 많이 지나 듣게 되었다. 시신을 수습하러 갔던 마을 사람들의 입을 통해서였다.

해안으로 유민들이 몰려올 것을 감지한 왜군은 접안해 있던 배들을 모두 불살랐다. 퇴로가 막힌 다라 사람들은 해변에서 최후의 결전을 벌였다. 그들 모두 용감하게 왜적과 맞서 싸웠다. 그리고 전멸했다. 다라와 운명을 같이 했다. 아주 적은 사람들만이 왜적들의 칼날을 피해 목숨을 건졌다고 한다.

그리고 수없이 많은 시간이 지나갔다.

이제 나도 늙었다. 스승님께서 목숨을 버리며 써내려간 다라의 역사는 지금도 내 수중에 있다. 나의 이 기록을 마지막으로 다라의 역사는 막을 내리게 되리라. 언제 누구의 손에서 다시 읽히게 될지 나는 알 수 없다. 내 자식과 그 아이의 자식의 손으로 전해진다면 언젠간 빛을 볼 날이 있으리라 나는 믿는다.

글을 마치자니 가슴이 먹먹해져 견딜 수 없다. 본국 다라의 아름다운 풍경들. 그곳에 두고 온 소중한 사람들. 인자하셨던 대왕 전하. 표독한 짐승 치달. 싸늘한 웃음을 머금고 사람을 노려보던 미려 아줌마. 다라의 산과 들에 가득했던 사람들. 그들을 다시는 만날 수 없을지라도 내 기억이 살아 있는 한 언제나 진한 향기를 잃지 않으리라.

최후까지 적들에게 칼을 겨누고 돌진했던 문탁장군님.

대다라의 꿈을 이루고자 노심초사했던 소정공주님.

너털웃음을 터뜨리며 대장간에서 망치를 두드렸던 아비.

철 좀 들라면서 부엌에서 꾸짖던 어미.

맑은 웃음으로 어린 나를 돌봐준 송이 누이.

그리고 꽃네 아줌마와 스승님.

또 수많은 다라 사람들.

너무나 그립다.

그립고 또 그립다.

머지않아 이승을 떠나면 다들 뵙게 되겠지.

그때 나는 그들을 얼싸안고 말해야지.

"잘들 계셨어요? 들놀이 마치고 이제야 돌아왔습니다."

## 2

한국으로 돌아갈 날이 왔다.

노조우미 씨는 내게 소중한 자료를 넘겨주었다.

"선조들께서 분투하셨던 이야기를 꼭 우리글로 옮겨주십시오."

나는 그러마고, 완성되면 보내드리겠다고 약속했다.

노조우미 씨의 손이 따뜻했다.

그의 아들도 역까지 나와 나를 전송했다.

머리카락은 금빛으로 물들였지만, 나는 그의 얼굴이 낯설지 않았다.

"계속 일본에 계실 겁니까?"

전에 한 말이 떠올라 내가 물었다.

"돌아가야지요. 선조의 유품을 정리하면 고향으로 돌아가야지요. 그분들께 고향의 흙냄새를 맡게 해드려야지요. 선생이 쓴 글을 읽으면 아들놈도 마음이 움직일 겁니다."

나는 고개를 끄덕였다.

두 사람의 어깨가 여름날의 뜨거운 햇살을 받아 환하게 빛났다.

나는 다라역에서 기차를 타고 나가사키로 갔다가 하루를 묵은 뒤 후쿠오카로 북상해 하카다 항에서 귀국선에 올랐다.

하얗게 페인트칠한 배는 천천히 항구를 빠져 나왔다. 푸른 물결을 가르며 배는 뱃머리를 부산항으로 향했다.

포말이 날리는 갑판에 서서 나는 대다라의 꿈이 서려 있는 일본 땅과 작별했다.

갈매기 떼가 머리 위로 날아들었다.

어디선가 누가 틀어 놓았는지 노랫소리가 들렸다.


저기 떠나가는 배 거친 바다 외로이
겨울비에 젖은 돛에 가득 찬바람을 안고서
언제 다시 오마는 허튼 맹세도 없이
봄날 꿈같이 따사로운 저 평화의 땅을 찾아
가는 배여 가는 배여 그곳이 어드메뇨.
강남길로 해남길로 바람에 돛을 맡겨
물결 너머로 어둠 속으로 저기 멀리 떠나가는 배


너를 두고 간다는 아픈 다짐도 없이
남기고 가져갈 것 없는 저 무욕의 땅을 찾아
가는 배여 가는 배여 언제 우리 다시 만날까.
꾸밈없이 꾸밈없이 홀로 떠나가는 배
바람소리 파도소리 어둠에 젖어서 밀려올 뿐
바람소리 파도소리 어둠에 젖어서 밀려올 뿐……


-끝-

# 삭풍의 여운

송염만(소설가)

2013년 그 한 해의 겨울은, 걸러지지 않은 바람이 합천의 산천을 휘몰아치고 있었다. 황강 은빛 모래를 투과한 사특한 바람은, 역사 속의 고매한 터와 이름들을 더럽히다가, 스스로의 성찰이나 반성도 없이 여전히 정화되지 않은 바람으로 남아 있다.

그러나 정화되지 않은 바람 속에도 청량한 빛은 똬리를 틀고 있었다. 그 빛의 선봉에 한 지팡이가 있었으니, 그가 임종욱이다. 그 지팡이의 몸짓이 있어 똬리는 더 이상 똬리가 아니었다.

아직 삭풍의 검은 여운이 감돌고 있던 그해 겨울, 합천 시외 터미널에 도착한 그를 만났을 때, 바바리코트에서 풍겨오는 차가움 속에서 물씬한 뜨거움을 느껴야 했다. 제3회 김만중 문학상 대상을 수상한 임종욱 작가와의 첫 만남, 그 이미지

속에는 차가움 속에서 달구어져 나오는 열기가 있었고, 그 냉정한 눈빛에서 혼탁함을 정화하는 에너지가 충만했다.

우리는 사철 맑은 물이 흐르는 황강 변의 아담한 카페로 자리를 옮겼다. 카페 '나비'에서 투박한 커피 잔에 입술을 적시며 문학 판의 어두운 현실에 대해 견해를 나누었는데, 그 주제의 귀결은 어디까지나 다라국 문학상 심사의 불공정성에 대한 성토일 수밖에 없었다. 그것은 자연스러운 현상이었다. 그랬다. 우리가 카페 '나비'에 마주 앉은 동기는 문학 판의 부조리한 현상 속에 이용당한 피해 당사자라는 점 때문이었고, 그도 나도 그 문제를 다루며 많은 시간을 할애해야 했던 고통과 허탈함이 있었기 때문이었다.

우리는 다라국 문학상 수상자와 심사위원들의 의혹에 대해 여러 증거를 들추어내며, 한 치의 어긋남도 없이 '단합'이라는 단어로 의견 일치를 보였다. 또한 예술의 가치보다 물질의 노예로 전락한 원로들의 탐욕에 대해 우려스런 입장을 표명하기도 했다. 뿐만 아니라 해인사 스님들의 입장표명, 합천 문인협회의 성명서를 토대로 의견을 나누기도 했는데, 다라국 문학상을 제정한 합천군을 향하여서는 부조리한 현상을 미온적으로 처리한 무지에 대하여 더욱 날카로운 입담이 오갔다.

그때로부터 우주의 간격도 벌어져 망각의 늪으로 빠져들어 갈 시간이 흘렀다. 하지만 과거에서 미래를 본다는 말은 변할 수 없는 진리이다. 우리는 이러한 진리를 토대로 미래를 꿈꾸어야 하지 않을까. 지금은 어떠한가. 이를테면 각종 문학 공모전의 심사단합. 그래서 수많은 순수 문학인들을 돈벌이의 수단으로 이용하여 들러리로 세우는 행위. 이러한 추악한 행위들을 문학 예술계의 원로라는 이름으로 벌이고 금전이나 챙겨 넣는, 그래서 미래 한국 문학예술계를 어둡게 하고 있지는 않는지.

다시 돌아보면, 작년에 있었던 다라국 문학상 공모전이 이러한 틀을 벗어나지 못했다. 그러니까 2013년, 합천군이 야심찬 기획으로 제정한 다라국 문학상이, 실존적 삶에만 젖은 문인들의 이용물로 전락하였던 것이다. 결국 다라국 문학상은 문학인들 스스로가 폐가망신살을 뻗쳐놓은 본보기가 된 것이다. 실존으로서의 삶이 문명을 창조해 냈다면, 초월적 삶이 예술을 빚어낸 산물이었다는 사실을 망각해서는 아니 될 것이다.


전화가 걸려 왔다. 아니 그보다 먼저 메일이 와 있었다. 카페 '나비'에서 헤어진지도 일 년여, 여전히 낭랑한 목소리의 주인공, 임종욱 작가가 가슴앓이의 흔적을 지우고 책을 낸다고 했다. 책의 내용을 보내왔고, 제목이 〈불멸의 대다라〉라고 알려주었다. 그는 당당히 등단하였고, 이미 다섯 권의 작품을 낸 기성 문인이면서도, 다라국 문학상에 응모하였다가 부조리한 현상의 함정에 걸린 불운아였다. 하지만 그는 그것을 바로 세우기 위해 스스로를 불사른 이 시대 용기 있는 문학인이었다. 이 작품이 그러한 문학 판의 부조리한 현상을 딛고 선 작품이기에 관심이 간다. 아무쪼록 불의에 맞선 주인공으로 매스컴의 주목을 받았던 작가의 이력처럼, 많은 독자들에게 사랑받는 작품이기를 희망한다.

2014년 12월 1일
경남 합천 다라국 옛터에서

# 작가 후기

　여섯 번째로 쓴 장편소설을 세상에 내놓게 되었다. 작년 가을에 완성한 작품인데, 이런저런 사정으로 출판이 늦어졌다.

　작품은 쓰기도 쉽지 않지만 책으로 내는 일은 더욱 어렵다. 그래서 작품 후기를 쓸 때면 여러 가지 생각들이 떠오르고, 그런 사연들을 쓰면서 지난 일도 회상하고 새 작품을 쓰는 일에 힘과 용기를 얻기도 한다. 그런데 이번에는 후기를 쓰는 일이 가장 힘들었다. 몇 번이나 썼다가 지우고 다시 썼다. 후기에는 글 쓴 사람의 솔직한 심정을 담아야 하는데, 무엇을 써야 솔직한 것인지 갈피를 잡을 수 없었다.

　글을 쓰는 일은 어떤 주제나 소재에 대한 자신의 상상을 사람들에게 알리는 행위라고 생각한다. 거기에 진실까지 담는다면 더 바랄 나위가 없을 것이다. 상상을 글로 옮기고자

들인 노력이나 시간이 작품의 완성도에 어느 정도 영향을 끼치겠지만, 실제 완성도의 성패에는 아무런 의미도 없다. 작품은 거짓으로 꾸밀 수 없고, 거짓이 있다면 독자들은 금방 그것을 간파해낸다. 그래서 글을 쓰는 일은 두렵고, 정말 힘겨운 싸움이 아닐 수 없다. 앞으로 얼마나 그 싸움에서 내 자신이 이길지 모르겠지만, 한 번도 이겨본 적은 없는 듯하다.

'다라국'은 1500여 년 전 가야시대 때 경상남도 합천군 일원에 있었던 나라다. 우리나라 역사책에는 이름조차 나오지 않을 만큼 생소하다. 합천군 옥전면에 가면 다라국 왕족들의 무덤으로 알려진 옥전고분군이 있는데, 이곳에서 나온 유물들을 정리해 합천박물관을 세워 다라국의 자취를 보여주고 있다.

다라국의 역사를 담은 기록이 단 한 줄도 없는 상황에서 그들의 이야기를 소설로 엮는 것은 맨손으로 한 채 집을 짓는 일만큼 무모했다. 안개 속에서 길을 찾아야 하는 답답함이 컸다. 가야제국이 멸망할 무렵의 사정이야 여러 경로를 통해 찾을 수 있지만, 거기에도 다라국은 존재하지 않았다. 그저 내가 쓴 이 다라국 이야기가 다라에서 살았던 사람들의 삶과 마음을 엿보는 창문이 되기를 바랄 뿐이다. 할 말은 많지만 말을 아끼겠다.

책을 출간해준 도서출판 '문'의 김흥국 사장님과 직원 여러분들께 감사드린다. 글을 쓸 때 격려를 아끼지 않은 소설가 김인배 선생님과 평론가 송희복 형의 후의는 결코 잊을 수 없다. 우리나라의 그릇된 문학 풍토 때문에(그것이 전체는 아니라고 믿지만) 힘겹게 다라국과 관련된 소설을 쓰고도 제대로 평가받지 못한 많은 분들의 노고가 기억되기를 바란다. 정찬주 선생님을 비롯해 부족한 소설에 추천사를 써 준 여러분들에게도 고맙다는 말씀 전하고 싶다. 표지와 소설 편집에 들어간 사진을 흔쾌히 제공해준 합천박물관의 도움도 감사한 마음으로 적는다.

다라국을 알고 있는 분들이나 다라국의 후예임을 자랑스러워하는 합천군 군민들, 그리고 옛 다라국 사람들에게 이 소설이 그분들의 기억과 긍지를 일깨우는 데 작으나마 도움이 되었으면 좋겠다.

2014년 11월 26일 새벽에
남해에서 쓴다.